Chapitre 51 : Aux choses du pays

+++Deux mois plus tard+++

Indiah

Elie (en ligne) : Elle t'a traité de connasse ?

Moi (amusée) : Une folle je te dis.

Elie : Nadège ?

Moi : Oui

Elie : Je suis choquée Indiah ! Comment tu fais pour être aussi calme ? Je l'aurais rappelée en la ramassant comme il se doit.

Moi : Que ça changera quoi ? Rien du tout ! On récupère le petit dans quelques jours pour de bon, parce que je ne vois pas Nadège m'appeler et me demander de lui envoyer son enfant comme elle l'a précisé.

Elie : Je me demande à quel moment cette histoire a dérapé ! Je ne comprends plus rien, tout le monde est maintenant dans son coin, Il ne reste plus que Carole et moi.

Moi : Christopher est parti.

Elie : Ça doit être ça ! Parce que ce n'est plus du tout pareil ! Et là je suis encore plus déçue du comportement de Nadège vis-à-vis de toi ! Christopher s'est excusé bien que le mal ait été fait, son mariage est reparti sur les rails, le petit chacun de votre côté faites en sorte que les choses se passent bien pour lui. Alors je ne comprends pas d'où sort cette agressivité.

Moi : Elle a peur que je lui vole son fils.

Elie : Pfff ! Que Léandre ne sait pas que Nadège est sa mère ? Il t'appelle Indiah et elle maman ! Mais dans ce cas pourquoi avoir laissé Christopher obtenir la garde exclusive de l'enfant ? Pourquoi ne s'est-elle pas battue pour obtenir la garde alternée ? Je trouve dommage que des amitiés de longues date prennent fin aussi brusquement, que chacun soit de son côté.

Moi : C'est Mathurin qui s'est retiré, Travis et Christopher se parlent très bien ! Il a dit que même pour son anniversaire en appelant Mathurin c'est Nadège qui a répondu, elle était froide et agressive. Il voulait simplement appeler son pote et lui souhaiter un joyeux anniversaire, Nadège lui a dit que Mat était occupé et qu'il le rappellerait ! bah depuis il attend l'appel ! Nadège c'est la même chose, enfin bref celle-là je ne mets pas ma bouche dans ses histoires. Voilà un peu pour nous, et de votre côté ?

Elie : Maman doit arriver dans deux semaines.

Moi : Toute seule ?

Elie : Toute seule Aka !

Moi : Non on ne sait jamais, elle a un mari non ?

Elie : Non il ne vient pas ! Elle vient renouveler son passeport un truc du genre, elle m'a appelé j'étais dans mon sommeil.

Moi : Ok

[Bruit de la porte du couloir]

Moi (regardant Chris) : Bon madame Duval, Monsieur Siby est là. Je dois vous laisser.

Elie : Passe-lui le bonsoir de ma part.

Moi : Sans faute, et à mes enfants aussi.

Elie : Ok bye

Moi : Bye
Clic

Christopher (s'asseyant sur le lit) : Je suis crevé.

Moi (me levant) : Christopher ne te couche pas, tu pues le bouc.

Christopher (me regardant) : Tu as fait quoi à manger ? Parce que la Okissi j'ai très faim, dans tous les sens du terme. Tes gratins, ou je ne sais pas quoi je ne veux pas en entendre parler, Léandre n'est pas là.

Moi : Du riz au poulet.

Christopher (se levant sourire aux lèvres) : Avec les petits pois comme j'aime ?

Moi (sortant de la chambre) : Oui

Christopher : Je vais me doucher, dresse la table s'il te plait.

J'ai trop hâte d'être en congés, je n'en peux plus ! Plus que quelques jours pour enfin profiter de mes grasses matinées.

+++Juillet+++

Nous venons d'arriver sur Libreville, normalement c'est Yorick qui devait passer nous prendre à la sortie une fois que nous aurons récupérés nos affaires. Mais c'est Carole qui est passée nous prendre.

Moi (lui faisant la bise) : Tu as bonne mine.

Carole (souriante) : Merci et toi donc ? Ton Chéri est où ?

Moi (me retournant) : Il est allé aux toilettes.

Carole : Alors les news ? Je suis trop fâchée contre vous.

Moi (souriante) : Qu'est-ce qu'on a encore fait ?

Carole : On en discutera à huit clos.

Christopher (l'attrapant par la taille) : La femme de ma vie [Bisou]

Carole (souriante) : Pardon Siby il ne faut pas me créer les problèmes avec Indiah, on est bien restons bien.

Christopher (prenant la valise) : On y va ?

Carole : Suivez-moi ! Vous êtes descendus où ?

Moi : Chez mes parents, il n'y a personne alors on s'est dit pourquoi pas, au lieu d'encombrer les autres.

Carole : Ok

Christopher (hors de lui) : Pourquoi tu ne m'as pas dit que Nadège t'a traité de connasse ?

Carole (me regardant en murmurant) : Désolée, je ne savais pas qu'il n'était pas au courant

Moi : Christopher parce que je te connais et je savais qu'en te le disant la situation s'envenimerait.

Christopher (prenant son téléphone) : J'appelle Mathurin, il faut qu'il calme sa femme.

Moi (soupirant) : Christopher

Christopher (me fixant) : Indiah ne fait pas en sorte que je m'énerve contre toi.

Moi : Oh

Christopher (Furieux) : Nous sommes censés travailler en équipe, Nadège t'appelle te menace et t'insulte et toi tu passes ça sous silence et tu t'attends à ce que j'applaudisse ?

Moi (le regardant): Mais pourquoi tu t'énerves ?

Christopher (haussant le ton) : Tu as vu dans quelle situation les mensonges et les secrets m'ont conduit avec Mathurin ? Tout cela parce que Nadège a gardé sa bouche fermée pendant 7 ans. Quand on se dit partenaire c'est justement pour ne rien se cacher, ne me demande pas de me calmer. [Prenant les clés de Carole] je reviens.

Clap

Carole (se cachant le visage) : Désolée

Moi (soupirant) : Nous en sommes aussi là parce que Christopher n'arrive pas à garder son sang-froid, dès que tu lui dis quelque chose il explose automatiquement. Il oublie qu'il y a un enfant au milieu et que si la communication entre les deux côtés ne passe pas bah cet enfant en souffrira.

Carole : Peut-être qu'une réunion s'impose afin que les choses soient mis à plats pour le bien de Léandre.

Moi : On m'a déjà dit que je n'ai rien à dire, que si je veux l'ouvrir je n'ai qu'à faire mon enfant. Le fait que Christopher m'ait nommé tutrice est un gros problème.

Carole : Pfff ! Du n'importe quoi ! Non mais sérieux. Il est tout seul dans la ville, s'il est absent c'est normal que tu puisses prendre la relève. Elle voulait être tutrice ? Mais dans ce cas pourquoi avoir cédé ses droits à Christopher ?

Moi (haussant les épaules) : Je n'en sais rien et cette histoire m'épuise. Vivement vendredi, nous éloigner nous fera du bien.

Carole : Vraiment

Moi (soupirant) : Mes batteries sont à plats, j'ai besoin de me ressourcer.

Carole : Et vous le méritez amplement.

Christopher

C'est tout énervé que je me suis rendu chez Mathurin, afin d'éviter que les choses ne partent en couilles à cause de ce que je compte dire à Nadège, j'ai envoyé un message à Travis. J'ai attendu que Travis soit là avant d'aller sonner chez Ogoula, bien remonté. Je n'ai pas arrêté d'appuyer sur la sonnette, en vain. Même l'ombre du gardien rien et pourtant leurs deux voitures sont là.

Travis (dépassé) : Siby qu'est-ce que tu fais ?

Moi (au-dessus de leur barrière) : Ils sont en train de prendre les gens pour des cons.

J'ai traversé de l'autre coté en ouvrant le portail à Travis qui n'en revenait pas. Tout ça pour trouver Nadège assise imperturbable dans son salon, grand pied sur petit pied. C'est Travis qui a pris la peine de la saluer.

Moi (hurlant) : Mathurin !

Nadège (me dévisageant) : Siby tu te crois ou pour venir crier chez les gens ?

Moi : Ogoula ! [Prenant place] Je ne bouge pas d'ici si Ogoula ne sort pas de sa cachette. Il faut qu'il vienne prendre ses responsabilités, parce que les conneries je ne les cautionne pas.

Mathurin est sorti au bout d'une heure de la chambre, comme si de rien n'était. C'est du bout des lèvres qu'il nous a salués avant de prendre place.

Moi (le regardant) : Je suis ici pour te parler du comportement de ta femme vis-à-vis de la mienne.

Nadège (se levant) : Je ne suis pas là pour écouter les conneries.

Moi (la regardant) : Tu peux dégager c'est Mathurin que je suis venu voir.

Mathurin (se levant) : Sortez de chez moi !

Travis (soupirant) : Christopher !

Moi : Quoi ? Lorsqu'elle se permet d'appeler Indiah et de la traiter de connasse c'est normal ? Parce qu'elle s'occupe de son fils qu'elle a lâchement abandonné afin de sauver son mariage.

Mathurin (me fixant) : Siby sort de chez moi !

Moi (soutenant son regard) : Sinon quoi Mathurin on va se battre ? Ce sera ainsi à chaque fois que je viendrai me plaindre du comportement de ta femme ? Tu trouves Normal qu'elle mette des conneries dans le cerveau d'un enfant ? C'est à cela que tu réduis 20 ans d'amitié ?

Nadège : Tu vois Mathurin ? Tu vois ce que je t'ai dit non ? Hum

Mathurin : Et lorsque tu as abusé d'elle dis-moi, tu les as mises où ces années ?

Moi (me levant) : Okay ! Il n'y pas de soucis ! Nadège tu veux jouer avec moi ? Bien on va jouer et on verra de nous deux qui gagnera. Je passe prendre mon enfant demain, vous pouvez garder ses vêtements je lui en rachèterais d'autres.

Nadège : Je te signale que c'est aussi mon enfant Christopher, jusqu'à il n'y a pas si longtemps c'était notre enfant. Alors si je veux l'envoyer avec des vêtements je le fais.

J'ai claqué la porte de leur maison.

Travis : Je suis choqué par le comportement de Nadège.

Moi : Elle je m'en fous, c'est plutôt Mathurin qui m'étonne. Trop déçu.

Travis (ouvrant la portière de sa voiture) : Toi aussi tu viens insulter sa femme chez eux.

Moi (montant dans la voiture) : Je lui ai demandé de dégager, en quoi c'est une insulte ? D'autant plus qu'elle s'en allait déjà d'elle-même.

Travis (bousculant la tête) : Tu es un cas Siby

Moi (souriant) : C'est pourquoi la petite là meurt comme ça ! On se voit toujours demain ?

Travis : Sans faute.

Je l'ai laissé faire sa manœuvre en le suivant de près, une fois sur la voie expresse chacun a pris sa direction. J'ai trouvé Indiah toute seule dans le studio, Carole a appelé Marc-Aurel pour la récupérer.

Indiah (sarcastique) : Je suis surprise, pas de marques de bagarre ? Tu es intact ? Super ! Alors ?

Moi (m'affalant sur le canapé) : Alors quoi ?

Indiah (la mine froissée) : Tu étais chez Mathurin qu'est-ce que tu as gagné ?

Moi : Il fallait y être.

Indiah : Pfff !

Moi (haussant le ton) : Parce que tu trouves normal ce qui se passe lorsque tu passes sous silence le comportement de Nadège ?

Indiah : Et toi qu'est-ce que tu gagnes à aller crier sur eux ?

Moi (allumant la télé) : Je regarde les infos.

Elle est passée devant moi éteindre la télé en me fixant

Indiah (furieuse) : Non mais !

Moi (la fixant) : Okissi quitte devant moi.

Indiah : Et puis quoi encore ? Tu ne te rends même pas compte qu'il y a un enfant qui se retrouvera perdu au milieu de tout ça ! Tout ce qui t'intéresse c'est crier sur les gens pour te faire entendre ! Mais Christopher il faut savoir se retenir de temps en temps et passer au-dessus de certaines choses ! J'ai l'impression d'avoir des gamins autour de moi, que ça soit Mathurin Nadège ou toi ! Pourtant vous êtes tous les trois mes ainés ! C'est comme si...

Moi (me redressant) : Comme si quoi ?

Indiah : Nadège et toi avez eu une relation ! Parce que ce sont des ex qui se traitent ainsi.

Moi (la fixant) : Tu crois que j'ai entretenu une relation avec Nadège ?

Indiah (du bout des lèvres) : Je ne sais pas Christopher.

Moi (haussant le ton) : Indiah répond-moi ! Tu crois que j'ai eu une relation avec Nadège ?

Indiah : Tout me laisse penser que oui.

Moi (me levant) : Je suis vraiment déçu

Indiah (les larmes aux yeux) : Christopher c'est l'impression que j'ai.

Moi : Au point de douter de moi ? Au point où tu remets en question tout ce qui se passe ? C'est Nadège qui a pété les plombs et qui se fait des films dans sa tête, qui pense que nous avons été en couple, je n'en sais rien ! Mais je te jure sur la vie de ma mère que cette fille je ne l'ai jamais regardé que comme la copine de mon pote ! Dans ce cas accuse-moi aussi d'avoir couché avec Leslie ! Tu me diras elle est noire ! Oui mais je me suis tapé des noires aussi ! Comme ce ne sont pas toutes les métisses qui ont fini dans mon lit, Mario par exemple la copine d'Avaro celle avec qui tu l'as croisé appelle la et demande lui si j'ai couché avec elle.

Indiah : Je n'ai pas dit ça.

Moi (hurlant) : C'est que tu sous-entends Indiah ! Bientôt tu me sortiras que j'ai aussi couché avec Lucie puisque la folie de Nadège te fait douter de moi.

Indiah : Pas de toi, mais de ce qui s'est passé.

Moi (énervé) : Tu crois que si je me rappelais de cette histoire je devais accepter de me faire humilier ? D'encaisser simplement les coups parce que ne pouvant pas me défendre ? Bien sûr que non.

Indiah : ...

Moi (m'en allant dans la chambre) : Pffff !

J'étais couché sur le dos, les mains posées en dessous de la tête regardant le plafond lorsqu'Okissi m'a rejoint dans la chambre en se plaçant devant la porte.

Indiah : Tu viens manger ?

Moi (froid) : Non !

Indiah (soupirant) : Christopher je suis désolée.

Moi : Pas moi

Indiah (me rejoignant sur le lit) : Tu comptes me faire la tête ?

Moi : ...

Indiah (se mettant à califourchon sur moi) : Tu es le premier à parler de franchise entre nous, je t'ai fait part de mes impressions cela ne veut pas dire que je t'accuse d'avoir entretenue une relation consentie ou pas avec Nadège ! Bien sûr que j'ai confiance en toi Christopher, en cette personne qui se trouve devant moi ! Mais toi-même tu l'as dit, tu ne te souviens pas de ce qui a pu se passer entre Nadège et toi ! Et qu'à cette époque tu étais émotionnellement instable, peut-être que dans une cuite je ne sais pas moi.

Moi (la regardant) : Je sais encore reconnaitre les filles que j'ai ramenées chez moi, avec qui j'ai eu des rapports. Je peux te faire la liste si tu veux ! Et Nadège n'en fait pas partie.

Indiah (soutenant mon regard) : Et je te crois ! Viens manger.

Elle a voulu se lever mais je l'ai maintenu par la taille.

Indiah : Quoi ?

Moi (la fixant) : Tu ne ressens rien du tout ?

Indiah : Et ?

Moi (gesticulant) : Comment ça et ? Fais quelque chose.

Indiah : Seulement si tu te lèves pour aller manger et qu'ensuite tu fais la vaisselle.

Moi : Tu as fini ?

Indiah (amusée) : Oui

Je l'ai renversé en me mettant au-dessus d'elle.

Moi (la dévorant du regard) : Qu'est-ce tu disais ?

Indiah (souriante) : Rien, oublie !

Moi (l'embrassant) : J'aime mieux ça.

...Quelques heures plus tard...

Iris (me sautant dessus) : Tonton Chis

Moi (la prenant dans mes bras) : Ma star

David (m'attrapant la jambe) : Tonton kiss

Je l'ai les pris tous les deux dans mes bras.

Iris : Pourquoi tu ne m'emmènes pas avec toi aussi ? Je veux voir César et Caramel.

David : Moi aussi

Mathurin (se raclant la gorge) : Iris tu peux venir deux secondes ?

Iris : Mais papa !

Nadège : Iris !

Iris (descendant de mes bras) : Ce n'est pas juste.

Nadège : Ogoula !

Iris (se mettant à pleurer en allant dans la chambre) : Moi aussi je voulais un deuxième papa ! Ce n'est pas juste Snif

La nounou est passée me prendre David dans les bras avant de disparaitre à son tour derrière la porte du couloir, que Nadège a pris soin de fermer.

Moi (les regardants) : Léandre est où ?

Mathurin : Il est dans la chambre, mais avant il faut qu'on est une discussion par rapport à ce qui s'est passé hier soir.

Moi (le regardant) : Je n'ai plus rien à vous dire ! Le seul sujet que j'aborderai à l'avenir avec vous ne concernera que le petit, à part cela nous n'avons plus rien à nous dire.

Mat (soupirant) : Christopher !

Moi (me levant) : Mathurin je suis venue récupérer mon enfant et je m'en vais d'ici ! Lorsque j'ai voulu avoir une discussion avec toi hier soir, tu m'as demandé de sortir de chez toi.

Mathurin : Parce que tu ne sais pas te retenir !

Moi : Et ta femme alors ? Lorsqu'elle traite Indiah de connasse ?

Nadège : C'est une menteuse je ne l'ai jamais traité de connasse ! C'est elle qui m'a envoyé un message me disant voici ce que la connasse fait avec ton enfant, elle m'a harcelé en m'envoyant plusieurs photos auquel je n'ai pas répondu !

Moi (choqué) : ...

Indiah : Tu n'as pas honte ?

Nadège (sortant son téléphone) : Voici la conversation ! Montre-moi ou il est écrit que je t'ai traité de connasse ?

Indiah : Nulle part !

Mathurin : C'est justement de ça dont il est question, Léandre nous a affirmé n'avoir pas dit à Indiah que Nadège lui aurait dit qu'elle ne l'aimait pas !

Indiah (éclatant de rire) : Okay ! Je suis folle ouououou honte sur moi ! Non mais sérieux ! [Se levant]

Mathurin : On n'a pas fini Indiah.

Indiah (fixant Nadège) : Jusqu'ici je suis restée dans mes pompes, j'ai été polie, courtoise. Mais Nadège ne pousse pas le bouchon avec moi.

Nadège (amusée) : Mathurin tu vois ?

Indiah : Tout le monde voit ! Et je te le répète devant ton mari, ne pousse pas le bouchon avec moi ! Okay ?

Nadège : Et tu t'adresses à qui ?

Indiah (s'avançant) : Tu veux que je m'approche te mettre mon haleine sur le visage pour voir à qui Je m'adresse ? (L'attrapant fermement par la main) Je te le répète une dernière fois, ne pousse pas le bouchon ! Essaie encore de m'appeler pour m'insulter et tu verras ! Tchip !

Elle s'est dégagée puis est sortie de la maison en prenant les clés du véhicule, Nadège n'a pas pipé un seul mot !

Moi (me levant) : Le petit est où ?

Mathurin (se levant) : Je vais le chercher.

Moi (amusée) : Ceinture noire de karaté, c'est pourquoi elle aime mettre les pantalons comme maintenant quoi ! En cas de problème, elle règle ça de là à là.

Nadège lorsqu'on lui parle n'écoute pas ! Mathurin est sorti avec la valise de l'enfant qui portait un sac à dos.

Moi (regardant Léandre) : Qu'est-ce qu'il y a dans le sac ?

Léandre : La collection de Titeuf.

Moi : Okay ! Tu as dit au revoir à Iris et David ?

Léandre (triste) : Oui

Je lui ai demandé d'embrasser ses parents (ce qu'il a fait) et de rejoindre Indiah dans la voiture. Ensuite j'ai ouvert la valise devant le couple Ogoula simplement pour sortir ses papiers scolaires, de santé et l'acte de naissance que je leur ai demandé.

Moi (me levant) : Vous pouvez garder pour lorsqu'il viendra passer les vacances.
Je suis sorti de leur maison ! De l'orgueil ? Oui et je n'en ai strictement rien à foutre ! Je n'ai pas envie plus tard que Mathurin me sorte que c'est lui qui habille cet enfant ! Et je sais qu'il est capable de le dire ! Alors non merci.

Maman a voulu organisé un repas de famille avec tout le monde et ainsi profiter à introduire Léandre dans la famille en lui présentant ses cousins et cousines. Mon père ? Il n'est pas sorti de son bureau de toute la journée, depuis la dernière fois la communication entre nous est interrompue ! Je pense qu'il m'a sorti définitivement de sa vie.

Indiah a acheté à Léandre trois tenues pour la journée, on voyage ce soir. On n'a qu'une valise pour trois. Elle va faire son shopping alors elle a préféré voyager léger. Au revoir les problèmes, bonjour le soleil, les vacances ! Je compte en profiter en max !

++Trois semaines plus tard++

Indiah

Pour nos premières vacances ça été un vrai délice ! Entre les visites des monuments, les églises et les musées, on était sur tous les fronts. On a flâné dans les rues en permanence, animés d'une joyeuse effervescence. J'ai fait ma diva en allant chez les stylistes de Soho, de TriBeca juste pour le fun (rire) par contre je me suis ruinée à Madison et Victoria Secret, impossible de ressortir les mains vides. J'ai reçu un sac victoria Secret à cause de mes achats (c'est la politique de la maison).

On a traversé Central Park à plusieurs reprises, des vrais villageois mais c'était pour le fun ! Et en plus l'appartement que Christopher avait loué était dans la zone. Nous avons visité la statue de la Liberté, Top of the Rock, nous sommes allés à la découverte d'un quartier de NY. Pour Léandre nous faisions des pauses spéciales, souvent dans des parcs avec si possible une aire de jeu et marchand de glaces ou de milk-shakes pour son plus grand plaisir.

La nourriture en bordure de route oulala ! C'est Christopher qui était bien content de me voir m'empiffrer, il a un problème avec mon poids. Mais j'avoue qu'une semaine après notre arrivée je n'arrêtais pas de manger, je me suis tellement lâchée que j'ai pris six kilos et Christopher de me dire tu es parfaite comme ça bébé, n'enlève rien (rire) l'enfant là est malade.

C'était très difficile de manger équilibré, d'autant qu'au restaurant les légumes sont très peu cuits, très croquants donc je n'ai pas voulu faire ma difficile, même Léandre a passé son temps à manger Mac Do. Il a refusé les légumes (rire). C'était des vacances de rêve qui nous ont quasiment ruinées. Ce mois-ci on va serrer la ceinture sur les dépenses, on n'a pas le choix. Pour l'instant je suis malade, j'ai passé mon retour la tête plongée dans les toilettes ! Je ne ressemble plus à rien ! Juste hâte que l'avion atterrisse et que l'on rentre chez nous.

Christopher (me regardant) : Ça va mieux ?

Moi (lessivée) : Non

J'ai essayé de fermer les yeux, et l'instant d'après je vomissais encore. Épuisée de faire les vas et vient, je me suis assise devant la porte des toilettes, c'est Christopher qui est venue me prendre en me ramenant à ma place. Je me suis sentie bien une fois qu'une des hôtesses est passée faire son annonce pour les ceintures. Lorsqu'on a atterri, je faisais partie de ceux qui étaient debout très pointue en train de chercher mon bagage.

Christopher (bousculant la tête) : Tu es une vraie comédienne.

Moi : Pardon lève-toi on rentre chez nous.

Nous sommes descendus de l'avion, il nous fallait passer le control, Christopher était devant, Léandre au milieu et moi juste après sur la même queue. Il leur a donné son passeport, même pas deux minutes plus tard des hommes en uniforme sont venus vers nous en lui demandant de les suivre.

Moi (dépassée) : Mais qu'est-ce qui se passe ?

Chris (me regardant) : Appelle Maitre Ngoma Indiah !

Léandre s'est mis à pleurer et moi aussi d'ailleurs ! Toutes ses affaires se sont retrouvées éparpiller dans la salle, je me suis mise à les ramasser aidée par quelques personnes ! J'ai ressentie ce sentiment d'impuissance m'envahir ! J'ai essayé de regarder dans leur direction mais il nous fallait passer la sécurité donc impossible de les suivre. Et ce connard en face de moi m'a fait mettre un temps fou, j'avais la rage ! C'est une fois le contrôle passé que j'ai sorti mon téléphone du sac, je l'ai allumé et c'est papa que j'ai appelé de suite, j'étais tellement énervée que je ne m'étais pas rendue compte que je pleurais tout le long.

J'avais Léandre dans mes bras ne sachant quoi faire, tout d'un coup j'avais perdu le sens des réalités, de l'orientation ! Je me sentais perdu au milieu de nulle part.

C'est la sonnerie de mon téléphone qui m'a ramené sur terre, c'était maman ! Étant dans un état second, c'est elle qui m'a guidé jusqu'à la salle aux bagages, J'ai demandé de l'aide à un monsieur avec mes valises. Papa est arrivé, je ne sais même pas par où il est passé. Il a pris nos affaires en présentant aux gendarmes des coupons, son laissé passer et nous sommes sortis sans le contrôle.

Nous sommes directement rentrés à la maison, Maitre Ngoma y était avec maman qui a pris Léandre dans ses bras ! Je tremblais de tout mon être, on rentre à peine des vacances, on n'a même pas eu le temps de dire ouf que les problèmes sont de retours ! J'ai attendu que maitre Ngoma raccroche pour l'assaillir de questions.

Moi (le regardant) : Pourquoi vous n'êtes pas à l'aéroport ? Qu'est-ce que vous faites ? C'est Christopher qui a besoin de vous, pas nous.

Papa : Indiah il sait ce qu'il fait.

Moi (énervée) : On ne dirait pas.

J'ai tourné les talons en claquant la porte de ma chambre ! J'étais assise dans le noir lorsque maman m'a rejoint en déposant Léandre endormi sur le lit.

Moi (la regardant) : Vous avez des nouvelles ?

Maman : Non !

Moi : Il n'y a que dans ce pays où les choses se passent ainsi ! On rentre de voyage maman, merde ! (Me mettant à pleurer) qu'est-ce qu'ils lui veulent encore ? Il n'a plus rien du tout.

Papa (ouvrant la porte) : Ils sont en train de le transférer au commissariat central !

Moi (bondissant du lit) : Je viens avec vous.

Maman (le regard inquiet) : Tu n'as pas l'air bien chérie.

J'ai eu le tournis et l'instant d'après j'ai perdu connaissance.

Chapitre 52 : Mon amour

Indiah

En ouvrant les yeux papa et maman étaient au-dessus de moi en train de me regarder étrangement.

Moi (me redressant) : Quoi ? Tu fais quoi là Christopher est où ? On y va papa.

Papa (soupirant) : Tu veux aller faire quoi là-bas Indiah ? Quand même Maitre Ngoma qui est sur place ne peut le voir pour l'instant ?

Moi (m'asseyant sur le lit) : Ce n'est pas grave, mais je vais rester ici pour quoi faire papa ?

Maman (souriante) : Déjà te reposer, parce que tu as une sale tête ! Prendre une douche et manger quelque chose.

Moi : C'est parce que je n'ai pas arrêté de vomir durant le trajet du retour mais sinon je vais bien.

Papa : Je cours rejoindre Me Ngoma, s'il y a du nouveau je vous appelle.

Moi (me recouchant) : Qu'est-ce qu'il y a maman ? Lorsque tu me fais ces yeux là c'est soit tu veux savoir quelque chose, soit tu sais quelque chose que j'ignore.

Maman : Va te doucher, je reviens.

Clap !

En tournant la tête mon regard c'est posé sur le visage de Léandre, je me demande jusqu'à quand exactement sa mère aurait pu mentir sur la paternité de cet enfant. Je suis restée à le regarder jusqu'à ce que le sommeil m'emporte, en ouvrant les yeux j'étais toute seule dans la chambre et il faisait nuit noire dehors. J'ai allumé la veilleuse, il y' avait un sachet de pharmacie posé sur la table de chevet et à l'intérieur deux test de grossesses.

Léandre (ouvrant la porte) : Elle s'est réveillée mamie Marie.

Maman : Okay

Moi (levant les yeux) : Ça va ?

Léandre (se rapprochant de moi) : Oui !

Moi (le regardant) : Tu as mangé ?

Léandre (souriant) : Oui des boulettes de viande avec des frites, c'est mamie Marie qui les a faites.

Moi : Tu préfères les miennes ou celles de mamie Marie ?

Léandre (souriant) : Les deux mais pour Mamie Marie c'est meilleur.

Moi (amusée) : Vendu

Léandre : C'est la vérité

Je suis allée me doucher, ensuite j'ai appelé Carole afin de les informer, elle m'a fait comprendre que Me Ngoma les avait appelés et que tout comme moi ils étaient dans l'attente. J'ai rejoint maman et Léandre dans le salon. Toujours pas de visite autorisée pour Christopher !

Maman (me regardant) : Tu as fait le test ?

Moi : Tout à l'heure ! C'est à cause de ça que tu me faisais tes yeux là ?

Maman (souriante) : Si c'est positif, je serai trop contente ! Tu ne sais pas depuis combien de temps j'attends d'être véritablement grand-mère, et surtout pas un garçon par pitié ! Il y en a trop dans cette famille.

Moi (baillant) : Okay

Maman : Mais c'est vrai ! Papa, les garçons, Christopher et Léandre, nous ne sommes que toutes les deux.

Moi (souriante) : C'est vrai ! Mais j'aime ça, être le centre d'intérêt de tous ces hommes, une fille ? Elle me ferait de l'ombre, chez toi et surtout chez mon père.

Maman : Tu n'es pas sérieuse.

Moi (soupirant) : Déjà que je ne pense pas être enceint.

Maman : Fais le test et après on en reparlera ! Tu veux que je te serve ?

Moi (attachant la mine) : Pas les boulettes de viande hein ?

Maman (souriante) : Non ! Du bon manioc de chez nous avec du poulet fumé dans ?

Moi (souriante) : La pâte d'arachide toi aussi.

Maman (s'en allant) : Voilà !

Je ne sais pas pour les autres fangs, mais chez nous la pâte d'arachide ne peut pas manquer dans les cuisines ! De chez Elie en passant par chez Orny, c'est le plat familial ! [Rire] j'ai mangé avec appétit, oubliant même la fourchette qui était posée sur la table. Après avoir bu un grand verre d'eau, un gros rot est sorti de ma bouche je n'ai pas eu le temps de le contenir.

Maman : Ouuuh Okissi !

Moi (amusée) : Désolée, c'est sorti tout seul.

Nous avons veillé maman et moi jusqu'à minuit, l'heure à laquelle papa est rentré, sans nouvelles de Chris ! Je me suis couchée avec une grosse boule dans l'estomac ! Surtout que je dois rentrer sur Pog lundi parce que je reprends le boulot mercredi. Impossible de trouver le sommeil, je n'ai pas arrêté de cogiter sur le lit à la recherche d'une solution, en vain. Comme j'ai eu envie de faire pipi, je me suis levée du lit en prenant le sachet de pharmacie me rendant dans la salle de bain. J'ai fait pipi sur les deux, et les deux étaient positifs.

J'ai éclaté de rire puis en sanglots toute seule, assise sur la cuvette des toilettes, j'étais incapable de dire si c'était des larmes de joie ou de tristesse. Mes émotions m'ont submergé ! Je me suis nettoyée, rincée les mains et je suis repartie me mettre sous la couette puis j'ai envoyé un message à Meriem ! Elle m'a rappelé de suite.

Meriem (hurlant dans mes oreilles) : Félicitations !

Moi : Merci

Meriem : EHH c'est quoi ? Pourquoi cette voix ?

Moi : Christopher...

Meriem (me coupant) : Ne veut pas que tu gardes ? Il est fou ? Passe-le-moi.

Moi (éclatant en sanglots) : Il n'est pas là Meriem, il est en prison.

Meriem : Quoi ? Que s'est-il passé ?

Moi (en larmes) : Ils l'ont arrêté sans raison quand nous descendions de l'avion Snif

Meriem : Toujours cette même connerie ?

Moi : Oui

Meriem : Vous allez vous en sortir Inchallah.

Moi (reniflant) : J'espère ! Snif déjà il faudrait qu'on puisse le voir.

Meriem : ça va aller chérie.

Elle m'a gardé une bonne partie de la nuit en ligne et j'ai fini par m'endormir jusqu'au matin. Maman m'a soufflé des félicitations avec le plus gros des câlins qu'elle pouvait m'offrir. Dans tout ça je n'ai même pas appelé Kris qui a eu son bac, il est resté tout seul à Pog tandis qu'Ethan est en France avec les Duval. Je n'ai pas la tête à être heureuse, pas entièrement, ce qui me fait de la peine c'est que le père ne soit même pas là.

Aujourd'hui encore impossible de voir Christopher, je me suis rendue chez Carole, toute la famille se retrouvait chez elle et j'ai pris Léandre avec moi. Il n'y avait rien de spécial mais le fait de se retrouver dans un même lieu avec des personnes qui partagent les mêmes inquiétudes que toi fait du bien au moral. Le père de Chris n'était pas là, Nicole nous a dit qu'il cherchait des solutions pour faire sortir son fils de prison d'où son absence.

J'ai repoussé notre retour sur Port-Gentil à Mardi soir, peut-être que d'ici demain ils nous permettront de le voir. Mais Lundi même chose, j'ai craqué.

Moi (en larmes) : Depuis samedi ! Snif mais enfin ? Ce n'est pas un criminel que je sache, qu'est-ce qui fait en sorte qu'ils nous empêchent au moins de vérifier s'il va bien ? Snif

Léandre et moi sommes rentrés Mardi soir sans aucune nouvelle de Christopher, c'est mercredi en rentrant du boulot que j'ai reçu le coup de fil de papa. Il avait une interdiction de quitter le territoire ont-ils dit.

Moi (énervée) : Foutaise ! Elle avait été suspendue quand il a fait l'accident papa.

Papa : Je le sais bien, puisque c'est moi qui l'ai faite enlever, ils disent qu'ils l'ont remis lorsqu'ils ont sus qu'il était hors de danger.

Moi : Sans nous prévenir ? Sans prévenir son avocat ? Et puis ce sont des foutaises, pourquoi en partant ils ne l'ont pas arrêté ?

Papa (soupirant) : Vous allez bien ?

Moi : Non !

Papa : Tu es allée voir un médecin ?

Moi : J'ai pris le rendez-vous pour demain.

Papa : Okay donne nous des nouvelles.

Moi : D'accord

Clic !

Léandre (devant la porte) : Indiah ?

Moi (levant les yeux) : Oui mon grand ?

Léandre : Je peux rester avec toi ?

Moi : Bien sûr (lui faisant de la place) que tu peux ! Quand tonton Chris n'est pas là tu es le chef de famille.

Léandre (souriant) : C'est vrai ?

Moi (le regardant) : Mais bien évidement.

Il s'est mis sur le lit avec son livre dans les mains.

Léandre : Il revient quand tonton Chris ?

Moi : Je ne sais pas Léandre.

Léandre : Mais pourquoi ils l'ont emmené les méchants ?

Moi : Parce qu'ils sont méchants ! Et qu'ils ne savent que faire des méchantes choses.

Léandre : Papi René dit qu'il ne faut pas être triste et il a dit que je dois m'occuper de toi comme un grand garçon.

Moi (souriante) : C'est gentil

À défaut d'être avec Chris c'est Meriem qui est venue avec moi pour la visite et l'échographie.

Meriem (amusée) : Vous êtes partis en vacances ou vous êtes partis vous reproduire ? Tes vacances étaient si sucrées que ça ? Voilà bébé est bien au fond et très installé.

Moi : Hum

Meriem : Toujours pas de nouvelles ?

Moi (soupirant) : Non

Meriem : Pas de stress et surtout beaucoup de repos, tu as entendu le médecin

Moi : Oui je ferai attention

Meriem : Tu pars à Libreville ce week-end ?

Moi : Seulement s'il y a du nouveau, pour l'instant il n'y a rien ! Alors non je n'irai pas ! En ce moment je ne peux pas me permettre des dépenses inutiles, les vacances nous ont bien fauchés.

Meriem : Si tu veux y aller tu me fais signe et je te prends le billet.

Moi : Merci

Meriem (souriante) : C'est pour ma nièce

Moi : Oh non ne t'y mets pas aussi ! Vous faites des garçons et pourquoi se serais à moi de faire la fille ?

Meriem : Parce que Christopher a déjà un garçon et aussi que c'est son karma.

Moi : Meriem arrête avec tes histoires, ta bouche est un poison, dès que tu dis quelque chose ça se réalise.

Meriem (souriante) : C'est une fille ! Je vous souhaite au moins deux filles avec le malin de leur père et celui de leur mère ! C'est un cocktail explosif.

Moi : Tchip !

Maman est rentrée le week-end afin de nous tenir compagnie, ça fait une semaine que Christopher est en détention, nous n'avons aucune nouvelle. Les choses n'avancent pas et ça m'énerve.

Moi (tendue) : Je ne sais même pas ce que papa et son avocat font, qu'ils s'asseyent c'est mieux ! Au lieu de s'agiter sans résultats pff

Maman (me regardant) : Indiah tu es trop nerveuse.

Moi : ça m'énerve ! Depuis une semaine maman, pas de nouvelles ! On attend, tu appelles papa il te répond je te rappelle, tu te dis c'est bon mais toujours rien.

Maman : Ce qu'il faut comprendre c'est que ça ne se joue pas à ton niveau, c'est très haut ! Papa fait de son mieux sauf que la personne qui est derrière tout ça a aussi des longs bras et donc c'est un bras de fer qui s'opère.

Moi : Tchip !

Maman (amusée) : Il vaut mieux que ça soit une fille, parce qu'un garçon nerveux pardon ! Seigneur les enfants d'autrui.

Moi (éclatant de rire) : Rhooooo maman je n'ai pas envie de rire. Regarde, il ne se sait même pas que je suis enceinte ! (Me mettant à pleurer)

Maman (me prenant dans ses bras) : ça va aller !

Moi (en larmes) : C'est trop dur !

Maman : Je sais chérie.

C'est après deux semaines de détention illégale qu'on a eu l'autorisation de lui rendre visite après qu'il ait été déféré à Gros bouquet avec des criminels, des violeurs, des assassins. Donc le week-end qui a suivi, nous étions à Libreville lui rendre visite. Je n'ai pas pu m'empêcher de pleurer en le voyant, c'était simplement insoutenable.

Christopher : Okissi ?

Moi (en larme) : Ne me demande pas de me calmer Christopher Snif regarde dans quel état tu es.

Christopher (souriant) : Je leur ai aussi donné quelques coups si ça peut te rassurer.

Moi : Et tu trouves ça drôle ?

Christopher : C'est mieux que de te voir pleurer ; Carole qui pleure, maman qui pleure et toi c'est assez pour moi ! J'ai besoin de voir autre chose, d'entendre autre chose que de la tristesse et des remontrances.

Moi : ...

Christopher : Comment va Léandre ? Tu lui as expliqué les choses ?

Moi : Il est triste, mais il a décidé d'être fort pour moi parce que papi René lui a demandé de prendre soin de moi. Et il prend son rôle très au sérieux.

Christopher (souriant) : Vaillant comme son père, la force tranquille. Et toi ? Comment tu vas ? C'est quoi ces cernes là Okissi ?

Moi : ...

Christopher (posant sa main sur la mienne) : Okissi ?

Moi (perdant mes mots) : Je...Je...

Christopher : Tu ?

Le gardien (l'attrapant par l'épaule) : Siby c'est fini pour aujourd'hui.

Christopher (me regardant) : ça va aller Indiah.

J'ai mis mes mains devant mes yeux pour retenir les larmes qui malgré cela se sont mises à couler. Je n'ai même pas pu lui dire que j'étais enceinte. J'ai rejoint l'aide de camp que papa a mis à ma disposition, il ne veut plus que je me balade dans les rues de Libreville toute seule, même maman en a un maintenant.

[Sonnerie téléphone]

Moi (décrochant) : Allô Carole ?

Carole : Bonjour Indiah tu vas bien ?

Moi : Non je sors de la prison là.

Carole (soupirant) : Okay, dis-moi tu peux passer chez les parent s'il te plait ?

Moi : Il y a un problème ?

Carole : Léandre est avec toi ?

Moi : Non !

Carole : Okay tant mieux.

Moi : Il y a un problème n'est-ce pas ?

Carole : Nadège est chez moi, elle veut récupérer son enfant.

Moi : Okay j'arrive.

Carole : Merci

Clic !

J'ai demandé à l'aide de camp de me laisser chez les parents à Christopher. Depuis le portail on entendait Nadège crier.

Nadège : Et pourquoi c'est elle qui doit garder mon enfant ? Qu'elle fasse le sien, je veux qu'elle me rende mon enfant.

Moi (ouvrant la porte) : Bonjour

Nicole (levant les yeux) : Ah Indiah te voilà, entre.

Je suis allée lui faire la bise ainsi qu'à Carole avant de prendre place.

Moi (regardant Carole) : C'est quoi le problème ?

Nadège : Il faut t'adresser à moi, je veux mon fils ! Je suis sa mère et c'est à moi de m'en occuper. Tu n'as aucun droit sur lui, Christopher étant ou il est c'est à moi de m'occuper de mon enfant.

Moi : Et depuis quand ?

Nadège : Pardon Je ne cherche pas à discuter avec toi, Tout ce que je demande c'est de récupérer mon enfant ! Il est hors de question qu'il vive avec des gens aux mœurs douteuses et un père tolard.

Moi (la regardant) : Mais dans ce cas prend un avocat et poursuis nous pour récupérer la garde de ton enfant Nadège ! Christopher a le droit absolu sur Léandre, en cas d'absence ce droit me revient automatiquement. Si tu es contre ta propre signature, va voir un juge et demande une audience. Si tu étais polie et bien éduquée on se serait arrangées et je t'aurais laissé l'enfant jusqu'à la fin des vacances mais non, tu viens gueuler sur les gens en vertu de quoi ? C'est nous qui t'avons demandé d'abandonner ton enfant au profit de ton mariage ? Tu viens crier chez autrui que tu es qui ? Foutaises ! [Me levant] j'attends avec impatience cette convocation du tribunal.

Nadège (se levant) : S'accrocher à l'enfant de quelqu'un d'autre pour garder un homme, pathétique.

Moi (éclatant de rire) : Je préfère être réduite à cela plutôt que celle qui fantasme sur le meilleur ami de son mari.

Elle a voulu me gifler mais j'ai attrapé sa main à la volée.

Moi (la fixant) : Je ne fais que t'observer et crois-moi j'ai un très bon flair. Lorsque cette histoire avec Christopher sera loin derrière nous, je me pencherais sur ton cas personnellement ! [Lâchant sa main] et cette histoire sera élucidée.

Elle est sortie de la maison en claquant la porte derrière elle, Carole et Nicole étaient stupéfaites.

Carole (brisant le silence) : Mais je comprends pourquoi Christopher est là. C'est la première fois que je te vois dans cet état.

Nicole (me fixant) : Ma fille tu es enceinte ?

Coup de massue. Je l'ai regardé, livide.

Moi (prenant place) : Oui de 4 semaines maintenant.

Carole (sautant de joie) : Christopher doit être dans tous ses états ! [Me prenant dans ses bras] félicitations.

Moi : ...

Nicole : Tu ne lui as pas dit ?

Moi (petite voix) : Non

Toute l'euphorie de Carole s'est envolée.

Carole (prenant place) : Mais pourquoi ?

Moi (me passant les mains sur le visage) : Je n'ai pas eu le courage, c'était au bout de la langue mais je n'ai pas eu la force de le lui annoncer.

Carole : Ne me dit pas que tu comptes l'interrompre.

Moi : Non mais je ne sais pas Carole ! Toute cette histoire, en plus Nadège, le stress, je ne sais pas.

Nicole : Et pourtant il faudra bien que tu le lui dises ? Et il a besoin de ce genre de nouvelles Indiah.

Moi : Je sais bien

Carole : Surtout que tu ne pourras pas cacher la grosse éternellement, elle finira pas se montrer.

Moi : Oui

Nicole (prenant mes mains) : Dis-le-lui s'il te plait.

L'anniversaire de Léandre je l'ai organisé sur Libreville, j'ai appelé Mathurin pour savoir si les enfants pouvaient passer chez moi avec la nounou bien sûr. Il a été très long à me répondre, j'ai insisté en précisant que c'était pour Léandre, Iris et David que je le fais et non pour moi. Et que s'ils voulaient ils étaient les bienvenus. Il m'a répondu à la dernière minute, en disant que Nadège passerait les déposer.

Elle est venue faire son cinéma de maman t'aime plus l'infini comme le ciel, juste pour le faire pleurer ! Dans une autre vie, nous aurions trouvé un terrain d'entente, Iris et David dormiraient même ici. On serait passé au-dessus de tout ça, Mathurin et Christopher se seraient fâchés un temps et puis auraient finir par aller de l'avant. Dans une autre vie les choses se seraient passées plus simplement.

+++Septembre+++

Un mois, deux semaines et quatre jours que Christopher est enfermé sans raison, que les audiences sont repoussées. Léandre a commencé l'école hier, au moins il connait déjà les neveux de Meriem il ne s'est pas trop senti dépayser. Septembre c'est le mois d'anniversaire de Chris et c'est aussi le mois de notre anniversaire de couple. [Soupir] J'ai juste envie de rentrer en hibernation et ne me réveiller qu'en octobre.

J'en suis à six semaines et 4 jours de grossesse, et je n'ai pas encore trouvé la force d'en parler à Christopher. Je sais qu'il m'en voudra, mais je n'y arrive pas, surtout que maintenant je ne peux plus me permettre de voyager à cause de Léandre alors je ne sais pas. J'ai passé tout le temps à cogiter sur comment le lui annoncer. Alors pour son anniversaire je lui ai écrit une lettre, comme pièce jointe j'ai mis une photo de mon ventre attrapant l'échographie et pleins d'autres avec Léandre, des vacances que j'ai remise à papa.

Christopher*

Nadège (souriante) : C'est donc ici que tu as fini ? Toi le grand Christopher Siby ? Je voulais voir ça de mes yeux. La vie ci n'est rien vraiment. Qui pouvait s'imaginer qu'un jour le grand Siby allait ressembler à un clochard, un sans famille, et croupir dans les prisons de Libreville ? Mais dis-moi où son toutes les filles à papa que tu alignais chaque week-end ? Pourquoi ne demandent-elles pas à leurs papas de te sortir d'ici ?

Moi : Tu as fini Nadège ?

Nadège : Ta bouche est toujours à sa place à ce que je vois, anyway ! Je ne suis pas venue que pour ça, c'était une petite parenthèse. Je veux récupérer mon enfant Christopher, il est hors de question que ta copine élève mon fils.

Moi : C'est sa tutrice légale.

Nadège : Je m'en fou Christopher, les choses ont changé. Je veux récupérer mon enfant.

Moi : Nadège je t'avais prévenu dès le départ, je t'avais mis en garde. Je t'avais dit que cet enfant ne sera pas baladé de foyer en foyer selon les humeurs de ton mari.

Nadège : Tu connais mathurin, sa colère est passée et il est revenu à des meilleurs sentiments.

Moi : C'est justement à cause de lui que j'ai pris cette décision.

Nadège : Comme je viens de te le dire, il est revenu à des meilleurs sentiments.

Moi : Et je n'en ai strictement rien à cirer ! Vous l'aurez comme convenu durant les vacances de Noel et c'est tout.

Nadège (s'énervant) : Tu n'as pas le droit de me priver de mon enfant Christopher.

Moi (me levant) : Tu me pompes le bazo pour rien.

Nadège (du tic au tac) : Et tu aimais ça !

Moi (la regardant) : Pardon ?

Nadège (se levant) : Je t'enverrai mon avocat, cette histoire ne s'arrêtera pas là.

Moi (fronçant les sourcils) : Qu'est-ce que tu viens de dire ?

Nadège (s'en allant) : Tchrrrr

Je n'ai pas eu le temps de penser aux paroles de Nadège car j'ai été escorté dans une salle, dans laquelle se trouvaient Me Ngoma et Mr Okissi. Je devais normalement avoir une audience demain elle vient encore d'être reportée.

Moi (les nerfs lâchant) : Demain c'est mon anniversaire et voilà quoi.

Me Ngoma (se levant) : On va vous laisser un petit moment d'intimité ! [Sortant de la salle]

Mr Okissi (me tendant une enveloppe avant de sortir) : Indiah !

Rien que le parfum m'a mis bien, je l'ai porté à mes narines au moins pendant trente secondes avant de l'ouvrir et de pleurer à chaude larmes quelques minutes plus tard devant la photo du ventre d'Indiah. Je n'ai pas pu me retenir, mes nerfs ont vraiment lâchés et le pire dans tout ça c'est que ça m'a fait du bien. Revoir nos vacances, elle a sorti certaines de nos photos de vacances. Je me suis sentie revivre de l'intérieur, vraiment et puis il y a eu sa lettre et celle de Léandre. Putain ! Et moi qui pensais qu'il n'y avait que ma mère et ma sœur qui me feraient pleurer, c'était avant que je ne rencontre Okissi.

Je lirai cette lettre le soir avant de me coucher, j'ai tout remis dans l'enveloppe lorsque Maitre Ngoma a ouvert la porte !

Me Ngoma (me regardant) : Ça va mieux ?

Moi (souriant) : Bien mieux que tout à l'heure.

Me Ngoma (prenant place) : Comment ça se passe ?

Moi : Pareil, on dort tous entassé les uns sur les autres

Me Ngoma : Vous n'avez pas voulu le matelas.

Moi : Les traitements de faveur vont m'attirer des problèmes, ils commencent à me prendre comme l'un des leurs alors non je ne veux pas que ça change ! [Regardant l'enveloppe] J'ai le droit de la garder ?

Me Ngoma : Oui vous en avez le droit.

Moi : Vous pouvez me donner une feuille et un stylo s'il vous plait ?

Me Ngoma : Oui bien sûr.

J'ai pris place pour à mon tour écrire à Okissi, sans avoir lu sa lettre car je peux aisément deviner ce qui se trouve à l'intérieur. Il fallait que je lui dise ce que j'ai sur le cœur là en ce moment, ce que je vis et ressens loin d'elle. Et maintenant que je sais qu'elle porte en elle notre bébé, mon Dieu je ne sais pas si elle a une idée de l'amour que je ressens pour elle. J'ai écrit deux pages recto verso que j'ai remis à mon Avocat, malheureusement je ne peux pas joindre une photo.

Lorsque je me suis retrouvé tout seul dans mon coin après avoir montré les photos de ma petite famille à mes nouveaux 'amis' j'ai ouvert la lettre d'Indiah.

Mon amour,

Vivre sans toi est plus difficile que je ne l'imaginais. Tout ce que je vois, un lieu où nous sommes passés ensemble, une silhouette qui de dos te ressemble, un couple d'amoureux, me fait penser à toi. Tout me fait sentir à quel point j'ai besoin de toi, de ta présence, de ton amour.
Quand nous étions l'un avec l'autre, j'ai chérie chaque moment que nous passions ensemble, chaque câlin, bisou, chaque parole.
Et maintenant que tu n'es plus là, je mesure encore plus à quel point je suis folle de toi, à quel point tu me manques Christopher.

Ce soir, parce que je suis en train de t'écrire cette lettre, je peux sentir ta présence auprès de moi, ta main sur mon épaule, tes doigts dans mes cheveux, et le souffle doux de tes lèvres dans mon cou. Je ne sais pas où nous allons, mais voici que dans notre folie, nous avons créés un petit être qui grandit chaque jour en moi.

Je n'ai jamais vécu de relation aussi intense, folle, passionnante que celle que je vis avec toi. Mon Dieu Siby tu me fais passer par toutes sortes d'émotions, des rires, aux pleurs, aux coups de gueule, aux cris et j'en passe. Demain tu fêteras ton trente deuxième anniversaires, j'aurai voulu que tu sois là, j'aurai voulu que nous soyons ensemble, que tu me fasses rire, pleurer, devenir folle. J'aurai simplement voulu que tu poses ta tête sur mon ventre, que tu m'embrasses. Il y' a tellement des choses que j'aurais voulu faire avec toi.

Tu es pleinement conscient que tu es l'homme le plus chanceux du monde n'est-ce pas ? [Sourire] et que tu devras me supporter n'est-ce pas ? Parce que Siby je ne compte pas bouger si tu penses te débarrasser de moi OUBLIES ! Je suis bien calée mon cher et pour très longtemps, jusqu'à ce que ma bouche se vide de ses dent.

Joyeux anniversaire Fuckboy !

Ps : Quand tu liras cette lettre je serai déjà à ma huitième semaine, c'est le cadeau qu'on a ramené de nos vacances. C'est ce cadeau qui m'a rendu malade durant le trajet du retour, et j'ai même perdu connaissance quelques minutes après que tu aies été transféré. Tout le monde veut que ça soi une fille, et moi ? Peu importe le sexe, tant que c'est une partie de toi et une autre de moi c'est tout ce qui m'importe.

J'espère vraiment que tu tiens le coup, de toute façon tu me diras oui même si c'est faux.

Je m'arrêterais ici, ce n'est pas la dernière que tu reçois, c'est simplement la première d'une longue série. On pense très fort à toi Christopher.

Loin des yeux près du cœur.

Je t'aime. Ton Okissi

Chapitre 53 : Papa

Indiah

Moi (énervée) : Cette femme m'épuise maman. Elle veut son enfant mais bon Dieu qu'elle aille voir un juge.

Maman (en ligne) : Doucement Indiah.

Moi : Non ! Christopher l'avait bien mise en garde, devant nous tous il lui avait posé là à deux reprises. Nadège tu es d'accord avec cette décision ? Oui. Ce mot est sorti de sa bouche. Christopher a même rajouté que s'il récupérait le petit, c'était pour avoir la garde exclusive ! Elle était okay avec. Maintenant que dans son couple tout semble rouler, elle vient me faire chier ? Elle veut le récupérer, c'est justement pour éviter qu'il soit baladé d'un foyer à un autre que Siby a fait cette démarche.

Maman : C'est délicat Indiah, je peux la comprendre c'est son enfant. Étant donné que Christopher n'est pas là, elle aimerait le récupérer.

Moi : Et donc qu'est-ce que je fais ? Il est inscrit à l'école, je dois l'enlever, le lui envoyer et l'histoire est réglée ?

Maman (soupirant) : Je ne sais pas, comment vous vous êtes organisés ?

Moi : Elle le récupère durant les fêtes de fin d'année, une semaine durant les vacances d'hiver et une autre durant celle de printemps. Ou elle choisit de le prendre les deux semaines, soit d'hiver soit de printemps. Ensuite tout le mois de Juillet ou aout, tout dépend d'elle. C'est cela l'accord.

Maman : Et Christopher en pense quoi ?

Moi : Je n'ai pas encore eu l'occasion d'en parler avec lui, c'est un sujet qui nécessite que l'on soit face à face. J'attends que Léandre prenne ses vacances de toussaint, pour prendre le week-end et me rendre sur Libreville.

Maman : Dans ce cas invite la et ayez une discussion d'adulte.

Moi : Maman je ne demande que ça, mais c'est elle qui passe son temps à m'agresser depuis que Léandre est chez moi ! Je prends sur moi vraiment, sinon je lui aurais cassé la gueule depuis.

Maman : Indiah la violence ne résout rien.

Moi : Et c'est pourquoi elle me fait chier.

Maman : Sinon comment vous allez ?

Moi (soupirant) : Fatigués !

Maman (amusée) : À douze semaines ?

Moi : Hum ! Je ne sais pas si c'est le corps qui est fatigué ou si c'est le mental du fait que je vive ma grossesse toute seule.

Maman : Tu n'es pas toute seule, et nous alors ? La famille de Christopher ?

Moi : Ce n'est pas la même chose ! Tu ne peux pas me comprendre, papa était là pour toi. Christopher n'est pas là maman, vous pourrez être mille autour de moi mais vous n'arriverez pas à combler le vide dû à son absence. C'est comme ça et je n'y peux rien.

Maman : Ok mais ne dit pas que tu es toute seule, bien que Christopher ne soit pas physiquement là, nous le sommes.

Moi : Pardon. Au fait j'ai reçu un virement de votre part hier pourquoi ?

Maman : Pourquoi pas ?

Moi (soupirant) : Maman !

Maman : Indiah on a voulu se faire plaisir, c'est notre argent et tu es notre enfant. Ce n'est pas comme si en ce moment tu roulais sur l'or et puis hop caprice de tes parents grossissant son compte. On l'a fait parce que tu es dans le besoin, tu as une charge avec toi.

Moi : Je sais, mais ce n'est pas comme si nous crevions de faim non plus.

Maman : Certes, mais lorsqu'on garde l'enfant d'autrui, il faut toujours avoir des sous de côté. On ne sait jamais, d'où le virement que tu as reçu ! Tu n'es pas obligée de l'utiliser, mais garde le en cas d'urgence.

Moi : Hum

Maman : Tu as finalement gardé la nounou ?

Moi : Oui ! Elle fait plus que nounou en ce moment, je suis trop paresseuse c'est abusé, tout ce qui m'intéresse c'est dormir. Le matin pour me lever Léandre est obligé de faire plusieurs tours, sinon je dormirais toute la journée ;

Maman : Il faut te motiver.

Moi : J'ai décidé de me remettre au sport après le boulot je tracerais directement.

Maman : Bon je te laisse et pense à notre conversation.

Moi : Okay Bonne nuit maman.

Maman : Bonne nuit chérie.

Clic.

J'ai répondu au message de Meriem, Elie, Carole et Nicole avant d'éteindre la lampe et de m'endormir. Cela fait dix semaines que Christopher est enfermé, que les audiences sont reportées sine die, qu'ils nous baladent dans tous les sens. Je comprends la position de papa, il fait de son mieux.

N'étant pas du cercle c'est bien plus difficile pour lui t'intervenir comme quelqu'un du cercle qui aurait plus d'influence que lui à ce niveau-là. C'est d'autant plus compliqué pour nous de se voir autant qu'on le souhaite, lui là-bas et moi ici en plus dans mon état. Cette relation est vraiment mise à rude épreuve. [Soupir]

Mais Dieu est grand, on ne lâchera pas ! Je sais qu'il compte sur moi, alors je ne lâcherai rien ! On s'écrit, et c'est cela qui me permet de tenir et à lui aussi d'ailleurs. Il me décrit ses journées, son quotidien, et moi je lui parle de nous, de mes visites à l'hôpital, des histoires de Léandre et je joins des photos. À défaut de se voir au moins en le lisant je l'imagine, couché sur le lit, les yeux rivés vers le plafond, me répéter tout ce qu'il a écrit sur ce bout de papier.

Nicole

Carole a convoqué son père en réunion, depuis là on ne voit pas ce que Gervais fait. On ne le sent pas aussi impliqué que cela dans l'incarcération de son fils, lui qui a un carnet d'adresse rempli. Alors les enfants veulent savoir pourquoi les choses ne bougent pas, ça fait trois mois que Christopher est retenu en prison comme un vulgaire criminel ! Et de surcroit au Gros Bouquet, sans avoir vu un juge, sans aucune raison apparente.

Il parle de coups de fil qu'on ne voit jamais, c'est grâce à Mr Okissi et à son avocat qu'on a eu le droit aux visites. Gervais est là, assis, on se regarde ! Mais tous les jours il est enfermé dans son bureau au téléphone.

Carole (le regardant) : À un moment donné papa il faut que tu arrêtes de jouer avec nous, que tu arrêtes de faire comme si nous ne voyons pas ce qui se passe. Arrête de nous prendre pour des imbéciles.

Gervais : Carole tu maitrises ton langage.

Yorick : Papa elle n'a pas tort ! On a l'impression que tu cautionnes ce qui se passe.

Carole : L'impression ? Il cautionne ce qui se passe oui ! Je suis même sûr qu'il a donné son approbation histoire de mettre la pression à Christopher.

Gervais (énervé) : Vous croyez que je suis derrière tout ce qui se passe ? Je fais de mon mieux pour arranger la situation, mais ils ne veulent rien entendre.

Carole : Dans ce cas cris plus fort qu'eux ! Tu étais dans ce système, tu sais très bien comment ça se passe ! Alors pourquoi de notre côté les choses n'avancent pas ?

Steph (pouffant) : Elles n'ont même pas encore bougé.

Carole (la voix tremblante) : Christopher sera papa, déjà que la première fois il n'a pas été présent, là encore il sera privé de ce droit ! Pourquoi ? Toi-même tu étais là durant les cinq grossesses de ta femme non ? Il vit cette grossesse en prison papa tu trouves sa normal ?

Gervais : Tu ne comprends pas que je fais de mon mieux Carole ? Nicole dit à ta fille ce que je fais tous les jours ici.

Yorick : Papa ça fait trois mois que Christopher est enfermé, trois long mois ! Tu as été une seule fois lui rendre visite ? Non ! Parce que si tu étais allé lui rendre visite tu ne serais pas assis là à faire comme si tout allait bien alors que ce n'est pas le cas.

Carole (essuyant les larmes) : C'est la sorcellerie des Lumbus ! Si ce sont tes parents de Gamba qui lui ont demandé de sacrifier son enfant afin qu'ils poursuivre leur sorcellerie, vous êtes vaincus. Tu es enfermé dans ton bureau pour sceller les pactes mais tu n'auras rien je te le dis déjà. Christopher finira par sortir de cet endroit, pas à cause de toi, mais par le travail fait par un autre homme, tu n'as même honte. Toi Gervais Siby, regarde toi papa, regarde comment tu finis ta vie dans la honte.

Moi : Carole !

Carole : Non ! IL faut qu'il sache ce que je pense, c'est un autre homme qui fera sortir ton fils de prison pendant que tu es là tranquillement assis, sans aucun remord. C'est triste vraiment quand je pense que je te respectais, que tu étais mon model. Je suis simplement déçue de voir un homme lâche, qui a peur d'affronter ses problèmes, de corriger ses erreurs et de se battre pour ses propres enfants. Tu es un lâche papa ! [Se levant] Je préfère rentrer chez moi.

Les autres ont fait de même, nous sommes restés tous les deux dans notre silence. Que pouvais-je ajouter ? Les enfants ont tout dit ! Gervais a passé toute la soirée enfermé dans son bureau, il y est resté toute la nuit. Le lendemain il est rentré dans la chambre de bonne heure, en allant prendre sa douche. J'ai voulu me lever lui faire la table pour le petit-déjeuner mais il m'a stoppé en me disant qu'il allait prendre son petit-déjeuner à l'extérieur.

Christopher*

J'ai été surpris lorsque très tôt ce matin, après que l'un des gardiens soit venu me chercher parce que j'avais de la visite, de voir mon père assis en train de se frotter les mains en regardant de gauche à droite. Déjà bien avant que je ne me retrouve ici il avait coupé le contact avec moi, alors c'est vraiment la dernière personne que je m'attendais à voir ici. C'est d'un pas lent que je l'ai rejoint, j'ai pris place en face de lui.

Moi (le regardant) : Bonjour papa.

Papa (se frottant les mains entre elles) : Bonjour Christopher

[Silence]

Moi (soupirant) : Tu es venu pour quoi au juste, rester là et me contempler ? Ou vérifier si je suis toujours en vie ?

Papa (me regardant) : Ne raconte pas de bêtises. J'en ai assez entendu comme ça depuis hier avec ta sœur et tes frères.

Moi : Alors qu'est-ce que tu veux ?

Papa : Tu sais que tu peux mettre fin à tout ceci Christopher.

Moi (ouvrant grands les yeux) : Tu n'es pas sérieux n'est-ce pas ? Tu n'as pas fait tout ce chemin pour ça n'est-ce pas ? J'hallucine ! Ça fait trois mois que je croupis ici et tout ce que tu trouves à me dire c'est 'tu sais que tu peux mettre fin à tout ceci' la première fois que tu me rends visite ?

Papa : Christopher tu sais comment ça se passe dans ce pays, les audiences ne feront qu'être repoussées ! Ils te veulent toi ! Et depuis qu'ils savent pour (murmurant) la petite Okissi et toi, leurs intérêts ont grossi.

Moi (fronçant les sourcils) : Grossis c'est-à-dire ?

Papa (murmurant) : Ils la veulent aussi.

Moi (rire nerveux) : ...

Papa : Okissi les énerve, il dérange de plus en plus ! Cette histoire est en train de prendre une autre direction, elle devient hors de contrôle.

Moi : Et c'est la raison pour laquelle ils t'envoient me convaincre ?

Papa : Ce que tu ne comprends pas c'est que si Okissi continue de creuser l'histoire risquerait d'aller là-haut.

Moi : Et ?

Papa (soupirant) : Christopher ne fait pas comme si tu ne comprenais pas où je veux en venir. Il y a de plus en plus de personnes en danger dans cette histoire.

Moi : Donc tu me demandes à-moi ton fils de sauver tes gens en me sacrifiant et en sacrifiant dans la même foulée la fille et le petits-enfants de celui qui vous gêne ? C'est ce que tu me demandes de faire ?

Papa : Ce n'est pas un sacrifice, c'est simplement pour emmener Okissi à arrêter.

Moi : Je ne comprends pas papa, s'il vous dérange, s'il est nuisible, pourquoi vous ne l'arrêtez pas vous-même ?

Papa : On tourne en rond Christopher ! J'essaie de te sortir de là, je fais de mon mieux mais il faut aussi que tu y mettes du tien. On a compris, tu t'es battu et c'est d'ailleurs l'une des raisons majeure qui fait qu'ils te veulent. Christopher regarde toi, regarde autour de toi, ce n'est pas ta place. Tu es né pour briller, pour être au sommet de la pyramide, tu as la carrure d'un chef d'entreprise, d'un meneur, tu es un leader, toujours en tête de file !

Tu es mon héritier. [M'attrapant par l'épaule] Chris ressaisi toi, ta mère est malheureuse, ta sœur c'est la même chose. La famille est fracturée.

Moi : ...

Papa : Je te laisse cette semaine. Réfléchis sur tout ce que je viens de te dire, je reviendrai la semaine prochaine, le même jour, à la même heure. Ne me déçois pas cette fois-ci ! Pense à la famille, à ta vie d'avant, aux avantages et privilèges dont tu jouissais jadis. J'étais fier d'entendre tes prouesses dans la ville ou lorsque je sortais de la maison en parlant de toi des femmes tremblaient de savoir que je suis le père du grand Christopher Siby la légende [souriant]

Moi : Tu ne m'as pas félicité.

Papa (sortant de son délire) : Quoi ?

Moi (le fixant) : Tu seras grand-père, mais à aucun moment tu n'en parles, tu ne m'as même pas demandé si j'allais bien, comment ça se passe après trois mois passés ici.

Papa : Parce que ce sont des détails, il te suffit de dire un mot, le bon bien sûr pour que cette histoire soit oubliée. À la minute où tu diras oui, au sortir d'ici le monde sera à tes pieds, rien que devant la porte, tu reprendras les reines de ta vie.

Moi : ...

Papa (se levant) : Á la semaine prochaine fiston.

C'est une fois de retour dans le trou a rat que je me suis rendu compte que j'ai mis plus d'une heure avec mon père ! Je n'ai pas pu m'empêcher de ressasser notre conversation dans ma tête pendant des jours durant.

Me Ngoma est passé hier me remettre des vêtements neufs et une brosse à dent, il m'a demandé de les mettre demain, d'être prêt aux environs de 9h. J'ai fait comme il m'a dit, j'étais prêt depuis 6 heures du matin. Peut-être qu'il a pu enfin obtenir une audience, mais n'a pas voulu me le dire afin de m'éviter une nouvelle déception. Car c'est depuis Aout qu'on attend cette fameuse audience.

À 9heures tapante le gardien est venu me chercher en me conduisant dans une pièce, c'est la première fois que je mets les pieds dans ce couloir. Il est resté devant la porte en me demandant d'ouvrir la porte et de ne pas faire trop de bruit, puis il m'a fait un clin d'œil. C'est tout confus que j'ai poussé la porte.

Okissi s'y trouvait, elle était simplement magnifique dans cette robe qui dessinait ses formes et son ventre arrondi. Je suis resté debout, tétanisé par la peur de réaliser que c'est un rêve, elle m'a souri.

Moi (me passant la main sur le visage) : Je dois rêver.

Indiah (s'approchant de moi) : Non tu ne rêves pas Christopher (Posant ses mains sur mon visage) Tu ne rêves pas.

Moi (la regardant dans les yeux) : Comment tu as fait ?

Indiah (souriante) : C'est la Toussaint, il n'y a personne, Me Ngoma a soudoyé le gardien.

J'ai posé mes mains sur son ventre, qui était tout dur.

Moi (levant les yeux) : Combien de mois ? Tu as le sexe ?

Indiah : Quatorze semaines et non pas encore, il ne veut pas le montrer.

Je me suis redressé en l'embrassant langoureusement et les choses ont dérapés. Le manque, le stress, la joie, toutes les émotions nous ont submergés il fallait que ça sorte. Je l'ai posé sur la table en soulevant sa robe et en me plaçant entre ses jambes, son slip sur le côté, j'ai envoyé mes doigts en exploration. Elle était trempée ; Je n'ai pas voulu la faire languir plus longtemps, j'ai sorti Grégoire en soulevant ses jambes légèrement puis je me suis glissé en elle.

J'ai dû rester immobile deux minutes au moins pour me contrôler, sinon j'allais éjaculer à cause du manque et le fait qu'elle soit brûlante et étroite. Ma respiration était haletante et la sienne aussi. Avant de commencer mes mouvements nous avons échangés un long baiser, ensuite je lui ai demandé de s'agripper à moi du mieux qu'elle pouvait et de ne pas trop crier.

La pièce dans laquelle nous nous trouvons est une cellule comme il y'en a peu, ils l'utilisent pour les gens haut placés tels qu'un ministre ou un député. Sinon nous autres c'est la fausse commune. Nous nous sommes couchés sur le lit d'une place, on a fait de notre mieux pour suffire dessus.

Moi (regardant Okissi) : Je te préfère en vrai qu'en photo.

Et elle s'est mise à pleurer.

Indiah (en larmes) : C'est dur sans toi tu sais Snif

Moi (bisou sur le front) : Je sais

Indiah (me regardant) : Je t'aime Christopher

Moi (soutenant son regard) : Et moi encore plus

Impossible de fermer l'œil, je l'ai de nouveau faite mienne avant de s'asseoir et que je prenne des nouvelles de tout le monde. Elle m'a parlé des harcèlements de Nadège au sujet de Léandre, ça se voit qu'elle ne va pas bien.

Moi (la regardant) : Tu as essayé de discuter avec Mathurin ?

Indiah (essuyant les larmes) : Non ! Mais j'ai demandé à Leslie d'organiser une rencontre entre nous, maman dit qu'on doit avoir une conversation d'adulte et mettre nos différends de cotés pour le bien de Léandre. Je suis favorable à cela. J'attends que ça se passe et je te tiendrai au courant, ou dans le pire des cas on lui rend le petit.

Moi : Non Indiah ! Nadège avait été prévenue, je savais que ce se passerait ainsi raison pour laquelle j'ai pris mes dispositions. Son couple va bien, mais lorsqu'ils auront leurs problèmes je n'ai pas envie que Léandre se retrouve mêlé à cela. Et je connais Mathurin il ne manquera pas une minute de rappeler à Nadège que cet enfant n'est pas de lui. Nous n'avons rien demandé, ils ont pris cette décision alors qu'ils l'assument.

Indiah : ...

Moi : Je n'ai pas arrêté de dire à Mathurin que cet enfant était le sien, que je me plierais à ses exigences. Qu'est-ce qu'il a fait ? Il s'est empressé d'aller enlever son nom de l'acte de naissance du petit et donc de renoncer à ses droits.

Indiah (soupirant) : Il était en colère.

Moi : Non ! Tu peux être en colère, à la limite qu'on se batte, qu'il me sorte des paroles blessantes je veux bien. Mais tu ne peux pas poser ce genre d'acte et ensuite espérer un amendement. Si Nadège te fait chier n'hésite pas à te rendre à la police.

Indiah : ...

Moi : Oui ! Il est où en ce moment ?

Indiah : Chez Carole

Moi : Ok

Nous sommes restés dans les bras l'un de l'autre jusqu'à 17h, je l'ai prise dans mes bras quelques minutes avant son départ en lui disant à quel point je l'aime, à quel point elle me manque.

Moi (la regardant) : On ne lâche rien d'accord ?

Indiah (reniflant) : D'accord

Après cette journée riche en émotions, je me suis directement couché le sourire aux lèvres. J'avais son parfum sur mes vêtements et même sur mon corps. Pour la première fois j'ai dormi à point fermé, oubliant même l'endroit où je me trouvais. Le lendemain Papa m'a rendu visite, il semblait différent, plus joviale, il m'a même fait la bise.

Moi (le regardant) : Tu as l'air de bonne humeur.

Papa (souriant) : Je le suis Fiston. Nous avons récupéré nos biens, les poursuites contre toi vont être annulées. Il suffit que je passe un coup de fil tout de suite et c'est fini.

Moi : Seulement si je leur dis ce qu'ils veulent entendre c'est cela ?

Papa : Et le soir même on fait ton intronisation.

Moi (amusé) : Vous êtes rapides.

Papa : Pourquoi perdre du temps Christopher ? Depuis l'année dernière, si tu avais fait comme le fils Avaro c'est toi qui serais l'époux de Marion et non lui.

Moi (surpris) : Ils se marient ?

Papa (me regardant) : Ils se sont déjà mariés, la cérémonie s'est passée la semaine dernière.

Moi (souriant) : Au moins il a eu une femme que j'ai refusé de toucher.

Papa : En même temps il n'a pas trop eu de choix, 32 ans et quatre gosses de trois mères différentes, plus celui qui est en cours.

Moi : Elle est tombée enceinte ? Ben voyons

Papa : Comment ça ?

Moi : C'est une folle celle-là, je comprends mieux pourquoi mon cœur n'était pas du tout intéressé.

Papa : Ça c'est parce que tu avais jeté ton dévolu sur la fille Okissi.

Moi (me caressant le torse) : Et j'ai bien fait.

Papa (regardant sa montre) : Bon on y va ?

Moi (le regardant) : Aller où ?

Papa : Mais tu es libre.

Moi : Ah bon ? Comme ça ? Sans même que je ne signe de documents de sortie ?

Papa : Si tu veux, tu signeras mais dans la voiture, on a beaucoup à faire. Déjà aller chez le coiffeur, prendre une bonne douche, avoir un bon repas et rattraper toutes les choses qui t'on manquées.

Moi (souriant) : Oh ça je l'ai déjà fait.

Papa (se levant surpris) : Ah bon ? Mais lève-toi le chauffeur nous attend à l'extérieur [souriant] time is money.

Moi (croisant mes bras) : Je ne vais nulle part avec toi papa.

Papa (ouvrant grands les yeux) : Christopher arrête de faire l'enfant.

Moi (le fixant) : Du tout.

Papa (s'asseyant lourdement) : Christopher on ne peut plus faire machine arrière.

Moi : Tu ne peux plus faire machine arrière pas moi. Je n'ai fait aucun accord avec personne. Tu n'as même pas attendu que je te donne ma réponse que déjà la belle vie a repris. Si tu m'aime papa, appelles les et dis leur que j'ai accepté.

Papa (transpirant à grosses gouttes) : Alors que tu mens ?

Moi : Dis-moi ce que tu as à perdre. J'ai une femme merveilleuse, une famille qui m'attend à l'extérieur, un enfant qui est perdu ne sachant pas pourquoi son père n'est pas avec lui, un autre en route qui pour la première fois a écouté la voix de son père hier. Voici ce que j'ai à perdre papa, passer à côté de ce bonheur que tu as vécu à cinq reprise. Si tu m'aimes papa appelle-les.

Papa (la voix tremblante) : Ils me demanderont des preuves Christopher.

Moi (me levant) : Si tu m'aimais tu allais agir sans réfléchir, mais tu ne penses qu'à ta personne. Mais tu sais quoi papa ? Je ne t'en veux même pas, je ne suis même pas en colère contre toi. À quoi bon ?

Papa : Christopher écoute moi fiston.

Moi (m'en allant) : Je t'aime papa

Nicole

Depuis la semaine dernière Gervais a repris du poil de la bête, il est souriant, plus détendu, jovial. En partant ce matin de la maison, il m'a dit qu'à son retour il aurait une surprise pour moi. Une grande surprise. Bizarrement au lieu d'être contente j'étais inquiète et angoissée. J'ai appelé Carole et elle m'a demandé de la rappeler lorsqu'il rentrera.

Sauf que le Gervais de ce matin n'avait rien avoir avec celui qui est rentré, il était abattu, comme si du matin à maintenant 20 ans s'étaient écoulés. Les cernes sous les yeux, la démarche courbée, prise de peur j'ai voulu me rapprocher de lui mais il a levé la main en me l'interdisant.

« Réveille-moi à 19h » m'a-t-il lancé en se rendant dans notre chambre. Où donc est passé cette forme olympique qu'il affichait ce matin, cette soudaine joie de vivre retrouvée ? À 19 heures je l'ai réveillé, il est passé sous la douche. Je l'attendais dans la chambre assise sur le lit, les bras croisés !

Moi (le regardant) : Tu vas où ?

Gervais (sortant son smoking) : À un diner.

Moi (surprise) : Je pensais que tu n'allais plus à ce genre de chose.

Gervais : J'ai changé d'avis.

Moi : Et pourquoi c'est maintenant que tu y vas ?

Gervais (me regardant) : Nicole tu m'agaces. Tu n'as rien d'autres à faire dans la maison ? Non ?

Moi : Tu peux annuler non ?

Gervais (S'habillant) : Si j'y vais c'est pour essayer de sortir ton fils de prison sinon je serais resté tranquillement ici.

Moi : Ça fait trois mois que tu le fais, un jour de plus qu'est-ce que ça changera ? Mieux tu restes chez toi au lieu d'aller t'emmerder là-bas.

Grevais : Bref ne m'attends pas.

Moi (le suivant à l'extérieur) : Siby !

Gervais : Nicole ne m'énerve pas.

Il y' avait une voiture noire qui l'attendait garée devant portail, je n'ai plus insisté. J'ai appelé Carole et nous sommes restées longtemps en ligne.

Gervais est rentré vers minuit, la cravate légèrement défaite et la chemise sortie de son pantalon. Je l'ai aidé jusque dans la chambre, il puait l'alcool. Impossible pour moi de dormir avec lui dans ces conditions. Je suis allée fermer la maison, éteindre les lumières, en revenant dans la chambre il avait arrêté les ronflements et ses yeux étaient ouverts.

Moi (le regardant) : Tu veux que je t'aide ?

Pas de réponse.

Moi (me rapprochant) : Ger...

Il était immobile, de la mousse sortait de sa bouche. Par instinct je me suis mise au-dessus de lui, pour lui faire un massage cardiaque. J'ai même fait abstraction de la mousse, mais rien. Aucun mouvement de sa part, je me suis effondrée en larmes. Gervais est mort.

Chapitre 54 : La liberté

+++Une semaine plus tôt+++

Indiah

Revoir Christopher m'a fait un bien fou. Je suis moins angoissée et stressée, je ne dirais pas qu'il va bien mais en tout cas il est en vie et en une seule pièce. Léandre et moi sommes ici pour le week-end, voir un peu du monde lui fera du bien. Comme je dois rencontrer Nadège j'espère qu'il pourra passer un peu de temps avec son frère et sa sœur chez Leslie.

Après la prison je me suis arrêtée chez Carole, discuter un peu ensuite récupérer Léandre et rentrer à la maison. Nous sommes tous sur Libreville, Ethan, papa et maman. Kristen n'a pas voulu suivre la tradition c'est-à-dire après le bac c'est la France comme Titis et moi, il est en Australie. Il a toujours voulu y aller va savoir pourquoi, il n'y a que lui-même qui sait. En tout cas ça nous fait un endroit à visiter prochainement.

En entrant dans la maison, j'ai posé mes affaires sur le fauteuil en me dirigeant tout droit dans la cuisine. J'ai une faim de loup. Je me suis servie à manger et j'ai rejoint les parents dans le salon en m'asseyant lourdement sur la chaise. Ensuite je me suis mise à me lamenter simplement pour attirer leur attention.

Maman (me regardant) : Même ma mère, paix à son âme, ne faisait pas autant de bruit elle qui était malade.

Moi (soupirant) : Ok

Papa : Et si tu ne disais ce qui ne va pas ?

Moi (soupirant) : Rien, tout va bien.

Maman (levant les yeux) : Tu es pénible

Moi (Soupirant) : Merci

Ils savent très bien ce qui ne va pas, ça me fatigue de répéter les choses. Alors mieux je les indispose. Léandre était avec Ethan dans sa chambre, après avoir mangé je suis allée me doucher. Comme j'étais super crevée, j'ai demandé à maman de s'occuper du petit. Je n'avais plus de force pour quoi que ce soit, juste de trainer mon corps sur le lit.

Nadège

Mathurin (me regardant) : Tu ne m'as toujours pas répondu ?

Moi (tournant les yeux) : Mathurin je vais où ? Je t'ai dit que Leslie organise un goûter et son fils a remis l'invitation à Iris, ce n'est pas toi qui a donné ton accord ?

Mathurin (s'adossant contre le cadrant de la salle de bain) : Tu ne m'as pas dit que c'était chez Leslie.

Moi (levant les yeux) : Lorsque tu as discuté de ça avec ta fille moi j'étais ?

Mathurin : Okay dans ce cas elle ne part pas.

Moi (le regardant) : C'est comme tu veux, elle est très prête, assise dans la voiture ! Va le lui dire toi-même.

Mathurin : c'est une enfant de 5 ans qui t'effraie ?

Moi : Non c'est le bruit que j'évite. Tu l'as rendue tellement capricieuse cette enfant que des fois elle me fait peur à chaque fois qu'elle ouvre la bouche.

Mathurin (me dévorant dur regard) : Là n'est pas le problème ! Et pour un gouter tu as besoin de mettre autant de maquillage ? Tu veux plaire à qui ?

Moi (pouffant) : Tu es libre de venir avec nous, au lieu de raconter du n'importe quoi.

Mathurin (se plaçant derrière moi) : Tu fais le malin avec moi ?

Moi (me dégageant) : Tu vas nous mettre en retard.

Mathurin (m'attrapant par la main) : Vous rentrez à quelle heure ? Tu t'en vas avec David ?

Moi : Et la nounou oui, Pourquoi ?

Mathurin : Tu pourras t'occuper de moi en rentrant ?

Moi (me dégageant la main) : Peut-être que si tu tenais...

Iris (me coupant en rentrant dans la chambre) : Maman on va être en retard, qu'est-ce que tu fais ?

Moi (prenant mon sac à main et les clés) : On y va.

Iris : À tout à l'heure papa.

Mathurin (me dévorant du regard) : À tout à l'heure mon ange.

J'ai claqué la porte de la chambre ! Tchip ! J'ai fait signe au gardien pour le portail, une fois installée dans la voiture. Je suis à la recherche d'un chien, les pitbulls. Mais avec des enfants en bas âges ce n'est pas du tout conseillé. En même temps je cherche un chien qui fasse vraiment peur, je ne veux plus que les gens débarquent chez moi n'importe comment ! J'en ai touché deux mots à mes collègues, j'attends leurs réponses.

Lorsque nous sommes arrivés, il y avait déjà des voitures garées à l'extérieur comme à l'intérieur de la concession.

Moi (ouvrant la portière) : Ogoula ne me fait pas les choses de la honte je te je préviens, un seul faux pas et on rentre à la maison.

Iris (descendant de la voiture) : Oui maman

David (souriant) : Oui maman

Moi (le regardant) : Tchip

Iris (hurlant) : Mon grand frère Léandre

La nounou : Iris doucement

J'ai fermé la portière en passant de l'autre côté de la voiture, Iris était dans les bras de son frère et David n'a pas tardé à les rejoindre pour un câlin de groupe. Mon regard s'est posé sur le ventre arrondi d'Indiah. Bien qu'il soit en prison elle a quand même trouvé le moyen de s'accrocher en tombant enceinte ? Mariage avec Siby à tout prix ! Je me suis rapprochée de mes enfants en prenant mon fils dans mes bras, il me manque tellement ! [Soupir] C'est main dans la main que nous avons franchi le portail du couple Babokoua.

Leslie a attendu que tout le monde soit à l'aise avant de nous emmener dans la chambre des enfants Indiah et moi loin des regards indiscrets.

Moi (les bras croisés) : C'était une ruse pour me faire venir ici n'est-ce pas ?

Leslie (me regardant) : Bien entendu, je savais qu'en t'appelant tu allais me sortir une excuse bidon, alors je suis passée par Lens et avoir Iris parmi nous. Bref ce n'est pas cela le sujet, je pense que vous avez beaucoup de choses à régler alors je vous laisse la parole.

Moi : Je vois qu'elle a suivi mon conseil à savoir faire son propre enfant, qu'elle libère le mien.

Indiah (soupirant) : Nadège tu as 32 ans ou pas ?

Moi : Pardon ?

Indiah (me fixant) : J'en ai 26 mais on a l'impression que c'est moi qui les ai ces 32 ans et toi les 26 ans, parce que franchement je ne comprends pas ton raisonnement et ta manière d'agir. Qu'elle me rende mon enfant, qui a décidé que les choses se passent ainsi ? C'est moi ? C'est Christopher ? Ou c'est vous-même ? Tu parles comme si nous étions venus te l'arracher des bras. Tu passes ton temps à m'appeler pour m'insulter, me traiter de ci et ça tu me vois te répondre ? Non ! Et pourtant ce n'est pas l'envie qui me manque. Si je ne le fais pas c'est simplement à cause de ton fils, je pouvais bien rester chez moi à dormir au lieu d'être ici et d'essayer de trouver un terrain d'entente, puisque tu m'as prise en grippe sans raisons apparentes. Tu veux ton fils ? tu respectes les clauses du contrat que tu as toi-même signé, sinon tu repasses devant le juge. Parce que je ne vais plus accepter de me faire insulter, harceler pour des décisions que tu as toi-même prises.

Moi : Déjà lorsque tu parles d'insulter, je ne t'ai pas insulté. Tu peux lever les yeux autant de fois que tu voudras Indiah, je n'en ai rien à foutre. Oui je suis en train de monter un autre dossier afin de récupérer la garde de mon enfant. Je refuse qu'il soit éduqué par un prisonnier et sa copine. Jusque-là c'est moi qui ait le foyer stable, alors je compte le récupérer que ça te plaise ou non.

Indiah (soupirant) : Bon dans ce cas jusqu'à ce que tu montes ton dossier, on n'a plus rien à se dire. Comme tu vois je suis enceinte et assez stressée avec ce qui se passe dans ma vie, donc de grâce Nadège tes frustrations tu les gères avec ton homme. [Se levant] Je t'attends dehors Leslie.

Clap !

Moi : Quoi ?

Leslie (me regardant) : Tu es jalouse d'Indiah Nadège ?

Moi (pouffant de rire) : Jalouse d'elle ? Qu'elle a quoi de plus que moi ?

Leslie (se levant) : Je ne sais pas, je te pose simplement la question.

Moi : Leslie que ferais-tu si la copine, même pas sa femme, mais la copine de Travis avait la garde de ton enfant ? Sachant que toi-même tu es là et disponible ? Alors lorsque je crie que je veux récupérer mon enfant pourquoi on me pointe du doigt ? C'est mon enfant.

Leslie : Mais Nadège tu t'y prends mal. Ce n'est pas la guerre ou bien ? Personne n'a dit que tu n'avais pas le droit de vouloir récupérer ton enfant, mais il y a une façon de faire les choses. Qu'est-ce que ça te coute d'être aimable, sociable avec Indiah ? Elle ne voit pas d'inconvénient à t'envoyer l'enfant en dehors de tes zones de gardes, mais si elle ne le fait pas c'est simplement à cause de ton comportement. Tu veux qu'on se mette à ta place ok, mais mets-toi aussi à la place de l'autre. Que veux-tu qu'elle fasse ? L'enfant est inscrit à l'école, il commence à peine à se fondre dans la masse. Donc tu veux qu'elle l'enlève à nouveau en le ramenant ici, et lorsque dans ton couple ça va encore péter hop il retourne ?

Moi (m'énervant) : Tout le monde sait ce qui se passe ou va se passer dans mon couple bravo, super.

Leslie : On connait Mathurin Nadège.

Moi (me levant) : Leslie, je n'ai pas envie de rentrer dans une polémique. Personne n'est parfait encore moins Mathurin ou moi, ou vous. Mathurin était en colère et il a pris des décisions qu'il regrette, qui n'a jamais été en colère ? Mais voilà, il est revenu sur des meilleurs sentiments. Il a une mauvaise colère ok, mais ce n'est pas le diable non plus ! On fait tous des erreurs, le plus important c'est de les reconnaitre et d'aller de l'avant en essayant de rattraper les choses.

Leslie : Ce que j'essaie de te faire comprendre c'est d'imaginer instant qu'il se fâche à nouveau, Nadège tu connais ton homme et lorsqu'il se fâche il essaie toujours de te faire mal. Tu crois honnêtement que sa première attaque sera tournée chez qui ? On ne dit pas que Mat c'est le diable au contraire c'est quelqu'un de jovial, d'attachant, mais avec une mauvaise colère ! Quand ça monte il pète un câble sur place, il s'en fout de savoir qui est autour ou pas. Je sais que tu es une bonne mère, et cela Indiah l'a reconnue par Léandre. Mais tu sais qu'il est préférable qu'il reste avec Christopher n'est-ce pas ? De quoi as-tu peur ?

Moi (les larmes aux yeux) : C'est mon enfant Leslie Snif c'est mon fils Snif

Elle s'est avancée, m'a pris dans ses bras, j'ai pleuré un bon coup avant d'aller dans la salle de bain me nettoyer le visage.

Leslie (devant la porte) : Ça va mieux ?

Moi (la regardant) : Oui !

Leslie : Tu veux qu'on reste ici quelques minutes encore ou bien on rejoint les autres à l'extérieur ?

Moi (sortant de la salle de bain) : Non ça va, je vais rejoindre mes enfants.

Leslie (me caressant le dos) : Tu as fait ce qui est bien pour lui, regarde il n'est pas malheureux.

Moi (levant les yeux) : Elle a sérieusement intérêt à bien s'occuper de lui.

Leslie (souriante) : Il s'est plaint ?

Moi : Tchrrrr !

++ Retour au présent++

Nicole

Gervais est mort ! C'est toute tremblante que je suis descendue du lit en prenant mon téléphone, je suis sortie de la chambre puis de la maison en criant le nom du gardien. Tout ce que j'ai pu lui dire c'est d'appeler Carole en lui tendant mon téléphone, ensuite je me suis assise à même le sol en pleurant mon mari.

Moi (hurlant ma douleur) : Ils l'ont tué oooh ! Ils l'ont tué ayiiii Gervais oooh

Le gardien est allé regarder dans la maison ce qui se passait, J'étais toujours assise pleurant ma douleur. Ce sont les enfants qui m'ont enlevé de là lorsqu'ils sont arrivés, Marc-Aurel et Yorick se sont rendus dans la chambre, je suis restée dans le salon avec Carole.

Moi (la regardant les larmes aux yeux) : Ils l'ont tué Carole Snif Il n'a même pas eu le temps de vous dire au revoir Snif de faire la paix avec vous Snif

Yorick (nous rejoignant) : On vient d'appeler la maison des pompes funèbre, Stephan est allé les chercher, ils ne vont pas tarder.

Carole (essuyant les larmes) : Je vais le voir, reste avec maman.

Moi (levant les yeux) : Il faut appeler Karl ? Mon Dieu Christopher [me remettant à pleurer] ils n'ont même pas fait la paix Snif et il n'est même pas là !

Yorick (me prenant dans ses bras) : Je vais m'en occuper !

Moi : Ok

Nous avons attendus l'arrivée de Stéphane, les garçons se sont chargés de transporter le corps de leur père et de le mettre dans le corbillard.

Carole (se levant) : Viens avec moi, tu prendras quelques vêtements et tu rentres avec moi. Il est hors de question que tu restes dans cette maison toute seule maman.

Moi (la regardant) : Je ne peux pas partir comme ça.

Carole (fronçant les sourcils) : Non maman, tu ne passeras pas une nuit ici non ! Hors de question que te le laisse ici.

C'est toute fébrile que je l'ai suivi dans la chambre, en regardant sur le lit l'image du corps de Gervais immobile était présente dans mon esprit. C'est Carole qui s'est chargée de mettre mes vêtements dans le sac, avant de sortir je ne sais pas pourquoi mais poussée d'une étrange sensation je me suis rendue dans son bureau prendre l'attachée case dans lequel nous rangions les documents importants.

Carole s'est chargée de fermer la maison, Marc-Aurel et Yorick n'étaient plus là. Ils sont allés à la morgue, il ne restait que Stéphane !

Carole (me regardant) : Tu n'auras pas besoin d'autres choses ? (Non de la tête) ok

Nous sommes montés dans la voiture et j'ai fait signe au gardien de fermer le portail. C'est chez Carole que nous sommes allés attendre Yorick et Marc-Aurel.

Moi : Il faut prévenir vos parents paternels.

Carole : Maman ne te rend pas malade. Dès demain j'irai à la radio passer le communiqué, ensuite me rendre à l'union donner sa photo pour les avis de décès.

Moi : Hum

Carole : Tu ne veux pas aller te reposer un peu ?

Moi : Stéphane donne-moi un verre d'eau s'il te plait ! (Ce qu'il a fait) ça va être un combat qui va commencer des a présent.

Carole (prenant place en face de moi) : Avec la famille de papa ?

Moi (buvant d'un trait) : Mais bien sûr ! Encore si Christopher était là mais toi seul contre eux tu ne pourras pas tenir.

Carole : Si c'est pour les biens de leur parent qu'ils vont venir en masse chercher, qu'ils les prennent. Franchement on a bien d'autres soucis que se battre pour un héritage qui nous cause des problèmes.

Carole

Dès cinq heures j'étais debout, je fouillais l'attaché case des parents à la recherche d'une photo d'identité de papa lorsque maman m'a rejoint dans le salon.

Moi (levant les yeux) : Bonjour, qu'est-ce que tu fais debout à cette heure-ci ?

Maman (prenant place) : C'est la vieillesse Carole, après 4 heures du matin le sommeil s'en va !

Moi (sortant tous les documents) : C'est quoi tout ça ?

Maman (soupirant) : Le travail de toute une vie, ton père y tenait ! Partout où nous allions il les trimballait avec lui !

Moi : Je cherche une demi carte photo !

Maman : L'enveloppe kaki !

Moi : Celle-ci ?

Maman : oui !

Moi (me levant) : Si ce sont des documents importants, il faut les garder avec toi dans la chambre. Nous y jetterons un coup d'œil ce soir. Et si tu repars chez toi, parce qu'une fois que la nouvelle sera répandue dans la ville les pleureuses envahiront ta maison, il te sera impossible de revenir ici donc laisse les.

Maman : Hum

Après avoir déposé les enfants à l'école, je me suis rendue à la radio et au journal avant l'impression du matin. Heureusement que c'est aussi vendredi, par rapport aux enfants. J'ai appelé Elie et le bureau, avertir que je ne pourrais pas y aller. Une fois que la nouvelle s'est répandue, mon téléphone n'a pas arrêté de sonner de la journée !

Je suis allée prendre maman et la laisser chez elle, ensuite il fallait faire des courses pour au moins avoir quelque chose à offrir aux visiteurs. À onze heures, en partant laisser les courses faites, il y avait pas mal de gens avec maman. Je me demande d'où ils sortent ! J'ai trouvé les garçons et Yorick sur le point d'aller rendre visite à Christopher, je voulais bien y aller mais maman avait besoin de moi ici.

C'est Marc qui est allé récupérer les enfants en disant à leurs maitresses qu'ils ne seront pas là l'après-midi suite au décès, il n'y aura personne pour les déposer.

[Sonnerie téléphone]

Je me suis éloignée pour répondre à cause des sœurs de papa qui pleuraient dans le salon.

Moi : Oui Allô ?

Mathurin : Bonjour Carole, je viens d'apprendre le décès du vieux mes condoléances.

Moi : Merci Mathurin.

Mathurin : Si vous avez besoin de moi, n'hésite surtout pas, après le boulot je passerai avec Nadège.

Moi : Okay nous sommes chez eux, je serai là.

Mathurin : Ok ! Bon courage.

Moi : merci

Clic !

J'ai eu une envie pressante, je suis passée par la porte arrière de la cuisine en me rendant dans le couloir.

[Boom Boom]

Moi (derrière eux) : Qu'est-ce que vous cherchez ici ?

Mon Oncle (sourire jaune) : Ah ma fille c'est toi ? On essaie d'ouvrir la porte des toilettes, ton vieil oncle veut se soulager.

Moi (pointant du doigt) : Les toilettes que tu cherches ce n'est pas la porte qui est grande ouverte ? C'est dans la chambre de mes parents que vous cherchez vos toilettes ou bien c'est autres choses que vous voulez ?

Après m'avoir dévisagé, ils sont passés devant moi en me bousculant. Heureusement que j'ai eu la brillante idée de verrouiller la chambre des parents et le bureau de papa Tchip ! Des voleurs comme ça, ils n'ont même pas honte.

[Ping sms]

Indiah : cc Carole, Elie vient de m'annoncer la nouvelle. Mes condoléances.

Moi (me donnant une tape sur le front) : J'ai oublié de l'appeler.

[Lançant l'appel]

Moi : Vraiment désolée Indiah ! Je comptais t'appeler mais avec tout ce que je dois faire ça m'est sorti de la tête.

Indiah : Ce n'est pas grave ? Elie me l'a dit. Sinon ça va ? Vous tenez le coup ? Et Christopher ? (J'ai souri, avec elle Christopher ne peut pas manquer lorsqu'elle prend des nouvelles)

Moi : on n'est là maman, Yorick est allé le voir on attend. Je ne sais même pas comment cela va se passer, tu crois qu'ils le laisseront sortir pour assister aux obsèques ?

Indiah : Je n'en sais rien.

Moi (soupirant) : Cette histoire m'épuise. Maman pense et moi aussi d'ailleurs qu'ils l'ont liquidé (me mettant à pleurer) Tout ça pourquoi ? Je ne sais pas Snif je n'en peux plus de tous ces problèmes Snif j'ai envie de retrouver la paix Snif Tu es enceinte et Christopher n'est même pas avec toi, son père vient de mourir et on ne sait même pas s'il pourra lui dire au revoir Snif j'en ai marre Indiah, vraiment ! Snif Mais nous sommes obligés de sourire et faire comme si tout allait bien Snif enfin bref et toi ? Tu vas bien ? Léandre ? Le bébé ? Tu ne connais toujours pas le sexe ? [Reniflant]

Indiah : Léandre ça va, j'attends la visite prénatale du cinquième mois. J'irai même à la vingt-et-unième semaine rien que pour ça !

Moi : Merci beaucoup Indiah

Indiah : Tu n'as pas besoin de me remercier tu sais, ce n'est pas un service que je rends.

Moi : Je sais mais bon…

Indiah : Vous avez besoin de moi là-bas ?

Moi : Non ! Reste là-bas, pour l'instant il n'y a rien à faire. On attend que toute la famille de papa soit là, pour les cotisations et le programme des obsèques. Lorsque tout ça sera établi alors tu pourras nous rejoindre.

Indiah : Ok

Maman : Carole ?

Moi : Oui ? Bon ma belle on se tient informé.

Indiah : Pas de soucis.

René Okissi

Le commandant (me regardant) : Nous avons reçus des ordres, il ne peut pas sortir de prison.

Moi (soutenant son regard) : Des ordres de qui ? Toutes les personnes que j'ai eues au téléphone m'affirment ne pas être au courant de cette histoire.

Le commandant (se grattant la tête) : L'ordre vient de très haut monsieur Okissi.

Moi (le fixant) : Je veux un nom Mr Nzigou

Le commandant : Mr Okissi vous savez bien que ça ne se passe pas ainsi. Déjà que j'ai eu vent du fait qu'il ait reçu une visite ici la semaine dernière, c'est parce que c'est vous que j'ai fermé les yeux ! Et là vous me demandez une permission d'une semaine ?

Moi (le fixant) : De quinze jours, mais je viens de changer d'avis, je veux qu'il soit libéré sur le champ Mr Nzigou.

Le commandant : Mr Okissi

Moi (croisant mes bras) : Mr Nzigou nous savons très bien que vous n'avez plus rien à lui reprocher, sinon il y a bien longtemps que ladite audience aurait eue lieu.

Le commandant : Et vous savez aussi que si j'avais le pouvoir de le faire sortir pour une seule journée, je l'aurais fait.

Moi : Vous l'avez.

Le commandant : Je suis des ordres Mr Okissi et elles sont très claires, aucune faveur n'est autorisée.

Moi (sortant mon téléphone) : Ok [me levant] veuillez m'excuser deux secondes.

Je suis sorti de son bureau pour passer un coup de fil d'abord à Sandrine et ensuite à Elie en leur demandant de vider tous les chantiers des membres du gouvernement et du gouvernement peu importe à qui ils appartiennent, en disant au travailleurs qu'ils pouvaient rentrer chez eux.

Elie (confuse) : Ce n'est pas pour te contredire mais il y a le chantier de la femme du premier ministre aussi.

Moi (amusée) : Tout ça c'est tabac de même pipe.

Elie : Euh ok et si elle nous appelle ?

Moi : Demande lui d'appeler le commandant Nzigou, c'est lui la solution.

Elie : Ok

Clic !

Moi (repartant m'assoir dans le bureau) : Je vais vous laisser, vous allez être très occupé aujourd'hui.

En rentrant j'ai appelé ma femme et sa fille (parce que depuis qu'elle est enceinte elle est devenue invivable) avant d'éteindre mes téléphones et de ne rallumer que ma ligne privée le lendemain à midi.

[Sonnerie téléphone]

Moi (décrochant) : Bonjour Sandrine

Elle (soupirant) : Mon Dieu René je vous cherche depuis ce matin.

Moi (souriant) : Qu'est-ce qui se passe ?

Elle : Le téléphone n'arrête pas de sonner, du fait que tous les chantiers ont été suspendus d'un coup. J'étais en ligne à l'instant avec le maire et le gouverneur ils veulent te rencontrer.

Moi (amusé) : Dites-leurs que je suis en vacances aux iles caïmans.

Elle : Vous êtes sérieux ?

Moi (éclatant de rire) : Mais non Sandrine, je suis chez moi assis sur la terrasse en train de déjeuner.

Elle : Qu'est-ce que je suis sensée leurs répondre alors ?

Moi : Demande-leur d'appeler le commandant Nzigou, c'est lui qui a la solution.

Elle : C'est qui celui-là encore ?

Moi (souriant) : Un emmerdeur.

[Sonnerie téléphone]

Moi : Sandrine je te rappelle

Clic ! [Prenant l'autre appel] Allô ?

Elie : Mr Okissi bonjour

Moi : Bonjour Elie, tu as l'air débordé

Elie (soupirant) : Je le suis

Moi (l'air de rien) : Qu'est-ce qui se passe ? Un souci ?

Elie : La femme du ministre a débarqué ici faire un scandale, juste après j'ai reçu la visite du vice-ministre de l'habitat, tous souhaitent te rencontrer dans les plus bref délais. Sans compter tous les autres membres dans les chantiers ont été suspendus.

Moi : Tu ne leur as pas demandé de joindre le commandant Nzigou ?

Elie : Si mais ils n'ont rien voulu entendre !

Moi : Dans ce cas nous allons aussi faire comme eux, s'est-il dire ne rien entendre et on verra d'eux à moi qui a le plus à perdre.

Elie : Okay

Moi : L'enterrement est prévu pour quand ?

Elie : Samedi

Moi : Dans trois jours ! ok, bon j'appelle ma femme et je vais éviter d'appeler Indiah avant de me mettre en mode Sous-marin, tu as le numéro d'urgence n'est-ce pas ?

Elie : Oui

Moi : Super ! Bonne journée et du courage

Clic !

+++Vendredi+++*

[Sonnerie Téléphone]

Moi (décrochant le sourire aux lèvres) : Hervé

Hervé : René

Moi (ironique) : Quel honneur de recevoir le coup de fil du premier ministre en personne

Hervé : Qu'est-ce que vous voulez ?

Moi : Comment cela ?

Hervé : Toute la république est en suspens, ça gronde de partout. Voilà quatre jours successifs que les travaux sont suspendus sur tout l'étendue du territoire. Vous avez voulu attirer notre attention vous l'avez ;

Moi : Et pourtant j'ai demandé à ma coordinatrice de vous passer un message.

Hervé (soupirant) : Je ne comprends pas René, pourquoi prendre autant de risque pour ce garçon ? Nous savons bien que c'est le petit ami de ta fille, mais de là à mettre autant de gens de mauvaise humeur pour lui ce n'est pas un peu poussé ?

Moi : Si c'était le cas vous seriez allé la concurrence au lieu de m'appeler et perdre votre temps. Depuis Aout il est enfermé sans raison valable, les audiences sont repoussées, c'est un acharnement abusif et excessif pendant que vous dormez paisiblement. Vous avez liquidé le père, ce n'est pas suffisant Hervé ?

Hervé (toussant) : Vous ?

Moi : Pas de ça entre nous, on se connait. Et comme je sais aussi que vous m'avez mis sur écoute j'en profite pour vous dire que son père sera enterré demain, je veux qu'il soit libéré aujourd'hui. Je m'en fous de qui a donné l'ordre. Vous avez [regardant ma montre] jusqu'à midi avant que je monte voir votre chef pour dénoncer toutes les magouilles que vous faites. Sur ce, bonne journée Hervé.

Clic !

Christopher

L'agent (me regardant) : Monsieur Siby vos affaires.

J'étais complément perdu, étourdi, sans véritablement comprendre ce qui était en train de se passer. Me Ngoma était là, une main en poche et l'autre tenant sa mallette, le sourire aux lèvres ! « Vous êtes libre » M'a-t-il dit en venant me chercher, « libre », « Ils n'ont plus rien contre vous » ! « Ils n'ont jamais rien eu contre vous de toutes façons, et encore plus depuis le décès de votre père ».

Je ne savais pas si je devais être en joie ou en colère. J'ai perdu quatre mois de ma vie enfermé sans raison. J'ai pris mes affaires qui sont venues avec moi le jour de mon arrestation, téléphone, passeport, montre, bijoux, le cadeau d'Indiah. J'ai emmené avec moi mes lettres, la bible que maman m'avait apportée. Une fois à l'extérieur je suis resté deux minutes debout devant le portail, le regard sur le paysage qui s'offrait moi. Les mains posées sur la tête, je me suis laissé bercer par cette vague de chaleur que m'apportait ma liberté !

Moi (hurlant) : Libre ! Libre ! Je suis libre.

Chapitre 55 : Ainsi va la vie

Christopher

J'ai rallumé mon téléphone et aussitôt ma messagerie s'est remplie de messages, je m'occuperai de ça plus tard. Me Ngoma a déverrouillé sa voiture en me demandant où je voulais me rendre.

Moi (le regardant) : Okis je veux dire Indiah sait que je suis libre ? Elle est sur Libreville ?

Me Ngoma (s'installant dans la voiture) : Non personne ne le sait encore, et oui elle est arrivée ce matin.

Moi (le rejoignant à l'intérieur du véhicule en fermant la portière) : Vous pouvez m'emmener chez elle s'il vous plait ?

Me Ngoma (démarrant la voiture) : Bien évidement.

Je pouvais bien me rendre chez mes parents pour pleurer mon père mais je ne préfère pas. Après que Yorick m'ait annoncé son décès, j'ai pris sur moi et jusqu'à aujourd'hui encore. Impossible d'avoir de l'intimité, un homme ça ne pleure pas et encore moins en prison. Je veux voir Okissi avant tout, je veux laisser libre cours à ma peine, à ma douleur dans ses bras. Il n'y a qu'avec elle que je me sens moi-même, que je ne triche pas.

Tout le long du trajet je n'ai cessé de regarder à travers la vitre, le paysage qui défilait devant mes yeux. C'est donc ça l'effet de la liberté ? C'est donc ce que l'on ressent lorsqu'on reste enfermé et privé de ses droits injustement ? Je découvre des sensations que j'avais autrefois mais que je prenais pour acquises, aujourd'hui tout semble différent. Me Ngoma s'est garé devant le portail en coupant le moteur, avant que je ne descende il m'a dit ceci « les choses simples sont les meilleures Siby, soyez fier de ce que vous avez et chérissez-le »

C'est tout excité que j'ai appuyé sur la sonnette, une fois que le gardien m'a ouvert j'ai foncé dans la grande maison à la recherche d'Okissi.

Anne- Marie (me faisant la bise) : Bon retour parmi nous.

Moi (souriant) : Merci

Anne-Marie : Elle est dans le studio.

Je suis aussitôt sorti de la maison me rendant ainsi dans le studio, c'est le cœur battant que j'ai tourné la serrure lentement.

Léandre (dans la chambre) : Mais pourquoi tu ne veux pas ?

Indiah : Parce que je suis fatiguée Léandre, tu iras avec papi, mamie et Ethan. Tu sais porter un bébé dans son ventre c'est fatiguant, je ne peux plus faire certaines choses et être partout à la fois.

Léandre : Oui mais tu ne vas pas rester toute seule ici [levant les yeux]

J'ai mis le doigt devant ma bouche pour éviter qu'il n'attire l'attention d'Okissi qui était en train de ranger les vêtements dans l'armoire, Léandre m'a rejoint devant la porte en se serrant out contre moi.

Indiah (se retournant) : Tu ne dis plus ...

Moi (souriant) : Surprise !

Indiah (les mains sur les hanches) : Christopher !

Elle s'est avancée en s'asseyant sur le lit, les larmes aux yeux.

Moi (allant vers elle et les prenant dans mes bras) : Hey, Pleure pas.

Indiah (en larmes) : C'est fini ? Snif tu es libre pour de bon ?

Moi (passant ma main dans ses cheveux) : Pour de bon bébé

Indiah (levant la tête en me fixant) : C'est vrai ?

Moi (soutenant son regard) : Oui c'est vrai, Je suis là maintenant d'accord ? [Oui de la tête]

[Toc toc]

Ethan (derrière la porte) : Je peux ?

Indiah (reniflant) : Oui tu peux.

Ethan (se présentant à nous) : Le grand Bon retour !

Moi (souriant) : Merci

Ethan : Léandre tu viens ?

Il m'a serré le bras très fort.

Léandre (me regardant) : Non je reste avec mon père.

Indiah et moi avons échangés un regard surpris, il sait que je suis son père certes mais c'est la première fois qu'il l'affirme ainsi.

Moi (le regardant) : Vous allez où ?

Indiah : Ils vont passer l'après-midi au Saoti avec les parents, puisque j'étais censée me rendre au décès.

Moi (regardant Léandre) : Je te promets d'être là o ton retour, je ne compte plus m'en aller.

Léandre (soutenant mon regard) : C'est vrai ?

Moi : Oui c'est vrai.

Il a hésité avant de me lâcher le bras pour un câlin, de prendre son sac à dos et de s'en aller avec Ethan. J'ai pris place juste à côté d'Okissi en la prenant dans mes bras.

Indiah (posant la tête sur mon épaule) : Tu ne sens pas bon Christopher.

Moi (souriant) : Je sais.

Nous sommes restés ainsi un bon moment avant que je ne décide de me lever et d'aller prendre une vraie douche ? pas avec le seau comme en prison. Okissi m'a rejoint, nous étions un peu à l'étroit à cause de son ventre mais bon peu m'importe, le plus important c'est d'être avec elle. Elle m'a frotté le dos, passé le savon sur tout le corps, je l'ai prise dans mes bras et l'instant d'après je me suis laissé aller, d'abord lentement puis il y a eu cette vague d'émotion qui m'a submergé d'un seul coup. Le stress accumulé, la séparation, l'injustice, la colère et le décès de mon père. Je me suis senti de nouveau revivre, nous sommes sortis de la salle de bain parce que mon ventre s'est mis à gargouiller. Indiah m'a passé une grande serviette, je me suis assis sur le lit en la regardant.

Moi (amusé) : Qu'est-ce que tu fais ?

Indiah (sortant la valise en dessous du lit) : Bah je sors tes affaires.

Moi (fronçant les sourcils) : Tu ne les as pas emmenés avec vous à Pog ?

Indiah (me regardant) : Pas toutes.

Je l'ai prise dans mes bras en posant ma tête contre son ventre.

Moi (levant les yeux) : Tu le sens bouger ?

Indiah (amusée) : Non Christopher, c'est trop tôt.

Moi (fronçant les sourcils) : Comment ça se fait ? Les autres bébés bougent.

Indiah (souriante) : Si tu veux il ou elle bouge, mais pas encore assez fort pour que je le ressente. Il nous faudra être patient.

Moi (souriant) : Jusqu'à quand ?

Indiah : Deux mois encore, je ne suis qu'à la dix-huitième semaine. C'est encore loin.

Moi (caressant son ventre) : Je serais patient. C'est la première fois que je vais réellement expérimenter cette situation et j'espère qu'il y'en aura encore plein d'autres (La regardant)

Indiah : Demande à mon père ce que sa belle-famille lui a fait à force de faire les enfants à leur fille sans l'épouser au préalable (rire) Mieux tu te contentes des deux que tu auras.

Moi (me levant) : On en reparlera.

J'ai cherché dans la valise un vêtement en pagne, mais je n'en avais pas. Alors j'ai sorti un jean noir et ma chemise en lin grise manche courte. Indiah une robe en pagne qui tenait au niveau de sa poitrine et qui lâchait juste après.

Moi (me mettant de l'eau de toilette) : ça m'a manqué de sentir bon.

Indiah (souriante) : Je suis prête.

Elle a pris son sac à main en mettant des mouchoirs, nos deux téléphones, portefeuilles et nous sommes sortis du studio lunettes de soleil sur le visage. Le gardien nous a remis les clés de la voiture à Marie.

Moi (démarrant le moteur) : Ça va ?

Indiah (me regardant) : Ça va.

Moi : Ok

Le corps de papa sortait à 15 heures de la morgue pour l'exposition au terrain familiale, j'ai demandé á Indiah d'appeler Carole et lui dire de l'attendre à l'extérieur avec les garçons. Maman c'était impossible de la faire sortir, c'est la veuve. Carole n'a même pas attendu que je gare la voiture qu'elle essayait d'ouvrir la portière. Une fois le pied au sol, nous sommes tombés dans les bras l'un de l'autre. Et les autres se sont joints à nous.

Carole (les yeux rouges) : Indiah tu n'es pas bien, même pas me dire.

Moi (souriant) : Elle n'était pas au courant, moi non plus. Et maman ? Comment ça se passe ?

Carole (la voix cassée) : Écoute on attend le corps qui ne va plus tarder, maman tient le coup voilà un peu la situation. Après il y a pleins d'autres choses dont il faudra qu'on parle, mais après tout ça.

Moi : Bien entendu.

Carole (m'attrapant le bras) : Tu as perdu combien de kilos ?

Moi : J'ai perdu la masse, pas la graisse. Je suis à 80 kilos.

Indiah : 79, 89

Moi (levant les yeux) : C'est la même chose

Yorick : Bon retour parmi nous.

Moi : Karl n'est pas là ?

Stéphane : Si, il était occupé… ah quand on parle du loup.

J'ai voulu faire les présentations mais Indiah m'a fait comprendre que Carole l'avait déjà fait (rire) j'ai oublié que c'est moi qui était absent. Il fallait bien entrer dans la maison et saluer la famille qui me regardait avec les grands yeux, genre « le diable est de retour ! Encore lui ? Pfff, on ne pourra plus faire les chefs ici » Et oui tout à fait je suis de retour. Après avoir salué ma mère, j'ai été surpris en me redressant d'apercevoir le couple Ogoula et eux d'ailleurs je pense vu le regard de Nadège.

Je suis allé les saluer, ma famille est en deuil, j'ai perdu mon père, alors les querelles et autres n'ont pas leur place dans ce lieu.

Moi (regardant Mat) : Merci d'être là.

Mathurin : C'est normal. Tu es libre ou bien c'est temporaire ?

Moi (regardant sa femme) : Nadège !

Nadège (accrochée au bras de son mari) : Christopher !

Moi (le regardant) : Libre pour de bon.

Mathurin : Bon retour parmi nous.

Moi : Merci, je vais rejoindre les autres.

Mathurin : Pas de souci, nous sommes là en tout cas.

Les couples Duval et Babokoua se sont joints à nous, ensuite il y a eu l'arrivée du corps de papa et des gens très haut placé. Avaro, sa femme et sa famille. Mon Dieu j'ai l'impression de faire un cauchemar, ce n'est pas normal. On dirait que la majorité des filles avec qui j'ai eu des bailles se sont données le mot, de Moïsia en passant par Kimberley etc. Okissi me regardait de très loin, non elle ne me regardait pas rectification, elle surveillait mes faits et gestes de manière naturelle tout en discutant avec Elie et Leslie.

J'ai rejoint maman qui pleurait assise sur la natte, un voile recouvrant son visage. Nous ne savons même pas ce qui s'est réellement passé, il n'y a pas eu d'autopsie en tant que telle. Crise cardiaque selon le médecin légiste. Mon père était diabétique, son cœur était en très bonne santé pour quelqu'un de son âge, crise Cardiaque ? Ok mais dû à quoi ? Personne pour te répondre. Je n'imagine même pas la douleur que maman doit ressentir en ce moment, comment fera-t-elle toute seule ici ? Quelle est leur situation actuelle ? À peine tu mets le pied dehors que tu dois faire face à d'autres réalités, le monde des adultes est compliqué.

Indiah (à mon oreille) : Nous sommes derrière, tu viens manger ?

Moi (la regardant) : Deux minutes.

J'ai dit à maman que je revenais, je me suis levé en prenant la main d'Okissi. « La vie continue » c'est bien vrai. Mon père est étendu dans le salon, il y a certains qui pleurent, d'autres qui mangent comme nous, d'autres qui arrivent à rire comme ceux en face de nous. Bref la mort de quelqu'un n'arrête pas le temps, il poursuit son cours. Aux alentours de deux heures du matin Indiah est allée se coucher dans une des chambres, elle n'a pas voulu rentrer en même temps que le couple Duval. Je l'ai rejoint vers 4heures du matin jusqu'à 6h, puis je suis sorti donner un coup de main. Celles qui pleurent h24, c'est un métier ? Tu ne peux pas pleurer autant depuis hier et aujourd'hui encore les larmes continuent de couler, quoi il y'a un réservoir ? Enfin bref. À 10h le top départ a été donné vers le cimetière municipal, sous les cris des femmes. J'étais avec Indiah et le couple Duval dans la voiture, Yorick et Steph ensemble, Carole avec maman, Marc et Karl, le couple Ogoula et Babokoua dans la même voiture. Nous suivions la file.

Voila ! Il est parti ! C'est fini et la vie continue, il nous laisse avec ce gros vide dans le cœur. Il était ce qu'il était et nous l'aimions malgré toutes nos disputes, tout ce qu'il a pu être, faire. C'était notre père ! Les parents d'Indiah sont passés voir maman, la présence de Mr Okissi a mi pas mal de gens mal à l'aise. Je me demande comment un homme aussi discret que lui, sans histoire et surtout très simple peut avoir autant d'influence. Il me fascine.

Moi (regardant Okissi) : Rentre avec tes parents.

Indiah (attachant le visage) : Non

Moi (souriant) : Okissi arrête de faire l'enfant, je rentrerai un peu plus tard. Mais toi rentre, prend une bonne douche et attends-moi.

Indiah (faisant la moue) : Je ne sais pas.

Moi (l'attrapant par la taille) : Hum je n'ai pas remarqué que tu avais pris du poids à ce niveau-là.

Indiah (souriante) : Et à plein d'autres endroits aussi.

Moi : Rentre chez toi Okissi, on se voit tout à l'heure promis.

Indiah (soupirant) : Ok ! Mais c'est vraiment à contre cœur que je le fais.

Moi (la regardant) : Je sais.

Elle m'a fait l'accompagner jusqu'à la voiture, j'ai même ouvert la portière pour elle. Après un long baiser, j'ai rejoint les autres sous la tente.

Travis (souriant) : Félicitations pour le bébé qui arrive.

Moi (souriant) : Merci

Leslie : Heureux ?

Moi : Très. Je tenais aussi à vous remercier, malgré nos différents vous n'avez pas hésité une seule seconde à soutenir mes frères durant mon absence.

Nadège (se levant) : On va y aller.

Moi (la regardant) : Lorsque je me serais assez reposé, que toute cette histoire sera très loin derrière nous, j'aimerais qu'on se retrouve tous ensemble pour un repas. Et aussi mettre les choses à plat avec Mathurin et Nadège. J'ai pas mal réfléchi [souriant] de toute façon je n'avais que ça à faire, mais je veux vraiment faire des efforts et aller de l'avant. Que tous les problèmes de cette année se règlent afin de débuter la nouvelle année sur de bonnes bases. C'est ce que je tenais à vous dire.

Travis : Tu as mon contact. Et pourquoi pas tous nous rendre à Pog et passer la nouvelle année là-bas ?

Moi (souriant) : Si vous êtes partant je n'y vois aucun inconvénient, je vais tout organiser et vous faire signe ;

Leslie (se levant) : Je suis mon mari en tout cas.

Carole : C'est une très bonne idée.

Moi : Alors envoyez-moi vos budgets question logement et je m'occupe du reste. [Regardant Mat] qu'est-ce que tu en penses ?

Mathurin (se raclant la gorge) : Je te tiendrai informé.

Moi : Okay ça marche (regardant Carole) qui reste avec maman ?

Carole : Karl et Stephan

Moi (m'installant dans la voiture) : Ok dis-leur de m'appeler en cas de besoin.

Carole (fermant la portière) : Christopher va t'occuper de ta famille on gère te n'inquiète pas.

Moi (mettant le moteur en marche) : J'y vais de ce pas.

Carole : On s'appelle.

Moi : Pas de soucis.

J'ai eu l'impression de m'être envolé sur la route, car je me suis retrouvé en un clin d'œil garé dans la concession des Okissi. Indiah dormait, je suis allé prendre une douche, me raser la barbe et tous les autres poils que j'avais sur le corps avant de me glisser sous les draps en la prenant dans mes bras. Ce contact m'avait manqué de ouf, ma main dans ses cheveux, sur son corps, mes narines reniflant son parfum. Mes bisous dans le cou et surtout l'écouter gémir.

Indiah (soupirant d'aise) : Tu es rentré ?

Moi (pressant sa poitrine) : Hum

Je suis passé sous les draps en me plaçant entre ses jambes, j'ai sorti ma tête en la regardant droit dans les yeux.

Moi (la dévorant du regard) : Tu t'es épilée [Souriant] tu m'attendais ?

Indiah (soutenant mon regard) : Bien sûr

Nous avons échangé un langoureux baiser avant que je n'aille en exploration, j'ai aimé lui faire l'amour la dernière fois en prison dans cet état. Je crois que c'est la grossesse, les hormones. Elle est très chaude et étroite et cette température a rendu Grégoire fou. Il en redemande, mais avant, il fallait que je lui fasse du bien, elle adore ça.

Moi (sortant la tête) : Indiah tu diminues le son.

Indiah (toute rouge) : ouiii.

Lorsque ce fut le tour de Grégoire elle s'est mise au-dessus de moi dans un premier temps ensuite j'ai dû être créatif, à cause de son ventre. Après notre jouissance nous nous sommes écroulés sur le lit, le sourire béat et pleinement satisfaits.

Léandre (poussant la porte) : Tonton Chris tu es là ?

Moi (nous couvrant) : Dans la chambre Champion.

Il a couru nous rejoindre en sautant sur le lit, le sourire aux lèvres. Et moi qui pensait que le « non je reste avec mon père avait changé le tonton Chris en papa ».

Léandre (me serrant dans ses bras) : On part quand chez nous ?

Indiah (me regardant) : Déjà on rentre demain tous les deux et tonton Chris je ne sais.

Moi : On verra.

Mathurin

Nadège (énervée) : Je te tiendrais au courant ? Tu es sérieux Mathurin ? Après tout ce qui s'est passé, c'est fini on oubli parce que Christopher t'a sorti un joli discours ?

Moi (m'affalant sur le canapé) : Ça veut simplement dire que je lui ferais signe, un signe qui peut être positif comme négatif.

Nadège (me fixant) : Dans ce cas tu as intérêt à ce que ça soit Négatif ! Tu me vois après tout ce qui s'est passé entre nous m'assoir sur la même table que Siby et sa copine et sourire comme une conne ?

Moi : Tu l'as bien fait pendant 7 ans non ? Une journée de plus qu'est-ce que ça change ?

Nadège (hurlant) : C'est ce que tu me dis ? Tu veux y aller ? Vas-y Mathurin mais ce sera sans moi (S'en allant dans la chambre)

Moi : Nadège !

Je me suis levé en la rejoignant, elle était en train de se dévêtir.

Moi (me plaçant derrière elle) : Nadège

Nadège (se dégageant) : J'ai dit sans moi Mathurin, Ce qui veut dire que tu ne me touches plus.

Moi (fronçant les sourcils) : C'est quoi encore cette connerie ?

Nadège (me regardant) : J'ai accepté qu'on aille au décès parce que cet homme nous a accueillis chez lui de son vivant, mais ce n'était pas pour faire la paix avec toute cette bande d'hypocrites qui dès qu'on a le dos tourné se fout ouvertement de nous ! Si tu veux être le con de service cela n'engage que toi Mathurin, mais ne me demande pas de cautionner les conneries en fermant ma bouche.

Moi : Je crois que tu deviens folle.

Nadège (hurlant) : Tu me traites maintenant de folle parce que je vois ce que tu refuses de voir Mathurin ? Okay tu repartiras et ce sera quoi ? Hum Christopher t'appelle et tu réponds présent comme le chien que tu es ?

Moi (Énervé) : Qui que tu traites de chien Nadège ?

Nadège : Mais toi ! Qui d'autre ? Il suffit que Siby claque des doigts et c'est la queue entre les jambes que tu accoures lécher ses pieds. En même temps tu ne sais même pas t'en servir alors tout s'explique.

Fou de la rage je l'ai saisi par le bras en la jetant sur le lit, je suis monté sur elle, baissé son sous-vêtement et je l'ai pénétré sans ménagement.

Moi (hurlant) : C'est ce que tu veux ? Hum ? C'est ce que tu veux Nadège ?

J'étais hors de contrôle, je ne sais même pas si elle hurlait de plaisir ou de douleur, je n'en avais cure. Oser m'humilier de la sorte ? À chaque coup de rein que je lui donnais j'y mettais la rage. Elle veut se faire baiser, je vais donc la baiser. Je me suis mis à lui faire des choses que je ne pensais pas faire un jour à une femme, elle a hurlé rien à cirer. Elle a à maintes reprises essayé de se dégager, mais rien n'y fit. Au lieu de jouir en elle, c'est sur elle que je l'ai fait.

PAF !

C'est le bruit de la gifle que je venais de recevoir de la part de Nadège pour l'avoir Sodomiser.

Nadège (folle de rage) : Comment tu as pu ?

Moi (la main sur la joue) : Je ne sais pas ce qui m'a pris, je...

Clac !

Elle est allée s'enfermer dans la salle de bain durant des heures, je suis resté devant la porte à attendre qu'elle sorte de là. Lorsque ce fut le cas, elle est passée devant moi sans rien me dire et une fois devant la porte de la chambre elle s'est mise à me regarder.

Nadège (les larmes aux yeux) : Si tu repars dans ce groupe Mathurin je m'en irais de cette maison, de ta vie et avec mes enfants. S'il faille que je mette tout mon salaire afin de me prendre un bon avocat je le ferais pour mes enfants. Je refuse d'être le sujet de moquerie de Christopher Siby, et de sa copine. Tu as le choix, c'est lui ou c'est nous.

Moi (me passant la maison sur le visage) : Nadège, Il demande à ce que justement nous mettions nos différents de côté et que...

Nade (me coupant) : Lorsqu'on avait nos problèmes, tu as vu qui frapper à cette porte Mathurin ? Dis-moi qui de Travis ou de Leslie et le reste tu as vu venir frapper à cette porte ? Personne ! Mais une fois que Christopher claque des doigts pourquoi tu dois dire amen Mathurin ? Pourquoi ? Lorsqu'il est passé prendre Léandre en juillet tu as voulu discuter, il n'a rien voulu entendre mais lorsque c'est lui pourquoi tu dois toujours te plier à ses exigences ?

Moi : ...

Nadège : Et puis un jour lorsque ta folie va prendre encore tu m'accuseras d'avoir couché avec lui ?

Moi : Bien sûr que non.

Nade : Tu dis ça là. Tu dis ça parce que tu ne m'as pas encore vu rire avec lui, faire comme si de rien n'était. Léandre ne vit plus ici pourquoi ?

Moi : Ne mélange pas les histoires Nadège.

Nade : Bah si ! Elles ont toutes un dénominateur commun, Christopher Siby ! Tu veux qu'il nous détruise jusqu'où Mathurin ? Jusqu'où ? À peine il est de retour que voilà déjà les disputes. Si pour te faire réagir je dois te menacer de m'en aller, alors je m'en irais Ogoula.

Moi : ...

Nade : Tu trouveras une autre qui supportera ce que je supporte depuis 8 ans et demi, qui fermera les yeux sur tout ! Je suis arrivée à ma limite Mathurin. Si Siby rentre à nouveau dans notre vie, je considèrerais que tu l'auras choisi au détriment de ta famille. Je prendrais mes clics et mes clacs en libérant ta maison.

Elle est sortie de la pièce en claquant la porte de la chambre derrière elle.

+++Trois semaines plus tard+++

Indiah

Le docteur (souriant) : Cette fois-ci nous avons l'honneur de rencontrer le papa. C'est la première fois ?

Christopher (stressé) : oui

Le docteur (le regardant) : Détendez-vous, vous allez écouter votre bébé pour la première fois. Ceci n'est qu'une visite de routine, Indiah vous pouvez monter sur le pèse personne s'il vous plait ? [Ce que je fais] c'est bien, vous n'avez pas pris de kilos.

Moi (souriante) : C'est parce que j'ai repris le sport.

Le docteur : Super ! Maintenant la tension, magnifique ! Alors installe toi pour le toucher ! [Regardant Chris] pourquoi vous faites cette drôle de tête ? Je ne fais que mon métier.

Christopher (nous tournant le dos) : Je préfère ne pas voir ce que vous lui faites.

Moi (amusée) : Toi

Le docteur (me palpant l'abdomen) : Je l'aime bien lui, bon de ce côté tout va bien !

Moi : Christopher c'est bon.

Le docteur (posant la sonde sur mon ventre) : Regardez votre bébé, ah attendez on dirait qu'on a trouvé quelque chose (nous regardant) vous voulez savoir le sexe ?

Christopher (prenant ma main) : Oui

Moi (souriante) : Oui

Le docteur : Alors vous attendez un petit garçon !

Nous : ...

Le docteur : Wow quelle émotion.

Moi (souriante) : Nous ne sommes pas très explicites mais nous sommes très contents.

Le docteur (souriant) : Je vois ça ! En fait non c'est une petite fille.

Christopher : Vous nous faites marcher là ?

Le docteur (souriant) : non c'est une petite fille Monsieur Siby.

Moi (souriante) : Maman va être trop contente.

Le docteur (me regardant) : Vous pouvez vous relever

Christopher : Et moi il faut que je m'achète une arme à feu ?

Moi (éclatant de rire) : Tu n'es pas sérieux.

Christopher (m'aidant à me lever) : Oh que si.

Moi (amusée) : J'ai cru que ton silence de tout à l'heure était dû au fait que tu voulais une fille.

Christopher : Non ! J'étais content au contraire ! J'étais déjà en train de me faire des films avec mes garçons.

Moi : Tu n'es pas content alors ?

Christopher (me regardant) : Mais bien sûr que si ! Qu'est-ce que tu racontes ? Juste qu'il va falloir revoir mes plans, le karma c'est quelque chose. J'ai trop aimé les métisses des autres, voilà que je reçois pour moi.

Moi (amusée) : Ton karma avec cette sorcière de Meriem ce n'est pas mon enfant qui va payer ça.

Tout le monde voulait une fille, que ça soit de mon côté que celui de Christopher. Ce dernier était depuis tout ce temps sur Libreville, il n'est rentré qu'il y a deux jours. Il fallait qu'il s'occupe un peu de sa maman et aussi qu'il mette de l'ordre dans les affaires de leur père.

Moi (regardant Léandre) : Tu n'es pas heureux ?

Léandre (haussant les épaules) : Si mais je voulais un petit frère, j'ai déjà Iris.

Christopher : Et tu as aussi David.

Léandre : Oui mais je voulais un petit frère parce que les filles pleurent tout le temps.

Christopher : Tu connais ! Tu es bien le fils de ton père.

Léandre : Mais bon une prochaine fois.

Moi (ouvrant grand les yeux) : Une quoi ?

Christopher (éclatant de rire) : Ce sera pour la prochaine fois.

Moi (sortant de table) : Vous avez raison ! Tchip

Léandre a continué de faire ses devoirs tandis que Christopher et moi étions dans la cuisine en train de faire une mise au point pour les fêtes de fin d'année.

Moi (le regardant) : Toujours pas de nouvelles de Mathurin ?

Christopher (soupirant) : Toujours pas Okissi. J'ai essayé de le joindre et je ne suis pas le seul d'ailleurs mais son numéro ne passe plus, je suis passé chez eux une fois et le chien que j'ai vu m'a fait ne pas insister devant le portail.

Moi (amusé) : Comment ça ?

Christopher : Si tu veux il y' a la photo d'un rottweiler devant le portail.

Moi : Ah bon ! Plus gros que César ?

Christopher : Léandre tes parents ont pris un chien ?

Léandre : Oui maman me l'a dit.

Christopher : Bref ! J'ai eu la confirmation du reste de la bande, il faut maintenant que je m'arrange avec l'agence.

Moi : Okay

Christopher : Et euh je voulais aussi te parler d'un truc, je veux que tu me donnes un avis objectif et positif (sortant de la cuisine) Tout à l'heure.

Chapitre 56 : Un peu de répit

+++Huit ans plus tôt+++

Nadège

Maman (en ligne) : Et tu rentres là comme ça ? Tu ne veux pas rester un peu là-bas pour te trouver un mari comme font les autres et rentrer plus tard ou pas du tout, juste pour les vacances ?

Moi (soupirant) : Non ! J'ai fini je rentre chez moi.

Maman (s'énervant) : Et qu'est-ce qu'il y a ici Nadège ? À Mouila y a quoi dis moi ? On se regarde toutes, si ce n'est le commerce que je fais tu trouveras le boulot où ?

Moi : Maman quand je parle de rentrer ce n'est pas pour te rejoindre mais plutôt m'arrêter sur Libreville et trouver du travail comme les autres étudiants. Je reste ici pour faire quoi aussi ?

Maman : Tu sais quoi Nadège ? Tu m'agaces.

Moi : Ok

Clic !

[Me rappelant]

Moi : Oui ?

Maman (me criant dans les oreilles) : Je me tue depuis que tu es née toute seule, c'est mon con et mon cul que j'expose à longueur de journée afin que tu aies de quoi vivre à l'étranger. Toute seule hein ! Et lorsque je te demande de m'écouter tu n'en fais qu'à ta tête. Tu ne restes pas là-bas pourquoi ? Les autres font quoi lorsqu'elles restent dans les pays des blancs ? Elles se trouvent un travail, épousent des blancs et vivent paisiblement.

Moi : Et si ça ne m'intéresse pas maman ? Tu t'es déjà posée cette question ? Toi-même tu as eu le blanc il fallait le retenir. N'est-il pas rentré chez lui après avoir fini son boulot ? Pourquoi tu n'es pas partie avec lui ?

Maman : Ah bon Nadège ? C'est ce que tu me dis ?

Moi (soupirant) : Maman ! Les blancs, tout ça c'est ta vie, ils ne m'intéressent pas. Je rentre dans mon pays, je ne vais pas rester ici à cause d'un blanc ou je ne sais quoi.

Maman : Comme c'est moi qui t'ai envoyé là-bas, je vais t'envoyer les sous du billet. Mais dis-toi bien qu'une fois que tu mettras le pied au Gabon, tu te prendras en main. N'ose pas m'appeler lorsque les choses iront mal pour toi, parce que tu connais ma bouche et tu sais que je vais bien te ramasser comme ce n'est pas permis.

Moi : Hum

Maman : Tu ne m'ignores pas ! Tchip

Clic !

Je n'ai pas eu de problème d'adaptation ici, étant métisse les tunisiens me prennent comme l'une des leurs. C'est ce qui m'a permis de trouver un petit boulot, mon salaire cumulé aux sous que maman m'envoie me permettent de vivre sainement. J'ai eu une aventure avec l'un d'entre eux mais bon, ce n'est pas mon style de mec. Je me vois en couple avec des noirs, mais pas ici, au Gabon.

Après avoir attendu trois mois, maman s'est enfin décidée à m'envoyer des sous. Je suis sure qu'elle m'a maudit durant tout ce temps, afin de me faire changer d'avis. Mais Elle ment, je rentre chez moi ! Je me suis aussi fait pas mal de sous durant les trois mois d'attente, je les ai mis de côté. Je compte les échanger à l'aéroport avant de prendre l'avion.

[Toc toc]

Moi (dans la chambre) : J'arrive

Je me suis dépêchée d'aller ouvrir la porte et Amir m'a sauté dessus. Je pars dans deux jours et il pense que c'est en débarquant chez moi, me crier qu'il m'aime et me couvrir de cadeaux que je vais rester ici et finir ma vie avec lui. Il rêve ! Il m'a invité au restaurant et c'est chez lui qu'on a fini la soirée. Cela n'a pas d'importance vu que nous sommes voisins et tout l'immeuble sait qu'on sort ensemble. Il ne s'est pas gêné et l'a dit à tout le monde pour, selon ses dires, décourager d'autres prétendants.

J'ai hâte de m'en aller d'ici, de retrouver mon pays et d'y vivre. Je rêve de m'installer à Libreville, bien que je ne connaisse personne, ce qui n'est pas grave car je saurais me fondre dans la masse. Les jours avant mon départ sont passés si lentement que j'ai cru que je n'y arriverais pas. J'ai demandé à Amir de me déposer à l'aéroport, puis de m'accompagner échanger la monnaie. Toute seule ça aurait été un peu compliqué.

Moi (ouvrant les grands les yeux) : C'est pour qui ?

Amir (mettant l'enveloppe dans mon sac) : Pour toi Nadège ! Même si tu as refusé de rester et de devenir ma femme.

Moi (émue) : Merci beaucoup, tu vas trop me manquer.

Amir (me mordant l'oreille) : Toi aussi.

Moi (Souriante) : Passe au Gabon quand tu veux, je serais là.

Amir (me prenant dans ses bras) : On verra bien ma belle.

Il m'a embrassé, j'ai dû mettre fin au baiser tellement j'étais excitée de rentrer chez moi et commencer ma nouvelle vie. Loin de ma mère surtout ! Bien avant j'ai contacté une fille, c'est une des rares filles avec qui je m'entendais super bien ici qui m'a passé son contact. Elle s'appelle Sonia et c'est elle qui viendra me chercher à l'aéroport. Je serais en colocation avec elle en attendant que je me trouve un studio.

Libreville je ne connais pas, étant une fille de province j'y ai mis le pied pour la première fois après le bac et j'étais avec maman. C'est elle qui me guidait et moi j'étais tout simplement éblouie par la vue de tout ce monde, ces immeubles, toutes ses voitures qui klaxonnaient. D'être bousculée pour prendre le taxi, j'étais simplement conquise par la capitale. Il n'y avait pas tout ça d'où je revenais, alors je me suis promise intérieurement qu'une fois mes études finies c'est ici que vivrai.

J'ai récupéré mes bagages et j'ai fait comme les autres qui passaient devant moi, je me suis retrouvée dans le hall de l'aéroport cherchant à quoi ressemble Sonia. De ce que je sais elle est noire de peau et grande de taille, c'est tout ce que j'ai comme information.

Voix : Nadège ?

Moi (me retournant) : Oui ?

Sonia (grand sourire) : Sonia

Moi (souriante) : Bonjour

Sonia (répondant à mon sourire) : Ah ça ! Clara ne m'a pas dit que tu étais belle comme ça ? Suis-moi le taxi nous attend à l'extérieur.

Moi (souriante) : Merci

Elle m'a aidé avec les bagages et nous avons rejoint le taxi.

Sonia : Alors ravie d'être de retour dans ton pays ?

Moi (souriante) : J'en rêve depuis que je l'ai quitté, surtout de m'installer à Libreville.

Sonia (me regardant) : Et tu es originaire de quelle ville ?

Moi : Mouila

Sonia : Ah ! Ce n'est pas un trou perdu ça ? Sans vouloir te vexer ?

Moi (souriante) : Jusqu'à ce que je mette le pied ici je ne me plaignais pas

Sonia : Donc tu ne connais rien de la ville ?

Moi : Non

Sonia : Ma chérie tu es tombée alors sur la bonne personne

Nous sommes arrivées chez elle, enfin chez nous maintenant à Louis. Elle y loue un joli appartement.

Sonia (ouvrant la porte) : C'est avec l'argent de mes bises que je vis ici

Moi : Tu ne fais rien de ta vie ?

Sonia : Si ! Je suis serveuse dans une boite de nuit

Moi (entrant dans l'appartement) : C'est joli

Sonia : Petit aussi. Mais je vis seule alors ça me va, Il n'y a qu'une seule chambre, on partagera le lit sauf si tu es lesbienne.

Moi (souriante) : Non de ce côté tu n'as pas à t'en faire

Sonia : Ouf ! C'est tendance ici, la majorité des métisses sont bisexuelles. So avant que tu ne déballes tes affaires il faut déjà qu'on se mette d'accord sur le montant de ton loyer et ta participation dans les tâches ménagères. Déjà je ne suis pas là le Lundi, mercredi et vendredi. Et je sais aussi que tu n'as pas de boulot, alors je ne vais pas trop te taxer parce que Clara c'est ma bonne grande. Pour la bouffe c'est chacune qui gère son estomac et pardon la maison doit rester nickel parce que mon bise passe de temps en temps à l'improviste.

Moi : Okay ! Pas de soucis avec moi de ce côté-là.

Sonia : Super ma chérie. Bon je ne vais pas tarder à y aller ! Si tu veux sortir ce soir tu me fais signe, j'appelle le taxi et il te déposera où je travaille.

Moi (souriante) : Non pas ce soir ! J'ai envie prendre une douche et dormir un peu. Et il faut que j'appelle ma mère aussi.

Sonia : Si tu as faim j'ai pris à emporter, c'est dans le micro-onde. J'y vais, fait comme chez toi.

Moi (m'asseyant sur le lit) : Merci

Je n'ai pas pu ranger mes affaires, pas de place dans les armoires. Je les ai donc laissées dans les valises, j'ai simplement sorti mon pyjama et une serviette. Après la douche, j'ai réchauffé le plat que j'ai mangé avec appétit plus je suis allée me coucher. Le lendemain j"ai commencé à faire les exploratrices, ainsi que les jours qui ont suivis mon arrivée. Lorsque Sonia était disponible elle m'emmenait dans ses systèmes et ça me permettais aussi de découvrir.

Deux semaines après mon arrivée, Sonia a insisté pour qu'on aille en boite. Elle n'était pas de service et donc on pouvait faire la fête, en plus dans sa boite. J'ai fini par me laisser tenter et pour la première fois j'ai mis mon pied au No stress, nous étions assises au comptoir. Vers Deux heures du matin une bande de mecs est entrée dans la boite, entourée que den métisses et il y avait un mec parmi eux qui n'arrêtait pas de faire du bruit, un agitateur.

Sonia (à mon oreille) : S'il t'approche fuis le comme la peste

Moi (amusée) : Comment on fuit la peste ?

Sonia : Je ne sais pas mais fuis le simplement

Moi : Pourquoi ?

Sonia : Lui c'est Jean Avaro, il tire sur tout ce qui bouge et en récompense il te laisse un souvenir.

Moi : C'est-à-dire ?

Sonia (joignant le geste à la parole) : Avec le ballon d'or ! Et pour s'en occuper c'est encore une autre paire de manche.

Moi : Oh

Sonia (regardant droit devant elle) : Et celui-là c'est encore pire

Moi (tournant la tête) : Qui ?

Sonia : Christopher Siby

Moi (le dévisageant) : Il n'est même pas beau

Sonia : Mais il s'est tapé toutes les filles que tu vois avec Avaro

Moi : Sérieux ?

Sonia : Sérieux ! Et aux dernières nouvelles il se serait tapé la fiancée d'Avaro qui l'aurait quitté pour lui, mais il est déjà en couple. Et il raffole des meufs comme toi.

Moi : Ah bon ?

Sonia (souriante) : Oui

J'ai passé la soirée à le regarder, sans savoir même pourquoi jusqu'à ce qu'il me regarde et que je tourne mon visage. Mieux je me suis levée et me rendu aux toilettes, à mon retour il n'était plus là. En sortant prendre l'air j'ai aperçu Sonia au loin, je l'ai donc rejoint.

Moi : Qu'est-ce que tu fais ?

Sonia (surprise) : Merde Nadège tu m'as fait peur.

Moi (la fixant) ; Qu'est-ce que tu caches dans ta main ?

Sonia (voulant passer) : Ce n'est rien

Moi (lui barrant le chemin) : Alors montre moi

Sonia : Laisse tomber Nadège

Moi (la fixant) : Tu te drogues n'est-ce pas ?

Sonia : Je ne vois pas de quoi tu parles

J'ai pris sa main et je me suis acharnée dessus jusqu'à ce qu'elle l'ouvre, c'est la première fois de ma vie que je voyais de la cocaïne en vrai.

Moi : C'est très dangereux ça.

Sonia (m'arrachant le sachet) : Donne-le-moi et mêle-toi de tes affaires.

Ce soir-là je suis rentrée toute seule à la maison, Sonia est allée avec des copines à elle à une soirée en appartement. En semaine je déposais mon Cv à la recherche d'un emploi et un week-end sur deux je sortais. Les propositions des hommes ont commencé à pleuvoir, mon répertoire à se remplir. Jean Avaro m'a invité à plusieurs reprises, on a eu un flirt mais ce n'est jamais allée plus loin que ça.

Deux mois et demi que j'étais là et je me gérais comme un poisson dans l'eau, je suis rentrée dans le système des bises. J'ai vite compris grâce à Sonia que dans ce pays ma couleur de peau pouvait me faire vivre une vie de rêve, sans même avoir besoin de travailler, alors Sonia m'a présenté à un mec qui s'occupait des recrutements pour les petites des ministres. Il fallait simplement être discrète, j'ai bien fait comprendre que je ne cherchais pas un contrat longue durée, juste le temps de me trouver et après j'étais libre de m'en aller.

Avec le monsieur on se voyait 3 fois par semaine à l'hôtel, c'est seulement le troisième jour que j'avais le cash, un bon gain si je savais m'occuper correctement de lui. Au début j'appréhendais parce que j'avais entendu dire qu'ils te faisaient faire des choses sales et immorales, mais celui sur qui je suis tombée était un homme marié qui voulait simplement casser la routine avec sa femme.

Puis un soir j'ai eu envie de sortir et surtout d'aller ailleurs qu'au No stress, je me suis rendu au VIP. J'étais quand même dépaysée, j'ai pris place au Comptoir. Et je regardais les gens s'amuser.

Mec : Bonsoir

Moi (levant les yeux) : Bonsoir

Mec : Ça va ?

Moi : Oui

Mec (souriant) : Je peux t'offrir un verre ?

Moi : Oui pourquoi Pas ?

Cinq minutes plus tard j'avais la tête qui tournait comme si j'avais pris dix verres de jack Daniel cul sec. Je suis sortie de la boite tant bien que mal pour buter contre Christopher Siby qui était aussi amoché que moi. J'étais debout en train de le regarder, il a fait sa manœuvre en venant se garer devant moi.

Lui (ouvrant la portière) : Monte.

Le lendemain je me suis réveillée dans une chambre d'hôtel, à poil, les courbatures sur le corps et couverte de bleus. En mettant mes pieds au sol j'ai marché sur des préservatifs. Je n'avais aucune idée de ce que qui avait pu se passer cette nuit ; Juste cette migraine qui m'indisposait. En rentrant je suis tombée sur Sonia qui faisait son sac, elle allait passer son week-end avec l'un de ses bises.

Moi (m'affalant sur le canapé) : Bonjour

Sonia : Tu as une de ces têtes. Qu'est-ce qui t'es arrivée ?

Moi : Je suis sortie hier soir, je me souviens avoir pris un verre, ensuite un mec m'a offert un autre verre puis ma tête s'est mise à tourner. Je crois que j'ai passé la nuit avec Christopher Siby, je crois qu'on a couché ensemble, je ne sais plus, j'ai simplement des flashs vite fait. Ce matin dans la chambre d'hôtel il y avait des presos à même le sol.

Sonia (se plaçant devant moi) : Christopher t'a drogué ?

Moi : Non ! Il était avec d'autres filles et dans le même état que moi ? enfin je crois. Attend tu viens de dire droguer ?

Sonia : Oui ! Tu as été drogué Nadège.

Moi (choquée) : Comment tu le sais ?

Sonia : Il n'y a qu'une seule drogue qui a ces effets secondaires, le GHB, dite la drogue du viol. Comment tu as fait pour être aussi naïve et accepter un verre de quelqu'un que tu ne connais pas ?

Moi : ...

Sonia : Bref je dois y aller ! On reste en contact bisou

Clap !

++Retour au présent++

Indiah

Je viens de mettre Léandre dans l'avion et j'ai envoyé un message à Nadège en lui prévenant, c'est le seul numéro du couple Ogoula que nous avons. Mais impossible de les appeler avec, ça ne passe pas. Je suis à ma 22iemes semaines et je n'en peux déjà plus, vraiment c'est un grand mythe cette affaire de grossesse. Entre rêver d'être enceinte et être enceinte pour de vrai ! Je me sens indisposer et je le suis vraiment [soupir]. J'ai retrouvé Meriem à la salle de sport, elle cherche à perdre ses kilos de grossesses huit mois après son accouchement. Elle n'a pas voulu se presser, du tout ! Sauf que maintenant ils sont plus difficiles à enlever.

Meriem (sur le tapis de course) : Okissi tu exagères.

Moi (prenant place sur celui sur sa gauche) : Qu'est-ce que j'ai fait ?

Meriem : Mais qu'est-ce que tu fais ici ? Franchement, moi Siby c'est à coup de pieds que je te sortirais d'ici.

Moi (me mettant à marcher) : C'est pour garder la forme Meriem ! Si je ne fais pas ça ? Crois-moi que je n'aurais même pas envie de me lever pour faire pipi.

Meriem (me dévisageant) : C'est ça ! C'est ta maladie du sport oui.

Moi (souriante) : Tu en as combien à perdre ?

Meriem (soupirant) : Vingt-et-un

Moi (ouvrant grand les yeux) : Merde

Meriem : Tchrrrr je te signale que j'ai pris 15 kilos durant la grossesse et 7 après.

Moi : Ça c'est parce que tu as voulu faire la belle, si tu veux les perdre tu as vraiment intérêt à te mettre à fond

Meriem : Je fais déjà deux heures le matin et trois en soirée, 7jour/ 7 merci

Moi : Je n'ai rien dit

Meriem : Et toi ?

Moi (fièrement) : 6 kilos copine

Meriem (ouvrant grand la bouche) : Tu as pris que 6 kilos avec tout ce que tu manges ?

Moi (souriante) : Ça c'est parce que je fais beaucoup de marche ! Je ne me laisse pas aller.

Meriem (dégoutée) : moi à cinq mois j'étais déjà à 9 kilos

Moi (amusée) : j'en suis à 22 semaines Meriem ne me réduit pas le temps merci ! Aussi dans ta famille il n'y a que les boulettes c'est normal, c'est dans le sang.

Meriem (éclatant de rire) : Eh Okissi tu es mauvaise

Moi : Heureusement que mon fils n'est pas 100% et que du côté de son père ils sont taillés de la pierre et non du bois, sinon c'est un bon gros gigot que tu devais nous sortir.

Meriem : Dégage ! Je te signale que ma mère est gabonaise.

Moi : On ne dirait plus ! Elle est même devenue plus libanaise que la libanaise d'origine.

Meriem : Dégage.

Moi : L'effet secondaire du mariage avec les libanais, Tu finis une boulette.

Meriem (pliée de rire) : Fou le camp Okissi.

Après une heure de marche, je l'ai laissé pour ma série de squat. J'y ai passé deux heures à cause de Meriem qui voulait que je l'attende, en rentrant j'ai trouvé Christopher dans le salon en train de travailler.

Moi (bisou) : Salut

Christopher (me regardant) : Tu rentres avec une heure de retard ?

Moi : J'attendais Meriem et du coup je me suis mise à faire des squats afin de raffermir mon fessier.

Christopher : Montre.

Moi (lui montrant le dos) : ...

Christopher (m'appuyant les fesses) : Après il ne faut pas non plus qu'elles deviennent trop dures, j'aime que ça rebondisse bien.

Moi (lui faisant face) : Je ne veux pas avoir la peau d'orange ! [Grimaçant]

Christopher (se caressant le torse) : Tu as eu un retour de Nadège ?

Moi (sortant mon téléphone du sac) : Attends, je vérifie. Euh oui « ok »

Christopher (soupirant) : Ok ! Jette un coup d'œil [me donnant une fiche] et dis-moi ce que tu en penses.

Moi (la prenant) : Qu'est-ce que c'est ?

Christopher (me regardant) : Des maisons à visiter.

Moi (fronçant les sourcils) : Tu veux qu'on aille encore louer alors que j'ai une maison en location qui est mille fois plus belle ?

Christopher : Mille fois carrément ?

Moi : Bien sur ! C'est mon père qui l'a fait.

Christopher (soupirant) : Et je ne me vois pas aller vivre dans ta maison Okissi. Excuse-moi c'est contre mon éthique. Sauf si on se marie mais pour l'instant c'est non, on part louer. Et toute sortent de chez ton père alors tu n'as pas d'excuses.

Moi (tirant la chaise) : Sauf que l'autre, c'est son coup de cœur. C'est la maison qu'il a construit pour maman à la base et elle me l'a donné.

Christopher (souriant) : C'est mignon ! Un vrai bébé quoi.

Moi : Tchip

J'ai fini par me lever en allant prendre une douche et faire à manger, ensuite j'ai abandonné Siby. Je dors tôt pour faire passer les jours plus vites (rire). On reçoit la bande dans une semaine, tout est prêt et notre programme aussi. On recevra Nicole ici, Elie chez les parents avec les enfants, Carole et sa famille se partageront la maison avec Yorick et Leslie et Stephan. Le couple Ogoula ? Aucune nouvelle ! Même pas un non, rien ! Tous ce qu'on a reçu d'eux c'est d'envoyer l'enfant à la date prévue et c'est tout. Si encore ils n'avaient coupé le contact qu'avec nous j'allais comprendre, mais Christopher m'a dit que c'est avec tout le monde et ce juste après l'enterrement.

J'ai passé toute la semaine à faire des courses, le petit déjeuner se fera chez les parents. Leur maison et bien plus grande, en plus d'avoir un grand jardin contrairement à la mienne qui rien qu'avec Elie et les enfants n'a plus de place. Les maisons sont meublées, mais il n'y a pas de draps et des serviettes. Heureusement que Meriem et ma nounou sont là, entre mes multiples pauses je ne sais pas si j'aurais finir tout çà à temps.

J'ai voulu laisser ma voiture à qui voulait mais Christopher a refusé. Comme il travaille et que Nicole sera à la maison, il faudra au moins avoir une voiture disponible. Le 24 c'est jeudi, ce qui fait qu'on a un long week-end de repos. À cause du calendrier qui n'est pas propice, tout le monde ne sera pas là pour le nouvel an.

Moi (lui faisant la bise) : Bienvenue Nicole

Nicole (souriante) : Merci ma fille

Christopher (prenant son bagage) : On y va maman ?

Nicole : Je vous suis

Je l'ai installé dans la chambre de Léandre, pendant que Christopher préparait l'apéro dans le salon. Lorsque nous l'avons rejoint il avait déjà pris ses aises, petite bouteille d'Heineken en main. Il a servi à sa mère un verre de rosée et moi du jus d'orange.

Christopher (levant sa bouteille) : Santé ! A la famille et à la chance d'être toujours en vie et en bonne santé.

Nous (les verres levés) : Santé !

*** Quelques heures plus tard***

Christopher (à mon oreille) : Indiah ma mère est juste à côté.

Moi (me mordant les lèvres en serrant l'oreiller de toutes mes forces) : Hum

C'est la grossesse qui est responsable de tout ça, impossible de me retenir, j'ai tout le temps envie de lui.

Tout le monde est là, le réveillon se passe chez mes parents. Maman a fait installer une tente climatisée dans le jardin. J'ai quitté le boulot plus tôt pour aller leur donner un coup de main en cuisine, Elie avait déjà commencé sa fête avec son verre de mousseux dans la main, la cuisine sent trop bon.

Moi : Je vais m'empiffrer comme pas possible pendant toute la durée des fêtes, je n'irai même pas en salle. C'est seulement après avoir repris les activités que je le ferai.

Carole (souriante) : Tu as la date de l'accouchement ?

Moi : Entre le 03 et le 12 Avril

Elie : Tu as calculé pour tomber enceinte à cette période ?

Leslie : Comment ça ?

Elie : Sa date d'anniversaire c'est le 10 Avril

Moi (souriante) : Je n'ai rien fait je le jure

Carole : C'est trop bien

Moi : Je n'ai rien prémédité

Les garçons étaient avec papa dans le salon en plein débat politique. Ethan est allé faire deux semaines chez Kristen, cadeau de Noël de ses parents. C'est bien d'être le dernier enfant parce que la façon dont ses parents lui passent tous ses caprices, c'est choquant, et sans se plaindre.

Nous avons passé le réveillon dans une ambiance bonne enfant, Meriem est passée avec sa petite famille montrer son bébé. Un vrai tombeur, avec ses deux dents il a conquis toute la gente féminine, même Léa ne voulait plus le laisser. Nous avons quitté le domicile des parents vers deux heures du matin, à 9 heures nous étions de retour pour le petit déjeuner. Après le déjeuner j'ai emmené les femmes et les enfants à la plage, histoire de prendre un peu l'air.

Le 25 nous étions tous au pétrolier, il fallait y aller plus tôt afin de réserver les tables vu le nombre que nous étions. Une fois la table réglée, on a fait une descente à la mer. Les vrais touristes, Leslie et Travis se sont mis à faire des photos.

Elie (me regardant) : Nous sommes en train de réfléchir, Hugo veut qu'on vienne s'installer ici.

Moi (levant les yeux) : Toi qui aime les groove ? Ici tu sortiras avec qui ? Moi ? Non hein

Elie : C'est pourquoi j'ai dit qu'on y réfléchissait encore.

Moi : Réfléchissez bien alors.

Elie : Et toi comment tu fais ?

Moi : Tu me poses la question ? Tu m'as oublié ?

Elie : Ne me dis pas que tu passes toujours attends. Christopher ?

Christopher (se retournant) : Yup ?

Elie (dépassée) : Ne me dis pas qu'elle regarde toujours ses histoires de Gossip grils ?

Christopher : Comme elle est enceinte, et que Chuck n'est pas au courant elle a arrêté.

Moi (éclatant de rire) : Il est bête ! Simplement parce que je m'endors à peine cinq minutes après le début du film.

Elie : Ma pauvre fille.

Moi : Oh elle n'aura pas le choix Crois-moi.

On a passé de bonnes fêtes, tout le monde est reparti sur Libreville sauf Nicole qui est restée avec nous. Pour tuer l'ennui, elle s'occupe des biens que son mari à laisser, qui sont tous aux noms de ses enfants. Raison pour laquelle leurs biens ont été restitués. Et en ce moment elle veut que Christopher remette l'entreprise en marche. Lui ne le veut pas.

Nicole (le regardant) : Et pourquoi ?

Christopher : Maman je veux faire de la politique plus tard, et le travail que j'abats chez Monsieur Okissi est une porte ouverte à cela. Je ne savais pas que je pouvais être moi, un simple employé, et côtoyer autant de personnes influentes sans toucher aux choses du passé. Aussi, je donne des cours à la jeunesse, qui est l'avenir de ce pays. Je leur raconte ma vie, mon expérience etc. Il n'y a pas meilleur endroit pour me faire connaitre que chez Monsieur Okissi et j'aime ce que je fais. Si encore c'était simplement dans cette ville, je comprendrais tes réticences, mais je vais partout sur toute l'étendue du terroir, je donne des conférences, je me fais connaitre. De nombreux jeunes me suivent, partagent mes vidéos, m'envoient des messages et même des gens de ma génération ou plus vieux que moi. Et j'apprends beaucoup avec René, vraiment ! Alors non, reprendre l'entreprise de papa, ce serait passer à côté de mon rêve.

Nicole : Je comprends

Christopher (la regardant) : Demande à Steph ou Yorick, l'un d'entre eux parlait de vouloir reprendre l'entreprise.

Nicole : Avec quelle force Christopher ? C'est un monde de requins tu le sais ! Ils sont trop faibles, trop mous comparé à toi.

Christopher : ça c'est parce que tu les as trop couvés (Souriant) lorsque papa me formait. S'il ne m'avait pas formé peut-être que j'aurais été plus doux (me regardant) n'est-ce pas Okissi ?

Moi (le regardant) : Pardon, ne me mélange pas dans tes histoires.

Nicole (souriante) : Oh non ! Je ne pense pas ! Tu avais déjà ce tempérament et c'est justement pourquoi papa voulait que tu sois son successeur.

Christopher (me fixant) : Tu ne voulais pas d'un mec doux ?

Moi (fuyant son regard) : Christopher c'est comment ? À quel moment la conversation est passée sur moi ?

Christopher (souriant) : Okay ! Au moins j'aurai essayé.

Nicole : Vous parlez de quoi, je ne vous suis plus.

Christopher : Mais Okissi pourquoi tu rougis ?

J'ai fuis à la cuisine, cet enfant est fou c'est confirmé. J'en ai profité pour me servir un verre d'eau bien fraiche que j'ai bu d'un trait

Christopher (devant la porte) : Ah ça ! Tu avais soif dis donc.

Moi (le regardant) : Tu n'es même pas sérieux ! Tchip

Il s'est approché, me maintenant prisonnière entre ses bras posés de part et d'autre sur le comptoir.

Christopher (me fixant) : Donc tu ne veux pas que je sois doux n'est-ce pas ?

Je suis toute mouillée, heureusement que je ne porte plus de sous-vêtements sans mettre de protège slip.

Christopher (voix rauque) : Réponds !

Moi (me léchant les lèvres) : Tu vas éteindre le feu que tu essaies d'allumer.

Christopher (me mordant le menton) : Avec plaisir bébé ! Si tu veux je l'éteints tout de suite.

Moi (dépassée) : Avec ta mère juste à coté ?

Christopher (léchant le lobe de mon oreille) : Elle est dans sa chambre.

Moi (me dégageant) : Non pas ici.

Christopher (sourire coquin) : Petite joueuse.

Moi (sortant de la pièce) : Oui et je l'assume.

Chapitre 57 : L'intérêt

+++ Huit ans plus tôt +++

Nadège

Toujours pas de stage en vue, c'est quand même chiant. Heureusement que j'ai mon bise et que c'est lui qui m'assure mon train de vie, sinon je serais rentrée chez maman me faire laminer comme pas possible. Tout simplement parce que j'ai voulu vivre ma vie et faire mes propres choix. Depuis quatre mois que je suis rentrée, elle ne décolère pas. Elle répond à mes appels dans l'espoir que je lui dise ''maman j'ai besoin de sous'' pour enfin trouver la raison de me dire tout ce qu'elle a sur le cœur.

Sonia (ouvrant la porte) : Bonsoir

Moi (la regardant) : Bonsoir Sonia

Sonia : Euh Nadège je suis avec quelqu'un, ça ne te dérange pas de nous laisser la chambre et de dormir dans le salon ?

Moi (me levant du lit) : Non

En même temps ce n'est pas comme si elle me laissait le choix. J'ai pris mon oreiller et ma couverture, je me suis rendue dans le salon pour m'allonger. Son type m'a fait un gros sourire que j'ai ignoré, avant de rejoindre Sonia dans la chambre et de fermer la porte à double tour. J'ai allumé la télé quelques minutes plus tard à cause des gémissements de Sonia, mais impossible de fermer l'œil de la nuit. Entre minuit et deux heures du matin c'était le calme plat, avant qu'ils ne remettent le couvercle.

Le monsieur est parti très tôt ce matin, à 5heures par là je crois. Sonia l'a raccompagné au perron avant de venir se jeter sur moi.

Moi (boudant) : Sonia rhooooo

Sonia (souriante) : Quoi ?

Moi (la regardant) : J'essaie de dormir.

Sonia : Même moi qui ait été secoué toute la nuit je suis debout ! Les vieux là sont des chiens je ne te dis pas. Le mec a pris le viagra, mais un genre là. Tu ne m'as pas entendu ?

Moi : je peux dormir et on en reparle tout à l'heure ?

Sonia (se levant) : okay ! Mais viens dans la chambre.

Moi : Tu mens

Sonia (haussant les épaules) : Tant pis pour toi

Sa nuit blanche a payé, puisqu'elle s'est retrouvée avec une belle somme. Mais bon ce n'est pas tout, il faut que je me trouve aussi un chez moi. Ce n'est pas vraiment confortable de dormir sur le canapé et d'écouter Sonia hurler à côté. Il me faut déménager, même dans un studio peu importe. Je veux simplement retrouver mon intimité. J'ai attendu une semaine de plus avant de voir mon bise et de lui en parler.

Lui (me regardant) : Donc tu veux que cette relation évolue ?

Moi (soutenant son regard) : On sait tous les deux que tu ne m'emmèneras nulle part, comme je te l'ai dit j'ai déposé mes CV et j'attends que mon téléphone sonne. En attendant, si tu pouvais me verser un salaire le temps que les choses se mettent en ordre dans ma vie se serait bien.

Lui (souriant) : Je veux bien Nadège, mais quelles sont mes garanties ?

Moi (confuse) : Tes garanties ?

Lui (se frottant les mains) : Bien sur

Moi : Et qu'est-ce que tu veux comme garanties ? Si c'est pour faire des choses absurdes non merci.

Lui : Tu conçois avec moi que tu es une très belle femme, et je suis certain que pleins d'autres hommes te font la cour et te promettre monts et merveilles.

Moi : Et ?

Lui : Si je m'engage à te prendre en charge, je veux avoir accès à cette maison et débarquer comme bon me semble. Tu dois être à ma disposition à toute heure de la journée et du soir. Bien entendu je dois avoir un compte rendu de tous tes déplacements et crois moi Nadège Libreville c'est ma salle de bain, je suis au courant de tout. Si tu essaies de te foutre de moi par la suite ou que j'entends que tu vois ailleurs, tu sauras qui est Francis Kombet.

Moi (le fixant) : Okay ! Mais une fois que je rencontre quelqu'un, que ma vie devient stable, je m'en vais.

Lui (souriant) : Mais avant tu devras me faire tes adieux.

Moi : Okay

Je n'ai rien dit à Sonia, je préfère attendre que Francis tienne parole avant d'en parler. Une semaine plus tard, j'ai reçu le coup de fil d'un agent de l'Union Gabonaise Bank (UGB) qui demandait de m'y rendre le lendemain 9h, munie d'une pièce d'identité et des demi cartes photos, c'était de la part de monsieur Kombet.

J'ai sorti mon plus beau tailleur, en plus la veille j'avais fait des tresses. C'est toute confiante que je me suis rendue dans le local d'UGB, à la réception j'ai donné le nom du monsieur que j'avais eu au téléphone. Il s'est présenté à moi quelques minutes plus tard, ensuite nous sommes montés dans son bureau, il m'a de suite mise à l'aise en me posant des questions sur le cadre professionnel et personnel sans dépasser la limite pendant qu'il remplissait la paperasse.

Ensuite il m'a demandé les pièces qu'il avait énumérées la veille, je les lui ai remises. Puis il m'a donné d'autres documents qui nécessitaient ma signature, je les ai lus avant toute chose. C'était pour l'ouverture d'un compte bancaire. J'avais essayé de le faire en rentrant, je me disais que c'était comme à l'étranger ou tu dois juste te rendre à la banque munie de certains documents et on t'ouvre le compte. En fait non, ici pour ouvrir un compte, il faut obligatoirement avoir un emploi sinon tu peux faire comme moi, avoir des relations et le tour est joué.

Après mon entretien, il m'a fait savoir qu'il me rappellerait afin de passer récupérer ma carte bleue visa dans les jours avenir. Sonia m'avait dit qu'elle avait dû patienter deux semaines pour l'avoir, et moi je l'ai eue en deux jours. J'ai commencé mes recherches. Trouver un bon appartement avec un bon prix dans un bon quartier c'est compliqué. C'était soit l'un soit l'autre avec le budget que j'avais. Alors j'ai commencé à me faire rare à mes rendez-vous avec Francis afin d'attirer son attention, mon cinquième rendez-vous annulé, il a débarqué chez Sonia me faire une crise.

Francis (hurlant) : Tu penses que tu as qui en face de toi Nadège ?

Sonia (ramassant ses affaires) : Je vais passer la nuit ailleurs.
Clap !

Francis (fou de rage) : Tu sais qui je suis ? Quelle fonction j'occupe dans ce pays Nadège ? C'est une gamine comme toi qui a le culot de me raccrocher au nez en me disant que je te fatigue ?

Moi (imperturbable) : Il faut me dire quand tu auras fini, j'ai envie d'aller me coucher.

Il a envoyé valser le vase qui était posée sur la table basse contre le mur.

Francis (tremblant de rage) : Même ma femme ne me parle pas avec autant de mépris.

Moi (choquée) : Mais tu te fous quoi donc ici ? [Ouvrant la porte] dégage ! Va retrouver ta femme ! Pourquoi tu viens me supplier de t'écarter mes jambes ? N'est-ce pas ta femme a le même vagin ? Est-ce que ça n'a pas la même couleur ? Tu gueules depuis que tu es arrivé, tu ne fais que ça ! Que qui te retiens ici, moi ? Tu peux foutre le camp Kombet je n'en ai rien à cirer ! Voilà c'est dit ! Et puis quoi encre ! Tchip ! Donc si je n'ai pas envie de coucher avec toi, je dois maintenant me forcer parce que tu me fais des virements ? Mais arrête-les ! Récupère ton argent ! Tu es le seul homme sur terre ? Après toi c'est le veuvage ? Tchrrrr connerie comme ça.

Je suis rentrée dans la chambre en claquant la porte et en la fermant à double tour, j'ai pris ma douche. En sortant pour verrouiller la porte d'entrée je l'ai trouvé assis les mains posées sur la tête, le pot qu'il avait cassé dans la poubelle ainsi que les débris.

Francis (levant la tête) : Qu'est-ce que tu veux Nadège ?

Moi (le regardant) : Je me rends simplement compte que je perds mon temps avec toi, les autres filles de mon âge conduisent des grosses voitures dans ce pays, j'ai un CV qui traine personne ne veut m'engager parce que je n'ai pas d'expérience et toi tout ce que tu trouves de mieux à faire c'est de me pomper l'air avec des conneries.

Francis : ...

Moi (le dévisageant) : Je t'ai dit que j'étais à la recherche d'un appartement, qu'est-ce que tu as fait Francis ? Rien ! Donc le poste que tu occupes dans ce pays c'est seulement pour coucher les jeunes filles qui ont l'âge de tes enfants ? Comme tu ne m'apporte rien, mieux on arrête et je m'attrape mon jeune avec qui je vais souffrir.

Francis (soupirant) : Passe-moi ton Cv.

Je l'ai bien toisé d"abord avant de me rendre dans la chambre et de ressortir avec mon CV en main.

Moi (le fixant) : Tu me feras attendre combien de temps ?

Francis (le CV en main) : Je t'appelle demain.

Moi : Et pour l'appartement, maison, studio ?

Francis : Nadège je ne peux pas tout faire en même temps.

Moi : C'est pour quand Kombet ?

Francis (Pouffant) : Je te tiendrai au courant.

Moi : Bien ! C'est lorsque j'aurai les clés en main que mes jambes s'ouvriront. Si tu prends ton temps ça n'engage que toi ! À la moindre proposition que j'ai, je m'en vais ! Et on se dit au revoir.

Francis (énervé) : Je n'aime pas lorsque tu t'adresses à moi de la sorte Nadège.

Moi : Alors fait ce qu'il faut et dans les temps ! Tu as crié que tu étais une personnalité dans ce pays, c'est le moment de le prouver ! (Ouvrant la porte) rentre maintenant chez toi, je veux dormir.

Il a essayé de m'embrasser, mais j'ai mis le visage sur le côté. Trois jours plus tard j'ai reçu un appel de Moov, les salops m'avaient dit qu'ils ne recrutaient pas en ce moment. Vraiment ce pays ce n'est pas la peine, dans tout il faut les pistons. J'ai repassé l'entretien et j'ai été prise en stage, c'est tout ce que je voulais. J'ai quand même eu mon bac à 17 ans, ce n'est pas pour rester assise et chauffer les lits des gens à 22ans, que j'ai tué qui ? Une semaine après avoir commencé le stage Francis est passé me laisser les clés de chez moi, J'ai voulu voir on ne sait jamais, ces vieux-là, après c'est pour te rouler dans la farine car le contrat peut avoir été falsifié, juste pour te coucher ! Tchip

Il m'a aussi fait dans la maison le même soir, il n'y avait même pas un meuble. C'est contre le mur, debout, qu'il a jouit avec sa tête comme la sangsue. Et il fallait le voir sourire maintenant pour un rien, quel maboule. C'est de retour chez Sonia que je lui ai dit que Francis m'avait trouvé un chez moi parce qu'il en avait marre de me voir dans les hôtels, elle m'a avoué par la suite que ça commençait à lui peser aussi cette collocation. Et qu'elle ne savait pas comment me le dire sans me vexer.

J'ai acheté mes affaires avec des expatriés qui rentraient chez eux. Je n'ai plus eu des nouvelles de Christopher Siby, Sonia m'a dit qu'il était retourné en France pour poursuive ses études. Celui que je croisais c'était Avaro qui n'a pas arrêté de me relancer mais que j'envoyais balader. Après Moov, j'ai fait Citibank, Price, mais à cause de mon jeune âge personne ne voulait de moi. Pendant une année et demie, je ne me suis pas mal baladée dans les entreprises de ce pays.

Ensuite il y a eu une grande vague d'étudiants qui sont rentrés faire leurs stages de fin d'études, c'est à ce moment que j'ai recommencé à faire mes Cv.

Sonia : Urey ?

Moi (levant les yeux) : Hum ?

Sonia : On sort ce soir ? Ça fait longtemps ! Tu ne devineras jamais qui est en ville.

Moi : Qui ?

Sonia : Christopher Siby

Moi : Okay

Sonia : Comment ça Okay ?

Moi : Bah Okay

Sonia (me regardant) : ...

Moi : Quoi ? Ce n'est pas mon mec ! on a simplement couché ensemble une fois et ça s'arrête là.

Sonia : Je pensais que tu voulais lui demander comment ça c'était passé entre vous vu que tu ne t'en souvenais plus de rien le lendemain.

Moi : Oui mais bon ça remonte à un an et demi toi aussi !

Sonia (souriante) : Il parait que c'est une bête au lit c'est vrai ?

Moi (haussant les épaules) : Aucune idée ! Je ne me souviens juste de m'être réveillée avec des courbatures et des préservatifs jonchant le sol.

Sonia : C'est le moment de le refaire et cette fois-ci en étant lucide.

Moi : Je ne sais même pas s'il se rappelle de moi Sonia

Sonia : Nadège entre il y a un an et demi et maintenant, même moi je ne te reconnais plus, la bledoise est devenue une citadine ! Vraiment Francis a fait du bon travail. Bon lève-toi on sort.

Nous sommes sorties et nous avons aperçu Christopher qui était très accompagné, il n'avait d'yeux que pour cette fille.

Sonia (à mon oreille) : Tu te souviens que je te parlais de sa meuf, qu'il était en couple et tout ?

Moi : C'est elle ?

Sonia : Ouais ! Tania Engone ! C'est la fille d'un général du pays.

Moi (la regardant) : Il ne sort qu'avec des filles à papa ?

Sonia : Ce n'est pas le même monde que nous, Christopher, son père c'est un grand du pays.

Moi (curieuse) : C'est qui ?

Sonia : Son père ?

Moi : Oui

Sonia : Gervais Siby ! Cet homme est un connard de première, un vrai salop. Il sortait avec une amie à moi, elle m'a raconté des choses qu'il lui faisait faire, laisse tomber.

Moi : Et pourquoi elle s'accrochait alors ?

Sonia : Pour être sous les feux des projecteurs ! Tu n'as pas encore compris que dans cette ville c'est la concurrence ? C'est à celle qui aura la dernière marque, le dernier sac à la mode, le dernier modèle de voiture sorti et j'en passe ! Il suffit d'être une go métisse et c'est déjà gagné mais pas plié, ensuite il faut montrer que tu es prête à accepter certaines choses pour briller.

Moi : ....

Sonia : C'est toi qui dort sur Francis ! Regarde la petite Daniella, elle quitte à peine le sein de sa mère, la voici qui conduit un gros 4x4 dans Libreville, qui loue une grande maison à la sablière ! Et toi ? Tu dors trop Nadège.

Moi : Humm

En sortant prendre l'air je suis tombée sur Avaro et comme à son habitude, il pense que je suis trop naze de lui, c'est la raison pour laquelle je joue la difficile.

Moi (le fixant) : Tu n'en as pas marre de te prendre des râteaux ?

Jean (souriant) : Laisse ça Nadège, nous savons tous les deux que tu finiras par m'appeler un jour.

Moi : Tu as raison, l'espoir fait vivre.

Tania (furieuse sortant de la boite) : Christopher pardon je rentre.

Jean (souriant) : On dirait que Beyonce et Jay-z ont des problèmes.

Moi (le regardant) : Et qu'est-ce qui te fais sourire ?

Jean : Oh rien ! [S'en allant] à plus Nadège.

Christopher : Tania !

Tania : Tu n'es qu'un gros menteur Siby ! Tu as couché avec elle aussi n'est-ce pas ? Regarde-moi Christopher.

Christopher (la regardant) : Quoi tu veux qu'on expose nos problèmes devant tout le monde ? C'est ce que tu veux Tania ?

Tania : pffff ! Taxi !

Christopher (retenant la portière) : Tania revient.

Tania : Christopher laisse-moi m'en aller merdre ! Je veux rentrer.

[Ping ping ping]

Il a fini par la laisser montrer dans le taxi en se mettant sur le côté.

Sonia : Qu'est-ce que tu fais toute seule ici ?

Il m'a fallu quelques minutes d'inattention pour le perdre de vue.

Moi : Rien je veux rentrer.

Sonia : Chez moi ou chez toi ?

Moi : Chez moi

Les jours qui ont suivis j'ai mené une bataille sans fin à Francis, je voulais aussi une voiture. Il a tonné comme il sait bien le faire, m'a sortie le détail de ses dépenses, entre ses enfants à l'étranger et sa femme. En fin de compte je suis moi-même allée en France m'acheter ma voiture neuve, en plus du shopping que je me suis fait payer par Francis.

Je n'ai pas été retenue à la fin de mon stage, vive le chômage. Je vais finir par croire que c'est maman et ses paroles qui m'empêchent d'évoluer, parce que ce n'est juste pas possible. J'enchaine les entretiens la journée et les soirs je suis chez les bourges de la ville, enfin chez leurs enfants en train de faire la fête. Je peux être métisse, conduire une belle voiture, louer une belle maison mais à leurs yeux je ne suis l'enfant de personne. Sonia me demandait de mentir, que mon père était un homme d'affaires, c'était bien au début parce qu'une fois que tu parles d'argent, du nombre de pays que tu as visité, même si c'est du mensonge les regards sont portés automatiquement sur toi. Mais bon, ce n'est pas cette vie que je veux avoir sur le long terme, je ne veux pas être respectée et entendue parce que celui qui me monte dessus est capable, parce que je voyage, que j'ai des sacs de marque.

Fille 1 : Les filles vous avez entendu la dispute de Beyonce et Jay-z ?

Fille 2 : Non

Fille 3 : Christopher a encore fait des siennes

Fille 4 : Mais Tania une grosse pute comme ça, si je veux tout de suite je l'appelle et Christopher sera à mes pieds.

Moi (perdu) : Euh vous parlez de Jay-z et de Christopher, je suis perdue.

Fille 2 : Mais c'est Christopher Jay-z ! Toi aussi, réfléchit un peu.

Fille 1 (Me fixant) : C'est bizarre ça, tu n'as pas toi aussi couché avec Siby ? Il ne résiste pas aux métisses ! Nous y sommes toutes passées.

Moi (regardant Sonia) : Euh non

Fille 1 : Nadège c'est la sainte.

Fille 3 : Non c'est la blanche Nadège Urey ! C'est vraiment ton nom de famille ?

Moi : Oui !

Fille 4 : La vrai white.

Elles sont parties sur un fou rire.

Fille 3 : Un conseil, goute à Siby ! (Se mordant les lèvres) Peut-être même qu'il laissera sa salope de Tania pour toi, cette fille nous gonfle ! Elle a le mec à ses pieds mais elle fait sa salope.

Fille 1 : Il faut voir comment Siby tremble une fois que son tel sonne et que c'est Tania qui appelle.

Fille 4 : En pleine action les filles, il m'a envoyé chier parce que je me suis plainte du fait qu'il répondait au téléphone devant moi en disant bébé, chérie, ma femme, je t'aime aussi. Il ose carrément me dire « si tu as un problème avec tu peux dégager ».

Moi : Rassure-moi, tu as dégagé ?

Elles (en chœur) : Pour aller où ?

Fille 4 : J'ai boudé une minute et l'instant d'après je prenais mon pied ! Tchip ! Est-ce que c'est moi qu'il trompait ? Non hein c'est Tania.

[Ping sms]

Fille 1 (hurlant) : Nooooooon !

Nous : Quoi ?

Fille 1 (nous montrant son téléphone) : Siby vient d'offrir à Tania un Prado.

Fille 2 : Non ! il n'a pas fait ça rassure moi.

Fille 3 : Pfff je suis trop dégoutée.

Fille 4 : Qui va encore respirer dans ce pays ? Elle ne se gênera pas de nous afficher son bonheur Pfff ! Je me demande bien ce qu'il lui trouve.

Fille 3 : Franchement !

Fille 2 : Je hais cette fille de tout mon être, je la hais ! J'attends simplement le jour où il la jettera comme une moins que rien.

Fille 1 : Un vulgaire papier tu veux dire Tchuip

Fille 4 (les larmes aux yeux) : J'ai les boules

Sonia : Olivia ne te met pas dans cet état, tu savais très bien qu'il aime sa copine

Fille 4 (en larmes) : Je sais bien Sonia Snif mais qu'il lui offre la voiture ?

Elles sont folles ces filles.

Fille 3 : les filles j'ai une idée

Nous : Laquelle ?

Fille 3 : tout dépendra de Nadège

Moi (les regardant) : Et c'est quoi l'idée ?

Fille 4 : Eh tu n'as pas subi le bizutage, pour être un membre à part entière de ce groupe.

Moi (inquiète) : Qu'est-ce que je dois faire ?

Fille 3 (me fixant) : Laissez-moi tout organiser, tu vas adorer [se mordant les lèvres] crois moi, tu en redemanderas.

Je suis rentrée chez moi ce soir-là avec un sentiment d'anxiété mélangé à l'excitation. Je n'ai pas arrêté de me tordre les méninges sur le sourire malicieux qu'elles abordaient, j'étais curieuse. Le lendemain je l'ai passé chez moi, en train d'écrire des lettres de motivations. Francis a débarqué à l'improviste, il est venu prendre sa ration. En même temps c'est la fin du mois, comme mes factures sont payées il faut qu'il vienne prendre le calmant afin de digérer ou bien ? Et comme j'étais de bonne humeur, il a eu plus que la dose habituelle [rire] le pauvre ! J'ai même cru un moment que son cœur allait lâcher.

+++RETOUR AU PRESENT+++

Christopher

Je suis à Libreville depuis une semaine pour des raisons professionnelles, j'aide également maman dans son déménagement. Elle s'est enfin décidée à emménager dans l'un des studios et mettre la grande maison en location. Déjà trois mois que papa nous a quitté, je ne sais même pas comment elle fait pour se lever chaque matin et continuer sa vie. Parce que je ne m'imagine pas vivre sans Okissi ! Rien que d'y penser mon cœur s'emballe. (Rentrant sur quelqu'un)

Elle : Vous ne pouvez pas faire atten...

Moi (souriant) : Olivia Kombet !

Olivia (me dévisageant) : Christopher Siby !

Moi (me caressant le torse) : Tu n'as pas du tout changé

Olivia (me fixant) : Bien sûr que si

Moi : Tu es pressée ? On peut se poser prendre un café ?

Olivia : Pour me remettre dans ton lit ?

Moi (souriant) : Oh non Olivia ! Ça va faire deux ans et 6 mois que je ne touche que la même femme, que je n'ai d'yeux que pour elle. J'ai changé, beaucoup.

Olivia : J'ai cru comprendre que tu étais en prison pour escroquerie ou un truc du genre.

Moi (arquant les sourcils) : Tu es sûre que tu ne veux pas qu'on aille s'assoir quelque part pour prendre un verre ?

Olivia (faisant la moue) : Okay

Moi (la regardant) : Ça fait longtemps.

Olivia : Huit ans et demi par là.

Moi : Vous êtes toutes expatriées.

Olivia : Il fallait bien ! Trop de déceptions.

Moi : Tu parles de moi ?

Olivia : En particulier oui

Moi (soupirant) : Je ne me rends compte que maintenant du fait que j'étais con et stupide. Vraiment, je ne sais pas quoi dire si ce n'est te présenter des excuses pour tout le mal que j'ai pu te faire par le passé.

Olivia : ...

Moi : Hey !

Olivia (les larmes aux yeux) : Tu m'as tellement brisé Christopher Snif j'ai du mal aujourd'hui à être en couple, un mariage raté et une histoire qui bat de l'aile tout ça parce que j'ai du mal à faire confiance.

Moi (caressant son dos) : Hey regarde-moi [ce qu'elle fait] il n'y a qu'un seul Christopher Siby et c'est moi. Tu n'as pas besoin de reporter mes erreurs sur les autres. Je suis responsable de mes actes et je les ai toujours assumés. Si j'ai pu trouver quelqu'un qui m'aime, qui est passé au-dessus de ma réputation, alors tu peux faire autant. Tu es quelqu'un de bien, sauf que tu es tombée sur un connard. Ne te gâche pas la vie Olivia avec les erreurs du passé, nous étions tous jeunes et voilà on avance.

Olivia (essuyant les larmes) : Merci Christopher.

Moi (souriant) : Si je peux aider. Et ta bande ? Tu as des nouvelles ?

Olivia : Non, sauf Na... [Sonnerie téléphone] excuse-moi [se levant]

Elle est allée répondre assez loin de notre table, avant de revenir prendre ses affaires.

Moi (la regardant) : Ça ne va pas ?

Olivia (Soupirant) : C'est papa, ça ne va pas.

Moi : Qu'est-ce qu'il a ? Non laisse je vais payer.

Olivia : Insuffisance rénale.

Moi (grimaçant) : Merde ! C'est la raison de ton retour ?

Olivia : Comme tu dis ! Oui, si tu entends que Francis Kombet est mort, c'est mon père, ce n'est plus qu'une question de temps. Ah merde mes condoléances pour le tien.

Moi : Merci

Olivia : Je dois y aller Christopher ! J'espère te revoir et dans d'autres circonstances.

Moi (me levant lui faire les bises) : Pareil ! Porte toi bien et salue ta mère de ma part.

Olivia (s'en allant) : Je n'y manquerais pas ! Merci encore.

Je suis resté un bon moment assis à repenser à mon passé, j'étais vraiment un bon salop à cette époque. Il faut peut-être que je m'excuse auprès de toutes celles à qui j'ai brisé le cœur, mais avant je dois avoir une discussion avec Okissi. Elle est capable de prendre mon téléphone seulement au moment où je recevrais le message de l'une d'entre elles.

[Sonnerie téléphone]

Moi (souriant) : J'étais en train de penser à toi à l'instant.

Okissi : Et pourquoi tu n'as pas appelé ?

Moi : Parce que je savais que tu allais le faire, on communique par télépathie.

Okissi : Si tu as le vampire, je ne l'ai pas.

Moi (amusée) : Si, tu l'as par mon bébé qui grandit au chaud dans ton ventre.

Okissi : Tchip ! Pourquoi je t'appelais même ? Hum tu es où ?

Moi (souriant) : Dans un café ! J'étais avec une amie de longue date.

Okissi (appliquant sur ses mots) : Amie ou ex ?

Moi : Une amie avec qui j'ai eu des bailes et à qui j'ai brisé le cœur bref ! Je suis tombé sur elle par hasard, comme je suis un gentleman je l'ai invité prendre un café et par la même occasion, je me suis excusé pour le mal que j'ai pu lui faire autrefois.

Okissi : ...

Moi : Okissi ?

Okissi : Je t'écoute hein ! C'est juste que ta fille me donne des coups de pieds.

Moi (souriant) : Elle sait que tu parles avec son père.

Okissi : Hum moi aussi j'en ai un qui m'aime comme un fou, qui serait prêt à remuer ciel et terre pour m'arracher sourire.

Moi (sourire) : Tu vois Okissi ?

Okissi : Quoi ?

Moi : C'est ce genre de personne que je tends à devenir, je veux que mes enfants plus tard sorte ce discours, que ma fille sorte ce discours aux connards qui voudront jouer avec elle. Tu ne sais pas la pression que c'est lorsque tu me parles de ton père.

Indiah : Si je sais ! C'est fait exprès ! Bref tu rentres quand ? C'est bientôt la saint-valentin.

Moi (souriant) : J'ai deux conférences à donner et après c'est bon.

Indiah : Tu as vu les autres ?

Moi : Le week-end, Leslie nous a invité chez eux.

Indiah : Toujours pas de nouvelles de Mathurin ?

Moi : Non et j'ai arrêté de chercher à les avoir depuis que je les ai croisés très amoureux l'un de l'autre en train de rigoler au restaurant.

Indiah : Ah ! Et qu'est-ce que tu as fait ?

Moi : J'ai continué ma route.

Indiah : Christopher !

Moi : Oui ? On a tous compris qu'ils se sont isolés, c'est tant mieux pour eux, je leur souhaite tout le bonheur du monde ! Parlons d'autres choses s'il te plait ! Et ta journée ?

Indiah : Okay Mr Siby je ferme ma bouche. Ici ça va. Très fatiguée mais je tiens bon.

Moi : Repose-toi s'il te plait

Indiah (baillant) : Ok bon je vais faire un somme

Moi : Ok je t'aime. Bisous

Indiah : Moi aussi je vous aime. Bisous

Chapitre 58 : Idylle

+++Huit ans plus tôt+++

Nadège

Sonia (me regardant) : Tu n'es pas obligée tu sais.

Moi (souriante) : Je sais ne t'inquiète pas.

Nous sommes arrivées chez Guylaine en taxi, elle nous a demandé de le faire afin de ne pas attirer l'attention. Une fois dans la maison, je suis allée me cacher dans la chambre car son invité était en route. J'ai attendu près d'une heure avant d'entendre les bruits de pas et la voix de Guylaine dans le couloir, ensuite quand la porte s'est ouverte, je me suis mise dans la le placard. Il y a eu de la lumière dans la pièce, j'ai ouvert la porte légèrement afin de regarder de quoi il était question. Guylaine était en train d'embrasser Christopher, enfin ils étaient en train de s'embrasser follement.

Guylaine (le poussant sur le lit) : Ne bouge pas.

Christopher (souriant) : Qu'est-ce que tu fais Guylaine ?

Guylaine : Attend

Elle m'a fait signe de sortir en éteignant la lumière. Elle s'est approchée de moi puis m'a glissé à l'oreille « amuse-toi ».

Moi (perdue) : Comment ça ?

Guylaine : Nadège ! Tu te désistes ?

Moi : Non ! Mais s'il me voit, je ne sais pas, et s'il s'en rend compte ?

Guylaine : Ça ne risque pas d'arriver ! Nous nous sommes occupées de ça ! fait toi plaisir.

Clap !

Christopher : Tu fais quoi ? Pourquoi la chambre est dans le noir ?

Moi (me raclant la gorge) : Je suis là

Christopher : Rejoins-moi ! [Ce que j'ai fait]

Il est passé au-dessus de moi sans se faire prier en capturant mes lèvres, mon cœur s'est mis à battre très vite. Ses mains sont directement allées fouiller sous ma robe qu'il a remonté jusqu'à ma taille, mon String sur le côté et un doigt dans ma cave puis deux. Ensuite il s'est redressé en tirant sur ma robe qu'il a envoyé valser dans la pièce, mes sous-vêtements n'ont pas tardé à suivre. Je l'ai aidé à se déshabiller, il s'est placé debout devant mon en me disant suce moi. C'était plus un ordre qu'autre chose, voyant que je ne réagissais pas, il a pris mon visage entre ses mains qu'il cognait contre son sexe.

J'ai fini par le prendre en bouche, un peu timide au debout et l'excitation m'a prise. Je me suis laissée aller, guidée par ses mouvements, il ne disait rien, il n'y avait que le bruit de sa respiration qu'on entendait. Il m'a prise par le bras en me mettant dos à lui, tout en me cambrant légèrement. Il s'est d'abord frotté contre mes fesses, mes cuisses avant de pousser son sexe en moi dans un coup sec qui m'a fait pousser un cri gémissement sourd ! Au début je me retenais, après cinq minutes mes nerfs ont lâché, je me suis laissée aller et j'ai jouis tant c'était bon.

Il m'a fait me mettre à quatre pattes sur le sol, une main dans ma cave, l'autre me caressait la raie, puis ses doigts se sont mis à aller et venir dans mon minou palpitant. Je suis devenue toute chose, mes reins se sont mis à creuser, me cambrant quand un autre jouait avec mon clitoris. J'ai poussé un cri de plaisir lorsqu'il m'a pénétré à nouveau, il est ressorti, m'a attrapé par les hanches puis s'est encore enfoncé en moi d'un coup sec et tranchant. Au fur et à mesure qu'il allait jusqu'à la garde, mes chairs se détendaient. Dans un spasme je me suis mise à hurler mon plaisir encore et encore en me mordant les lèvres.

Soudain il a attrapé fermement mes hanches, d'une brusque poussée il est allé très loin dans mon antre. Je me suis mise à remuer le bassin, à essayer de suivre le rythme tellement c'était bon et que j'étais excitée. J'ai lâché prise, j'ai perdu la boule, la sensation était extraordinaire. J'avais l'impression que tout explosait dans mon ventre, il me labourait sauvagement. Je me suis totalement donnée à lui, je n'étais plus que gémissements, la jouissance n'a pas tardé.

Lorsqu'il s'est retiré, je mouillais tellement que j'ai cru qu'il avait jouis et je me suis aussi rendu compte que nous n'avions pas utilisé de préservatif. Je n'ai pas eu le temps d'y réfléchir longtemps puisque Christopher m'a tiré vers lui en me collant le dos au mur, l'instant d'après j'hurlais mon plaisir à nouveau. Il m'a jeté sur le lit en ramenant mes jambes vers mon visage, de ses mains il mettait la pression sur mes cuisses. Impossible de bouger. La pénétration m'a tué ! Je voulais que ça s'arrête mais en même temps je voulais qu'il continue, j'ai été pris de spasmes et l'orgasme m'a terrassé. Il s'est retiré en éjaculant sur mon ventre, dans un grognement animal. Il respirait fort, il a fait cinq minutes debout avant de perdre l'équilibre et de s'effondrer sur le lit.

[Bruit de la porte]

Guylaine (chuchotant) : Nadège tu es toujours en vie ?

Moi : oui

Elle est entrée dans la pièce mettre la veilleuse le sourire aux lèvres.

Guylaine (souriante) : Mais tu es une chaudasse dis donc, à force de t'entendre crier, j'ai mouillé ma culotte.

Moi (ramassant mes vêtements) : Je peux aller me rincer ?

Guylaine : Oui bien sur ! Je n'ose même pas te demander comment c'était, tu as vraiment pris ton pied ce soir.

Je me suis enfermée dans la salle de bain et me suis mirée, j'étais toute rouge, c'est la première fois que je me faisais baiser. J'étais tellement chamboulée que mon entre jambe palpitait encore. J'ai finalement pris une douche, en sortant de la salle de bain Guylaine m'a demandé de rentrer chez moi avant que Christopher ne se lève car apparemment il ne dort jamais chez ses gos quel que soit son état. Sauf avec Tania ! Une fois chez moi j'ai envoyé un message à Sonia, mais j'étais tellement lessivée que je me suis écroulée comme une masse sur le lit.

J'ai dormi toute la nuit et jusqu'à 14 heures, heure à laquelle les filles ont débarqué chez moi sans prévenir. Déjà elles sont tombées en admiration en voyant ma maison, toutes les pièces ont été visitées. Puis elles en sont venues à l'essentiel, ma folle nuit ave Christopher qui en reprenant ses esprits était furieux parait-il.

Olivia (me fixant) : Si c'est comme ça lorsqu'il est drogué, je me ferais plaisir ! Tu as aimé ?

Guylaine : Bien sur ! Entre ses oh oui ! Baise-moi ' oui c'est trop bon' mon Dieu c'est trop bon' et j'en passe, elle ne peut pas nous dire qu'elle n'a pas aimé n'est-ce pas ?

Moi (petite voix) : Oui

On a passé tout l'après-midi chez moi à parler de Christopher, à insulter Tania et la chance qu'elle avait d'être avec Grégoire et d'en faire ce qu'elle voulait.

Durant deux semaines je n'ai pas vu les filles, maman était sur Libreville. Elle est venue faire sa police, inspecter les lieux et faire sa critique comme d'habitude. Étant au chômage, il fallait que je justifie comment je gagne ma vie. Alors durant tout son séjour, je me levais très tôt et j'allais déposer mon CV un peu partout dans la ville. Lui faisant croire ainsi que je travaillais.

En passant devant les bâtiments de Shell et Total, j'ai décidé sur un coup de tête de m'arrêter et d'aller déposer mon Cv. J'ai commencé par Total et pour finir à Shell, il y avait un jeune homme qui depuis que j'étais entrée dans le bâtiment n'arrêtait pas de me regarder. Je lui ai simplement souri poliment. Puis il a décidé de s'avancer en se présentant sourire aux lèvres.

Lui (me tendant la main) : Mathurin Ogoula

Moi (la saisissant) : Nadège Urey

Mathurin (souriant) : Enchanté Nadège

Moi (répondant à son sourire) : Enchantée Mathurin

Mathurin : On peut se tutoyer ? [Oui de la tête] ce serait possible de t'inviter prendre un verre, manger un bout ? Et d'avoir ton numéro à la fin ?

Moi (souriante) : Prendre un verre et manger un bout non parce que je suis pressée par contre je peux te passer mon numéro.

Mathurin (souriant) : Super !

Il a aussitôt lancé l'appel, je lui ai montré mon téléphone afin qu'il puisse voir que c'est effectivement le bon numéro que je lui ai donné. J'ai déposé mon dossier et je suis rentrée chez moi écouter le bruit de maman.

Maman (me regardant) : Tu travailles même où déjà ?

[Sonnerie téléphone]

Je me suis empressée de décrocher esquivant ainsi sa question.

Voix de femme (mielleuse) : Allô, C'est Nadège Urey à l'appareil ?

Moi : Oui ! Bonsoir

Elle : Bonsoir ! Alors c'est Céline d'Air France, vous êtes passée ce matin laisser votre Cv c'est cela ?

Moi (me levant) : Oui tout à fait

Elle : Nous serions ravis de vous avoir parmi nous Nadège, pourriez-vous passer demain matin pour un entretien visuel, histoire se faire une idée sur vos compétences ?

Moi (m'enfermant dans la chambre) : Il n'y a pas de soucis

Elle : Super à demain Matin ! Bonne soirée

Moi (souriante) : Merci à vous aussi

Clic !

J'ai pris l'oreiller et je l'ai mis dans ma bouche afin d'étouffer mon cri de joie à cause de maman. Il m'a fallu dix bonnes minutes pour reprendre mes esprits, sortir de la chambre et repartir dans le salon subir maman. Elle pourra tout me dire, c'est avec le sourire que je lui répondrai.

Maman : Tu travailles où Nadège ?

Moi (la regardant) : Air France maman

Maman (Souriante) : Donc depuis tu es là tu ne peux pas me dire que tu travailles à Air France ?

Moi : ...

Maman : Il y a beaucoup de blancs là-bas ?

Moi : Ils sont tous mariés

Maman : Comment tu sais ça ?

Moi (lui montrant mes doigts) : L'alliance ! Sauf si tu veux que j'aille briser le couple des gens et que je sois mal vue dans l'entreprise, parce qu'il faut un blanc absolument.

Maman (me dévisageant) : Donc tu veux me dire qu'il n'y en a même pas un qui est célibataire ?

Moi : Pour toi ?

Maman (s'énervant) : Depuis que je parle là, c'est pour moi ? Que j'emmène un homme à mon âge où ?

Moi : Humm ok

[Sonnerie téléphone]

Maman (pointue) : Qui t'appelle ?

Moi (coupant l'appel) : Ce n'est personne maman.

Maman : Nadège ne me déçoit pas ! Tu vas te mettre avec un noir, c'est pour souffrir cadeau. Le teint là c'est une ouverture pour toi.

Moi : Uhm ok !

Maman : Je suis ta mère, je sais ce qui est bien pour toi.

(Ping sms)

Moi (regardant le message de Mathurin) : Hum

Maman : Tu parles avec qui ?

Moi (levant les yeux) : Je n'ai pas le droit d'avoir une vie privée ? Tu parles à qui ? Qui t'appelle etc. C'est comment maman ?

Maman (vexée se levant) : Merci ! Je suis dans la chambre.

Moi (soupirant) : c'est dur d'être enfant unique, c'est dur.

[Ping sms]

Mathurin : je te dérange à ce que je vois.

Moi : Non même pas, je discutais avec ma mère.

Mathurin : Oh désolé

Moi : non ne t'inquiète pas

Mathurin : demain tu es libre pour un restaurant ?

Moi : Je ne sais pas ! Ça dépend.

Mathurin : De quoi ?

Moi : Ok, mais c'est moi qui choisis l'endroit.

Mathurin : Okay

Le lendemain je me suis rendue à Air France passer mon entretien, j'ai répondu à toutes les questions sans me démonter. J'ai discuté un peu par rapport au salaire, j'ai quand même acquis de l'expérience grâce aux différents stages passés. Nous avons fini par trouver un terrain d'attente. J'ai commencé deux jours plus tard. Le soir j'ai rejoint Mathurin au Calypso, au moins ici je suis sûre de ne pas tomber sur un visage que je connais. Il m'a fait rire toute la soirée, il n'y a pas eu un blanc entre nous. Il m'a mis à l'aise dès l'instant où nous nous sommes assis. Ma Soirée ? Agréable, plaisante, il y a encore des hommes charmants dans cette ville, pas portés sur le sexe mais plutôt sur la personne et ses qualités.

Après le restaurant je suis rentrée chez moi, maman m'attendait dans le salon. Ça fait pratiquement 6 ans que je vis seule, que je me débrouille.

Mais elle s'en fiche ! Je lui ai souhaité bonne nuit et je suis allée me coucher. Quelques jours après son départ, les filles ont rébeloté cette histoire avec Christopher. Mais cette fois-ci avec la complicité d'Avaro, le but était de prendre des photos de Christopher avec une fille qui serait de dos. Comme Tania ne me connaissait pas il serait donc plus facile pour elle de croire à son infidélité.

Je sais juste que ce soir-là une grosse dispute avait éclaté entre eux, Christopher est venue se détendre au No stress et Sonia s'est chargée de mettre de la drogue dans sa bouteille discrètement. Les filles sont entrées en scène, elles l'ont aidé à sortir de la boite et c'est dans un hôtel que nous avons fini la soirée. C'est Claudia qui filmait, Guylaine me donnait les directives, Olivia était à l'extérieur avec Camille. Le plus étrange dans tout cela c'est que j'y prenais plaisir, de voir les autres me regarder prendre mon pied, je savais qu'elles en rageaient, en particulier Olivia. Et je m'en réjouissais.

Après l'euphorie de cette nuit, je me suis sentie sale, utilisée, sachant que ce n'est pas comme cela que j'ai envie de passer ma vie, vraiment pas. Lorsque je me suis retrouvée chez moi, toute seule, des questions ont commencé à envahir mon cerveau. Ce n'est pas cette personne que je suis en train de devenir que je veux être, surtout pas. Alors je me suis mise à fréquenter Mathurin discrètement, loin des regards des gens. C'était simplement lui et moi, il avait cette manière particulière de voir les choses. Il me parlait du genre de femme qu'il voulait, j'étais loin d'y ressembler et c'est l'une des raisons qui m'a poussé à ne pas lui parler de ma vie.

Les choses semblaient aller bien, après un mois à se fréquenter nous avons sautés le pas. Il était tellement lent, limite je sortais la lime à ongle, que j'étais obligée de prendre le dessus et de nous donner plaisir. Le lendemain j'avais décidé de le fuir, lui par contre était aux anges, il affichait un sourire béat. Obligée de faire la comédie en lui faisant croire que j'ai pris mon pied afin de ne pas le vexer. Endurance Zéro ! Il fallait y aller à plusieurs coups pour qu'enfin je ressente quelque chose.

Je suis rentrée en me disant qu'une fois à la maison je chercherais les mots pour rompre en douceur. Sauf que J'ai trouvé Francis chez moi, furieux de ne pas avoir eu de mes nouvelles toute la nuit dernière. Il a gueulé comme à son habitude, heureusement que je ne lui ai rien dit par rapport au boulot. Il parait que je couche avec X et Y etc. toujours le même discours qu'il me sort lorsqu'il est en colère.

J'en ai eu marre, au moment où j'ai voulu lui dire « bon tu sais quoi Francis dégage » quelqu'un a sonné et la minute d'après nous nous sommes retrouvés envahis par sa femme, ses filles, nièces et belles-sœurs. Le premier réflexe que j'ai eu c'est de fermer la grille de la porte d'entrée en nous enfermant dans la maison. Donc elles sont restées dans le jardin à m'insulter, Olivia y compris. Me traitant de tous les noms.

Olivia (hurlant) : Papa est-ce que tu sais que la fille que tu baises c'est la pute de Siby ? Tu sais ça ? J'ai même des photos et une vidéo d'elle en train de se faire baiser par lui devant moi, tu veux voir comment elle crie comme la salope qu'elle est ? Urey sort ici si tu es une femme et vient m'affronter.

Moi (ouvrant la baie) : Tu me casses les oreilles Kombet ! dégagez de chez moi et allez-y attendre votre homme, père chez vous.

Le cri que j'ai entendu par la suite était dû au fait que sa femme était en train de casser ma voiture [haussant les épaules] c'est son mari qui a acheté, qu'est-ce que ça peut me faire ?

Moi (fixant Francis) : Si tu ne les arrêtes pas, je filme tout ça et je balance ça sur le net en précisant bien que c'est la femme du ministre Kombet.

Il a sorti son téléphone et quelque minute plus tard des mecs de la gendarmerie sont venus les chasser.

Francis (hors de lui) : Tu couches avec Siby ?

Moi (imperturbable) : Demande-lui la vidéo et tu me la montres pour qu'on puisse la regarder ensemble ! Connerie comme ça ! Tchip

Francis (hurlant) : Nadège tu es en train de te foutre de moi n'est-ce pas ?

Moi (le regardant) : Mais dans ce cas sors d'ici, va rejoindre ta famille ! Qu'est-ce que tu fais encore ici Francis ? Tu cries au scandale mais c'est toi qui es là, qui ne bouge pas. Donc tu aimes souffrir ? Mais dans ce cas souffre en silence. Et avant de partir, il faut me laisser les sous pour les réparations de la voiture.

Francis (ouvrant grands les yeux) : Quoi ?

Moi (le fixant) : Tu as très bien entendu ! Parce que si je paye moi-même les réparations on se dit au revoir sur le champ, je ne vois pas à quoi tu me serviras encore.

Francis (tonnant) : Je paye cette maison

Moi : Ne la paye plus

Francis : Tu reçois cinq cent mille tous les mois.

Moi : Arrête les virements

Francis : Et tu me dis que je ne te sers à rien ?

Moi : Oui

Francis : Tu as jusqu'à la fin du mois prochain pour te trouver une solution, après ce mois j'arrête tout ! Tu es une ingrate.

Moi (lui tendant la main) : Remets-moi les clés de chez moi.

C'est avec rage qu'il a sorti les trois clés de son trousseau.

Moi (ouvrant la grille) : Bon vent à toi.

Je l'ai laissé devant le portail avant de le fermer à clé. En revenant dans la maison mon téléphone n'arrêtait pas de sonner, c'était Sonia, les filles ont débarqué chez elle faire le boucan, soit disant nous étions complices. Au début je ne savais pas, et jusqu'à ce que je vois Olivia chez moi je ne savais pas que c'était son père ; Enfin c'est fini et la vie continue.

Les jours qui ont suivis l'incident, j'ai commencé à recevoir des menaces de mort. Mon téléphone qui sonnait sans arrêt. En rentrant du boulot j'ai été agressé devant chez moi par deux hommes, heureusement qu'au même moment Mathurin se garait, ils ont fui.

C'est fébrile et tout tremblante que je me suis accrochée à lui, je lui ai donné les clés de la maison. Une fois à l'intérieur il m'a demandé de prendre quelques affaires et de le suivre chez lui mais je m'y suis opposée.

Mathurin (me regardant) : Tu imagines ce qu'ils t'auraient fait si je n'avais pas eu la bonne idée de passer et voir pourquoi tu ne réponds plus à mes messages ni appels ? Et ta voiture est passée où ?

Moi (éclatant en sanglot) : J'ai peur Mathurin

Il m'a pris dans ses bras, il a passé cette nuit avec moi, plus d'autres et ainsi de suite. Après un mois et demi de relation nous avons aménagés ensemble, j'ai rendu la maison et j'ai complètement disparu de la circulation en prenant un nouveau numéro. J'ai changé du tout au tout, je voulais être cette femme que Mathurin voyait lorsqu'il posait les yeux sur moi en tout fermant les yeux sur ses prouesses. On a tous un passé, je ne suis pas fière du mien mais je peux encore le changer mon futur. La seule personne que je voyais encore c'était Sonia parce que j'allais prendre le viagra chez elle que je donnais à Mathurin à son insu.

Moi (la regardant) : Tu as maigri Sonia, il faut que tu arrêtes.

Sonia (agressive) : Tu veux ou pas ?

Moi (prenant le sachet des pilules bleus et celui du GHB) : Va voir quelqu'un qui pourra t'aider, cette saloperie est entrain de te tuer petit à petit.

Sonia : tu as fini Nadège ?

Moi (les larmes aux yeux) : Prends soin de toi Sonia s'il te plait.

Sonia : Hum merci ! Bye

Comme on fêtait nos deux mois de couple, Mathurin a décidé de me présenter à ses amis. Je ne savais pas qu'il en avait, c'était la première fois. Je pensais que c'était des amis vite fait mais pas des meilleurs amis. J'ai fait la total, une cuisine de fou, tout était enfin prêt.

[DING DONG DING DONG]

Mathurin : J'y vais.

Indiah

Nous sommes en plein déménagement pour une maison plus grande, il ne reste plus qu'un mois avant l'arrivée du bébé. Question prénom il n'y a rien qui nous parle dans les propositions que nous avons eues alors on attend. Peut-être que c'est en prenant notre bébé dans les bras que le prénom viendra [haussant les épaules] on ne sait pas.

Christopher : Okissi ?

Moi (tournant la tête) : Oui ?

Christopher : Tu rêves là

Moi : Non ! Je réfléchissais

Christopher : On ne te demande pas de réfléchir mais plutôt de travailler.

Moi : J'ai besoin d'une pause.

Je suis sortie m'assoir à la terrasse prendre un bol d'air frais, j'étais épuisée. Christopher m'a rejoint en prenant place à près de moi.

Christopher (prenant ma main) : Stressée ?

Moi (le regardant) : Oui un peu

Christopher (soutenant mon regard) : Je suis là tu n'as pas oublié n'est-ce pas ?

Moi (posant ma tête sur son épaule) : Partenaire !

Christopher : Partenaire !

Un mois ? Lorsque maman me disait tu ne le sentiras pas passer ce mois, je n'y croyais pas, pourtant elle avait raison. Après une semaine de rangement, nous avons pu enfin entrer dans la nouvelle maison. Même les chiens étaient excités à l'idée d'avoir un plus grand jardin et un espace à eux, car oui avec l'arrivée du bébé je ne veux plus les voir dormir à l'intérieur. Même Caramel ? m'a demandé Léandre en me faisant les yeux doux ! Oui même Caramel [Rire]

J'ai pris mes congés de maternité au dernier moment, à quelques jours de mon terme. C'était dur mais je veux avoir plus de temps après l'arrivée du bébé, alors c'était nécessaire pour moi. Je suis de plus en plus irritable, chiante, fatiguée, je dors très peu et mon dos [levant les yeux] c'est, je pense, le fait d'être inconfortable qui me rend de mauvaise humeur. Meriem passe à la maison tous les soirs, perdre du temps avec moi et surtout me détendre avec Hady.

Meriem (se foutant de moi) : Merde comment tu es moche.

Moi (la mine froissée) : Tchip

Meriem (amusée) : J'espère que ma fille ne prendra pas cette grimace, tu es tellement moche lorsque tu tires la tronche surtout dans cet état.

Moi (éclatant de rire) : Meriem tu me fatigues.

Meriem : Enfin tu rigoles

Moi (la regardant) : Tu sais je ne fais pas sciemment d'être dans cet état.

Meriem : Je sais ! Imagine que tu accouches...

Moi (la stoppant) : Non ne dit rien ! rien du tout.

Meriem (éclatant de rire) : Pourquoi ?

Moi (fronçant les sourcils) : Tu as une mauvaise langue ! Après ça va me coller ! Donc non, garde ça pour toi ou attend que j'accouche pour le dire.

Meriem : Tu as peur ?

Moi : Non Meriem, je veux accoucher tranquillement et le plus tôt possible. Tu me diras le fond de ta pensée et puis Mlle Siby va écouter tes histoires et par la suite ne voudra plus sortir. Alors non ! Son contrat de ventre prend fin dans quelques jours.

Meriem : Ok ! Je te le dirai plus tard.

Nous sommes à quelques heures de mon anniversaire pour ne pas dire à deux jours et rien, pas de contractions. Mlle Siby est tranquillement installée dans ses quartiers, au calme et sans pression. Donc elle veut me faire comprendre que c'est moi qui vais faire la septième visite ? Donc elle veut me dire que je fêterai mon vingt-septième anniversaire avec ce visage là ?

Léandre (entrant dans la maison) : Bonjour Indiah [me faisant un bisou]

Moi (le regardant allongée sur le fauteuil) : Bonjour chéri ça va ?

Léandre (prenant place près de moi) : Oui ! Comment elle va ma sœur ?

Moi (me redressant légèrement) : Elle va bien ! Tu es pressé de la rencontrer ?

Léandre (souriant) : Oui

Christopher (nous rejoignant) : Bonsoir

Moi (levant la tête) : Bonsoir

Christopher (m'embrassant) : Ça va vous ?

Moi (le regardant) : Nous ça va, et toi ?

Christopher (prenant place) : Longue journée ! Avec ton père on a pas arrêté, des réunions à n'en plus finir, je dois me rendre sur Libreville demain matin [j'ai attaché le visage] et rentrer dans l'après-midi.

Moi (abasourdie) : Et si je suis prise de contractions ? Donc tu ne seras pas là le jour de l'accouchement ?

Léandre (se levant) : Je vais me changer

Moi (le regardant) : Ok

Christopher (me fixant) : Tu aimes trop dramatiser les choses ! Si ce n'était pas important tu crois vraiment que ton père allait me laisser y aller ? Tu paniques et stresses alors qu'il n'y a rien ! Et je sais qu'elle attendra son papa avant de pointer son nez dehors, donc relaxe. Je serais là.

Moi (le dévisageant) : Tu as intérêt.

Christopher est partie très top ce matin. C'est maman qui est passée prendre Léandre pour le déposer à l'école, ma journée ? La même qu'hier. Manger, sieste et regarder la télé entre deux pauses pipi. Mon ventre pointe vers le bas selon maman, ce qui veut dire que c'est bientôt la fin et honnêtement j'ai hâte.

Christopher est rentré à la maison vers 19 heures avec Nicole, c'est elle qui s'occupera de moi après l'accouchement. A 4 heures du matin j'ai commencé à me sentir bizarre, le sommeil est parti et j'avais une forte envie de faire caca. J'ai pris tout mon temps pour sortir du lit et me rendre dans les toilettes sauf qu'une fois assise sur la cuvette, l'envie est partie.

Moi (grognant) : Grrrrrr ! Tchip

Je me suis essuyée et rincée les mains avant de sortir de la salle de bain et de me rendre dans la cuisine faire à manger.

Christopher (devant la porte) : Qu'est-ce que tu fais Okissi ?

Moi (nerveuse) : Ça ne se voit pas ?

Christopher (s'avançant) : A cette heure ci ?

Moi : Mais tu parles même comme si je t'ai appelé ici ! Tchrrrr
Il a tiré la chaise, pris place, le coude sur la table et sa main soutenant sa tête.

Christopher (me regardant) : Quand tu auras fini ton cinéma, fait moi signe.

Il fallait que je m'occupe afin de supporter la douleur, que je ressentais. Christopher a fini par se lever et aller dans la chambre, ensuite j'ai entendu des voix provenant du salon. J'étais trop concentrée dans ma grande cuisine que je n'y prêtais pas attention.

Nicole (s'avançant) : Indiah ?

Moi (nerveuse) : Non ! Pas maintenant je suis occupée.

C'est dans la douceur qu'elle m'a enlevé le couteau des mains, j'étais en train de découper les légumes. Elle m'a prise par la main jusque dans la chambre, en me demandant toujours dans la douceur d'aller prendre une douche car je ne m'étais pas rendue compte que la poche des eaux s'était rompue et que mon bas de pyjama était mouillé.

Christopher (adossé contre le cadrant de la porte) : Tu as de ces histoires vraiment.

Je n'ai pas voulu lui répondre sinon il se serait fâché avec son petit cœur là, je l'ai ignoré. J'ai enfilé une robe sans rien mettre comme sous-vêtements en dessous, Christopher m'a aidé à marcher jusqu'à la voiture. J'ai encaissé toutes mes contractions dans le calme, j'affichais des petites grimaces de temps en temps. Mais aucun son n'est sorti de ma bouche.

Une fois à la clinique j'ai été prise en charge de suite, mais comme je n'étais qu'à 4 doigts, il fallait patienter. Nicole est restée à la maison à cause de Léandre, j'étais avec Christopher. Mon Dieu, je serrais le cœur afin de ne pas l'insulter. J'étais assise les mains posées de part et d'autre sur le lit, la tête baissée.

Christopher (me regardant) : Ça va Indiah ?

Moi (hurlant) : Tu vois que j'ai l'air de bien aller ? Tu viens me poser une question aussi stupide ! Non mais ! Tchip ! Mieux tu te tais.

Christopher : ...

Maman s'est pointée à 6heures, j'étais toujours dilatée à 4cm ! J'avais des envies de meurtre, et la personne que je voulais tuer c'est Siby. Tellement sa tête m'énervait, je lui ai demandé de sortir de la chambre.

Maman : Indiah !

Moi (la fusillant du regard) : Si tu n'es pas d'accord avec ça, tu peux toujours aller le rejoindre.

À 8h30 l'infirmière est repassée dans la chambre, les contractions étaient de plus en plus fréquentes et j'avais une envie folle de pousser.

Moi (regardant maman) : Ton mari va me sentir, Il n'est pas là le jour de l'accouchement de sa petite fille ! Il va bien me sentir.

Maman : Oh !

Papa (entrant dans la chambre) : Je suis là

L'infirmière (nous regardant) : Nous allons l'emmener en salle d'accouchement, son col est parfaitement dilaté.

Moi (nerveuse) : Demandez au vilain qui est dehors de me rejoindre, je n'accouche pas sans lui.

Christopher

Indiah a fait du bon boulot, elle nous a délivré la petite après trois 'poussez' de la part du médecin. J'étais trop ému, pire encore lorsque j'ai entendu mon bébé crier. Je n'ai jamais été aussi fier de moi, qu'aujourd'hui. Je suis tellement ému que je ne trouve pas les mots pour exprimer le sentiment qui m'amine. Le médecin m'a demandé si voulais couper le cordon ombilical et surtout si je n'avais pas de problème à la vue du sang, c'est avec fierté que je l'ai fait.

En sortant de la salle d'accouchement j'étais tellement fier de nous et heureux.

Mr Okissi (me donnant une tape sur l'épaule) : Félicitations !

Moi (ému) : Merci

Anne-Marie m'a prise dans ses bras, Meriem nous a rejoint en me sautant dessus juste après. Après 50 minutes, nous avons rejoint la nouvelle maman dans la chambre. Elle était encore plus belle qu'avant, je suis tombé amoureux une deuxième fois. Je ne sais pas si c'est possible, mais c'est fou comme j'aime cette femme. Je me retiens à cause du monde autour de nous, sinon je l'aurai embrassé sauvagement là tout de suite

Enfin la star a fait son entrée, mon bébé. Je n'étais pas le seul émerveillé, ses parents aussi surtout son père.

Marie (amusée) : Indiah c'est fini pour toi, ton règne vient de prendre fin.

On a laissé l'honneur au papi, ensuite la mamie, la tata, le meilleur pour la fin.

Meriem : Je suis trop fière de moi ! Merci ! Merci ! Vous avez vu le travail que j'ai abattu ?

Okissi (amusée) : N'est-ce pas ? Trop Fière de toi ma copine.

Moi (la prenant dans mes bras) : mon petit ange, mon Idylle.

Okissi : Idylle ?

Moi (la regardant) : Quoi Idylle ?

Okissi (soutenant mon regard) : Siby Idylle Nicole

Moi (surpris) : Tu veux lui donner le prénom de ma mère ?

Okissi : Oui

Cette fois-ci je l'ai embrassé devant ses parents, l'émotion.

Meriem : J'achète totalement.

Après avoir passé trois jours à l'hôpital, avec un Léandre excité, nous sommes allés récupérer Okissi et Mlle Siby à l'hôpital. Je ne pensais pas vivre cette vie un jour, avoir ma petite famille, faire les choses honnêtement, avoir la conscience tranquille, dormir paisiblement. En gros toucher du doigt à ce bonheur.

Deux mois que nous vivons au rythme de Mlle Siby, elle nous fait vivre des misères [rire] heureusement que maman est toujours parmi nous, elle prend la relève lorsqu'Indiah n'en peut plus. Je suis simplement un homme comblé.

Chapitre 59 : Le recours

+++Huit ans plus tôt+++

Nadège

[DING DONG DING DONG]

Mathurin : J'y vais

[Bruit des voix qui s'élèvent dans le salon]

J'ai pris un grand bol d'air avant de sortir de la cuisine et d'aller me présenter à ses amis.

Mathurin (souriant) : Les mecs je vous présente Nadège.

J'étais à deux doigts de faire un arrêt cardiaque lorsque j'ai vu Christopher Siby se tenir debout en plein milieu de la salle près de Mathurin, le sourire aux lèvres.

Mathurin (venant vers moi) : Ne soit pas timide.

Christopher (regardant Mat surpris) : Wow ! Je ne savais pas que tu les aimais maintenant claires de peau.

Mathurin (souriant) : Je ne le savais pas moi-même jusqu'à ce que je tombe sur Nadège.

Christopher (me regardant) : On ne s'est pas déjà vu quelque part ?

Mathurin (le coupant) : Non je ne crois pas, Nadège n'est pas de la ville.

Christopher (surpris) : Ah bon ? Et tu viens d'où ? On peut se tutoyer ?

Moi (la boule au ventre) : Oui bien sur ! Je suis de Mouilla.

Travis (me tendant la main) : Moi c'est Travis ! Si j'attends que ces deux-là me présentent, je rentrerais chez moi que je ne me serais pas présenté à toi.

Moi (saisissant sa main) : Enchantée !

Mathurin (joyeux) : Prenez place

J'étais inconfortable tout le long de la soirée malgré le sourire que j'affichais, j'avais surtout peur que Christopher se souvienne de moi. Il était certes sous l'emprise de la drogue, mais le cerveau humain peut surprendre parfois. Ils se sont mis à nous poser des questions, ce que je fais dans la vie, comment nous nous sommes rencontrés, qui a fait le premier pas sachant que Mathurin est un gros timide. Au fur et à mesure que l'heure avançait, après quelques verres, j'ai commencé à me détendre.

Nous sommes passés à table et les garçons n'ont pas cessés de tarir d'éloges sur la qualité du repas.

Malgré le fait que Christopher agissait normalement, je gardais un œil sur lui. Je surveillais ses faits et gestes tout le long de la soirée. Après le diner, ils sont allés s'assoir sur les fauteuils pendant que je débarrassais la table. Ensuite la conversation est devenue sérieuse. Lorsque Christopher a dit « les mecs j'ai quelque chose à vous annoncer » j'ai attrapé mon cœur. Ça y est, c'est la fin ! Il a fait tout son cinéma afin de me donner le coup de grâce, j'ai senti une grosse boule se former dans le ventre. Je suis foutue.

Travis (le regardant) : Qu'est-ce qui se passe ?

Christopher (soupirant) : Avec Tania rien ne va plus.

Mathurin (surpris) : Comment ça ?

Christopher (se caressant le torse) : Je ne sais pas ! Enfin si, un peu mais bon.

Travis : Qu'est-ce que tu as encore fait Siby ?

Christopher : Elle est au courant de tous mes coups fourrés ! Je ne sais même pas comment c'est possible ! Je dis bien tous.

Eux : …

Mathurin : Pourquoi tu n'arrêtes pas ça simplement ?

Christopher : J'ai arrêté Mat.

Travis : Et alors pourquoi Tania est dans tous ses états ?

Christopher (soupirant) : Je ne sais pas ce qui m'arrive, des fois je sors simplement prendre un verre et le lendemain je me retrouve avec une fille dans mon lit.

Mathurin : Pfff ! Tu exagères.

Christopher : Le pire c'est que je ne le fais pas sciemment.

Travis : Si tu ne peux pas résister, ne sort plus alors, reste chez toi ou passe chez nous lorsque tu es vraiment mal au point ou après une dispute avec elle, au lieu d'aller t'assoir dans les boites de nuits.

Christopher : Oui je crois que je vais faire ça.

Après cette soirée j'ai commencé á me sentir coupable, parce que ce que je prenais pour un jeu était en train de gâcher la relation de quelqu'un d'autre À chaque fois que Christopher et Tania se disputaient c'est chez nous qu'il débarquait juste après, il était dans tous ses états. Mathurin faisait de son mieux pour le consoler, ça lui arrivait de passer la nuit dans la deuxième chambre. Petit à petit nous nous sommes rapprochés Christopher et moi, je lui donnais des conseils, des idées afin de reconquérir sa copine. Je lui disais d'être patient avec elle car c'était lui qui était en tort et donc Tania avait le droit d'être en colère. De prendre sur lui et surtout garder son calme en vue de son tempérament. Mes conseils semblaient fonctionner puisqu'un jour ils nous ont invités chez eux, c'est ainsi que j'ai fait la connaissance de Tania. J'ai compris pourquoi la bande d'Olivia l'enviait et pourquoi Christopher en était amoureux. Bien que matérialiste, elle était très intelligente, classe, une vraie fille de bourges en plus d'elle très belle et un peu snob.

Deux jours plus tard Christopher a appelé Mathurin en lui demandant de descendre chez lui en urgence, je me suis invitée dans la partie. Lorsque nous sommes arrivés, Tania était en train de sortir ses affaires de l'appartement et Christopher était abattu. J'ai essayé de la raisonner, lui demandant de vraiment y réfléchir, nous étions toutes les deux dans la chambre.

Tania (me fixant) : Qu'est-ce qui ne me fait pas dire que tu as aussi couché avec lui ?

Moi (ravalant ma salive) : Euh non ! Heu c'est Mathurin qui nous a présenté, je ne suis pas de la ville.

Tania (fermant sa valise) : Dans ce cas ferme ta bouche et mêle toi de ce qui te regarde.

Elle est sortie de la chambre et moi j'ai posé mon fessier sur le lit deux minutes, histoire de régler mon rythme cardiaque qui à cause de sa question s'était emballé à l'idée d'être démasqué si toute fois Jean lui avait montré les photos et la vidéo, même si on ne voit pas mon visage dessus. Elle est partie et leur appartement était bien vide, Christopher et Mathurin étaient assis au balcon. Je ne sais pas si Christopher pleurait mais ils étaient silencieux.

Deux mois plus tard ça n'allait toujours pas entre eux, étant coupé du monde je ne pouvais pas savoir ce qui se passait à l'extérieur. Sonia est tout le temps dans les speeds, jamais au courant de quoi que ce soit. La dernière fois que je l'ai vu elle était plus que mal en point, j'ai essayé de l'aider en proposant de l'emmener à l'hôpital mais elle m'a trainé hors de chez elle en me claquant la porte au nez. Ne connaissant personne de sa famille, j'ai fini par laisser tomber, au moins j'aurai essayé. En rentrant, Christopher était à la maison, il cherchait des solutions pour sauver son couple. Nous nous sommes mis à la terrasse et je lui posais des questions sur les choses que Tania aimait, il me parlait de voyage.

Moi (souriante) : Mais dans ce cas pourquoi tu ne l'invites pas ? Pourquoi vous n'iriez pas en voyage, fuir un peu la pression de cette ville ?

Christopher (me faisant un bisou) : Tu es un amour Nadège ! Merci [se levant] Il faut que j'organise tout ça.

Moi : Oui

Christopher (me regardant) : Mathurin a vraiment de la chance.

Moi (me levant) : Il faut le lui dire.

Christopher (souriant) : Ne t'inquiète pas, il le sait très bien.

Il est rentré chez lui avec le sourire aux lèvres, deux jours plus tard il m'envoya un mail avec leurs coordonnées dessus afin que je fasse leurs réservations et la semaine d'après ils s'envolèrent pour l'Espagne. J'étais fière de moi, je voulais vraiment qu'ils se remettent ensemble, surtout pour me faire pardonner d'avoir participé à ce qui se passe aujourd'hui.

Le coup de massue est arrivée lorsqu'une semaine après leur retour ils se sont séparés et pour de bon, j'étais mal. Christopher est rentré dans une spirale qui m'a fait me sentir encore plus mal dans ma peau. Il buvait excessivement, se tapait tout l'entourage de Nadège. Il s'est mis en couple avec Olivia, je n'ai rien compris. Leur histoire n'a même pas tenue un mois, il n'a pas arrêté de l'humilier. Il ramenait parfois des filles alors qu'elle était là. Par la même occasion la bande s'est disloquée, parce que Christopher les couchait toutes. Olivia n'a pas supporté la trahison, il y a eu un clash entre elle et Guylaine.

Moi (regardant Mat) : On ne peut pas laisser Christopher dans cet État Mathurin.

Mathurin (levant les yeux) : Que veux-tu que je fasse ? C'est un adulte.

Moi : C'est vrai ! Mais il est à la dérive totale ! Il faut faire quelque chose Mat.

Mathurin (s'asseyant sur le lit) : Et qu'est-ce que tu proposes ?

Moi : Qu'on aille chez lui vider tout l'alcool qui s'y trouve, lui cuisiner un repas et s'assurer qu'il le mange.

Mathurin (me regardant) : Tu veux vraiment faire ça pour Christopher ?

Moi (soutenant son regard) : Vraiment.

La culpabilité, le rappel de conscience fait faire des choses parfois. J'ai pris cet engagement de me rendre chez lui après le boulot, de nettoyer et faire la cuisine. Ce geste me permettait de me regarder chaque soir à travers le miroir et de me convaincre que je n'étais pas une mauvaise personne, j'ai juste posé des actes que je regrette amèrement car étant avec Mathurin je découvre chaque jour qu'on n'a pas besoin d'être riche ou populaire pour être aimé, il me prend comme je suis et me rend meilleure. À travers ses yeux je me sens revivre, être une meilleure version de moi. Lorsque je me trompe il m'apprend, c'est quelqu'un de patient, très patient, attentionné, généreux. Il a des qualités qui te donnent envie de te surpasser, d'être une bonne personne, une bonne femme, une bonne mère et une bonne épouse.

Mathurin (me regardant) : Encore Nadège ?

Moi (soutenant son regard) : Oui Mathurin encore ! Parce que si c'est pour jouir après deux minutes non merci.

Mathurin (prenant la pilule) : Pfff

Moi (le regardant) : Au moins ça t'aide et de toute façon je ne te laisse pas le choix.

Mathurin (mettant la pilule dans sa bouche) : C'est bon nous n'en ferons pas toute une histoire aussi.

Ce jour était un jour comme les autres, après ma folle nuit passée avec Mathurin, ce matin j'étais de bonne humeur. Après le boulot je suis allée chez Christopher nettoyer et lui faire un bon plat avant de rentrer chez nous et de retrouver mon homme. Il y avait deux verres posés sur la table, un à moitié et l'autre vide. Pas un seul bruit. Il y avait deux assiettes dans l'évier et la maison n'était pas dans un sale état, j'ai fait le tour de la pièce et en levant les yeux je suis tombée sur Christopher adossé contre le cadrant de la porte de la cuisine tenant un verre à moitié vide dans une main.

Moi (sursautant) : Tu m'as fait peur.

Christopher (me fixant) : Vraiment ?

Moi (Souriante) : Vraiment

Il s'est rapproché me faire la bise en me soufflant sur le visage, il a tiré la chaise et s'est assis en me fixant. Mes sens se sont mis en alerte, je ne sais pas pourquoi mais une voix dans ma tête me disait « il sait Nadège, il sait » Il me regardait étrangement, comme si j'étais nue devant lui.

Moi (sentant la gêne m'envahir) : Je vais y aller.

Christopher (souriant) : Non je ne pense pas.

Moi (le regardant) : Mathurin m'attend.

Christopher (regardant son verre) : Il attendra dans ce cas ! Prend place et sert toi un verre, tu as des choses à me raconter.

Moi (la peur au ventre) : Comment ça ? Bien sûr que non ! [M'avançant vers la porte d'entrée]

Christopher (levant la tête) : Tu ne devineras jamais qui est passé me rendre visite, Guylaine, Guylaine Akoue.

Ma main est restée bloquée sur la porte, je me suis mise à trembler de tout en être.

Christopher : Nadège Urey, Mathurin sait quelle genre de pute il a fait entrer dans sa maison ?

Moi (me retournant les larmes aux yeux) : Christopher je t'en supplie ne lui dis rien [éclatant en sanglot] je regrette ce que j'ai fait, je ne savais pas que les choses prendraient cette tournure.

Christopher (me servant un verre) : Nadège vient t'assoir, on va trinquer à nous, à ta vie d'avant, au fait que nous ayons couché ensemble au point où tu me chevauche sur une vidéo.

Moi (en larmes) : Christopher s'il te plait...

Christopher (me tendant le verre) : Sans vergogne tu me tailles une pipe wow ! Et tu viens jouer la sainte ? Sans compter que tu étais amie avec Olivia mais que tu couchais avec son père ?

Moi (me mettant à genou) : Christopher j'ai changé Snif j'étais naïve je voulais tellement me faire accepter dans ce groupe que j'étais prête à tout Snif mais j'ai changé Snif je te jure que j'ai changé Snif

Christopher (me regardant avec dégoût) : Dans ce cas, tu ne verras pas d'inconvénient à ce qu'on aille raconter la vérité à Mathurin n'est-ce pas ?

Moi (pleurant de plus belle) : Non sniff s'il te plait il ne pardonnera jamais Christopher tu lui briseras le cœur Snif on s'aime réellement Snif je l'aime pour de vrai Snif

Silence

Moi : Christopher je suis tellement désolée, je regrette tellement mon Dieu Snif je regrette tellement Snif

Christopher (me fixant) : Et tu crois que tes larmes vont m'attendrir ? Je venais chez vous, tu étais toute gentille parce que tu te sentais coupable n'est-ce pas Nadège ? Coupable d'être en partie responsable de ma rupture ! [Haussant le ton] n'est-ce pas ?

Moi (en larmes) : Oui Snif

Christopher (hors de lui) : Est-ce que tu sais à quel point j'étais amoureux de cette fille Nadège ?

Moi : Je suis désolée Snif

Christopher (buvant d'un trait son verre en se réservant un autre) : Je ne te connaissais même pas, mais tu as décidé de me nuire gratuitement parce que tu voulais faire partir du groupe des putes de ce pays ? Des filles sans vergogne qui ne se cachent pas de coucher entre elles et de taper avec nos pères avant puis de venir dire Christopher je t'aime ? [Me tendant le verre] Nadège bois, tu auras besoin de tes forces pour affronter Mathurin parce que je lui dirais tout ! [Me fixant] tout en lui montrant la vidéo que j'ai dans mon téléphone, il faut qu'il voit le visage du diable avec qu'il partage sa couette.

C'est toute tremblante que j'ai pris le verre qu'il m'offrait, j'ai pris une petite gorgée avant de tousser et de poser le verre au sol près de moi. Christopher s'est levé en se rendant dans les toilettes avant de disparaitre dans sa chambre. J'ai ouvert mon sac à la recherche des mouchoirs, en voulant le refermer je me suis souvenue que j'avais un sachet de GHB et des pilules pour Mat.

Que faire ? Je n'ai pas eu le temps de réfléchir ou de me poser les bonnes questions, la peur de tout perdre ? Sans doute ! La honte ? Je ne sais pas ! Mais sur le moment c'était la seule solution d'instinct, l'ultime solution pour me sortir de là, une fois, la dernière histoire de gagner du temps, de chercher comment l'annoncer à Mathurin, mais pas aussi brutalement. Pour l'avoir déjà vu en colère je sais comment il réagira, En plus si C'est Christopher qui le lui dit, il me tuera c'est sûr. Pourquoi le destin s'acharne-t-il ? Pourquoi ? Je n'ai pas envie de tout gâcher entre nous, que Mat me regarde avec dégoût, je ne suis pas une mauvaise personne. J'ai simplement fait et pris des mauvaises décisions. [Me levant] alors non ! Je refuse de tout perdre. J'ai versé le contenu dans le fond de la bouteille et de son verre, j'ai tiré la chaise et me suis assise mon verre en main.

Christopher est venu s'assoir en me donnant son téléphone, il a bu son verre d'un trait. J'avais devant moi les images prises de cette fameuse nuit, je les connais par cœur. Guylaine me les avait envoyés suivi d'un message « souvenir amuse toi bien » ainsi que la vidéo que j'avais supprimé.

Christopher (me regardant) : Tu ne dis plus rien Nadège ?

Moi (les larmes aux yeux) : Je suis sincèrement désolée Christopher.

Christopher (buvant à nouveau un verre d'un trait en le posant sur la table) : Ah oui ?

Il s'est mis à cligner des yeux, puis s'est levé d'un coup ! J'ai fait de même en le tenant par le bras de toutes mes forces, je l'ai guidé jusque dans sa chambre en l'installant sur le lit. J'ai allumé la climatisation et je suis sortie nettoyer, en le laissant dormir. J'ai supprimé toutes ses conversations, les photos, la vidéo dans l'espoir qu'il ne se souvienne pas de cette conversation. Et aussi de gagner du temps avec Mathurin.

J'ai entendu un bruit étrange provenant de la chambre, je m'y suis précipitée. Christopher n'était plus sur le lit mais dans la salle de bain nu étendu sur le sol, j'ai paniqué.

+++ DANS LE PRESENT+++

Indiah

Christopher (au téléphone) : Nadège je t'avais dit qu'on a pris des billets pour le 15 juillet, j'ai le mail devant mes yeux en plus du message que je t'ai envoyé.

Nadège (sous haut-parleur) : Si je ne les ai pas reçus, je dois faire la magie pour deviner ?

Christopher (calme) : Okay, qu'est-ce qu'on fait ? Je viens récupérer l'enfant ?

Nadège : Il faudra que j'en parle à Mathurin.

Christopher (se passant la main sur le visage nerveusement) : Okay j'aurai besoin de la réponse d'ici deux jours, pour annuler ou non le billet.

Nadège (soupirant) : J'ai compris ! Bref c'est tout ?

Christopher (énervé) : oui

Clic !

Il a jeté le téléphone sur le canapé en me regardant.

Moi (allaitant Idylle) : Quoi ?

Christopher (soupirant) : Je fais de gros efforts pour ne pas lui montrer qu'elle me fait chier tu comprends ? Je lui ai envoyé l'email lorsque j'ai fait la réservation en Mai, j'ai envoyé un message pour être sûr qu'elle reçoive l'information. Le mois dernier même chose par précaution, et là qu'est-ce qu'elle me sort ?

Moi (levant la tête) : Comme c'est son mois de garde, elle fait comme elle veut.

Christopher (soupirant) : C'est la raison pour laquelle je n'ai pas craqué avec elle [Se levant] je vais me doucher.

Moi : Okay

Les parents vont en Australie avec Ethan, on a décidé d'envoyer Léandre avec eux histoire de voir les kangourous en vrai. On voulait bien y aller mais le billet est très cher et en plus avec la petite faire 35 heures de vol ce n'est juste pas possible. Et comme Nadège est fidèle à elle-même, elle nous fait tourner pour récupérer l'enfant.

Bébé a trois mois, elle va super bien et moi aussi, j'ai repris des couleurs. Surtout que Nicole s'occupe très bien de moi avec les bains d'huiles, les massages, l'eau chaude, je brille de mille feux. Je comprends pourquoi Carole malgré trois grossesses est toujours fraiche et elle-même également. Maman aussi mais ça c'est parce que après l'accouchement elle courrait en salle de sport pour perdre ses kilos ; Alors que moi, en trois mois, sans sport, rien qu'en mangeant sainement et en suivant le traitement de Nicole j'ai retrouvé ma taille. Bien que mon ventre soit mou mais caché derrière ma gaine ce n'est que Siby qui voit ça, j'ai perdu mes kilos de grossesses, donc pour l'instant ce n'est pas une priorité, le moment venu j'irai faire mes séances d'abdos en salle.

Ces vacances on ne bouge pas, Christopher a pris un crédit avec papa alors on réduit les dépenses. Le voyage de Léandre c'est son cadeau d'anniversaire, sinon il resterait chez ses parents et en Aout rentrerait nous rejoindre à la maison. Je suis dégoutée du fait que Meriem ne soit pas là.

Nicole (entrant dans le salon) : Il est encore fâché ?

Moi (levant les yeux) : Toi-même tu le connais.

Elle s'est approchée pour me prendre la petite des mains.

Moi (la regardant) : Elle vient à peine de finir sa tétée, si tu ne veux pas boire son vomi comme moi ce matin fais attention.

Nicole (souriante) : Les dures réalités de la maternité ! Carole c'était le vomi et les garçons les urines ! Tu enlèves la couche ou les sors du bain, tu en reçois en plein visage.

Je me suis levée faire à manger en laissant les deux camerounaises dans le salon, en venant dresser la table Siby était de retour dans le salon, sa fille dans ses bras.

Moi (le regardant) : Tu as pris l'enfant à ta mère ?

Christopher (levant la tête) : Tu aimes bien te mêler de mes histoires, c'est quoi ton problème ? Est-ce que ce n'est pas mon enfant ?

Moi : Excuse-moi

Christopher : C'est mieux.

Moi : Sauf que lorsqu'elle fait caca, elle redevient mon enfant.

Christopher : Parce que c'est ton boulot, mon boulot à moi c'est de la porter jusqu'à ce qu'elle se salisse ! À chacun son rôle.

Moi : Et le mien c'est d'être la boniche ?

Christopher (souriant) : Tu tiens vraiment à ce que je te le dise ?

Moi : Tchuip

Christopher : tic-tac tic-tac

Je suis repartie dans la cuisine.

Chapitre 60 : L'histoire

+++Huit ans plus tôt+++

Nadège

J'ai entendu un bruit étrange provenant de la chambre, je m'y suis précipitée. Christopher n'était plus sur le lit mais dans la salle de bain, nu, étendu sur le sol, j'ai paniqué. Les larmes se sont mises à couler, qu'est-ce que j'ai fait mon Dieu, qu'est-ce que j'ai fait ?

Moi (me mettant à genoux près de lui en larmes) : Christopher [le bousculant] Christopher !

J'ai posé ma tête contre sa poitrine, j'ai poussé un ouf de soulagement ! Il respire ! Au moment où j'ai voulu me redresser il m'a saisi par les cheveux, m'obligeant ainsi à garder la même position.

Moi (hurlant) : Christopher tu me fais mal.

Christopher : Tu es venue pour te faire baiser n'est-ce pas ?

J'ai essayé de me dégager mais il me tenait fermement, il s'est redressé en me poussant sur le sol et je suis allée cogner mon dos contre la porte. Je l'ai vu se relever, j'étais pétrifiée par l'expression de son visage. Il s'est avancé vers moi comme un automate, m'a brutalement tenu par les cheveux avant de me trainer hors de la pièce, j'ai hurlé de toutes mes forces en lui demandant d'arrêter. Il m'a lâché puis m'attrapant par le cou, me mis une gifle qui m'a coupé le souffle.

Je ne comprenais pas ce qui était en train de se passer ! J'avais vu les filles faire, simplement verser le contenu dans le verre ou la bouteille. C'est ce que j'ai fait, mais alors pourquoi il réagit de la sorte ? Je n'ai pas eu le temps de répondre à mon interrogation qu'il m'a saisie par la jambe en me ramenant vers lui, il m'a retourné sur le ventre comme une crêpe en se mettant au-dessus de moi. J'ai essayé de me débattre, envoyant mes mains par l'arrière mais rien n'y fit, il était comme possédé et n'arrêtait pas de me traiter de pute, chienne. Il a soulevé ma robe en se plaçant entre mes jambes, j'ai senti sa main passer entre mes cuisses.

Moi (en larmes) : Christopher s'il te plait Snif s'il te plait laisse-moi rentrer chez moi Snif s'il te plait.

Je l'ai senti entre mes jambes, je bougeais le plus possible afin de me dégager. Il m'a attrapé les bras en les mettant derrière mon dos, je me débattais du mieux que je pouvais, il a essayé à plusieurs reprises avant de me pénétrer violement. J'ai eu le souffle coupé, paralysée par la douleur, plus aucun son n'est sorti de ma bouche, il était en train de me violer. Pendant qu'il s'acharnait, à cause de la douleur mon corps et mon esprit se sont déconnectés. Je ne ressentais plus rien. Je ne suis revenue à moi lorsqu'il m'a mise sur le dos, les jambes en l'air et que sans ménagement il m'a pénétré à nouveau. J'essayais de le repousser en le griffant, en donnant des coups, en me débattant, rien ne l'atteignait, il était rigide comme du béton. Je n'ai pas cessé de le supplier d'arrêter, promettant de ne rien dire à personne s'il me laissait partir, mais il n'écoutait pas. Lorsqu'il a voulu me prendre dans ses bras je me suis saisie de la statuette en bois qui était posée sur son chevet et lui ai donné un coup sur la tête, en y mettant toute ma rage. Il m'a de suite lâché, reculé d'un pas en me regardant.

Christopher (la main derrière la tête) : Nadège !

Il s'est écroulé parterre, j'étais sur le lit abasourdie, tremblante et recroquevillée sur moi-même, en larmes. J'ai passé ma main entre mes cuisses, devant et à l'arrière, elle est ressortie avec un peu de sang provenant de mon anus. À quel moment les choses ont t elles dérapées ?

C'est la sonnerie de son téléphone qui m'a fait bondir du lit, ramasser mes affaires, aller dans la salle de bain prendre du papier toilette et me nettoyer. J'ai pensé à prendre la fuite, mais je ne sais pour quelle raison je suis revenue sur mes pas, j'ai vérifié qu'il était toujours en vie avant de m'en aller. J'étais dans un état second en arrivant à la maison, comme une automate je me suis rendue dans la salle de bain prendre la douche la plus longue de ma vie. Mathurin étant parti en mission, j'étais toute seule. Au sortir de là j'ai enfilé mon pyjama et je me suis mise sous les draps.

J'ai passé une nuit horrible, je n'ai pas arrêté de me poser des questions, devrais-je aller déposer une plainte contre lui ou pas ? Les parents de Christopher ont les moyens, si je porte plainte qu'est-ce qui ne me dit pas que cette plainte se retournera contre moi ? Surtout si les filles s'en mêlent, elles pourraient m'accuser d'avoir abusé de lui avec cette vidéo et les photos comme preuve et c'est moi qui finirais en prison. Déjà qu'Olivia me déteste à cause de mon histoire avec Francis, elle est capable de trouver dans cette histoire une opportunité pour se venger de moi.

Aussi tout le monde connait le penchant de Christopher pour les filles métisses, il pourrait m'accuser d'avoir profité de lui et m'ayant jeté, je chercherais un moyen de me venger. Il y a tellement de scenarios qu'ils pourraient sortir et me faire passer pour une criminelle, qui me croira si cette histoire vient à se savoir ?

La seule personne à qui je peux me confier c'est maman, mais si je lui en parle-t-elle serait capable de me répondre « bien fait pour toi » et me laisser croupir en prison pour me punir d'avoir fait fi de ses conseils. Alors je vais tout perdre, ma vie, mon travail, qui voudra encore m'embaucher ? Et si la famille de Christopher pour se venger cherche à me nuire ? Je pourrais disparaitre un jour en sortant du boulot, il n'y aurait que Mathurin qui partirait à ma recherche dans la ville car même ma mère il ne la connait pas, pour l'appeler et lui dire que son enfant a disparu.

Me plaindre chez qui lorsque tu n'es l'enfant de personne dans ce pays ? Lorsque tu n'as pas confiance en la justice de ton pays ? Cette nuit-là, j'ai pleuré toutes les larmes de mon corps. Je me retrouvais impuissante, prise au piège de mes choix. J'ai alors décidé d'attendre ce que Christopher dirait, de voir s'il aurait le courage de venir parler à Mat après ce qu'il m'a fait ce soir. Le lendemain pas de Christopher en vue, Mathurin est rentré deux jours plus tard et c'est à ce moment que Christopher a pointé le bout de son nez. Il m'a fait la bise le sourire aux lèvres, comme si de rien n'était. Je n'ai vu aucun geste déplacé de sa part ni de regard suspicieux.

Alors j'ai décidé de fermer les yeux sur ce qui s'était passé vu que j'y avais ma part de responsabilité. Je n'ai pas voulu aborder le sujet avec lu, pour ma part nous étions quittes. Je lui ai fait du tort et il m'a rendu la monnaie, progressivement j'ai pris mes distances pour que Mathurin ne s'en rende pas compte. Intérieurement je me suis mise à le haïr, le voir rigoler et faire comme si de rien n'était m'enrageais ! Tout ce qu'il représentait me donnait la nausée. Sans le savoir j'ai commencé à manifester extérieurement ce mépris que je ressentais pour Siby.

Le fait d'être tombée enceinte de Mathurin m'a fait l'aimer, passer au-dessus de ses problèmes sexuels. Nous sommes allés voir un médecin, qui nous a prescrit des pilules bleues mais cette fois-ci légalement et sous ordonnance après un bilan de santé approfondi. Il nous a aussi conseillé des gadgets tels que des anneaux vibrants afin de le stimuler. Au début nous avons tout essayé, mais à la longue ça devenait fatiguant alors Mathurin se contente de prendre les pilules une heure avant et je me charge du reste, le plus important pour nous était de retarder son éjaculation. Dans la vie on ne peut pas tout avoir, je l'ai compris assez tôt en me mettant avec Mat. Il s'occupe de moi comme il faut, c'est un homme aimant, pour qui la famille est importante. Je me suis attachée à lui et à ses valeurs.

Nadège

Iris : Maman !

Moi (la regardant) : Iris ça suffit comme ça ! Même David qui est plus petit ne fait pas ce que tu fais.

Iris (se mettant à pleurer) : Je veux rentrer chez papa.

Moi (la grondant) : Tu attends que je finisse avec les courses ! Tu es insupportable. C'est la dernière fois que je t'emmène avec moi.

Iris (en larmes) : Oui

Moi (la regardant) : Et tu n'es même pas belle lorsque tu pleures.

Léandre : Maman !

Moi (levant les yeux) : Mais c'est vrai.

Iris (essuyant le visage) : D'abord je reste avec mon grand frère.

Elle me désespère cette fille avec son histoire de 'grand frère', elle a raison je suis enfant unique du coté de ma mère. Mon géniteur je ne connais que le nom Bernard Urey et une photo de lui me tenant dans ses bras.

À force de rêvasser j'ai perdu Léandre et Iris entre les rayons, je me suis mise à leur recherche. Je les ai retrouvés en train de discuter avec une dame, j'ai de suite froncé les sourcils. Ils savent très bien qu'ils n'ont pas le droit de discuter avec des inconnus.

Moi (derrière eux) : Léandre ?

Ils se sont tous retournés y compris la dame, mon sang n'a fait qu'un tour.

Olivia (souriante) : Bonsoir Nadège

Moi (glacée) : Bonsoir Olivia

Olivia (souriante) : Wow tu as de très beaux enfants.

Moi : Merci ! Léandre prend ta sœur et on y va.

Olivia : Pour des retrouvailles je m'attendais à plus de chaleur.

Moi (la fixant) : De ma part ou de la tienne Olivia ? Parce que je sache nous n'avons jamais été les meilleures amies du monde.

Olivia (soupirant) : Tu n'as pas tort ! À ce que je vois tu as continué avec Christopher [Regardant Léandre]

Moi : je n'ai pas d'explications à te donner Olivia ! Bonne fin d'après-midi ! On y va

Olivia : Papa est mourant, insuffisance rénale ! Il doit subir une dialyse tous les deux jours, et avec le poids de l'âge ça devient de plus en plus difficile pour lui de les supporter.

Moi : Je compatis pour vous, mais ne fait pas comme si j'étais la seule et que c'était l'amour fou entre nous. Je suis triste pour vous mais ça s'arrête là.

Olivia (s'avançant) : Tes enfants sont là et nous sommes dans un magasin, j'ai vraiment envie qu'on s'asseye afin d'avoir une discussion.

Moi : Non je ne crois pas ! J'évite tout ce qui me rappelle qu'une fois j'ai voulu être comme vous, faire des choses afin de se faire accepter. Cette vie-là est loin derrière moi ! Je suis une maman, j'ai aussi une fille. Je me dois d'être un modèle pour elle. Nous étions jeunes et j'étais encore plus stupide que vous toutes ! Enfin bref bien des choses à toi.

J'ai poussé mon chariot en entrainant mes enfants avec moi.

Moi (les regardants sévèrement) : Léandre qu'est-ce que j'ai toujours dit concernant les étrangers ?

Léandre : De ne pas leur adresser la parole.

Moi (les sourcils froncés) : Mais alors ?

Iris (prenant sa défense) : Elle a dit que Léandre ressemblait à tonton Chris, et elle nous a posé la question.

Moi (la regardant) : Et je parie que c'est toi qui as répondu ?

Iris (l'air de rien) : Mais oui ! Léandre ressemble à tonton Chris, c'est son deuxième papa non ?

Moi : Tchrrrr

Nous nous sommes dépêchés de passer à la caisse puis de rentrer. On a trouvé Mathurin devant le foot et de mauvaise humeur ! [Soupir] Je ne sais pas ce qu'il a depuis deux semaines, il est de plus en plus désagréable, toujours dans les plaintes même lorsque je pense que tout va pour le mieux il va me sortir quelque chose afin me de mettre mal à l'aise.

Moi (le regardant) : Qu'est-ce qu'il y a encore ?

Mathurin (la mine attachée) : Tu envoies le petit quand ?

Moi (prenant place) : Comment ça ?

Mathurin (me regardant) : Tu m'as dit que son père lui avait pris un billet d'avion non ?

Moi (soupirant) : Oui mais je suis dans mon mois de garde, alors Christopher n'a pas à me forcer la main.

Mathurin : Appelle-le et dit lui que tu leur envois l'enfant.

Moi (surprise) : Et pourquoi ? Ils l'ont avec eux toute l'année.

Mathurin (me fixant) : Est-ce que tu as discuté avec ton fils histoire de savoir ce qu'il veut ou pas ?

Moi : Non

Mathurin : Il veut y aller.

Moi : Et comment tu le sais ?

Mathurin : Je l'ai entendu en parler à Iris.

Moi : ...

Mathurin (regardant la télé) : Appelle Christopher.

Ça fait à peine deux semaines que Léandre est parmi nous, pourquoi il aurait envie de s'en aller ? Après le diner j'ai voulu avoir une conversation avec lui, sans Iris dans les parages. Nous sommes allés dans ma voiture afin d'avoir un peu d'intimité.

Moi (le regardant) : Léandre tu veux repartir chez tonton Chris ?

Léandre (soutenant mon regard) : Oui

Moi (fronçant les sourcils) : Pourquoi ? Tu ne te sens plus bien ici ?

Léandre (haussant les épaules) : Non mais là-bas je me sen mieux qu'ici.

Moi (l'estomac noué) : Comment ça ?

Léandre : Papa ne m'aime plus maman, il crie sur moi tout le temps, même quand je ne fais rien. Et vous vous disputez aussi, et Iris dit que quand je ne suis pas là il n'y pas de dispute et papa est toujours souriant. Qu'ils vont à la piscine, qu'ils font du roller et plein d'autres choses cools.

Moi : Okay mon grand demain on ira faire ce que tu veux tous ensemble.

Léandre : Je veux rentrer chez tonton Chris.

Moi (les larmes aux yeux) : Chéri ça ne fait même pas deux semaines que tu es là.

Léandre (me regardant) : Oui mais je veux rentrer chez moi.

Il a ouvert la portière et est reparti dans la maison. J'ai pris mon temps avant de descendre de la voiture, en me rendant dans la chambre j'y ai trouvé Mathurin.

Moi (le regardant) : Il pense que tu ne l'aimes plus Mat, il ne se sent plus chez lui ici. Essaye d'avoir une conversation avec lui, afin de le rassurer.

Mathurin : Que veux-tu que je fasse ?

Moi : Je ne sais pas, mais fait quelque chose ! Sors-le comme avant, montre-lui que tu l'aimes.

Mathurin : ...

Moi : Mathurin on est en train de le perdre, Christopher est en train de prendre ta place, tu es son père ! Il sait que je l'aime, mais toi ? C'est peut-être de la que lui vient son malaise.

Mathurin (soupirant) : Nadège Christopher est son père, il vit déjà chez lui, tôt ou tard ça devait arriver.

Moi : Ça t'arrive parce que tu ne veux plus agir comme un père et il le ressent. Léandre n'est plus un bébé Mat, dans un mois il aura 9 ans. Si tu ne rectifies pas le tir dès à présent, maintenant, dans un an ou deux se sera trop tard.

Mathurin : Ok

Sauf qu'il n'a fait aucun effort, j'ai dû appeler Christopher à contre cœur, afin de confirmer le voyage. C'est Monsieur Okissi qui est passé le prendre à la maison, Léandre était heureux de s'en aller, j'ai eu le cœur brisé. Ç'est difficile en tant que mère de se rendre compte que son enfant se sent plus épanoui ailleurs que chez vous.

Une semaine plus tard en achetant l'union, j'ai vu le visage de Francis dans la rubrique nécrologie. En dessous il y avait une annonce de la famille et un numéro de téléphone, je l'ai noté en me promettant d'appeler et prendre les coordonnées d'Olivia.

Je me suis décidé à appeler, je suis tombée sur un monsieur qui après de longues minutes d'échange m'a remis le numéro d'Olivia. Il m'a fallu du temps avant de l'appeler et qu'on se donne rendez-vous en ville après le boulot.

Moi (la regardant) : Merci d'avoir accepté mon invitation malgré ce que ta famille et toi traversez en ce moment.

Olivia (soupirant) : On s'y attendait, nous étions déjà préparés à ça. L'homme qui était sur le lit d'hôpital n'était pas mon père, mon père était un homme robuste, fort, vaillant. Dès l'instant qu'il a été interné dans cet hôpital, pour moi, mon père venait de mourir. J'ai fait mon deuil, ça n'a pas été facile mais aujourd'hui je tiens le coup pour ma mère et mes frères et sœurs.

Moi : Je comprends.

Olivia : J'ai été surprise de recevoir ton appel d'autant plus que tu as été froide et très clair l'autre jour.

Moi (soupirant) : Je me suis surprise moi-même, voir la photo de ton père dans l'union m'a un peu bouleversée.

Olivia : Nadège je crois que des excuses s'imposent. On a 33 ans aujourd'hui, tout comme toi je suis maman de deux filles et crois-moi, je ne suis pas fière de mon passé. J'avoue avoir été jalouse de toi à une époque pas glorieuse [souriante], les années les plus sombres de ma vie je dirais. Surtout lorsqu'on a appris que tu étais en couple avec Mathurin, que tout semblait rouler pour toi alors que tu étais une vraie salope excuse-moi pour le mot.

Au début Christopher vantait tes mérites, il nous comparait même à toi sans pour autant citer ton nom. Alors poussées par la curiosité, nous avons voulu savoir qui était la copine de Mathurin dont Siby se vantait et on a su que c'était toi. Ce jour-là, avec Guylaine on a eu un fou rire, au point d'en pleurer. Tu sais qu'on s'était mis en couple lui et moi secrètement, j'espérais qu'il oublie Tania et être comme toi à vivre mon bonheur, sauf que derrière moi il couchait avec Guylaine [pouffant de rire] la claque que j'ai reçue ! Nous nous sommes disputées elle et moi, lui et moi et je suis partie.

J'ai appris plus tard que Guylaine lui avait tout balancé sur toi, un jour alors qu'ils avaient fini de coucher ensemble. Il lui aurait fait une réflexion en la comparant à toi et elle n'a pas pu supporter, elle lui a tout craché en espérant que de ton coté tout pète et que ton mec qui nous regardait de haut puisse voir qui était sa sainte copine. Bref des gamineries !

Moi (en larmes) : J'ai été violé ce soir-là Olivia.

Olivia : …

Moi (essuyant les larmes) : J'ai fini par me dire que je payais pour mes choix, le mal que j'ai fait à Christopher, que c'était ma punition. J'ai eu peur de me confier à quelqu'un, d'aller porter plainte Snif vous étiez des enfants de barons du pays et moi ? Juste une pauvre fille qui sortait de nulle part. Je me suis retrouvée enceinte en me disant que c'était l'enfant de Mathurin, mais j'ai su Snif que c'était celui de Christopher très vite à cause de la tache de naissance. J'ai menti à mon mari, j'ai fermé les yeux jusqu'à ce que cette histoire éclate au grand jour il y'a quelques mois. Aujourd'hui mon fis préfère vivre chez Christopher, mon homme un coup ça va un autre non. Tout ça pourquoi au juste Olivia ? Sachant que vous-même vous aviez des sugar daddies ?

Olivia : Je suis vraiment désolée Nadège.

Moi (reniflant) : Comme tu l'as dit, nous sommes des mères aujourd'hui avec un passé pas très glorieux. Mais pour mes enfants et mon mari je suis une bonne mère et une bonne épouse et c'est tout ce qui m'importe. C'est tout ce qui compte à mes yeux aujourd'hui.

Olivia : Je suis tout à fait d'accord avec toi.

Christopher

Avec Okissi nous sommes sur Libreville pour présenter le bébé à nos deux familles respectives et aussi récupérer ses parents à l'aéroport demain soir. Mademoiselle Siby a quatre mois et c'est une vraie cascadeuse, il suffit de la mettre sur le dos pour qu'elle se retrouve quelques minutes plus tard sur le ventre et vice versa. Elle donne des coups de pieds [sourire] et ce qui me rend dingue d'elle c'est lorsqu'elle fait les mêmes mimiques que sa mère, c'est juste trop chou. Lorsqu'on la pose sur le ventre, elle a maintenant tendance à soulever la tête et ses épaules en se tenant sur les mains. Allongée sur le dos, elle lève les jambes en extension ou alors attrape ses orteils pour jouer avec. Je suis en admiration totale, j'aime mon rôle de papa.

Indiah (sortant de la salle de bain) : Christopher tu exagères.

Moi (levant la tête) : C'est quoi ton problème ?

Indiah (me regardant) : Tu passeras toute la journée à la regarder ? On ne sort plus ?

Moi (me redressant) : Tu es trop jalouse Okissi.

Indiah (pouffant) : N'importe quoi ! C'est toi qui devient chèvre devant elle, ce n'est pas possible ça.

Je l'ai callé entre les oreillers avant de me rendre dans la salle de bain pour prendre une douche et me préparer. Nous sommes invités au mariage de la sœur de Travis, mais avant, Okissi veut qu'on aille faire les courses parce que demain elle compte faire la grâce matinée jusqu'à ce que ses parents arrivent.

Moi (sortant de la chambre) : Je suis prêt.

Indiah (se levant de la chaise) : On y va alors ! Je conduis ?

Moi (prenant les clés) : Non

Indiah (la liste des courses en main) : Alors on commence par le rayon des boissons pour finir avec le frais.

Moi (regardant mon Idylle) : C'est comme tu veux.

Indiah (soupirant) : Je peux vous laisser entrer vous aussi.

Moi (souriant) : Ta jalousie là c'est abusé ! Tu sais très bien que sans toi il n'y a pas d'Idylle.

Indiah : Hum flatte moi bien Tchip

Ne jamais faire les courses avec une femme surtout si c'est elle qui tient la liste dans les mains, je ne sais pas combien de tours on a fait entre les mêmes rayons [soupir] Si j'étais venu seul, il y'a longtemps que j'aurais fini ! [Regardant ma montre] elle exagère.

Indiah (me regardant) : Tu as un rendez-vous quelque part ?

Moi (éclatant de rire) : Je suis sûr qu'on t'a envoyé me tuer sur terre.

Voix : Christopher ?

Nous nous sommes retournés pratiquement en même temps Okissi et moi !

Elle (s'avançant) : Christopher Siby

Moi : Guylaine Akoue

Guylaine (me sautant dans les bras) : Quelle agréable surprise.

Je me suis dépêché de la faire descendre, avant que le dragon n'ouvre la bouche.

Moi (la regardant) : Guylaine ma femme Indiah.

Guylaine (levant les yeux) : Depuis quand tu t'es marié, et je ne suis pas au courant ? Enchantée.

Indiah (les sourcils froncés) : Enchantée.

[Hum c'est mauvais signe ça]

Moi : Et depuis quand ma vie t'intéresse ?

Guylaine (se rapprochant d'Indiah) : Je peux voir le bébé ?

Indiah : Bien sur

Guylaine (pouffant) : Tu n'as pas du tout changé ! Ça va ? J'ai appris le décès de ton père par maman, mes condoléances et aussi tes démêlés avec la justice ! Tout va bien à ce que je vois.

Moi (regardant Okissi) : Tout cela grâce cette magnifique femme qui se tient à mes côtés.

Guylaine : Tu ne me demandes pas pourquoi je suis de retour ?

Moi : Tu vas me le dire.

Guylaine : À cause de décès du père d'Olivia.

Moi : Ah oui j'ai vu dans l'union et aussi j'avais croisé Olivia une fois, nous sommes allés prendre un café et nous avons en parlé.

Guylaine : Et Nadège ?

Moi : Quoi Nadège ? Et comment tu...

Je me suis arrêté de parler à cause du regard foudroyant d'Okissi.

Guylaine : Tu es pressé ?

Moi (la fixant) : Tu vois que je suis en famille Guylaine.

Guylaine (regardant Indiah) : Désolée ! Mauvaise habitude.

Indiah : Habitude ou nature ?

Moi (toussant) : Bon écoute passe un bon après-midi.

Guylaine : C'est possible d'avoir ton numéro ? On pourrait aussi aller prendre un café et se mettre à jour sur les nouvelles.

Moi (souriant) : A la prochaine Guylaine.

J'ai posé ma main sur le dos d'Okissi en la poussant, évitons les problèmes inutiles.

Indiah (me regardant) : Décidément tous tes squelettes refont surface.

Moi (souriant) : Je n'ai aucun squelette, aucun.

Indiah (me regardant) : Et tu as aussi couché avec elle ?

Moi : Et je n'en suis pas fier.

Indiah : Olivia ce n'est pas celle avec qui tu me disais que tu étais allé prendre un café ?

Moi : Si

Indiah : Donc tu as couché avec des copines ?

Moi : Une bande de copines oui ! Et je n'en suis pas fier, n'oublie pas la précision.

Indiah : Tu étais dangereux Siby.

Nous sommes rentrés quelques minutes plus tard. Vers 17 heures, maman et Carole sont passées, Carole pour voir sa fille et faire le kongossa et maman pour la garder. Ensuite à 19h30 nous avons levés les voiles.

Travis (souriant) : Les parents de ma belle-fille.

Moi : Le rêve est permis ! Moi vivant ? Aucun homme ne sera trop bien pour elle.

Indiah (lui faisant la bise) : Il ne faut pas l'écouter.

Moi (me caressant le torse) : Ah bon ? Mon enfant ? Mon Idylle ? Je vous attends alors.

Leslie (me faisant la bise) : Mince vous êtes beaux.

Moi (souriant) : Ce sont les joies de la paternité que veux-tu.

Travis (regardant Indiah) : Ah ça c'est le seul o avoir eu fille on dirait ! Mec pose les pieds au sol.

Indiah (levant les yeux) : Hum

Moi (amusé) : Voici un autre jaloux ! Est-ce de ma faute si je suis amoureux ?

Leslie (morte de rire) : Indiah c'est donc comme ça ? Il t'a même oublié, 4 mois à peine ?

Indiah : Uhm

Moi (la regardant) : C'est la first, la number one ! Elle le sait ! Sauf que son temps est passé.

Indiah (souriante) : Quel ingrat.

Nous avons été pris d'un fou rire.

Nadège

Mon couple ne va pas bien, il y a quelque chose qui manque mais je n'arrive pas à mettre le doigt dessus. Je ne sais pas si ça vient de moi ou de Mathurin, il n'en demeure pas moins qu'on perdu quelque chose. Lorsque je regarde autour de moi, tout semble normal, tout semble à sa place. Mathurin est le même, je suis la même, enfin je pense puisqu'il ne se plaint pas. Mais je ne comprends pas pourquoi il y a ce vide dans mon couple. Qu'est-ce qui se passe ? Ai-je raté quelque chose ? Est-ce le reclus qui nous tue à petit feu ? Ou c'est tout simplement l'absence de Léandre qui nous ronge ? [Soupir]

Je n'ai vraiment pas envie de sortir de mon lit mais avec un enfant d'un an et demi ce n'est pas du tout pensable, déjà du fait qu'il débarque dans la chambre, saute sur le lit et se comporte comme s'il était sur son aire de jeu. Que tu dormes ou pas ce n'est pas son problème.

Moi (regardant Iris) : Qu'est-ce qu'il y a Iris ?

Iris (regardant son bol de céréales) : Il revient quand Léandre ?

Moi (soupirant) : Il rentre ce soir de voyage pourquoi ?

Iris (levant la tête) : Parce qu'il me manque.

Moi : Il nous manque aussi.

Iris (me fixant) : Alors pourquoi tu l'as laissé partir s'il te manque ? Et puis pourquoi il a deux papas ? Et pourquoi il ne s'appelle pas Ogoula si papa c'est son papa ?

Mathurin (nous rejoignant) : Bonjour tout le monde.

Iris (faisant les yeux doux à Mat) : Papa je peux aller dans ma chambre ? Je ne me sens pas bien.

Moi (la regardant) : Tu n'as pas touché à ton bol Iris ?

Iris : Papa !

Mathurin (prenant place) : Vas-y.

[Elle est sortie de table sans demander son reste]

Moi (regardant Mat) : Elle n'a rien mangé Mathurin.

Mathurin : Et ce n'est pas en la gardant plus longtemps sur la table qu'elle le fera ! Lorsqu'elle en aura envie elle reviendra d'elle-même.

Moi : Sauf qu'il y a des heures pour manger et en plus en famille.

Mathurin : Ok !

Moi : Que comptes-tu faire aujourd'hui ?

Mathurin (me regardant) : Rien pourquoi ?

Moi (buvant ma tasse de lait) : Je me disais qu'on pourrait faire une activité rien que tous les deux, avant l'arrivée de Léandre.

Mathurin : Léandre revient ici ?

Moi : Oui, faire deux semaines avant de repartir. Les deux semaines qui m'ont été prise.

Mathurin : Ok

Moi : Alors ?

Mathurin : Je n'ai pas envie de bouger ! Si tu veux sortir vas-y et emmène les enfants.

Sujet clos [Soupir] Après le petit déjeuner il est allé se poser devant téléfoot. Finalement on a passé toute la journée à nous regarder. J'ai envoyé un message à Christopher histoire de savoir s'il devait l'emmener directement ici ou je le récupérais le lendemain, c'est après une heure qu'il m'a répondu le lendemain.

Moi (regardant Mat) : J'ai envie de prendre deux semaines à noël et aller rendre visite à maman avec les enfants.

Mathurin (levant les yeux) : Prendre la voiture avec mes enfants.

Moi : Nos enfants ! Oui.

Mathurin : Non.

Moi (soupirant) : Ils ne connaissent même pas l'endroit où je suis née.

Mathurin : Si tu prends l'avion avec eux, okay. Mais vos histoires de prendre la voiture pour y aller, c'est non. Il y a trop d'accidents et tu le sais. Si c'est un plan pour aller te suicider, emmène ton corps mais tu laisses mes enfants.

Moi (fronçant les sourcils) : Comment ça aller me suicider ?

Mathurin : Nadège c'est non.

Moi (souriante) : Dans ce cas on pourrait tous y aller et tu conduirais, un groove en famille qu'est-ce que tu en penses ?

Mathurin : Je ne sais pas.

Moi (soupirant) : Qu'est-ce qui t'arrive Ogoula ?

Mathurin (me regardant) : Comment ça ?

Moi (soutenant son regard) : Je te sens patraque, lassé, qu'est-ce qu'il y a ?

Mathurin (soupirant) : Il n'y a rien ! Je suis simplement fatigué.

Je me suis levée et suis allée m'asseoir sur le canapé, j'ai posé sa tête sur mes cuisses vu qu'il était allongé.

Moi (massant ses épaules) : Tu as besoin de ça ?

Mathurin (souriant) : Oo oui et pleins d'autres vitamines afin de me redonner des forces.

Moi (souriante) : On pourrait oui, mais est-ce que tu as été sage ?

Mathurin (me dévorant du regard) : Très sage.

Moi (me mordant les lèvres) : Ah bon ?

Iris (devant la porte) : Vous faites quoi ?

Mathurin (soupirant d'aise) : On se regarde.

Elle est venue se coucher sur son père.

Iris : Moi aussi j'ai envie de vous regarder.

David n'a pas tardé à nous rejoindre, afin qu'on se regarde tous. (Rire)

Le lendemain en sortant du boulot je me suis rendue chez Mr et Mme Okissi récupérer mon fils, j'ai garé devant le portail en envoyant un message à Christopher pour qu'il sorte avec l'enfant. C'est Indiah qui s'est présentée tenant Léandre par la main. Il n'avait qu'un sac à dos et son ballon de foot dans l'autre main.

Je suis descendue le prendre dans mes bras en lui faisant beaucoup de bisous sur le visage.

Léandre (amusé) : Maman !

Moi (souriante) : C'est parce que tu m'as manqué.

Léandre (me regardant) : Tu m'as aussi manqué

Moi (le cœur se gonflant d'amour) : C'est vrai ?

Léandre : C'est vrai.

Indiah : Bonsoir Nadège

Moi (levant les yeux) : Bonsoir Indiah.

Indiah (me tendant une petite enveloppe) : C'est son billet retour.

Moi (la prenant) : Okay

Indiah (regardant Léandre) : A dans deux semaines mon grand.

Léandre (montant dans la voiture) : Bye Indiah.

J'ai fermé derrière lui puis je l'ai rejoint dans le véhicule.

Moi (mettant la ceinture) : Pourquoi ce n'est pas tonton Chris qui est sorti ?

Léandre (souriant) : Parce qu'il ne voulait pas qu'Indiah donne le bibi à Didi.

Moi (démarrant) : Didi ?

Léandre (tout fier) : Mais oui, ma petite sœur.

Moi : Oh c'est une fille ?

Léandre : Oui !

Moi : Et c'est Didi son prénom ?

Léandre : Non c'est Idylle, mais je préfère l'appeler Didi, c'est joli.

Moi : Et tu es content d'avoir deux sœurs ?

Léandre (tout fier) : Oui

Moi (souriante) : C'est Iris qui sera jalouse.

Léandre : Elle sait.

Moi : Oh okay

[Silence]

Léandre : Maman ?

Moi (le regardant) : oui mon chéri ?

Léandre : Iris pourrait me rendre visite à Noel ?

Moi : Mais à noël tu seras avec nous.

Léandre : C'est trop pourri de passer noël avec vous.

Moi : Comment ça ?

Léandre : On ne sort jamais ! On reste à la maison à ne rien faire, on se regarde.

Moi (soupirant) : Léandre tu exagères ! Avant que tu n'ailles chez tonton Chris tu vivais avec nous et ça a toujours été comme ça. Papa vous sort de temps en temps.

Léandre : Oui mais on n'a pas d'amis qui nous rendent visite, c'est tout le temps la maison ou chez mamie.

Moi : ...

Léandre : Chez mon père, je peux aller jouer chez des amis, ils peuvent venir chez nous, ils peuvent dormir à la maison et moi chez eux.

Moi (vexée) : Mathurin n'est plus ton papa ?

Léandre (regardant à travers la vitre) : Je ne sais pas.

[Silence]

Léandre : Alors elle peut ?

Moi : Qu'est-ce que tonton Chris en pense ?

[Ping ping]

Léandre : Il m'a dit te t'en parler et ensuite tu appelles Indiah et vous vous mettez d'accord, il ne gère pas ça.

Moi (me garant) : Donc à Noel tu ne seras pas avec nous ?

Léandre (ouvrant la portière) : Non, je n'ai pas envie.

Moi (soupirant) : Je vais en discuter avec papa d'accord ?

Léandre (descendant de la voiture) : D'accord maman.

Je pensais qu'il resterait un peu dans le salon avec Mathurin mais non, ils se sont salués puis il a continué dans la chambre avec Iris et David.

Moi (prenant place) : Salut

Mathurin (me regardant) : Salut

J'ai enlevé mes talons en allant me blottir dans ses bras, avant de me mettre à pleurer toute seule.

Mathurin (se regardant) : Qu'est-ce qu'il y a ?

Moi (en larme) : On est en train de perdre notre enfant Snif il a décidé de ne plus venir ici à Noël parce qu'on ne fait jamais rien Snif nous sommes si chiants que ça ? [Pouffant de rire]

Mathurin (souriant) : Chiants non mais caserniers oui.

Moi (le regardant) : Bientôt c'est Iris qui nous fera chier, j'ai peur de sa puberté [souriant] qu'elle allonge sa longue bouche sur moi.

Mathurin : Je serai là pour venir à ton secourir.

Moi (me redressant) : Commence déjà par me soutenir lorsque je la puni. Mathurin ?

Mathurin : Oui ?

Moi (le regardant) : Léandre m'a demandé si c'était possible qu'Iris aille lui rendre visite à Port-Gentil durant les vacances de Noël, je lui ai dit que je t'en parlerais et que l'on prendrait la décision tous les deux.

Mathurin : Qu'est-ce ses parents en pensent ?

Moi : D'après lui Christopher n'est pas contre, mais je devrais appeler Indiah pour en discuter nous sommes d'accord ?

Mathurin : Je ne sais pas Nadège ! Qu'est-ce que tu en penses ?

Moi : Je n'en sais rien, mais le fait que Léandre lui parle de sa vie ailleurs à peut-être susciter de la curiosité de son côté. Alors une semaine pourquoi pas ? Ou on pourrait tous y aller et elle passerait du temps avec son frère, ça leur manque.

Mathurin (souriant) : Je préfère cette idée de loin plutôt qu'aller voir ta mère.

Moi (le poussant) : Tu es terrible.

+++ Une semaine plus tard+++

[Sonnerie téléphone]

Moi (décrochant) : Allô ?

Olivia : Bonjour Nadège, c'est Olivia.

Moi : Oui je sais.

Olivia : Je te dérange ?

Moi : non

Olivia : Tu es où là ?

Moi : Au travail.

Olivia : Oh ! Tu travailles ?

Moi (amusée) : Mais oui ! Depuis dix ans maintenant.

Olivia : Sérieux ?

Moi : Oui !

Olivia : Je ne savais pas, je pensais que c'est Mathurin qui faisait tout et que tu étais femme au foyer.

Moi : Du tout.

Olivia : Ah d'accord. En fait je t'appelle parce que j'organise mon pot de départ, je rentre bientôt. L'enterrement est passé, mon temps aussi.

Moi : Ah

Olivia : Alors ?

Moi : Je ne sais pas ! Il y aura qui comme invité ?

Olivia : La bande, Guylaine est là et si tu veux tu viens avec ton chéri. Camille et Claudia viendront avec leur maris et Sonia toute seule de ce qu'elle m'a dit.

Moi (hésitante) : Je ne sais pas Olivia, vraiment.

Olivia : Réfléchis et donne-moi ta réponse, c'est samedi ! Rien ne t'y oblige, mais nous nous sommes séparées en de mauvais termes, ce serait bien d'enterrer la hache de guerre et de véritablement passer à autre chose chacune.

Moi : Sonia y sera ?

Olivia : Oui ! Elle a été très surprise lorsque je lui ai dit que nous nous sommes revues, surtout que tu avais été dure avec elle d'après ses dires.

Moi (soupirant) : Je sais.

Olivia : Bon tiens moi informée. Bye Nadège !

Moi : Bye

+++Au même moment+++

Olivia

Guylaine (énervée) : Je n'arrive même pas à en croire mes oreilles, tu as même son contact.

Moi (la regardant) : C'est quoi ton problème Guylaine ?

Guylaine : Tu es sérieuse Olivia ?

Moi (la fixant) : Tout a fait ! Bientôt Neuf ans, pourquoi tu ne passes pas à autre chose ? Nous avons toutes tournés cette page, fait de même ! Si tu comptes me pourrir la soirée, il serait préférable que tu restes chez toi.

Guylaine : Olivia on n'a plus 16 ans, tu n'es plus la chef du groupe okay ?

Moi (me levant) : Justement nous n'avons plus 16 ans et il n'y a plus de groupe.

Guylaine : J'ai revu Christopher.

Moi : Et ?

Guylaine : Il m'a dit que vous êtes allés prendre un café.

Moi : Oui et ?

Guylaine : Tu ne m'as rien dit.

Moi (levant les yeux) : Est-ce que c'est important Guylaine ? Il est en couple.

Guylaine : Je sais ! Je l'ai croisé avec femme et enfant entrain de faire des courses.

Moi : Voila.

Guylaine : Tu m'en veux toujours ?

Moi (soupirant) : Si je t'en voulais encore je ne serais pas chez toi en train de parler de Siby. Je t'en ai voulu c'est vrai, je lui en ai voulu aussi, au point où je ne lui ai rien dit au sujet de la fausse couche que j'ai faite juste après. Mais tout ça c'est du passé, J'ai deux enfants merveilleux, un homme merveilleux avec qui je compte arranger les choses une fois de retour. Tu devrais peut-être en faire autant Guylaine, tourner la page Siby et te poser comme nous toutes.

Guylaine (me fixant) : C'est facile à dire.

Moi (soutenant son regard) : Et à faire ! Il suffit juste que tu arrêtes de te faire du mal, avec Christopher c'est fini à jamais.

Guylaine : Tu savais qu'il avait fait un enfant à Nadège ?

Moi (soupirant) : Oh putain Guylaine, Je m'en vais !

Guylaine : Et je ne comprends pas comment après ça Mathurin reste avec elle. En gros elle s'est tapé les meilleurs amis et sa vie roule.

Moi : On ne juge pas un livre à sa couverture, Guylaine on a plus 23 ans. Franchement j'ai l'impression de te voir encore à cet âge alors que dix années sont passées Guylaine, enfin bref j'ai eu une longue journée bye.

J'ai demandé à maman le numéro de Nicole, je voulais passer la voir pour lui présenter mes condoléances mais aussi prendre le numéro de Christopher, je ne sais même pas pourquoi je ne l'ai pas fait l'autre jour. J'espère qu'il est sur Libreville ou sinon dommage. En appelant, Nicole m'a fait comprendre qu'elle ne restait plus à Owendo mais à Akenda dans l'un des appartements de la famille. Je me suis garée avant d'aller sonner.

Nicole (sortant de la maison) : C'est Olivia ?

Moi : Oui

Nicole (m'ouvrant le portail) : Bonjour Ma fille

Moi (lui faisant la bise) : Bonjour maman Nicole ! Tu es en forme.

Nicole (souriante) : Merci et toi donc ? Entre [ce que je fais]

Moi (la regardant) : Tu as de la visite ? Je peux repasser.

Nicole : Mais non, elle sait que j'attends quelqu'un, suis-moi, c'est l'une de mes belles-filles qui est passée me voir avec le bébé.

Moi (entrant dans le salon) : Bonjour.

Nicole (souriante) : Indiah je te présente Olivia, une vieille amie à Christopher, Olivia la femme de Christopher Indiah.

Moi (lui tendant la main) : Enchantée

Indiah (la saisissant) : De même

Moi (regardant le bébé) : Je peux ? [Levant les yeux]

Indiah (souriante) : Oui

J'ai pris l'ai prise dans mes bras

Moi (attendrie) : Elle est trop chou, avec la tête de son père.

Nicole : Eh doucement avec mon dina.

Moi (souriante) : Excuse-moi ! Comment il fait pour faire des beaux bébés ? Déjà le petit garçon et en plus celui-là.

Indiah : Vous avez vu Léandre ?

Moi (la regardant) : Oui je l'ai croisé il y a un mois au super marché avec sa mère et de suite j'ai vu la tête de Christopher mais en plus beau, c'est après que j'ai vu Nadège.

Indiah : Ah d'accord ! Qu'est-ce que vous voulez comme rafraichissement ? [Se levant]

Nicole (la regardant) : Tu es mon invitée toi aussi.

Indiah : Donc je suis ton invitée chez toi, et lorsque tu viens chez moi je suis encore ton invité ? Mieux reste avec ton invitée, je vais la servir.

J'ai reposé la petite dans le berceau parce qu'elle commençait à s'énerver.

Moi (prenant place) : J'ai appris le décès du vieux père.

Nicole (me regardant) : Ah comme tu dis ma fille, le vieux père. Et pour vous là-bas ? Maman ?

Moi : Nous ça va, au moins il ne souffre plus.

Nicole : C'est le plus important.

Indiah nous a rejoint avec un plateau garni de bonnes choses, elle a voulu nous servir mais on a refusé et en même temps la petite s'est mise à réclamer sa ration. Elle s'est levée la prendre pour lui donner la tétée.

Moi (souriante) : C'est quoi son prénom ?

Indiah (levant les yeux) : Idylle

Moi : C'est trop mignon.

Indiah : Merci

Moi : J'ai aussi deux filles, de 6 et 4 ans elles sont restées avec leur papa.

Indiah : Vous vivez en France ?

Moi : Non en Belgique.

Indiah : C'est cool

Moi : Merci

Indiah : Et vous travaillez là-bas ?

Moi : Non maman à plein temps.

Indiah : Ah okay

Moi : Je n'ai pas trouvé l'utilité de travailler, l'argent j'en ai grâce à mon père mais bon j'en ai. Alors travailler pourquoi au juste ?

Indiah : Ça dépend de tout un chacun Je ne travaille pas seulement pour l'argent, mais parce que j'aime ce que je fais, ce que j'apporte dans l'entreprise, mettre mon savoir en pratique. Ensuite il y a le social, travailler avec les autres, discuter, échanger, apprendre car on apprend tous les jours. Ensuite les finances, cette fierté que tu as lorsque tu reçois ton salaire, le fruit de ton travail. Rester à la maison longueur de journée ? Vraiment courage à celles qui le font.

Moi : Après je m'occupe.

Indiah : Bien entendu ! Sinon il y aurait de quoi perdre la boule.

Moi : Ça tombe bien que vous soyez là, je voulais avoir le numéro de Christopher. J'organise mon pot de départ samedi et je voulais l'inviter, la dernière fois qu'on s'est vu j'étais pressée et je n'ai pas eu le temps de prendre son numéro.

Indiah : Mieux vous me passez le vôtre, lorsqu'il viendra nous prendre je le lui dirais et libre à lui de vous faire signe ou pas.

Moi : Ça marche

Je lui ai remis mon numéro de téléphone.

Indiah : Okay bien noté.

Moi (les regardants) : Merci pour l'accueil, j'espère vraiment que vous seriez parmi nous.

Indiah (souriante) : Nous verrons bien.

Moi (me levant) : Vous êtes la bienvenue.

Nicole m'a raccompagné devant le portail, j'ai foncé faire mes courses avant de rentrer chez mes parents et de me poser devant l'ordinateur pour faire des cartes invitations. Code dress du blanc pour tout le monde. J'ai déjà appelé le traiteur, elle passera demain afin qu'on établisse un menu.

Indiah*

Moi (lui donnant la petite) : Avant que j'oublie, ta mère a reçu la visite de ton ex Olivia !

Christopher (me regardant) : Et ?

Moi (soutenant son regard) : Et elle voulait ton numéro.

Christopher (souriant) : Et comme je te connais, tu as pris le sien en disant que tu allais m'en parler.

Moi : C'est ça ! Bref elle organise son pot de départ et nous sommes conviés si tu es pour.

Christopher : Tu veux y aller ?

Moi : Je ne sais pas, si c'est pour rencontrer toutes tes ex ou plan cul ça ne me dit rien.

Christopher : Tu n'as pas demandé qui y sera ?

Moi : Qu'est-ce que ça changerait plus que je ne connais personne ?

Christopher (souriant à sa fille) : C'est vrai.

Moi (les regardants) : Vous savez, je suis là.

Christopher (levant les yeux) : On sait Okissi ! Mais là c'est un tête à tête entre Siby.

Moi : Tchrrrr

Christopher : Ok je l'appellerai demain durant la pause.

Moi : Okay

Je suis allée sous la douche, ensuite je me suis placée devant le miroir. Mlle Siby bientôt je vais la sevrer hein, elle fait des dégâts à la poitrine de maman, déjà qu'il n'a pas grand-chose (palpant mes seins). En plus tu en as laissé sur le ventre, les fesses et les hanches.

Christopher (devant la porte) : Ça te rend sexy.

Moi (levant les yeux) : Quoi ?

Christopher (me fixant) : Les vergetures.

Moi : Tu as des problèmes ! Heureusement que ta mère connait les vraies choses, elles ont pratiquement disparu.

Christopher : Hum, je voulais savoir pour nos trois ans, tu as prévu quelque chose ?

Moi : Non

Christopher : Okay

Moi (curieuse) : Pourquoi ?

Christopher : Pour rien. Et pour mon anniversaire, ne fais rien non plus merci.

Moi : En parlant d'anniversaire tu sais ce que Nadège à prévu pour Léandre ?

Christopher (me fixant) : Tu crois que Nadège et moi nous nous appelons souvent et discutons de ce qu'elle compte faire lorsqu'elle a l'enfant avec elle ?

Moi : C'était une question pas besoin d'attacher la mine.

Christopher : Je n'attache pas la mine.

Moi : C'est ça.

En me levant ce matin, j'étais d'humeur joueuse. J'avais envie de titiller un peu ses sens, être parents ne veut pas dire qu'on doit s'oublier. Alors j'ai attendu qu'il passe sous la douche afin de mettre mon plan à exécution. Je lui ai préparé le petit déjeuner que j'ai posé sur la table basse, j'ai changé mon slip de grand-mère contre rien du tout. J'ai pris une de ses chemises que j'ai enfilées et je me suis assise de manière à le choquer dès qu'il franchira la porte de la chambre.

Christopher : Ok...

Moi (souriante) : Oui Christopher ?

Christopher : ...

Moi (le dévorant du regard) : Oui ?

Christopher (perdant son latin) : Je euh qu'est-ce que tu fais comme ça ?

Moi (me mordant les lèvres) : Tu n'aimes pas ce que tu vois bébé ?

Christopher (tirant sur sa cravate en se raclant la gorge) : Mais euh...

Moi (le fixant) : Qu'est-ce que tu as ? Tu transpires ? Mais tu sors à peine de la douche pourtant ! [M'enfonçant un doigt]

Christopher (suivant les mouvements de mon doigt) : Indiah ne fait pas ça.

Moi (regard coquin) : Ça te manque bébé ? [Oui de la tête] tu veux y goutter ?

Christopher (me regardant) : Non mais tu me prends pour qui toi ?

Moi : Quoi ?

Christopher : Tchrrrr ! Ferme tes jambes.

Moi : Quoi ?

Christopher : Tu n'as pas vu mes clés de voiture ?

Moi (dégoutée) : ...

Christopher (s'avançant) : Tu y étais presque ! Mais vraiment [Bisou sur le front] bonne journée.

Moi (le regardant) : Qu'est-ce qui t'a aidé ?

Christopher (souriant) : Le fait que je m'appelle Christopher Siby.

Moi : Tchrrrr que Christopher Siby c'est qui ?

Christopher (ouvrant la porte) : C'est moi Okissi.

Chapitre 62 : Soirée Light

Olivia

J'ai fait le tour de mes invités, en allant leur remettre les cartes d'invitation. Il ne me restait plus que quelques-unes notamment celle de Christopher et celle de Nadège, je n'ai reçu aucune réponse de leur part. Je sais où Mathurin travaille, je suis en train de m'y rendre. Il sera très surpris de me revoir, cela fait si longtemps que nous ne nous sommes pas vus. Après avoir fait plusieurs tours à la recherche d'une place de parking, c'est près du Gabon Meca que j'ai enfin pu placer mon véhicule avant marcher quelques minutes jusqu'au bâtiment de Shell. Il m'arrive parfois de me demander quelle genre de femme j'aurais été si je travaillais dans une entreprise, comment je me comporterais face autres employés. Après ma soutenance j'ai beaucoup voyagé, je ne voulais pas rentrer et prendre le risque de retomber dans les filets de Siby, surtout pas après ma fausse couche.

Ensuite je suis tombée sur mon ex-mari, je me suis emballée après un an de relation nous nous sommes dit oui. Les mois qui ont suivis je suis tombée enceinte, puis nouvelle grande déception et divorce. Un autre coup dur, avec un bébé de trois mois dans les bras. Et enfin j'ai fait la rencontre d'un homme charmant, qui m'a redonné confiance en moi malgré mes craintes, mes crises de folie. Il a pris ma fille comme la sienne, alors pourquoi travailler lorsque j'avais un compte garni ?

Moi (souriante) : Bonjour

La dame (en face) : Bonjour madame ! Que puis-je faire pour vous ?

Moi : Je suis passée voir Monsieur Ogoula Mathurin.

La dame (Décrochant le téléphone) : C'est de la part de qui ?

Moi : Olivia Kombet

La dame (en ligne) : Bonjour Monsieur Ogoula, Il y a madame Olivia Kombet pour vous à la réception. Madame Olivia Kombet oui.

C'est sûr qu'il a dû lui demander « qui ça ? » [Rire]

La dame (raccrochant en me regardant) : Madame prenez place, il arrive.

Moi (souriante) : Merci

J'ai pris place sur le fauteuil qui se trouvait derrière moi, en regardant les gens rentrer et sortir du bâtiment. Puis enfin j'ai vu monsieur Ogoula sortir de l'ascenseur lorsque les portes se sont ouvertes, il a passé son badge afin d'ouvrir le passage de sécurité. Je me suis levée une fois qu'il fût à ma hauteur avant de lui faire des bises.

Moi (souriante) : Pourquoi tu fais cette tête ? Comme si tu voyais un fantôme.

Mathurin : Mais c'est le cas ! Tu es là depuis quand ?

Moi : Un mois déjà à cause du décès de mon père.

Mathurin : Ah oui toutes mes condoléances, j'avais vu en achetant l'Union.

Moi : Merci

Mathurin : Sinon ça va ? La famille ?

Moi : Ça va, il est parti et c'est tant mieux ! Au moins comme ça il ne souffre plus.

Mathurin : De quoi souffrait-il ?

Moi : Insuffisance rénale.

Mathurin : Ah mince !

Moi : Tu ne veux pas qu'on aille prendre un verre vite fait et je te ferais part de l'objet de ma visite ?

Mathurin (regardant sa montre) : Malheureusement ce n'est pas possible, j'ai une réunion dans pas moins de 10 minutes.

Moi (sortant le billet d'invitation de mon sa) : Bon ben ce n'est pas grave donc voilà, j'organise mon pot de départ samedi. Et Nadège et toi êtes les bienvenus.

Mathurin (la carte en main) : Oh c'est gentil.

Moi : J'espère vraiment que vous viendrez.

Mathurin : Il y 'aura qui exactement ?

Moi : Tout mon groupe de l'époque.

Mathurin (amusé) : Vous vous êtes remis ensemble ? Je croyais que c'était la guerre entre vous à cause de Sibyl.

Moi (souriante) : Des gamineries ! Nous sommes toutes passées à autre chose, enfin la majorité.

Mathurin : Laisse-moi deviner, Guylaine.

Moi (soupirant) : Hum

Mathurin : Et qu'est-ce qu'elle est devenue ? Mariée ? Maman ? Elle a un boulot ?

Moi : Vient lui poser la question samedi.

Mathurin (regardant sa montre) : Dans ce cas passe-moi ton numéro.

Moi : C'est sur la carte.

Mathurin : D'accord, c'est vraiment sympa de ta part d'avoir pensé à moi.

Moi (souriante) : Ce n'est rien.

Mathurin (me prenant dans ses bras) : je te ferai signe.

Moi : Pas de soucis.

Il ne me reste plus qu'à faire le tour des dernières cartes avant de rentrer à la maison, en espérant qu'Indiah en a parlé à Christopher. En rentrant j'ai trouvé Guylaine en train de discuter avec maman, nous sommes faits la bise et j'ai pris place parmi elles.

Moi (les regardants) : Vous parliez de quoi ?

Maman : Je demandais à Guylaine quand est ce qu'elle allait nous présenter au beau-fils, tous les membres de votre bande sont dans des foyers et parents pour la plupart sauf elle. Toujours debout c'est comment Guylaine ?

Guylaine (me regardant) : Maman Berthe lorsque je suis tombée amoureuse, il a fallu que je m'éclipse afin de laisser la place à quelqu'un d'autre.

Maman : Mais toi aussi est-ce qu'on tombe amoureuse qu'une seule fois ? Si ça n'a pas marché c'est que ce n'était pas le bon simplement.

Moi (soupirant) : Et quel genre d'amour ? C'était du vice mélangé à la saleté, la connerie et du n'importe quoi.

Guylaine (pouffant) : Ça c'était ton amour pas le mien.

Moi (me levant) : Si tu le dis mais Guylaine Neuf ans plus tard ou en sommes-nous ? Il t'a utilisé comme nous toutes, il a séché ses larmes, guéri son cœur chez nous toutes. Heureusement et grâce à toi j'ai enlevé mon corps dans cette connerie. Neuf ans plus tard Guylaine, il est où ? Heureux avec une autre, j'ai vu leur petite fille. Et toi ? Tu ressasses le passé encore et encore et encore, mais ma chérie les années passent, les gens avancent et sont passés à autre chose. Tu attends d'avoir 40 ans pour enfin te bouger et penser à construire ta vie ? Même Tania qui était l'amour de sa vie, celle dont tout le Gabon savait que Siby était dingue amoureux a tourné la page depuis. Mais il n'y a que toi qui reste bloquée sur cette histoire, quoi le gout de son sexe n'est pas encore parti ? Ton vagin palpite encore neuf ans plus tard ? Ah en tout cas, c'est chacun qui porte sa croix.

Nadège

Iris (joyeuse) : Bonsoir papa

Mathurin (fermant la porte) : Bonsoir Maman

David est descendu du fauteuil et est allé se jeter sur lui, Léandre n'a fait aucun geste simplement ''bonjour'' et Mathurin lui a répondu bonsoir Léandre avec David dans les bras. [Soupir]

Mathurin (m'embrassant) : Ça va ?

Moi (le regardant) : Oui et toi ?

Mathurin (posant Davis au sol) : Ça va. Je vais prendre une douche et je reviens.

Moi (me levant) : Ok

Direction la cuisine où j'ai été envahi par mes trois mousquetaires, Léandre poursuivait son récit sur le safari qu'il a fait en Australie. Il y avait une bonne ambiance ce soir, tout le monde était de bonne humeur. David et Iris qui se sont mis à courir dans tous les sens et Léandre qui me racontait sa vie à Pog, ce qu'il fait, ses amis, l'école, sa maitresse etc.

Mathurin (adossé contre le cadrant de la porte) : Tu ne devineras jamais qui est passé me voir au boulot aujourd'hui.

Moi (levant les yeux) : Qui ?

Léandre : Maman je n'ai pas fini.

Moi (le regardant) : Deux minutes chéri.

Léandre (se levant) : Pfff

Mathurin (le fixant) : Léandre c'est quoi ce comportement ?

Léandre : J'étais en train de parler avec maman avant que tu ne viennes.

Mathurin (haussant le ton) : Et Alors ? Tu te crois où ?

[Silence]

Mathurin (le grondant) : Tu es un prince ? Parce que tu parles avec ta mère je n'ai pas le droit de lui parler ? Mais ça veut dire quoi ça ? Ce n'est pas chez moi que tu viendras faire la forte tête tu comprends ça ?

Léandre : ...

Mathurin (sévère) : Est-ce que tu as compris ?

Léandre (la voix tremblante) : Oui

Mathurin : Et maintenant tu vas dans ta chambre.

Il m'a regardé avant de tourner les talons et de sortir de la cuisine.

BAM ! (Bruit de la porte qui claque)

Moi : Mathurin s'il te plait.

Il ne m'a pas écouté, il s'est rendu dans le couloir et nous l'avons tous suivis, Léandre s'est enfermé à double tour dans la chambre.

Mathurin (devant la porte) : Léandre ouvre cette porte.

Iris : Mais pourquoi tu le grondes ?

Mathurin (la fixant) : Vous deux dans le salon et que ça saute.

David est parti le premier mais Iris c'est une autre histoire.

Mathurin (la regardant sévèrement) : Iris !

Iris (en larmes) : Il n'a rien fait Snif pourquoi tu le grondes ? Snif

Mathurin (haussant le ton) : Tu veux que je me fâche contre toi.

Iris (s'en allant) : Il n'a même rien fait Snif ce n'est pas juste ! Snif

Moi (regardant Mat) : Laisse je vais lui parler.

Mat (me fixant) : Nadège ne te mêle pas de ça.

Moi : Et que dois-je faire alors ?

Mathurin (hors de lui) : Il devient impoli, arrogant, ce n'est pas cet enfant que j'ai éduqué.

Moi : Et donc quoi ? Tu vas refaire son éducation ce soir ?

Mathurin (me regardant) : Tu cautionnes son comportement ? Tu cautionnes tout ce qui se passe ? Tu vois très bien comment il nous regarde de haut et là je lui parle il vient dans la chambre claque la porte dans ma maison.

Moi : ...

[Bruit de porte qui s'ouvre]

Léandre (son sac en main en larmes) : Je veux rentrer chez mon père Snif

Moi (dépassée par ce qui se passe) : Rentre dans ta chambre je vais discuter avec papa.

Léandre (hurlant) : Ce n'est pas mon père ! Je veux rentrer chez moi mon père !

Mathurin l'a pris par le bras et j'ai dû intervenir en me plaçant entre les deux, je sais ce qu'il a en tête et franchement ça ne fera qu'aggraver les choses. Léandre s'est mis à hurler, Iris est venue prendre la part de son frère en criant sur son père et David qui pleurait dans le salon.

Moi (le suppliant) : Mathurin s'il te plait.

Iris (en larmes) : Tu es méchant papa Snif

Mathurin a fini par lâcher son bras avant d'aller s'enfermer dans notre chambre.

Léandre (en larmes) : Je ne remettrai plus jamais les pieds ici Snif je veux rentrer chez mon père Snif

Moi (le fixant) : Tu n'iras nulle part

Léandre (hoquetant) : Je le déteste Snif

Ils sont rentrés dans la chambre en claquant la porte.

J'étais choquée et abasourdie, je sais qu'il le pense, je le sais parce que Léandre lorsqu'il est en colère, affiche ce regard, le même regard que Christopher m'avait montré le jour où il avait su la vérité sur mon passé. J'ai dû aller calmer David ensuite le faire entrer dans la chambre avec les autres avant de rejoindre Mathurin dans la nôtre

Mathurin (hors de lui) : Donc je n'ai plus le droit de le corriger ? Il pourra se permettre tout et n'importe quoi dans cette maison je devrais fermer les yeux et faire comme si de rien n'était ?

Moi (soupirant) : Personne n'a dit que tu...

Mathurin (me coupant) : Mais lorsque tu interviens c'est pour quoi au juste Nadège ? Si ne ce n'est pour saper mon autorité.

Moi : Tu allais le frapper et après ? Que ça aurait changé quoi Mathurin ? C'est justement ce que je craignais qui est en train de se passer, je t'ai demandé à mainte reprise de te rapprocher de lui, de recréer les liens entre vous mais tu n'as pas voulu m'écouter.

Mathurin (hurlant) : Qu'est-ce que tu insinues Nadège ? De nous deux qui est responsable de cette situation ? Qui a menti à l'autre ? C'est moi peut-être ?

Moi (blêmissant) : Non bien sûr.

Mathurin (énervé) : S'il veut foutre le camp chez son père qu'il dégage de ma maison.

Moi (déçue) : On parle d'un enfant de neuf ans Mathurin, qui se sent frustré par ce qui se passe autour de lui et toi tout ce que tu trouves à dire c'est qu'il foute le camp, qu'il dégage ?

Mathurin (le regard mauvais) : C'est bien ce qu'il veut non ? Tu ne vois pas qu'il est de plus en plus en train de ressembler à Siby ? Arrogant, prétentieux, qui pense que le monde tourne autour de lui.

Moi : Non Mathurin, Léandre n'est pas Christopher je ne suis pas d'accord. Ils se ressemblent certes mais Léandre a sa propre personnalité.

Mathurin (pouffant) : Tu es bien naïve, je connais Christopher depuis bien plus longtemps que toi et ce comportement c'est du Christopher tout craché.

Moi : ...

Mathurin (me fixant) : J'attends des excuses de sa part d'ici demain, sinon je m'occuperai de lui et tu ne m'en empêcheras pas. Je ne compte pas laisser passer cette histoire [Prenant son trousseau de clés] je sors prendre l'air.

Clap !

Je me suis rendue dans la chambre des enfants m'entretenir avec Léandre tout en demandant à Iris de rester, il vaut mieux qu'elle écoute ce que j'ai à dire.

Moi (le fixant) : Lorsque papa rentrera tu iras lui présenter des excuses Léandre.

Iris (me regardant) : Mais il n'a rien fait.

Moi (la regardant) : Et c'est aussi valable pour toi mademoiselle et même David. Papa voulait me dire quelque chose d'important, tu aurais simplement pu patienter deux minutes et on aurait repris notre conversation au lieu de jouer les impolis.

Léandre (la voix rouillée) : Mais je discutais avec toi Snif j'étais là avant lui.

Moi : Léandre papa n'est pas ton rival tu sais ce que ça veut dire ?

Iris : Non

Moi : Iris !

Léandre : Non

Moi : Adversaire tu connais ? [Oui de la tête] c'est ton père et il t'aime même s'i ne te le montre pas souvent, il t'aime chéri d'accord ?

Léandre : ...

Moi : Léandre ?

Léandre (boudant) : D'accord

Moi (souriante) : Allez ! Tout le monde dehors, on essuie les larmes et on sourit.

David (souriant) : Comme ça ?

Moi (répondant à son sourire) : Oui comme ça mon bébé.

Et un problème de réglé. Mathurin est rentré une heure plus tard de son « je vais prendre l'air », Iris a encouragé son frère à présenter des excuses et puis on a pu continuer la soirée dans un calme absolu, c'est mieux que les cris et les larmes. Après le diner les enfants ont disparu dans leur chambre, je suis restée assise dans le salon avec Mathurin.

Moi (le regardant) : Qu'est-ce que tu voulais me dire ?

Mathurin (froid) : Je ne sais plus.

Moi : Ok

Mathurin (tournant la tête) : J'espère que tu lui as bien fait comprendre que la prochaine fois qu'il agira de la sorte, je ne laisserai pas passer.

Moi (soupirant) : Il a compris.

Mathurin : Je l'espère.

[Silence]

Mathurin : J'ai croisé l'ex de Christopher, enfin croisé non, elle est passée sur mon lieu de travail [il s'est levé prendre un carton d'invitation qu'il m'a remis] et elle m'a donné ceci. Tu te souviens d'Olivia ?

Moi (la peur au ventre) : Oui

Mathurin (me regardant) : Elle est passée me remettre cette carte d'invitation pour son pot de départ qu'elle organise.

Moi : Oui je l'avais croisé et elle m'en avait parlé.

Mathurin : Ah bon ? Et pourquoi tu ne m'as rien dit ?

Moi : Ça m'était sorti de la tête.

Mathurin : Okay ! J'ai bien envie d'y aller, ça nous permettra de voir d'autres personnes plutôt que de rester enfermer à la maison.

Moi (faisant la moue) : Je ne sais pas, j'ai envie de rester avec les enfants, surtout que Léandre part bientôt.

Mathurin : Nadège arrête-moi tes conneries. Tu travailles de 8h à 17h, là ça ne te dérange pas de ne pas être avec tes enfants. C'est un pot de départ de 3 heures qui changera quoi ?

Moi : ...

Mathurin : J'ai envie d'y aller. Tu te plains après c'est pour passer tout l'après-midi allongée devant la télé, les enfants en train de jouer dans la chambre ou dans le jardin.

Moi : Hum

Mathurin : Dresse code blanc et c'est à la sablière, son numéro est sur la carte, tu l'appelles et tu confirmes notre présence.

Moi (l'estomac noué) : Okay

Christopher

Je n'ai pas cessé de repenser à la scène de ce matin, avec cette folle d'Okissi, mais elle est vraiment folle je jure [Sourire] non mais sérieux quelle audace. J'ai trainé les séquelles de mon état jusqu'au lieu de ma conférence. En rentrant du boulot après la douche, je suis allé lover ma fille. En ce moment je n'ai d'yeux que pour elle et personne d'autre, même pas sa mère.

Moi (regardant Okissi) : Tu me passes le numéro d'Olivia s'il te plait ?

Indiah (concentrée sur sa marmite) : Regarde dans mon téléphone, tu ouvres l'application note et tu le verras.

Moi (amusé) : Tu ne pouvais pas simplement l'enregistrer ?

Indiah (tournant la tête) : Et pour faire quoi avec ?

Moi (souriant) : Me l'envoyer simplement ?

Indiah : Tchip

Je suis allé m'assoir dans le salon en fermant la porte de la cuisine, les odeurs de cuisson sur mon bébé non merci. J'ai pris le téléphone d'Okissi en lançant l'appel directement dessus. C'était trop long de le faire avec le mien.

Olivia (décrochant) : Allô bonsoir

Moi : Bonsoir Olivia c'est Christopher.

Olivia : Bonsoir Chris ! J'ai cru que tu ne m'appellerais jamais.

Moi (levant les yeux, Okissi se tenait debout à côté, bloquant le rire) : Pourquoi ? bien sûr que j'allais le faire.

Olivia : Je suppose que ta femme t'a mis au courant.

Moi (mettant le haut-parleur) : Oui tout à fait.

[Okissi prenant place en face de moi]

Olivia : Okay super. Je voulais vous remettre le carte d'invitation ce matin mais n'ayant pas de nouvelles, je n'ai pas su quoi en faire.

Moi : Tu es où actuellement ?

Olivia : A la sablière.

Moi (amusé) : Nous aussi

Olivia : Ah bon ?

Moi : Tu connais Monsieur Okissi ?

Olivia : Toi aussi tu es sérieux Christopher ?

Moi : Nous sommes chez lui.

Olivia : Comment ça ?

Moi : Bah c'est comme je te dis, nous sommes chez lui.

Olivia : Oui j'avais compris enfin ma question était pourquoi ?

Moi : Parce qu'Indiah est sa fille.

Olivia : Ah ok, mais donc demain je pourrai passer vous la remettre alors ?

Moi : Madame sera à la maison, tu n'auras qu'à appeler sur ce numéro.

Olivia : Pas de soucis ! Merci beaucoup d'avoir répondu, on se dit à demain, bisou à ta fille.

Moi (souriant) : Je n'y manquerai pas.

Olivia : Bye

Clic !

Moi (regardant Okissi) : Ta jalousie n'a donc pas de limite ?

Okissi (se levant) : Aucune, elle est illimitée je check tout, je dis bien tout.

Moi (amusé) : Et tu es fière de toi ?

Okissi : Mais bien sûr. Mes yeux et mes oreilles sont partout ici, et ailleurs, même lorsque tu pars travailler, je sais tout.

Moi (souriant à ma princesse) : Et après tu oses dire que tu n'as pas le vampire.

Olivia

[DING DONG DING DONG]

Je suis sortie de la maison pour donner des consignes aux mecs de la sécurité, je veux que ma soirée se passe sans incident. J'ai passé toute la semaine à la planifier alors je ne veux aucun imprévu.

Moi (à la sécurité) : C'est avec carte d'invitation uniquement que vous laisserez les gens passer, après avoir vérifié le nom sur la liste que vous avez dans l'iPad.

Lui (me regardant) : Oui madame

Moi : Okay

Les gens sont fous parfois, on t'invite et tu invites, en tout cas si tu n'es pas sur la liste ce n'est même pas la peine de te pointer, la sécurité ne te laissera pas franchir le portail.

Moi (arrachant le verre des mains de Guylaine) : Souamy ça suffit comme ça.

Guylaine (prenant un autre) : Tu es lourde Olivia occupe-toi de tes affaires et fiche moi la paix merde.

Elle me fait vraiment de la peine, je ne sais comment lui venir en aide en plus à quelques jours de mon départ. [Soupir]

Jean (franchissant la porte) : Bonsoir

Moi (me retournant le sourire aux lèvres) : Avaro [Allant lui faire la bise] bonsoir.

Jean (souriant) : Ça va Olivia ?

Moi : Bien et toi ? [Regardant sa femme] Bonsoir Marion.

Marion (froide) : Bonsoir

Moi (souriante) : Suivez-moi, je vais vous installer avec les autres. Et votre bout de chou ?

Jean (souriant) : Il va bien.

Guylaine : Le grand Siby est dans la place ! roulement de tambours bouboubou toujours aussi vilain mais Putain comment tu fais Christopher ?

Moi (regardant Jean) : Excusez-moi [Les rejoignant] bonsoir.

Eux : Bonsoir Olivia.

Moi (faisant la bise à Indiah) : J'adore ta tenue.

Indiah (souriante) : Merci

Guylaine : Une vraie Diplomate Olivia, tu aurais dû faire la politique comme le voulais ton père au lieu d'aller te perdre en Europe avec des mecs qui ne voient pas ta valeur.

Moi (la regardant) : Merci Guylaine

Guy (souriante) : C'est gratuit chérie

Moi (regardant Christopher) : Toujours aussi élégant.

Christopher (se caressant le torse) : Merci

Guylaine : Vous auriez formé un très beau couple tous les deux vraiment, il y a toujours cette alchimie entre vous qui me rendait jalouse et envieuse à l'époque.

Moi (souriante) : Vous me suivez ?

Christopher (posant sa main sur le dos d'indiah) : Bien entendu.
Guylaine !

Guy : Siby !

Mon Dieu j'ai envie de l'étrangler, me mettre autant mal à l'aise, je lui dirai deux mots tout à l'heure, elle ne me gâchera pas la soirée, je refuse. Après avoir installé les deux coules, j'ai pris Guylaine en la trainant à l'étage direction dans ma chambre.

Moi (la faisant assoir) : Je veux bien que tu en veuilles à la terre entière, mais fais ça après ma soirée, si tu es là pour semer la zizanie et faire la merde mieux tu dors un coup ou tu rentres chez toi Guylaine. Je ne vais pas tolérer que tu mettes mes invités mal à l'aise.

Guylaine : C'est bon, pas besoin de crier, c'était simplement pour détendre l'atmosphère. Promis je n'ouvrirai plus ma bouche et puis ce n'est pas faux ce que j'ai dit au sujet de Christopher et toi.

Moi (la regardant) : Sauf que nous sommes passés chacun à autre chose, et si nous en sommes là aujourd'hui c'est simplement parce que tu couchais avec lui.

Guylaine : Okay, désolée.

Moi : Tu devrais dormir un peur Guy-Guy, tu n'as pas l'air en forme.

Guylaine : ne me regarde pas avec ces yeux remplis de pitié, je vais bien ! Bref on y va ? Ça ne fait pas bien que tes invités ne soient pas accueillis par toi. [Me tendant la main]

Moi (la saisissant) : Okay

Guy (me regardant) : Si j'étais un homme Olivia j'aurais fait de toi femme, tu es très bandante ce soir.

Moi (éclatant de rire) : Tu n'es pas possible.

Nous sommes descendues accueillir le couple Ogoula, Nadège était tendue apparemment.

Moi (lui faisant la bise) : Bonsoir, c'est gentil d'être venus.

Nadège : Merci

Moi (les regardant) : Suivez-moi.

Nous avons rejoint la majorité de mes invités dans la salle de réception, je voulais commencer la soirée. Les retardateurs nous prendrons en cours.

Moi (prenant la parole) : Votre attention s'il vous plait, avant que nous ne soyons tous éméchés par le champagne je voudrais tous vous remercier d'avoir répondus présent à mon invitation.

Guylaine (nous rejoignant dans la salle) : Désolée du retard.

Moi (levant les yeux) : Je disais tantôt, merci à vous d'avoir répondus à mon invitation. Pour la plupart d'entre vous ça fait quoi 9 ans depuis notre dernière rencontre, j'espère vraiment [regardant Souamy] que nous passerons un agréable moment tous ensemble.

Guy (applaudissant) : Bravo ! Bravo ! Très joli discours.

Moi (souriante) : Le bar est ouvert [Me rapprochant de Guylaine] tu as promis.

Guy (me regardant) : Qu'est-ce que j'ai encore fait ? Relaxe, je vais me tenir à carreaux, tu ne vois pas qu'il y a des tensions entre Siby et Ogoula ?

Moi (levant les yeux) : Souamy !

Guy (souriante) : Hum on dirait qu'il y a des potins dans l'air, je suis bien curieuse de savoir ce qui se passe.

Moi (m'en allant) : Guylaine ça ne te regarde pas.

Guy : Pffff

Guylaine

Olivia me saoule, depuis qu'elle est maman impossible de rigoler avec elle, trop coincée du cul cette fille. Elle devait se détendre un peu, je me suis rapprochée de Camille et Claudia, même chose. Je me demande si être en couple signifie que c'est fini les délires, elles ont sérieusement besoin de péter un coup pour se détendre. J'ai pris une coupe de champagne en me rapprochant de Christopher et de son accessoire du moment.

Moi (le regardant) : Tu vas bien ?

Christopher (baissant les yeux : Je vais bien Guylaine.

Moi (buvant mon verre d'un coup) : Tu ne me demandes pas si je vais bien ?

Christopher (soupirant) : Tu vas bien ?

Moi : Tu vois que j'ai l'air de bien aller ?

Christopher (me fixant) : Et qu'est-ce que je suis censé faire ?

Moi : A ton avis ?

Christopher : Guylaine je ne sais pas ce que tu as mais tu devrais arrêter de boire.

Moi (haussant la voix) : La bonne blague, c'est toi Christopher Siby qui vient me faire la leçon ? Loleuh mais c'est le monde à l'envers ma parole, lorsqu'on sait tous ici que tu as baisé le ¾ des invitées ici présentes.

[Silence]

Claudia : Guylaine !

Moi (la regardant) : Oh toi s'il te plait occupe-toi de ton mec merci ! Je bois si je veux, comme je veux, je n'ai pas d'ordre à recevoir de qui que ce soit.

Olivia (m'attrapant la main) : Guylaine ça suffit on y va.

Moi (me dégageant violement) : Lâche-moi.

Olivia (me fixant) : Guylaine !

Moi : Non ! C'est une soirée, en plus ton pot départ alors je ne vois pas pourquoi on se tairait comme si nous étions à un enterrement. Si j'ai envie de parler je le fais, j'ai cru comprendre que tout le monde était passé à autre chose, Siby après avoir baisé la copine d'Avaro est aujourd'hui en couple avec je ne sais même pas c'est quoi son mon mais bon ce n'est pas important ! Il est passé à autre chose, alors pourquoi aurions-nous honte d'en parler ? Puisque tout le monde semble être passé à autre chose, rions des conneries que nous avons faites.

[Silence]

Moi (éclatant de rire) : S'il vous plait arrêtez de faire ces têtes, nous sommes ici pour nous amuser alors détendez vous ! Moi je m'éclate en tout cas. Siby encore baisé la femme de son meilleur ami, j'ai appris qu'ils ont un fils ensemble mais cela n'empêche pas sainte Nadège d'être suspendu au bras de son homme comme une sangsue. Surtout quand on sait ce qui s'est passé entre eux.

Olivia : Guylaine ça suffit !

Moi (la regardant) : Arrête un peu Olivia.

Mat : Tu devrais sérieusement aller te faire soigner.

Moi (me retournant) : C'est le même docteur qui t'a rendu amnésique ? Non mais sérieux ! Tous des hypocrites toi Mathurin le premier, tu passais ton temps à nous regarder de haut, nous traiter comme de la merde.

Olivia : Guylaine !

Moi (la regardant) : Tu m'emmerdes Olivia [Regardant Mathurin] Et Christopher qui venait nous narguer sur les sois disant qualités de ta copine Loleuh la grosse blague.

Mathurin : Oui la grosse blague, tu n'arrives même pas un peu à la cheville de Nadège. Même pas un peu Olivia.

Moi (éclatant de rire) : Ah bon ?

Nadège : Mathurin laisse tomber.

Moi (la regardant) : Pourquoi laisserait il tomber ? Il a tout à fait raison, Je n'ai pas couché avec son meilleur pote, je n'ai pas fait d'enfant avec son meilleur pote et malgré cela il est accroché à ton bras [Applaudissant] bravo Nadège.

Mathurin : Nadège n'a pas couché avec Christopher, il l'a violé.

Nadège : Mat !

Mathurin : Quoi ? Ce n'est pas comme si ce n'était pas la vérité.

Moi (regardant Christopher) : Tu es maintenant un violeur ? C'était après ou avant que vous baisiez ensemble chez moi ? Parce que cette histoire je ne la connais pas.

Indiah : Pardon ?

Moi (amuse) : Oups !

Mathurin : Quoi ?

Moi (amusée) : Oups !

Mathurin (regardant Nadège) : Tu as couché avec Christopher chez Guylaine ? Et comment ça se fait que vous vous connaissiez ?

Moi (Éclatant de rire) : La bonne blague kiakiakiakia non mathurin ne me dit pas ça s'il te plait ? Quoi tu pensais sérieusement que le grand Siby n'avait pas baisé avec elle avant toi ? [Regardant Christopher] Pourquoi tu fais cette tête ? Tu ne te souviens plus de rien ? Non mais sérieux Nadège tu n'as pas dit à ton chéri ce qu'on faisait à l'époque ? Mettre du GHB dans le verre de Siby, le ramener chez moi pour que tu baises avec ? Que Camille vous photographiait et j'envoyais les photos à Avaro qui les montrait à Tania dans le but de les séparer afin que ma meilleure amie Olivia se mette en couple avec lui ?

Christopher : Quoi ?

Olivia (s'asseyant les larmes aux yeux) : Guylaine c'est quoi ton problème ? Comment tu peux être aussi méchante ?

Moi (la regardant) : Il n'y en avait que pour toi, la grande Olivia Kombet. J'étais bien contente que Nadège couche avec Christopher, je voyais bien que ça te faisait mal et c'est la raison pour laquelle j'ai eu cette brillante idée.

Christopher (hurlant) : Quoi ?

Moi (le fixant) : Ne fait pas les innocents avec moi Christopher, je te l'avais dit, je t'avais raconté notre implication dans ta rupture avec Tania. Ce jour-là nous nous étions disputés, tu m'as foutu hors de chez toi presqu'à poil et je t'avais même envoyé des photos et la vidéo de vos ébats. Puisque tu m'avais traité de menteuse et de vouloir vilipender sainte

Nadège par jalousie. Non mais être jalouse de qui ? Cette grosse pute qui ne s'était pas gênée de coucher et d'être entretenue par le père d'Olivia paix á son âme et malgré cela qu'est-ce que j'apprends ? Que tu lui as fait un enfant et que Mathurin l'a épousé. J'ai halluciné ! Monsieur parfait épouser une salope ? J'ai bu à votre santé durant une semaine.

PAFFF !

C'est le bruit de la gifle que Mathurin venait de donner à Nadège.

Moi (amusée) : Oups !

Chapitre 63 : Un goût amer

Guylaine*

Mathurin (hors de lui) : Comment tu as pu Nadège ? Comment vous avez pu ?

Nadège (en larmes) : Mathurin s'il te plait.

Mathurin (la fixant) : Ferme ta gueule. Vous vous connaissiez lorsque je vous ai présenté et vous m'avais pris pour un con.

Christopher (perdu) : Mais qu'est-ce que tu racontes, je ne la connaissais pas. La première fois que je l'ai vu c'est lorsque tu me l'as présenté.

Mathurin (hurlant) : Ce n'est pas ce que Guylaine vient de dire merde !

J'ai pris une autre coupe de champagne, je me suis installée sur les fauteuils afin de boire à leur santé.

Christopher (dégouté) : Mathurin je ne la connaissais pas avant cette soirée, j'ai été abusé. Olivia ?

Moi (souriante) : Arrête un peu Chris, tu prenais ton pied.

Olivia (furieuse) : Ferme la Guylaine.

Mathurin (en colère) : Et lorsqu'elle t'a montré les photos et la vidéo de votre porno, qu'est-ce que tu as fait Christopher ? Qu'est-ce que tu as fait ?

Christopher (perdu) : ...

Mathurin : Vous avez continué votre affaire en vous foutant de moi, jusqu'à ce que Nadège tombe enceinte n'est-ce pas ?

Nadège (en larmes) : Nooon Snif

Mathurin (la regardant avec dégoût) : C'est délibérément que tu m'as attribué ton enfant, et derrière mon dos vous vous foutiez de moi n'est-ce pas ?

Olivia (la tête baissée) : Mathurin Christopher ne connaissait pas Nadège.

Mathurin (hurlant) : Olivia ferme ta gueule c'est mieux, en fait le but de cette soirée c'était pour quoi au juste ? Vanter les mérites de Siby ? Après avoir détruit la relation d'Avaro, tu as jeté ton dévolu sur elle ? [Regardant Nadège] Une fois de plus il n'y en a que pour toi, pour le grand Christopher Siby, toujours toi, dans toutes les merdes de ce pays, il n'y a que sur toi que ça tombe.
[Silence]

Mathurin (les larmes aux yeux) : Tu m'as caché toute cette histoire, tu m'as laissé l'épouser, avoir des enfants avec elle. Je me souviens même du conseil que tu m'as donné ce jour-là " C'est la bonne, Nadège est une bonne femme" bonne oui, parce que vous baisiez ensemble [Levant les mains] je m'incline devant sa majesté le roi de la baise Christopher Sibyl.

Il s'est approché du bar, a pris une coupe de champagne qu'il a bu d'une traite avant de poser le verre et de s'en aller.

Mathurin (devant la porte) : Bonne soirée à vous, ce fût un plaisir.

Clap !

Nadège est passée en courant, suivant son mari à l'extérieur.

Moi (me levant) : Well le bar est ouvert.

Indiah : Bonne soirée.

Moi : Oula c'est chaud on dirait.

Christopher (la saisissant par la main) : Attend-s'il te plait. J'ai besoin de comprendre cette histoire, Olivia qu'est-ce qui s'est passé pendant ma rupture avec Tania ? Pour Avaro je savais, mais qu'est-ce que Nadège vient faire à l'intérieur.

Olivia (levant la tête) : On l'a connu à travers Sonia, elle ne sortait pas beaucoup ou très peu et lorsqu'on se voyait c'était toujours soit chez moi, soit chez Guylaine. Et le jour où tu as offert la voiture à Tania nous étions ici, toute la bande. On vantait tes prouesses sexuelles à Nadège, comme s'était la seule parmi nous qui n'avait pas couché avec toi, Guylaine a proposé que son bizutage serait que vous couchiez ensemble. Alors elle t'a invité chez elle, a cuisiné et à ton insu elle a versé du GHB dans ton verre. Et cette nuit en pensant coucher avec elle, tu couchais avec Nadège qui t'attendait dans la chambre.

Christopher : Et tu as participé à cela ?

Olivia (les larmes aux yeux) : Tu avais couché avec toute ma bande, tu couchais avec elle, alors une de plus qu'est-ce que cela aurait changé ?

Christopher : Sous l'effet de la drogue ? Vous saviez tous que j'étais en couple merde !

Olivia : J'étais là avant Tania, cette meuf tu l'as connu un été, moi j'étais là bien avant.

Christopher : Et tu faisais quoi derrière mon dos Olivia ? Tu me criais je t'aime et derrière mon dos tu couchais avec mon père.

Olivia : ...

Moi (amusée) : Mamé

Christopher : Tu crois vraiment que je n'étais pas au courant ? Qu'il ne me l'avait pas dit ? Tu voulais que je t'emmène où honnêtement Olivia ?

[Silence]

Christopher (désabusé) : Tu m'as vu malheureux, tu savais à quel point j'étais amoureux de Tania par méchanceté tu n'as rien dit. Vous m'avez utilisé à votre guise.

Claudia : La seule qui couchait avec toi dans cette état c'était Nadège pas nous. Je n'ai jamais adhéré à cette histoire raison pour laquelle je n'y étais pas, surtout lorsque j'ai vu l'ampleur que prenait cette histoire.

Christopher : Mais tu n'es pas venue me le dire.

Moi (amusée) : Voyant ma meilleure amie triste parce que tu jouais avec ses sentiments et sachant qu'Avaro voulait se venger de toi, j'ai eu a brillante idée de monter un plan, te filmer avec Nadège et lui envoyer les photos. Le plan a fonctionné sauf qu'on ne s'attendait pas à ce que tu en veuilles à la terre entière et que tu pètes un sérieux câble. Après tout c'était une rupture et pas la première alors pourquoi pour elle se serait différent ?

Christopher : Parce que je l'aimais.

Avaro (pouffant de rire) : Et tu crois peut-être que je n'aimais pas Joëlle lorsque tu la baisais sans états d'âmes ?

Christopher : Je ne savais même pas qu'elle était en couple.

Avaro (hurlant) : Foutaises !

Christopher : Jean elle ne m'avait jamais dit qu'elle était en couple lorsque je lui ai fait la cour, c'est un an après qu'elle m'a annoncé qu'elle venait de rompre avec son fiancé afin qu'on vive pleinement notre relation.

Avaro : Et tu penses sincèrement me faire avaler cette histoire ?

Christopher : Ce n'est que la pure vérité, ce n'est qu'à ce moment que je lui ai demandé avec qui elle était en couple et elle m'a sorti ton nom. Je n'avais rien promis à aucune d'elles, la seule avec qui j'ai fait des projets n'était autre que Tania. Je n'ai jamais mis quoi que ce soit dans le verre ou profiter d'aucune d'elles. Je leur ai laissé le choix d'avoir des rapports avec moi ou pas. Je ne suis pas allé vers Joëlle afin de te nuire, comme vous l'avez fait en bande organisée.

[Silence]

Christopher et sa go sont partis [rire] de toute façons ils n'apportaient rien à la soirée.

Moi (applaudissant) : Putain je prends mon pied, c'est la meilleure soirée de l'année.

Olivia (me levant) : Et qu'est-ce que tu y gagnes Guylaine ? Qu'est-ce que tu viens de remporter dis-nous ? Tu as foutu la merde, mais est-ce que cela change le fait que lorsque tout le monde rentrera chez lui, tu te retrouveras seule ? Tu crois que tu as humilié qui, nous ou ta propre personne ? 33 ans Guylaine mais regarde toi, regarde autour de toi, tout le monde est passé à autre chose, nous tous sauf toi. Ce soir tu prends ton pied de voir les autres malheureux parce que tu veux qu'on soit comme toi mais tu as menti ma chère, tu n'es qu'aune aigrie et cela depuis notre enfance.

Moi (énervée) : Pardon Olivia tout le monde mais pas toi. La fille parfaite, le modèle à suivre, une grosse pute qui couchait avec le père de son mec et c'est toi qui vient me faire la morale aujourd'hui parce que tu as un homme ? Mais pourquoi être allée te faire épouser ailleurs, il fallait rentrer et on aurait vu quel homme de ce pays allait faire de toi sa femme avec ton passé aussi puant que l'odeur des toilettes indigènes. Entre les collègues de ton père, les amis de tes frères, je ne sais même pas quel est l'homme qui ne t'a pas baisé dans ce pays, mais cela personne ne voyait. Olivia on lui donne la communion sans confession disait ma mère, mais toi Guylaine ? Il te faudra au moins un an chez le prêtre, n'importe quoi.

Olivia : Tu t'es vengée, bravo ! Maintenant tu dégages de chez moi [se levant] fous le camp et retourne à ta misérable vie.

Moi (me levant) : Ne t'inquiète pas, de toute façon après cette soirée je ne comptais pas renouer le contact avec vous.

Olivia (m'escortant jusqu'à la porte) : Ouais bon vent.

Moi (souriante) : Bonne soirée et amusez-vous bien.

Clap !

J'ai pris ma voiture et je suis rentrée chez moi continuer ma soirée, Pfff que des coincés du cul comme ça.

+++Pendant ce temps+++

**Mathurin **

En rentrant je me suis mis à tout casser dans la maison, j'avais la rage au cœur.

Moi (fou de rage) : Qui es-tu Nadège ? Qui es-tu ? Neuf ans que je partage ma vie avec le diable. Depuis tout ce temps tu connaissais Christopher mon Dieu. Tu as participé à tout ce qui se passe et tu ne m'as rien dit ? Neuf ans ? Tu couchais avec lui et tu ne m'a rien dit ? Neuf ans ? Je me suis éloigné de mes amis pour être avec toi ! Parce que ma sorcière de femme a couché avec tout le pays et pour que le con de mari que je suis ne soit pas au courant elle nous a enfermés dans une illusion de vie parfaite.

Nade (en larmes) : Laisse-moi t'expliquer Mathurin Snif

Moi (hurlant) : Ne m'adresse pas la parole sorcière, tout ce que tu dis n'est que mensonge sur mensonge, tu mens pour tout et n'importe quoi. Tu es une vipère Nadège.

Nadège (en larmes) : Je ne voulais pas que les choses se passent ainsi Mat Snif

Moi (donnant un coup contre le mur) : Nadège je t'ai demandé de te taire ! Tu as baisé volontaire avec Christopher oui ou non ?

Nadège : ...

Moi (hurlant) : Oui ou non merde.

Nadège : oui Snif j'étais jeune Mathurin Snif je voulais ressembler à ces filles, je voulais faire partir de leur monde Snif je ne connaissais personne ici et à cette époque je les trouvais cool, la bande à laquelle toutes les filles rêvaient d'appartenir, j'étais naïve Snif.

Moi (la regardant les larmes aux yeux) : Lorsque je t'ai présenté à Christopher, tu étais aussi naïve ? Tu savais depuis le depuis qui il était, tu connaissais sa réputation [Me passant la main sur le visage] quel con ! Ta soudaine attention à son regard votre rapprochement mon Dieu quel con j'ai été.

Nadège : Mathurin dès l'instant où nous nous sommes mis en couple, il n'y a plus jamais eu un autre homme que toi Snif il n'y a plus jamais eu personne d'autre que toi Snif.

Moi : Pour toi Nadège je me suis mis à prendre des médicaments, en fait c'est parce que tu voulais que je te baise comme Siby ! Tu pensais à lui ? Oh mais qu'est-ce je raconte vous couchiez ensemble.

Nadège : Nooon.

Moi (hurlant) : Ta gueule ! Tu m'as sorti une histoire de viol, entre temps vous couchiez ensemble. Avec mon meilleur ami Snif mon frère ! Je t'ai posé la question lorsque cette histoire a vu le jour Snif je t'ai posé la question de savoir si tu avais couché avec Christopher, qu'est-ce que tu m'as répondu Nadège ?

Nadège (en larmes) : Mathurin Sniff

Moi (essuyant mes larmes) : Qu'est-ce que tu m'as répondu Nadège ?

Nadège (éclatant en sanglots) : Que Snif je n'avais pas couché Snif avec lui.

Moi (la regardant) : Encore un autre mensonge ! Tu n'as passé [soufflant] ton temps qu'à me mentir, à me prendre pour un con ! Devant tout le monde, devant ma famille, mes amis ! Tout le monde ! [Snif]

Nadège : Snif

+++De l'autre côté de la ville+++

Christopher

Indiah (en colère) : Tu m'as menti.

Moi (me passant la main sur le visage) : Non Je ne t'ai pas menti.

Indiah : Tu m'as dit que tu ne la connaissais pas, mais lorsque Guylaine t'a montré les photos et la vidéo qu'est-ce que tu as fait de ça Christopher ?

Moi (la regardant) : Qu'est-ce que tu es en train de faire ?

Indiah (mettant des affaires dans la valise) : ...

Moi (m'approchant d'elle) : Je n'ai plus aucun souvenirs.

Indiah (levant les yeux) : Ne t'approche pas de moi Sibyl.

Moi : Merde !

Indiah (hurlant) : Ne dit pas merde avec moi tu comprends ! Tu n'as jamais violé Nadège n'est-ce pas ? [Les larmes aux yeux]

Moi : Ne fait pas ça s'il te plait, ne nous fait pas ça Indiah. Bien sûr que je ne me souviens pas, sinon je te l'aurais dit.

Indiah (en larmes) : Christopher tu m'as menti ! Tu disais ne pas la connaitre, mais c'est faux Snif lorsque tu as su qui elle était, ce que vous aviez fait qu'est-ce que tu as fait de cette information ? Snif Qu'est-ce que tu as fait Siby ? Snif

Moi : Je ne m'en souviens pas, je te jure que c'est vrai.

Indiah (fermant la valise) : Je m'en vais !

Moi : Indiah ne fait pas ça s'il te plait, ne nous fait pas ça s'il te plait. S'il te plait [me mettant à genou] s'il te plait.

Indiah (en larmes) : Ça je ne peux pas Christopher.

Moi : Je te jure que je ne me rappelle plus.

Elle est sortie de la chambre, je l'ai suivi dans le salon.

Moi (la retournant) : Indiah !

Indiah (se dégageant) : Ne me touche plus Christopher.

Moi (en colère) : Donc quoi s'est fini ? C'est la fin ? Tu t'en vas ! Je te signal qu'on a un enfant ensemble.

Indiah : Tu en as aussi un avec Nadège alors qu'est-ce que cela change ? Avec qui tu as eu une relation suivie apparemment.

Moi (la fixant) : Je n'ai pas eu de relation avec Nadège Indiah ! Tu as entendu tout comme moi ce qu'Olivia a dit, j'ai été abusé, que veux-tu entendre de plus ? Que je te dise quoi de plus ? Dis-moi ce que tu veux entendre et je te le dis.

Indiah (en larmes) : Qu'est-ce que tu as fait des photos que tu as reçues de Guylaine ? Qu'est-ce tu en as fait ? Pourquoi Mathurin n'est pas au courant ? Pourquoi Christopher ? Pourquoi juste après Nadège se fait violée ?

Moi (horrifié) : Tu crois vraiment que je l'aurais ?

Indiah (essuyant les larmes du revers la main) : Je ne sais plus quoi ni qui croire Christopher, je ne sais plus Snif je t'ai soutenu dans tout mais ça Christopher...

Moi : Ne dit pas ça Indiah.

Indiah : Ça ne je ne pourrai pas.

Moi (les yeux remplis de larmes) : Ne fait pas ça Okissi, s'il te plait.

Indiah (éclatant en sanglots) : Je vais chez mes parents Snif

Moi (donnant un coup contre le mur) : MERDE !

Je suis resté debout impuissant à la regarder sortir la valise et s'en aller chez parents. La petite est déjà là-bas avec sa mère, je me suis laissé choir le long du mur et j'ai fondu en larmes. C'est la dernière personne que j'ai envie de perdre, cette femme j'en suis raide dingue [me levant] il est hors de question que je la perde.

Je suis sorti et j'ai foncé chez Olivia. Il faut que je sache ce qui s'est passé après que Guylaine m'ait envoyé ces photos. Je sais qu'Indiah ne se contentera pas d'un « je ne sais pas » ou « je ne m'en souviens plus » Le portail était ouvert, je suis rentré et ai sonné à la porte.

Camille (m'ouvrant) : Christopher !

Je l'ai forcé l'entrée et me suis dirigé vers la salle ou nous étions tous tout à l'heure.

Moi (les regardants) : Je vois que la fête continue ! Guylaine est où ?

Olivia (se levant) : Je l'ai foutue à la porte de ma maison.

Moi (la fixant) : Je sais que vous vous disiez tout alors dis-moi ce qu'elle t'a dit après m'avoir envoyé les photos.

Olivia (soupirant) : Christopher !

Moi (hurlant) : Olivia dit moi ce que Guylaine t'a dit ce jour-là parce que si tu ne le fais pas et que ma relation par votre faute, une fois de plus, se brise je vous jure sur ma vie que vous n'aurez plus jamais la paix.

Olivia : Elle m'a envoyé un mail en me disant qu'elle t'avait mis au courant parce que tu n'arrêtais pas de vanter les mérites de Nadège, elle en a eu marre et elle t'a balancé toute cette histoire. Et comme malgré cela tu doutais elle t'a envoyé les photos et la vidéo, c'est tout ce que je sais.

Moi : Et qu'est-ce que j'en ai fait Olivia ?

Olivia : Je n'en sais rien Christopher je n'étais même plus au Gabon. On ne se parlait plus après notre rupture.

Moi (la fixant) : Et qu'est-ce que tu as répondu ?

Olivia : Rien ! Je vous en voulais à tous les deux, lorsque je suis partie j'ai coupé le contact avec vous deux.

Moi : J'ai besoin que tu viennes avec moi.

Olivia : Christopher !

Moi (la fixant) : Olivia lève-toi et suis-moi.

Je suis sorti pour l'attendre à l'extérieur, faisant les cent pas dans le jardin en essayant de creuser dans ma mémoire. Qu'est-ce que j'ai bien pu faire de ces photos ?

Olivia (me rejoignant) : Ok et maintenant ?

Moi (levant) : Tu m'accompagnes chez Guylaine, où sont les clés de ta voiture ?

Olivia (soupirant) : Je vais les chercher.

Elle est revenue quelques minutes plus tard suivie de quelques-uns de ses invités, ce n'est même pas mon problème. Je ne mettrais pas à mal ma relation à cause de leurs conneries une seconde fois. Elle m'a remis les clés et nous nous sommes installés dans la voiture direction chez l'autre folle.

Olivia (me regardant) : Je suis désolée Christopher.

Moi (les mâchoires serrées) : Garde ça pour ta conscience Olivia.

Olivia : Si tu veux je peux aller lui parler.

Moi (la regardant) : Parler à qui ? Okissi ? Pour lui dire quoi au juste Olivia ? Que je n'ai pas couché avec Nadège de mon plein gré ? Que par méchanceté gratuite vous avez abusé de moi ? Tu crois qu'elle ne le sait pas ?

Olivia : ...

Moi : Tu avais tout pour être heureuse, comment tu as fait pour prendre cette direction ? Comment une fille aussi brillante que toi a fait pour aussi mal tournée ? Mon père Olivia, mon père ?

Olivia (regardant à travers la fenêtre) : Je ne sais pas.

Moi : Guylaine on savait déjà comment elle finirait, mais toi ? J'ai été déçu ! Après tu t'étonnes que je t'ai zappé pour Tania ? Cette fille pouvait être une peste, matérialiste, snob tout ce que vous vouliez mais elle était de bonne moralité, avant qu'Avaro ne la transforme en ce qu'elle est devenue plus tard c'est à dire comme vous ! Et je la respectais pour ça ! C'est une des raisons pour laquelle je cédais à tous ses caprices. Tu voulais que je la laisse pour toi ? Tu voulais que je te mette au même niveau qu'elle ? Alors que toi-même tu ne te donnais aucune valeur ? Lorsque j'écoutais des plus jeunes que nous dire 'j'ai couché avec la grande Olivia' tu pensais me connaissant que j'allais m'afficher avec toi Olivia ?

Olivia (en larmes) : Snif

Moi (la regardant) : Aujourd'hui encore, je suis tombé sur Indiah. Elle dépasse mes exigences, cette jeune femme de 27 ans me rend meilleur. J'ai enfin trouvé la bonne, j'ai fait la paix avec moi-même et à cause de vos gamineries je suis sur le point de la perdre et de ne pas voir ma fille grandir. Tout ça au nom de quoi ? L'amour ?

[Me garant devant le portail des parents à Guylaine]

Nous nous sommes précipités à l'intérieur parce que le portail et la portière de sa voiture était ouverts ainsi que la porte d'entrée.

Moi (regardant Olivia) : Appelle la police !

Olivia : Tu sais très bien qu'ils ne viendront jamais sauf si c'est le domicile d'un grand.

C'est sur la pointe des pieds que nous sommes entrés dans la maison, il n'y avait rien de suspect. J'ai fait le tour vite fait en fermant les portes pendant qu'Olivia était allée jeter un coup d'œil dans les chambres.

Olivia (hurlant) ; Christopher !

Je me suis dépêché de la rejoindre.

Moi (hurlant) : Tu es où ?

Olivia (en larmes) : Ici ! Mon Dieu Christopher.

Guylaine était allongée dans la salle de bain, près d'elle un flacon de médicaments renversé et des pilules éparpillées sur le sol. Je me suis jeté sur elle, cherchant son pouls, mon oreille près de son cœur.

Moi (lui faisant le bouche à bouche) : Olivia j'ai besoin d'une grande bouteille d'eau dépêche-toi.

Olivia (en larme) : Elle est morte.

Moi (hurlant) : Va me prendre une bouteille d'eau.

Elle a sursauté en détalant vers le couloir, je suis allé mettre de l'eau dans la baignoire en bouchant le conduit d'eau. J'ai soulevé Guylaine et nous sommes entrés tous les deux á l'intérieur. Lorsqu'Olivia a débarqué avec la bouteille d'eau, sans réfléchir je le lui ai arraché des mains en la collant à la bouche de Guylaine. Il n'a fallu que quelques secondes avant qu'elle soit prise de spasmes et vomisse le contenu de son estomac dans la baignoire en toussant.

Olivia (se laissant choir contre la porte) : Merci seigneur.

Je lui ai encore donné de l'eau jusqu'à ce qu'elle me dise faiblement qu'elle n'en veut plus. Je suis sorti de là en la laissant avec Olivia, c'est dans une autre salle de bain que je suis allé enlever mes vêtements et prendre une serviette. J'ai trouvé Olivia adossé contre le mur à côté de la chambre de Guylaine.

Moi (la regardant) : Qu'est-ce qu'elle fait ?

Olivia (regardant ailleurs) : Elle dort.

Moi : Dans un autre contexte j'aurais ris de te voir agir comme une pucelle, genre c'est la première fois que tu me vois torse nu.

Olivia (me mordant les lèvres) : Christopher j'ai fait une fausse couche.

Moi : ...

Olivia (Me regardant) : Après notre départ, lorsque je suis rentrée j'ai su que j'étais enceinte. Je ne savais pas quoi faire, tu étais instable alors j'ai préféré garder ça pour moi. Je me disais que j'attendrais le bon moment, lorsque de ton coté les choses se seraient tassées. Mais trois mois plus tard j'ai été prise de douleurs atroce durant la nuit, j'ai appelé les pompiers, une fois à l'hôpital je l'ai perdu. J'ai déprimé un peu comme Guylaine. Durant cette période j'ai rencontré un homme mais ça c'est une autre histoire.

Moi (m'adossant contre le mur en face) : Nous nous sommes fait beaucoup de mal.

Olivia (me regardant) : J'étais jalouse de Tania, de voir comment tu étais avec elle. On ne se voyait qu'à huit clos et la nuit, tu l'affichais aux yeux de tout le monde, j'en étais malade. Avec ton père c'était juste pour me venger de toi, afin de te montrer que je pouvais me taper qui je voulais même ton père, ce n'est pas la folie ? Bref si tu l'aimes bat toi pour elle, même si tu ne te souviens pas de ce qui s'est passé. Le Christopher que moi je connais serais allé voir Mathurin peu importe ce qui se serait passé entre vous, parce que tu as toujours été loyal en amitié. Après que Guylaine soit passée qu'est-ce que tu as fait ?

Moi (me passant la main sur le torse) : Je ne me souviens même pas qu'elle soit passée ce jour-là ou qu'on ait eu une dispute. C'est le trou noir.

Olivia : Tu te souviens de quoi ?

Moi : De m'être réveillé avec un mal de crane dans ma chambre, une bosse sur la tête et plus aucun de souvenir de la veille.

Olivia : Tu avais été drogué ?

Moi (fronçant les sourcils) : Drogué ? Je ne crois pas, Nadège a dit que je l'aurais [grimaçant] violé, qu'elle m'a trouvé allongé dans la salle de bain et qu'en s'approchant de moi sous la panique je l'aurais agressé.

Olivia : Sans raison ? Mais est-ce que c'est le même jour Christopher ?

Moi : Je n'en sais rien Olivia ! Si ce n'était pas le même jour, dans ce cas pourquoi je n'ai aucun souvenir de la visite de Guylaine ?

Olivia : ...

Moi : Je sais dans mes souvenir que la seule personne qui avait le double de chez moi c'est Nadège, elle passait me faire à manger et nettoyer.

Guylaine (devant la porte) : C'est la raison pour laquelle on s'était disputé, je ne comprenais pas pourquoi elle venait chez toi te faire à manger et nettoyer sachant qu'elle était en couple avec Mathurin.

Olivia (ouvrant grand les yeux) : Tu crois que Nadège t'aurais fait prendre de la drogue ? Mais dans quel but ?

Guylaine : Il n'y a que Nadège qui peut répondre á cette question.

Moi : Où sont tes clés ?

Olivia : Avec toi.

Je suis sorti de la maison en serviette, mon Dieu les clés étaient restées sur le contact.

Olivia (ouvrant la portière) : Je viens avec toi.

Guylaine (s'installant à l'arrière) : Moi aussi ! C'est certainement le dernier délire qu'on fait ensemble alors je ne raterais ça pour rien au monde.

Nadège

[[DING DONG DING DONG]

Je me suis levée du fauteuil pour ouvrir la porte, en pensant que c'était Mathurin mais c'était Christopher.

Moi (en larmes) : Qu'est-ce que tu es encore venu faire ici ? Snif

Olivia (la main sur le cœur) : Qu'est-ce qui s'est passé ci ? Ton visage Nadège ?

Moi (allant m'assoir sur le fauteuil) : On s'est battu.

Christopher : Où sont les enfants ?

Moi : Chez la mère de Mathurin

Christopher (fermant la porte) : Et il est où ?

Moi (levant les yeux) : Il est parti Snif après ce que je lui ai dit, il ne reviendra pas [Éclatant en sanglots]

Olivia (me prenant dans ses bras) : Qu'est-ce que tu lui as dit Nadège ?

Moi (en larmes) : Toute la vérité. Il a pété les plombs lorsque je lui ai dit ce qui s'est passé avant que tu ne me violes.

Guy : C'est la raison de notre présence.

Christopher (me regardant) : Qu'est ce qui s'est passé ce jour-là Nadège, juste après que Guylaine soit partie ?

Moi : Je t'ai drogué afin que tu ne dises pas la vérité à Mathurin. En versant le contenu de GHB que j'avais en ma possession sans m'en rendre compte j'ai peut-être mis aussi du viagra dans ton verre.

Olivia / Guylaine (en chœur) : Du viagra ?

Christopher : ...

Moi (le regardant) : Je suis désolée Christopher, je suis vraiment désolée Snif vraiment dessolée. Mon Dieu j'ai perdu mon mari Snif.

Christopher (se raclant la gorge) : Tu ne sais pas où il a pu se rendre ?

Moi (en larmes) : Non

Christopher : Tu sais s'il a pris son téléphone avec lui ?

Moi : Il ne l'a pas pris, juste les clés de sa voiture.

Christopher

J'ai demandé à Nadège de me donner un T-shirt et un Short dans les affaires de Mathurin, il faut que j'aille à sa recherche. Il est tellement con parfois que j'ai peur qu'il fasse une bêtise. Nous nous sommes retrouvés à quatre dans la voiture d'Olivia en train de sillonner les rues de Libreville à la recherche d'Ogoula jusqu'à 3 heures du matin, en vain. Nous avons laissé Nadège chez elle, ensuite moi et Olivia et Guylaine sont rentrées ensemble.

Une fois dans l'appartement, je me suis jeté sous les draps à la recherche de son parfum. Impossible de trouver le sommeil, entre la disparition de Mathurin et le départ d'Okissi dans la grande maison. Je suis allé me poser dans le noir devant la télé, je réfléchissais à ma vie, à tout ce que j'ai entendu ce soir. Grégoire me pose beaucoup de problèmes, voilà qu'á cause de lui des folles ont abusé de moi.

Lorsque j'ai senti la fatigue m'envahir, j'ai trainé mon corps sur le lit et j'ai dormi jusqu'au matin. Jusqu'à ce que je sois réveillé par des gazouillis de mon bébé. J'ai ouverts les yeux et elle m'a souri, le même sourire que son papa, je me suis levé en la prenant sur moi. En me levant j'ai aperçu la valise d'Okissi rangée dans un coin de la chambre, près de la fenêtre. On dirait qu'elle est de retour, je l'ai retrouvé assise devant la télé, j'ai pris place en face d'elle.

Moi (la regardant) : Bonjour

Indiah : ...

Moi : Après le départ c'est le silence maintenant ?

Indiah (me regardant) : Je suis revenue uniquement parce qu'Anne-Marie m'a chassé de chez elle, sinon tu ne devais pas me voir ici ce matin.

Moi (soupirant) : Tu réagis comme si je t'avais caché mon passé ou j'étais un menteur et que depuis presque trois ans que nous sommes ensemble je me faisais passer pour quelqu'un d'autre. Tu crois sérieusement que si j'étais conscient d'avoir couché avec Nadège je ne l'aurais pas dit à Mathurin ? J'aurais gardé le silence moi Siby en le laissant l'épouser et applaudir ?

Indiah (nerveuse) : C'est à moi que tu poses la question ?

Moi : Okissi ?

Indiah : ...

Moi : Okissi ?

Indiah (levant les yeux) : Je t'écoute.

Moi (la regardant) : Mais réponds-moi lorsque je t'appelle au moins.

Indiah (avec tout le malin possible) : Oui ?

Moi (souriant) : Tu me boudes ?

Indiah : Tu crois vraiment que c'est en me faisant ton sourire et tes yeux doux que j'arrêterais de me poser des questions sur ce qui s'est réellement passé entre Nadège et toi, ce que tu as fait des photos que ton ex t'a envoyées ?

Moi : non mais tu n'as pas à être fâchée ou à me faire la tête, car oui il s'est passé quelque chose ce jour. J'ai bien abusé de Nadège. Après le départ de Guylaine ce soir-là, elle est passée chez moi faire à manger et je l'ai mis sur le fait accompli. Je voulais qu'on aille voir Mat pour lui dire la vérité, sauf qu'elle a versé du GHB et du viagra dans mon verre.

Indiah (écarquillant les yeux) : Du viagra pour toi ? [Me dévisageant] Et tu sors cette version de qui ?

Moi : De la bouche de Nadège devant témoin, Olivia et Guylaine.

Indiah (portant son regard sur l'écran) : C'est bien.

Moi (la regardant) : Vous rentrez quand ?

Indiah (agressive) : Demain matin.

Moi (juste pour la charrier) : Tu as remis le billet de Léandre à Nadège ?

Indiah (me regardant) : Tu veux me faire parler hein ?

Moi (souriant) : Tout simplement parce que je n'aime pas te voir calme, c'est moi qui suis calme d'habitude et c'est toi qui fais le bruit. Un joli bruit bien sûr, pourquoi tu bloques le sourire Okissi ?

Indiah (se mordant les lèvres) : Aujourd'hui tu as mon temps non ?

Moi (la fixant) : Bébé j'ai toujours eu ton temps, il ne faut pas suivre la distraction que j'ai dans les bras, c'est pour un temps.

Indiah : Flatte-moi bien Tchrrrr

Mathurin

J'ai roulé toute la nuit sans savoir où j'allais, j'ai fini par me garer devant le portail de mes parents et j'ai dormi dans la voiture. Je me suis levé avec une migraine terrible et la gorge sèche. J'ai besoin d'un verre d'eau alors je suis descendu du véhicule et je suis allé sonner chez les parents. Les enfants étaient devant la télé, je n'ai jamais compris cette histoire, pendant l'année scolaire pour les sortir du lit c'est le parcours du combattant mais durant les vacances ils se lèvent avant tout le monde, 6h ils sont déjà en train de courir dans la maison.

Maman (me regardant) : Tu es matinal

Moi (soupirant) : Je sais que tu sais que j'ai dormi devant ton portail, alors pourquoi tu n'en viens pas aux faits ?

Maman : Vous vous êtes encore disputés ?

Moi : Si on veut.

Maman (soupirant) : Je ne demanderais pas pourquoi sinon tu me diras encore que j'ai un problème contre ta femme, je te regarde.

Moi : C'est mieux parce que je n'ai pas envie de trop parler ce matin, mais tu me verras souvent ici à partir de ce soir ou lundi.

Maman : Ce qui veut dire ?

Moi (me levant) : Que tu me verras plus souvent ici à partir de ce soir ou lundi, juste ça maman.

J'ai demandé aux enfants de rassembler leurs affaires et nous sommes rentrés à la maison. Nadège avait nettoyé tout le désordre que nous avons fait hier soir. Je me suis rendu directement dans la chambre, elle m'a rejoint quelques minutes plus tard en fermant la porte derrière elle.

Nadège (me regardant) : Tu vas bien ? Je me suis Inquiétée, avec Christopher nous t'avons cherché toute la nuit.

Moi (sortant une valise du placard) : Christopher encore !

Nadège (s'asseyant sur le lit) : Il est passé ici hier soir après ton départ avec Olivia et Guylaine, je lui ai dit la vérité.

Moi (la regardant) : Nadège tais-toi s'il te plait, je suis simplement passé prendre mes vêtements, je n'ai pas envie de me disputer avec toi.

Nadège : Au lieu de partir Mathurin pourquoi on n'affronterait pas les problèmes ensemble pour une fois ? À chaque fois que ça ne va pas tu t'en vas et après tu reviens Snif.

Moi : Sauf que cette fois-ci je ne pense pas que je reviendrai.

Nadège : Je sais que je t'ai blessé encore une fois...

Moi : Non ça c'était la première fois Nadège, je te regarde et je ne suis même plus en colère. Encore que tu ais eu des rapports avec le père d'Olivia, je n'étais pas là et il ne faisait pas partie de mon entourage donc rien à foutre. Mais que tu ais eu des rapports avec Christopher et que tu m'ais menti, que tu ais décidé de garder le silence et de faire comme si de rien n'était je dis non ! Je suis arrivé à la fin de ma ligne de tolérance. La première fois tu avais la possibilité de tout avouer et tu ne l'as pas fait ! Tu as décidé de dire la partie qui t'arrangeait et de garder celle qui dérange dans un coin.

Nadège : ...

Moi : Je m'en vais Nadège ! J'ai besoin de prendre du recul, de réfléchir à tout ça, de penser aux enfants. A ce qui serait bien pour eux, une fois mes idées en place nous irons devant le juge et je te rendrai ta liberté.

Nade : ...

Moi : Cette fois-ci je ne ferai pas semblant, je ne mentirai pas aux enfants. Il n'y a plus rien à sauver ! Tu resteras dans la maison, il n'y pas de problème et cela jusqu'au divorce. Ensuite nous trouverons un arrangement concernant la garde des enfants.

Nade : ...

J'ai mis autant de vêtements que je pouvais dans la valise avant de la fermer, de prendre un trolley et de mettre ma trousse de toilette et mes chaussures. J'étais debout en train de réfléchir lorsque Nadège s'est placée derrière moi en me serrant dans ses bras.

Nadège (en pleurs) : Ne t'en vas pas Snif reste Mat et on surmontera cette épreuve cette fois-ci comme un vrai couple c'est-à-dire main dans la main. Je t'ai menti et je te demande pardon, mais mon passé ne définit pas qui je suis Mat. Cette jeune fille qui t'a séduite il y a 9 ans de cela, c'est la même avec qui tu partages ta vie. J'ai fait des choix, les plus stupides et je regrette tellement. C'est avec toi que j'ai envie d'être et personne d'autre.

Moi : Je ne pourrais pas Nadège [Enlevant ses bras autour de ma taille] Pas cette fois-ci.

J'ai sorti la valise et le trolley de la chambre en me rendant dans le salon, suivi de près par David.

Iris (me regardant) : Tu voyages papa ?

J'ai pris place dans le fauteuil en leur tendant les bras. Iris a six ans, elle comprend les choses et ça ne sert plus à rien de mentir. Nadège était en larmes adossée contre le cadrant de la porte lorsque je leur expliquais la situation, je ne serais plus là tout le temps et il y aura des jours où je ne les verrais pas. Nous ne sommes pas les premiers à se séparer et nous ne serons pas les derniers, je préfère qu'on ait une bonne relation en étant divorcé plutôt que de rester marié, de continuer à faire comme si tout allait bien et de finir par se détester l'un l'autre.

J'aime Nadège, mais des fois l'amour à lui tout seul ne suffit pas. L'amour selon moi est un regroupement de plusieurs fonctions telle que la confiance, la communication, le respect, la fidélité et bien d'autres. Quand tu dis à quelqu'un je t'aime c'est simplement parce que vous partagez toutes ses fonctions là dans votre relation et que vous êtes sur la même longueur d'ondes, ce qui n'est plus le cas avec Nadège. Iris nous a fait une crise mais cette fois-ci je suis décidé, alors après l'avoir calmé j'ai sorti mes valises et je suis parti de la maison.

+++Septembre+++

Indiah

J'ai repris le chemin du travail depuis trois semaines. Léandre aussi a repris le chemin de l'école, mademoiselle Sibyl reste à la maison avec la nounou, la chance qu'elle a. On a rien fait pour l'anniversaire de Christopher, il ne voulait rien alors je ne me suis pas cassé le corps cette fois-ci. J'ai fait un repas à la maison et il n'y avait que Meriem, Théo et Hady comme invités. Ce n'était pas pour lui déplaire.

Idylle est sevrée depuis deux semaines. Une fois que je la prends dans les bras son premier réflexe s'est de coller sa bouche près de mon sein elle n'a plus rien ! Après c'est pour avoir des seins babouche juste à cause d'un seul enfant, on a vu ça où ? Et les autres alors ? Enfin j'ai repris le chemin de la salle de sport, heureusement que Meriem est encore sur ses kilos comme ça on travaille toutes les deux. Donc après le boulot, je récupère Léandre, le dépose à la maison, fais un bisou à mon bébé avant d'aller à la gym.

Moi (regardant Meriem) : Tu as déjà fait une heure ?

Meriem (sur le tapis de course) : Oui

Moi (souriante) : Super !

Meriem : Devine quoi ?

Moi (Mettant le tapis en marche) : Quoi ?

Meriem : Amandine sort avec Philip, ils sont passés en amoureux hier soir nous faire un coucou.

Moi : Et Lucie alors ?

Meriem (haussant les épaules) : Aucune idée.

Moi : Depuis que je sors avec Siby, les potins des autres ne m'intéressent plus, notre vie est un feuilleton, pas le temps de regarder ce qui se passe ailleurs.

Meriem (souriante) : J'avoue ! Ce genre d'histoire ne peut pas m'arriver ?

Moi (la regardant) : Tu as voulu un Ogandaga.

Meriem : Toujours en jachère forcée ?

Moi (pouffant) : Je ne le calcule même plus.

Meriem (éclatant de rire) : Vous êtes graves.

Moi : c'est lui qui est grave ! Avant c'était Didi est encore trop petite, elle avait deux mois. J'ai demandé au Gynéco si on pouvait et oui on peut. Comme je lui ai balancé ce que le docteur a dit, il me raconte des conneries. Comme j'allaite c'est mieux qu'on attende encore, ça fait deux semaines que je n'allaite plus, aucune proposition de sa part. Sa nouvelle phrase c'est j'ai la migraine.

Meriem (pliée de rire) : Tu as les boules ?

Moi : Non même pas, maman dans une semaine je reçois mon colis de France, j'ai déjà passé la commande de mon vibro masseur, je suis patiente.

Meriem (choquée) : Tu n'es pas malade ? Et Christopher en pense quoi ?

Moi : Malade de quoi ? Donc quoi ? Lorsque Siby a décidé de pratiquer l'abstinence il a demandé mon avis ? Non !

Meriem (dépassée) : Et tu comptes utiliser ça où ?

Moi (la regardant) : Où comment Meriem ? Sur le lit aka ! Il dormira à coté, s'il veut il me regarde même pourquoi pas.

Meriem : Je dois le reconnaitre, il t'a perverti.

Moi (éclatant de rire) : Non ! J'ai muri sexuellement et mentalement je dirais.

Meriem : Je trouve aussi.

Nous nous sommes séparées Meriem et moi à la sortie de la salle de sport, j'ai retrouvé mon petit monde à la maison. On fête nos trois ans dans quelques jours, j'ai voulu qu'on aille au restaurant rien que tous les deux mais Christopher ne veut pas. Il préfère qu'on passe la soirée en famille '' avec Didi'' plutôt que d'être tous les deux et s'ennuyer. Je me demande comment il faisait lorsqu'elle n'était pas Tchip.

Christopher (Me regardant) : Au lieu d'aller au restaurant, je te propose qu'on aille rien que tous les deux pique-niquer.

Moi (le fixant) : Tu es sûr que tu supporteras de passer au moins une heure son ton Idylle ?

Christopher (souriant) : ne t'inquiète pas pour moi et je me charge de tout.

Moi : Ok

Christopher

Indiah ne le sait pas mais je compte lui faire ma demande ce week-end, mais avant je dois m'entretenir avec son père. On a deux relations lui et moi, d'abord celle de beau-fils et beau-père puis celle de patron a employé. Et je préfère de loin celle de patron a employé parce que je sais quelle attitude adopter avec lui lorsque nous sommes dans le cadre professionnel. Mais une fois que l'on change les costumes contre des jeans et des Polos, je ne sais plus sur quel rythme danser avec lui.

En sortant du boulot il m'a demandé de l'attendre afin que nous allions prendre un verre tous les deux, chacun dans sa voiture nous sommes allés chez Ludo. Mon cœur bat comme pas possible, heureusement que je suis en veste sinon il verrait comment je transpire en dessous de ma chemise.

Mr Okissi (me fixant) : Vous savez que je ne vous appréciais pas ?

Moi (me raclant la gorge) : Oui

Mr Okissi : Dès le premier jour où je vous ai vu assis au restaurant ensemble, j'ai su que vous me causeriez beaucoup de problèmes. Et je n'avais pas tort. Mais aujourd'hui le temps a passé, vous enfin plus Indiah, m'avez donné un joli trésor [Souriant], ma fille est heureuse et elle jure que c'est vous l'homme avec qui elle veut être.

Moi : Et c'est réciproque Mr Okissi.

Mr Okissi : Déjà commencez par m'appeler René et aussi Mr Siby [d'un air menaçant] ne pensez pas que je ne vous ai pas à l'œil. Si vous croyez qu'en l'épousant son père ne veillera plus sur elle, c'est très mal me connaitre.

Moi (ravalant la salive) : Oui je comprends.

Mr Okissi : Alors si vous voulez ma permission vous l'avez.

Moi (soulagé) : merci beaucoup.

C'est de bonne humeur que j'ai franchi le seuil de ma maison pour tomber sur les pleurs de mon bébé.

Moi (fermant la porte) : Qu'est-ce qui se passe ? Bonsoir !

Léandre (amusé) : Bonsoir papa ! Elle pleure parce qu'elle veut le sein.

Ah oui depuis qu'il est rentré de chez sa mère, c'est 'papa' plus de tonton Chris, j'ai préféré ne rien lui dire et depuis je m'y suis habitué.

Moi (la prenant des bras de sa mère) : Maman tu exagères ! Ça fait un mois toi aussi, je sais que les seins de maman sont délicieux mais laisse maintenant la part de papa.

Indiah (me donnant une tape sur l'épaule) : Ça ne va pas non Tchip

Moi (souriant) : Mais c'est vrai.

Indiah : Calme là d'abord, ça c'est le sang des Bamiléké qui la rend comme ça.

Moi (amusé) : Ah bon ? je vais te trahir ! Maman tu entends ce que dis ta mère ?

Indiah (me donnant le bibi) : Tiens au lieu de faire le bruit pour rien.

Nous sommes allés nous installer sur le canapé, après avoir boudé un peu elle a fini par accepter le bibi, la faim était plus forte que son combat [rire]. Après le rot je l'ai mise dans le couffin en me rendant dans la chambre. Mais je dis hein !

Moi (hurlant) : Okissi ?

Indiah (se plaçant devant l'entrée du couloir) : Oui ?

J'ai ramassé le paquet qui était posé sciemment sur le lit, en le lui brandissant.

Moi (la fixant) : C'est quoi ça ?

Indiah (l'air de rien) : Tu ne vois pas ?

Moi : Et tu comptes utiliser cette connerie dans la maison de qui ?

Indiah : Ah Siby c'est long tout ça.

Moi : Tu renvois ça d'où ça vient.

Indiah (se rapprochant) : C'est mon cadeau d'anniversaire.

Moi (la fixant) : Je ne suis pas en train de rigoler avec toi.

Indiah (soutenant mon regard) : Ok mais après l'avoir utilisé cette nuit, demain je le renvoie.

Moi : Comme tu veux utiliser ça, c'est devant moi que tu vas le faire.

Indiah : Genre tu vas me regarder ?

Moi : Je vais même t'aider à le faire rentrer.

Indiah (tournant les talons) : Tu es fou toi Tchrrrr

Regardez-moi une folle comme ça, elle a eu le culot d'aller s'acheter un vibro masseur carrément.

Nadège

Moi (devant la porte) : Iris papa t'attend.

Iris (mettant les chaussures) : Je sais, c'est bon je suis prête ! [Prenant son sac à dos]

Moi (la regardant) : Je n'ai pas droit à un bisou ?

Iris : Bisou maman.

David est déjà installé dans la voiture, nous les avons rejoints. Mathurin était adossé contre sa voiture, dans un jeans bleu ciel et un polo qui lui tenait au niveau des bras.

Moi (le regardant) ; Tu as bonne mine.

Mathurin (ouvrant la portière à Iris) : Merci

Moi (bisou á David) : Au revoir mon bébé.

David : Bisou maman.

Mathurin : Tu les récupères lundi à la sortie.

Moi (reculant) : Oui

Mathurin (s'installant dans la voiture) : Bonne soirée Nadège.

Moi : Merci à toi aussi.

J'ai fermé le portail en allant m'installer devant la télé, dans cette maison qui jadis un vendredi soir respirait la joie de vivre. Ça fait cinq semaines que nous vivons chacun de notre côté, quatre semaines que Mathurin récupère les enfants tous les vendredis ici après les cours. Il a passé une semaine chez ses parents le temps pour lui de se trouver quelque chose et il loue à présent une maison de deux chambres. J'ai arrêté de pleurer, de toutes les façons je n'ai plus de larmes. Par contre il semble bien vivre cette séparation, il fait du sport rien qu'à voir comment son jean le moulait et les traits de ses bras bien prononcés. Je me suis fait à l'idée, Mathurin veut qu'on aille progressivement à cause des enfants. Alors j'attends ! De mon côté il ne se passe rien dans ma vie, c'est boulot maison et enfants, lorsqu'ils sont chez leur père je reste chez moi à me morfondre. Je n'ai pas encore trouvé la force de me lever et de me dire que c'est fini entre nous, je garde espoir. Peut-être que c'est un moyen pour lui de reculer pour mieux sauter, je ne sais pas, en tout cas je ne désespère pas.

Indiah

Christopher (me bloquant dos au mur) : Tu aimes vraiment le conflit Okissi.

Moi (le regardant) : Mais lorsque tu décides de me mettre en jachère, tu veux que je te supplie peut-être ?

Christopher (me mordillant la lèvre inférieure) : Tu es si en manque que ça ? [Envoyant sa main en exploration]

Moi : Oui depuis mon huitième mois de grossesse [me mordant les lèvres] Didi a cinq mois c'est trop.

Christopher (m'enfonçant un doigt) : Ah bon ?

Moi (remuant mon basin) : Oh oui

Christopher (voix rauque) : Qu'est-ce qui te manque Okissi ? [Envoyant un deuxième doigt]

Moi (m'accrochant à lui) : Toi !

Christopher (allant de plus en plus vite en moi) : Moi tu es sur ?

Moi (me mordant les lèvres) : oui toi

Christopher (frottant Grégoire contre mes lèvres) : Okissi ?

Moi (gémissant) : Oui

Christopher : Qu'est-ce que tu veux ? [Mimant la pénétration]

Moi (mordant son épaule) : Grégoire !

Christopher : Je n'ai rien entendu bébé.

Moi (grognant) : Grégoire ! Prends-moi, je n'en peux plus.

Chapitre 65 : La demande

Indiah

Je me suis levée de bonne heure avec un sourire qui ne m'a pas lâché de la journée, c'est un peu normal vu la nuit torride que Christopher m'a fait passer [sourire]. J'ai même oublié que j'ai fait sept mois en quarantaine, avec les images qui ne cessent de défiler dans ma tête. Mon programme du matin une fois que je pose le pied au sol, me rendre dans la chambre de Didi, changer sa couche, la prendre dans mes bras après plusieurs bisous. Elle est nerveuse le matin à cause de la faim, il suffit de voir comment elle tire sur la tétine, c'est la guerre. Ensuite nous nous rendons dans la cuisine pour jeter la couche et lui faire le bibi. Puis on attend patiemment le rot, souvent elle s'en dort juste après. Mais il y a des jours comme celui-là où elle lutte contre le sommeil et donc elle est chiante.

Christopher (ouvrant la porte de la chambre) : Okissi ?

Je n'ai pas bougé, qu'il se déplace. C'est en caleçon qu'il a franchi la porte du couloir, la mine froissée.

Christopher (nous regardant) : Elle pleure quoi encore ?

Pardon je me suis bien réveillée ce matin avec un joli sourire sur le visage, donc si celui-là avec ses questions, comme si je maltraitais sa fille, s'est levé pour m'effacer mon sourire, ils ont menti. Je lui ai donné son enfant, mieux ils se gèrent à deux, il a aussitôt disparu avec elle dans la chambre. Il va aussi la garder lorsque la couche sera bien pleine de guacamole avec l'odeur qui va avec Tchip.

J'ai sorti les chiens en allant remplir leurs gamelles et enfin j'ai pu remettre mon corps sur le lit, c'est dur le rôle de maman. Je m'occupe du papa, des enfants, de la maison et même des chiens. Mais qui s'occupe de moi ?

Christopher (Portant Didi sur son torse) : Qu'est-ce qui t'arrive à rigoler toute seule ?

Moi (levant les yeux) : Je pensais à quelque chose qui m'a fait rigoler.

Christopher (bousculant la tête) : Une vraie chèvre.

Moi (lui tournant le dos) : Et j'assume.

Christopher : Tu vas la mettre dans son lit, ou bien je la laisse là ?

Moi : Comme tu veux.

Je commençais à peine à fermer les yeux quand Christopher s'est mis à faire le bruit dans la chambre, à la recherche de ses affaires de foot. Tous les samedis c'est la même chose. Hier il était assis au lieu de ranger son sac de sport rien ! C'est seulement le matin qu'il aime faire son bruit pff.

Christopher (me donnant une tape sur les fesses) : Madame Siby ?

Moi : ...

Christopher (me donnant une autre tape) : Okissi ?

Moi (me retournant) : C'est mon nom ! Oui qu'est-ce que tu me veux ?

Christopher (sa tenue en main) : Comment ça se fait qu'elle soit dans cet état ?

Moi (le fixant) : Christopher j'ai repassé la rouge.

Christopher : Indiah aujourd'hui je joue dans l'équipe bleue, alors pourquoi tu vas repasser la rouge ?

J'ai sorti mes yeux des orbites avant de lui prendre la tenue des mains en me levant du lit.

Christopher (allant dans la salle de bain) : Je t'aime !

Moi (devant la porte) : Je dois quand même avouer que lorsque tu étais en prison, je dormais bien.

Christopher (amusé) : Ah voilà tu as bien profité, maintenant retour à la réalité.

Moi (sortant de la chambre) : Tchip !

J'ai trouvé Léandre assis sur la table à manger son bol de céréales devant lui et la télé allumée.

Léandre (me regardant) : Bonjour Indiah

Moi (allant lui faire un bisou sur la tête) : Bonjour mon grand ça va ?

Léandre : Oui

Moi (me rendant à la buanderie) : Ok

Léandre : Indiah tu n'as pas oublié hein ?

Moi (marquant un stop) : Quoi ?

Léandre : Bah les cours de tennis et l'anniversaire de Marie-Kevin à 15heures, tu as oublié ? J'ai collé la note sur le frigidaire depuis mercredi.

Moi : Ok mais tu peux aller avec papa, il est en train d'y aller.

Léandre : C'est à 9 heures

Christopher (depuis la chambre) : Okissi je vais être en retard.

Moi (le regardant) : Ne devient jamais comme ton père.

Christopher (devant la porte) : Je t'ai très bien entendu. Bonjour champion.

Léandre (souriant) : Bonjour papa.

Je m'étais réveillée avec le sourire ce matin, un joli sourire, deux heures à peine il avait disparu. J'ai remis à Christopher sa tenue en me remettant sous les draps, il est 8 heures du matin, c'est samedi aujourd'hui, j'ai envie de faire la grasse matinée ! Au moins pour le peu de temps qu'il me reste avant d'aller déposer Léandre et de m'occuper de ma maison.

Christopher (devant la porte) : J'y vais.

Moi : Hum !

Christopher (Juste pour me faire chier) : Tu seras à la maison cet après-midi ?

Moi : Non je compte aller voir ton rivale.

Christopher : Ça m'étonnerait, avec la dose que tu as reçue hier soir, je ne pense même pas que tu pourras écarter les jambes.

Moi (me redressant) : Christopher il y a des enfants dans cette maison.

Christopher (souriant) : Léandre est devant ses dessins animés, Didi ne comprend rien même pas son nom.

Moi : Je serai avec maman, je ne sais même pas pourquoi elle me veut chez elle aujourd'hui, en plus c'est pour toute la journée. Avec Meriem qui sera occupée à faire je ne sais quoi, je n'ai pas d'autres choix.

Christopher : Okay à ce soir.

Moi : Je pars d'ici à 14 heures Sibyl. À ce soir ça veut dire quoi ? Que tu ne montes pas après ton sport ?

Christopher (s'en allant) : Bye !

J'ai bondi du lit en le suivant à l'extérieur, les mains sur les hanches.

Moi (le regardant) : Tu n'as pas répondu à ma question.

Christopher (S'installant dans sa voiture) : Me doucher, changer de vêtements, faire un bisou à mon bébé et m'en aller vaquer à mes occupations.

Moi : Et moi je compte pour du beurre ?

Christopher (en marche arrière, en mettant ses lunettes de soleil) : J'ai besoin que tu sois à la maison au plus tard à 16h45.

Moi (curieuse) : pourquoi ?

Christopher (s'en allant) : Fais ce que je te dis, tu aimes trop discuter !
Une vraie Myéné, vous parlez trop, à ce soir.

Moi : N'importe quoi.

Au même moment la nounou entrait dans la concession, c'est ensemble que nous sommes entrées dans la maison. J'ai foncé dans la salle de bain à cause de l'heure et des nombreux programmes de Léandre, un samedi matin. Je suis sortie de la chambre en vitesse, en prenant la liste de ce qui manque au passage et j'ai déposé Léandre à la cité Shell.

Léandre (descendant de la voiture) : Je termine à midi, tu n'oublies pas.

Moi : Si j'oublie papa viendra te chercher d'accord ?

Léandre : Ok bye Indiah ! [Fermant la portière]

Moi : Bye !

Bien Sûr que je passerai le prendre, je suis retournée à la maison prendre mon bébé pour m'accompagner faire les courses. Ensuite je l'ai redéposé en me rendant au marché du grand village prendre des légumes, manioc et bananes, patates douces avant de me rendre à l'ancien port pour le poisson chez la copine de maman. En fait c'est une parente à papa, comme tous les Myéné de cette ville sont parents. J'ai croisé tatie Alex là-bas, elle m'a fait un gros bruit qui n'a pas de nom, j'ai promis de passer leur rendre visite. À midi j'étais garé devant le terrain de tennis.

Léandre (ouvrant la portière) : Indiah on peut déposer Benji chez lui s'il te plait ?

Moi (souriante) : C'est tellement bien demandé qu'il m'est impossible de refuser ! Oui pas de soucis.

Après avoir déposé Benji chez lui, nous sommes rentrés chez nous. Moi faire à manger et Léandre pour se doucher puis aller jouer avec sa sœur ou les chiens, tout dépend de son humeur.

Léandre (me rejoignant dans la cuisine) : Indiah ?

Moi (me retournant) : Oui ?

Léandre (hésitant) : Je peux appeler maman ?

Moi : Oui tu peux Léandre, mon téléphone est posé sur la table dans le salon.

Léandre (joyeux) : Merci [S'en allant]

Nous n'avons pas de nouvelles d'eux depuis l'incident. Je pensais honnêtement que Mathurin ou même Nadège aurait pris la peine d'appeler Christopher et au moins s'excuser, mais rien. Siby a dit qu'il ne fera plus aucune démarche à leur encontre, et c'est même mieux ainsi, que chacun reste dans son coin. Au moins son nom ne sera plus au centre ou la raison des disputes dans leur couple. Travis et Leslie qui ne sont jamais au courant de rien, étaient bien dégoûtés de ne pas avoir été invité quand Christopher leur a raconté ce qui s'était passé durant le pot d'Olivia.

Léandre (devant la porte, téléphone à la main) : Indiah ? [Me retournant] maman veut te parler.

Moi (surprise) : Moi ?

Léandre (avançant vers moi) : Oui

Moi (prenant le téléphone, hésitante) : allô ?

Nadège : Allô, bonjour Indiah.

J'ai retiré le téléphone de l'oreille en regardant sur l'écran, peut-être que c'était une autre personne, on ne sait jamais.

Nadège : Allô ?

Moi (le remettant à l'oreille) : Oui Bonjour Nadège.

Nadège : Je vais aller droit au but, si j'appelle c'est pour savoir si vous êtes d'accord sur le fait qu'Iris aille chez vous pour les fêtes de noël. Léandre vient encore de me poser la question et Mathurin n'est pas contre. Je voulais être sure qu'il ne me ment pas et si oui, trouver un arrangement.

Moi : Non il ne ment pas, il nous en a parlé et Christopher et moi ne voyons aucun inconvénient à cela.

Nadège : Okay ! Dans ce cas comment fera t-on pour ses cadeaux ?

Moi : Mon père fait la navette entre les deux villes, il suffira simplement de me faire signe une fois que tu les auras et il enverra quelqu'un ou il passera lui-même les récupérer.

Nadège : Je dois vous donner des sous pour l'hébergement et la nourriture ? Je demande, afin d'éviter les malentendus.

Moi : Non Nadège.

Nadège : Okay, merci

Moi : Hum de rien, je te repasse Léandre.

À 14 heures nous nous sommes rendus chez maman. Comme Marie-Kevin ne reste pas loin de la zone, Léandre est allé avec le gardien et son cadeau en main, il dort ici ce soir avec sa sœur. Je dois bien profiter de mon chéri, on fête quand même nos trois ans. Il faut clôturer cette année en beauté, avec les multiples problèmes de Siby. J'espère qu'ils sont loin derrière nous, et que les années à venir seront meilleures.

J'ai prévu de porter une belle petite robe pour notre pique-nique et ce soir je vais le tuer avec ma danse du ventre. [Rire] Il faut bien que j'expérimente ça avec quelqu'un, après toutes ces années à côtoyer Meriem je connais quelques pas, sinon je pourrais lui faire un lap danse. J'ai envie de faire un truc fou mais je ne sais pas quoi ! On verra bien.

Christopher

Meriem (me fixant) : Elle n'est au courant de rien j'espère ?

Moi (souriant) : Tu me prends pour un débutant ou quoi ?

Meriem (fronçant les sourcils) : Non mais je connais Okissi et son flair.

Moi (souriant) : Crois-moi qu'elle n'avait pas la tête à trop réfléchir ce matin avec ce que je lui ai fait hier soir.

Meriem : Oooh ! On reste concentré Christopher.

Moi (amusé) : Okay

Je suis en pleine répétition de texte, pendant que Meriem se charge de mettre la décoration dans ma voiture.

Moi (la regardant) : Tu crois que c'est bon ?

Meriem : Même si tu mets caca de Didi dedans, Okissi va trouver ça beau, le plus important c'est le fait que ces mots sortent de ton cœur et que tu le penses vraiment.

Moi (rangeant le bout de papier dans la poche de mon jeans) : Dans ce cas j'irais en freestyle, je sais ce que j'ai à lui dire.

Je l'ai aidé à charger le reste des affaires dans la voiture et nous nous sommes rendus à Sogara, loin de l'agitation de la foule, c'est samedi et il est très difficile de trouver un endroit vide. Heureusement que ce n'est pas pour tout de suite, nous sommes encore à la recherche de notre emplacement. Après plusieurs tours entre le parking 1 et 6, nous nous sommes installés au 5.

[Ping sms]

Okissi : Je suis rentrée hein.

Moi : Ok ! Prépare-toi.

Okissi : A cette heure-ci ? Ce n'est pas trop tôt ?

Moi : Fait-le c'est tout.

Okissi : Tchip

J'ai remis mon téléphone dans la poche, je regarde Meriem faire sa décoration. Et moi qui voulais quelque chose de simple c'est raté, entre les coquillages et les bougies, vraiment on ne peut pas demander à une femme de faire quelque chose sans qu'elle n'y mette la passion et l'émotion.

Meriem (me regardant) : Bon vas-y, je reste ici, je vous attends.

Moi : Et comment je fais alors ?

Meriem : Comment ça ?

Moi : Il ne faut pas qu'elle te voit sinon elle saura qu'il se passe quelque chose.

Meriem : Ah mince ! [Réfléchissant] bande lui les yeux.

Moi (souriant) : Tu es un géni [Lui faisant un bisou]

Meriem : Oh arrête tu vas me faire rougir.

Moi (amusé) : J'y vais avant que la lumière ne disparaisse totalement.

Meriem (prenant une photo) : Je suis fière de mon œuvre.

J'ai foncé à la maison changer de vêtement, préparer les glacières, pendant ce temps Mademoiselle Okissi était toujours dans la salle de bain. Et lorsque tu lui demandes de s'apprêter c'est elle qui allonge sa bouche en te disant qu'il est trop tôt ?

Moi (devant la porte du couloir) : Okissi ?

Indiah : C'est bon oh, pas besoin de crier mon comme ça, c'est comment ? [Sortant de la chambre]

Moi (la dévorant du regard) : C'est qui que tu comptes éblouir comme ça ? On va à la plage hein.

Indiah (haussant les épaules) : J'enlèverai les chaussures dans la voiture, j'espère que tu ne comptes me jeter dans l'eau ?

Moi (souriant) : Tiens tu viens de me donner une idée.

Indiah (fronçant les sourcils) : Christopher je viens de faire mon champoing.

Moi (prenant les glacières) : Pas grave tu en referas un autre à notre retour.

Indiah : Tchip

++Dans la voiture à quelques mètres de la plage++

Moi (lui remettant un foulard) : Met ça s'il te plait.

Indiah (me regardant) : Pour quoi faire ?

Moi (me garant sur le bas-côté) : Je n'ai pas envie que tu me gâches ma surprise, alors met le. D'ailleurs donne je te le mets moi-même.

Indiah (se laissant faire) : Tu es trop bizarre depuis tout à l'heure.

Moi (remettant le contact) : Parce que j'ai prévu qu'on passe un bon moment, j'ai préparé quelque chose de spécial pour nous.

Indiah (amusée) : Okay et j'espère pour toi que ça en vaut la peine.

Moi (souriant) : Tu verras.

J'ai envoyé un message à Meriem, en lui demandant de se tenir prête. Une fois sur les lieux, j'ai laissé Okissi dans la voiture, en sortant les affaires du coffre, Meriem m'a donné un coup de main sans faire aucun bruit.

Indiah : Meriem est là ?

[Silence]

Moi : Quoi ? Qu'est-ce que tu disais ?

Indiah : J'ai senti le parfum d'Hassan dans l'air.

Moi (amusé) : Non elle n'est pas là.

Indiah : Ok

Cette fille a le vampire, son flair me dépasse. Après c'est pour critiquer sa mère, entre temps elles sont pareilles. [Rire] Je l'ai aidé à descendre lorsque Meriem s'est installée dans son voiture, j'ai fermé la portière en verrouillant le véhicule. Meriem a levé les deux pouces en me souhaitant bonne chance avant de s'en aller.

Indiah (amusée) : Est-ce qu'on est à la plage même ?

Moi (avançant) : Tu ne sens pas la brise ?

Indiah : Hassan est dans les parages, mes narines ne me trompent jamais Siby.

Moi (amusé) : Tu délires chérie nous ne sommes que tous les deux, avec quelques personnes qui passent en se demandant ce que nous sommes en train de faire.

Indiah : Hum

Moi (m'arrêtant) Attention ! Tu vas t'asseoir, mais c'est très bas alors tiens moi la main fermement. [Ce qu'elle fait]

Indiah : Okay

J'ai allumé l'appareil photo en mode vidéo, ensuite j'ai sorti la bouteille de champagne de la glacière en nous servant et en mettant le bijou dans son verre, avant de prendre place à ses côtés.

Moi (la regardant les coupes en mains) : Tu peux enlever le bandeau bébé.

Indiah (regardant au tour d'elle le sourire aux lèvres) : Je savais qu'Hassan était là, ça lui ressemble cette décoration et c'est très beau, j'aime beaucoup.

Moi (souriant) : Je ne mentirais pas parce que je nous filme, on ne sait jamais.

Indiah (regardant dans tous les sens) : Ah bon ?

Moi (lui tendant sa coupe) : Oui ! Je veux que nos enfants, petits-enfants, familles respectives et amis se rendent compte à quel point je suis fou de toi, à quel point tu m'as rendu et me rend meilleur chaque jour que Dieu fait. C'est un pur bonheur de me lever à tes cotes Okissi, de me rendre au boulot et de me dire « il faut que je rentre vite parce que ma moitié m'attend » Tu me rends heureux, tu me rends fier, tu me rends fort. Avec toi à mes côtés, je sais que quel que soit la difficulté tu seras là pour moi, pour nous, pour notre famille, tu es mon roc, mon dragon, ma lionne. Ces trois années n'ont pas été de tout repos pour toi, mais tu n'as pas fléchi, pas une seule fois tu n'as baissé les bras bien au contraire, tu n'as cessé de multiplier ta force et partager ton courage avec moi. Je ne sais pas si une autre à ta place en aurait fait autant, prendre mes problèmes et les porter sur ses épaules comme tu l'as fait. On va lever nos verres, à nous et notre famille.

Indiah (me regardant dans les yeux) : À nous.

Elle a porté le verre près de ses lèvres, en buvant le bijou a cogné contre ses dents. Elle a regardé à l'intérieur en ouvrant grand les yeux.

Indiah (levant la tête) : Christopher ?

Moi (pliant le genou) : Je t'avais promis de te montrer l'importance que tu as pour moi quand nos problèmes seraient derrière nous, la place que tu occupes de mon cœur. J'avais préparé un long discours que j'ai lu à Meriem, elle m'a fait comprendre que le plus important c'est de penser ce qu'on dit et que ces mots viennent du cœur.

Indiah (le regard pétillant) : C'est vrai.

Moi (souriant) : Voici les mots qui me viennent du cœur Indiah. J'ai passé six ans à te chercher, à chercher une femme de mon âge parce qu'en quête d'une certaine maturité chez cette dernière. Mais en tombant sur toi j'ai compris que l'âge n'est qu'un détail. Je t'ai cherché Okissi, J'ai vu les autres autour de moi et même mes petits frères fonder leurs familles, j'étais seul en me disant « celle qui est faite pour moi est quelque part » et j'ai eu raison car malgré la pression de la famille, des amis, je n'ai pas cédé.

Je t'ai ouvert mon cœur, tu m'as accepté comme j'étais sans chercher à me changer mais en transformant mes défauts en qualités. Tu as cru en moi et aujourd'hui je ne te remercierais jamais assez de n'être pas descendue de cette voiture le jour de notre première dispute, d'être aussi folle que moi car ce jour a changé ma vie. J'ai donc décidé de ne plus te lâcher, si je tombe tu tombes avec moi, j'ai besoin de toi autant que toi de moi. Partenaires jusqu'au bout, Okissi Minsta Indiah Anne-Sophie veux-tu m'épouser ?

Indiah (émue) : Non !

Moi : Non ? [Perdu] non ? Tu ne veux pas m'épouser ? [Abasourdi]

Indiah (souriante) : Tu es bête Siby ! Bien sûr que je veux t'épouser ! Tu aurais vu ta tête, c'est pour les souvenirs tu as dit.

Elle a bu le fond de son verre en sortant le bijou puis elle me l'a tendu ainsi que sa main.

Moi (la fixant) : Tu vas me payer crois-moi.

Indiah (se mordant les lèvres) : On verra bien.

J'effacerais la derrière scène, nos parents vont regarder cette vidéo. Je ne veux pas que Monsieur Okissi me voit dire à sa fille « tu vas me le payer ». Nous sommes restés à la plage jusqu'à ce que la lumière disparaisse complètement, heureusement que Meriem a pensé aux bougies.

Okissi (regardant sa main) : Je ne m'en lasse plus.

Moi (souriant) : Tant mieux.

Okissi (levant les yeux) : Mais tu vas où ?

Moi (me gardant devant chez ses parents) : Récupérer mes enfants, Didi est trop petite pour dormir ailleurs qu'à la maison.

Indiah (dégoutée) : mais. Pffff

Moi (sortant de la voiture) : Tu viens ?

Indiah (énervée) : Non

Je n'ai pas insisté, elle est même sérieuse qu'elle fait la jalousie avec mon Idylle ? Heureusement qu'elle sait que c'est perdu d'avance, il n'y a pas match. Elle était à moitié endormie, Léandre a dit qu'il reste avec Tonton Ethan. J'ai pris toute ses affaires et Anne-Marie nous a laissé devant le véhicule.

Indiah : Ce n'est pas croyable, une seule soirée rien que tous les deux impossible.

Moi (montant dans la voiture) : Ce n'est pas comme si elle nous empêchait de faire quoi que ce soit, je veux bien dormir, la savoir loin de moi me provoquera des insomnies.

Indiah : ...

Elle ne peut pas comprendre c'est normal, Didi a passé neuf mois dans son ventre. Je l'ai couché quand nous sommes arrivés puis j'ai rejoint Okissi dans la cuisine en l'attrapant par la taille.

Moi (bisou dans le cou) : Tu me boudes ?

Indiah : Non Christopher.

Moi (la retournant) : Je ne veux pas que tu penses que je te délaisse ou que tu sois jalouse de Didi et penses qu'elle prend ta place.

Indiah : Je ne le suis pas, il faut que je m'y fasse c'est tout, nous sommes deux femmes à partager ton cœur à présent.

Moi (souriant) : Mais toi tu es la reine mère, dans exactement 17 ans et 7 mois elle m'abandonnera alors qu'avec toi c'est jusqu'à la mort, même lorsque tu porteras un dentier.

Indiah (éclatant de rire) : C'est moi qui vais porter le dentier, et toi alors ?

Moi (souriant) : Rien du tout.

Après le diner Okissi m'a installé sur la chaise en face du lit, elle est allée s'enfermer dans la salle de bain en me demandant de ne pas bouger. Elle en est sortie dans un ensemble dentelle porte-jarretelle, je n'ai pas pu m'empêcher de me mordre les lèvres d'excitation. Elle s'est mise au bord du lit à quatre patte en me présentant son derrière. Une fois que la musique s'est mise à jouer, elle s'est mise à bouger au même rythme, mes yeux sont restés bloqués sur son postérieur qu'elle remuait.
On est très loin de la jeune fille de 24 ans qui était timide, aujourd'hui j'ai en face moi une femme, ma femme, sure d'elle, qui n'a pas peur d'oser pour faire plaisir à son homme. Elle a quitté le lit en venant s'asseoir sur moi toujours en dansant, les yeux dans les yeux. Elle frottait ses fesses contre mon érection, ses bras posés sur mes épaules. J'ai posé mes mains sur ses hanches afin de mettre plus de pression.

Moi (l'embrassant) : Prends-moi en toi.

Elle s'est levée légèrement afin de sortir Grégoire de sa cachette et sans transition elle s'est empalée sur lui.

Moi (la regardant) : Danse !

Ce fut une nuit inoubliable tant le plaisir partagé fut exquis.

Chapitre 66 : Aller de l'avant

++Trois mois plus tard++

Nadège

J'ai demandé à Mathurin de passer à la maison ce soir après le boulot parce que j'avais envie que l'on ait une discussion par rapport à la fête de David et aussi savoir où nous en sommes concrètement. Voilà quatre mois que chacun vit de son côté, il semble prendre gout à sa nouvelle vie et c'est tant mieux. De mon côté je fais de même, c'est-à-dire prendre soin de moi, sortir avec des collègues de travail prendre un verre ou aller au restaurant. Je refuse de finir vieille fille parce que mon mari veut divorcer, j'ai 33 ans, je suis jeune et en bonne santé.

Il n'a pas voulu passer avant le diner, pour ne pas selon lui donner de faux espoirs aux enfants. C'est une fois les avoir mis au lit qu'il a sonné et que le gardien l'a fait entrer. Je n'ai pas compris, sachant qu'il a toujours le double des clés et que c'est toujours sa maison. Je l'ai trouvé assis dans le salon les jambes et bras croisés en train de sourire devant les dessins des enfants.

Moi (prenant place en face de lui) : Bonsoir Mathurin.

Mathurin (baissant les yeux) : Nadège !

Moi (me raclant la gorge) : On peut discuter ?

Mathurin (me regardant) : C'est bien pour ça que tu m'as fait venir non ?

Moi : Oui. Alors voilà, j'aimerais savoir comment ça se passera avec David, vu qu'Iris sera à Port-Gentil et que le programme que nous avons établi tombe à l'eau.

Mathurin (décroisant les bras en me regardant) : Tout dépend de toi.

Moi (fuyant son regard) : Je ne compte pas passer les fêtes sur Libreville, je dois me rendre à Mouila pour des raisons personnelles et dès mon retour je compte me rendre en France.

Mathurin (surpris) : Qu'est-ce que tu vas faire là-bas ? Enfin, c'est ta vie oublie cette question ! Et euh tu comptes partir quand exactement ?

Moi : Entre le 8 et 10 janvier. Pour au moins deux semaines.

Mathurin (se raclant la gorge) : Okay ce qui veut dire que j'aurai les enfants durant toute la période des fêtes et après les fêtes.

Moi (le regardant) : Je compte faire une seule semaine à Mouila, ensuite je remonte sur Libreville.

Mathurin : Ok je prendrais mes dispositions.

Moi : Tu as le billet d'Iris ?

Mathurin : Je le prendrais dans la semaine, rien ne presse puisqu'elle ne paye pas.

Moi : Ok

[Petit flottement dans l'air]

Mathurin (me regardant) : C'est tout ?

Moi (levant les yeux) : Comment ça ?

Mathurin : Je demande si c'est tout ce que tu avais à me dire.

Moi : Heu non je voulais aussi qu'on aborde un autre sujet.

Mathurin : Lequel ?

Moi (le cœur battant) : Nous, notre couple, cette famille et ce que tu as décidé de faire.

Mathurin : Qu'est-ce que tu veux que je te réponde ?

Moi : Je ne sais pas Mathurin, cinq mois sont passés depuis Aout que tu es parti de la maison, je n'ai pas insisté, tu as pris tes distances vis-à-vis de moi, là encore je n'ai pas pipé un seul mot. L'année touche presque à sa fin, j'ai envie qu'on avance, qu'on aille de l'avant. Les choses ne seront plus comme avant je suis bien consciente de cela, je t'ai énormément déçu et causé du tort, j'assume complètement. On ne reviendra pas sur le passé puisqu'il est passé, et ce passé bien que je te l'ai caché tu n'en faisais pas parti. Tout ce qu'on a construit depuis neuf ans Mathurin, cette femme que tu aimes chéri, depuis le jour où nous nous sommes mis ensemble, est la vraie moi. Je n'ai pas fait semblant de t'aimer ou de fonder cette famille avec toi Mathurin ! Le jour où tu m'as dit que tu voulais qu'on ait un deuxième enfant ou le troisième c'est avec mon cœur que j'ai donné mon accord. Je n'étais pas parfaite, mais pour toi je le suis devenue. Alors la balle est dans ton camp.

Je ne te demande pas une réponse aujourd'hui ou demain, tu as mon programme. Après mon retour pourquoi pas ? Tu sais ce que tu veux, tu l'as toujours su, c'est toi que je veux Mathurin, si tu veux encore de moi. C'est avec toi que j'ai envie de continuer ce bout de chemin que nous avons déjà parcouru. Et si les choses ne dépendaient que de moi, tu ne serais même pas parti de cette maison, on aurait affronté cette crise ensemble et main dans la main. Mais Malheureusement elles ne dépendent pas de moi, mais de chacun d'entre nous. Je me prépare mentalement, au fait que tu décides qu'on s'arrête là parce que tu auras atteint ta limite.

Mathurin : À t'écouter on croirait que c'est moi qui dramatise la chose, tellement elle est banalisée de ton coté.

Moi : Non du tout.

Mathurin : Bien sûr que si Nadège.

Moi : Je suis désolée Mathurin, je ne sais pas ce que tu veux entendre de plus. Je t'ai menti, caché la vérité, oui je le reconnais. Mais tu ne sembles pas prendre en comptes ce que je dis.

Mathurin : Et qu'est-ce que tu dis Nadège ? Rien du tout. Tu es désolée et après ? On reprend tout, on oublie que ces neuf dernières années tu as agis comme un serpent ? Côtoyé mes amis comme si de rien n'était ? Que tu m'as délibérément menti au sujet de Léandre et Christopher ? On oublie tout ça et on continue, c'est ce que tu veux ? Et après ce sera quoi l'autre bombe ? Tu ne dis plus rein ?

Moi : Je t'ai présenté des excuses tu n'en veux pas, Ok. Je ne me ruinerais pas la santé ou arrêterais de vivre parce que je t'ai blessé, je veux une réponse de ta part, j'attends ta décision. Si tu ne peux pas dépasser tout ça et aller de l'avant, pour le bien de tous, mieux on s'arrête là et chacun continue sa vie de son côté.

Mathurin (me fixant) : C'est justement cette attitude que tu affiches qui me fait chier Nadège ! Tu es en tort mais tu ouvres ta bouche comme si c'est moi Ogoula qui t'avais fait du tort. Tu es désolée, mais on te voit dans les restaurants en train de rigoler avec je ne sais qui. Tu es désolée mais tu voyages, tu pars en France faire je ne sais quoi. Tu as repris du poil de la bête, lorsque je te regarde Nadège, je vois plus une femme qui a hâte de passer à autre chose et qui espère que je vais balayer du revers de la main tes conneries.

Moi : Selon toi pour être plus crédible il faudrait que je me laisse mourir ? Ça fait cinq mois que cette histoire est passée, tout le monde a tourné la page. Me morfondre aurait changé quelque chose ? J'ai passé un mois ici à déprimer tu ne voyais pas cela ? C'est quand je décide d'avancer que tu viens me reprocher le fait de voir autre chose que les murs de cette maison ? Tu espères que je me traine à tes pieds et te lèche les orteils ? Mathurin excuse-moi, mais ça ne comptes pas se produire, je t'ai dit ce que je voulais, je n'arrête pas de te présenter des excuses. Je t'ai demandé de ne pas sortir de la maison, de prendre la chambre d'amis, tu n'as pas voulu. Ça fait cinq mois Ogoula, cinq mois ! Et honnêtement j'en ai marre. Je suis désolée oui, mais je ne deviendrais pas ton chien pour me faire pardonner. Le pardon est un acte qu'on accorde sans condition, si tu décides de le faire, c'est que tu auras choisi de tourner la page et de faire table rase. Si tu campes sur tes décisions alors je prendrai mes dispositions et nous irons devant le juge, mettre fin à ce mariage.

Mathurin (se levant) : Je préfère m'en aller avant que les choses ne dégénèrent.

Moi (levant les yeux) : Pourquoi dégénèreront t-elles ?

Mathurin (haussant la voix) : Parce que tu es en train de m'énerver.

Moi (pouffant) : Arrête de faire l'enfant.

Mathurin (hurlant) : C'est moi qui fais l'enfant ?

Moi : Pfff ! Tu sais quoi ?

Mathurin (me fixant) : Nadège ne sort pas des mots que tu comptes regretter plus tard.

Moi (soutenant son regard) : Quels mots Mathurin ? Que moi aussi je commence à sérieusement en avoir marre de cette histoire ? Que j'ai envie d'avancer et de tourner la page ? Que cinq mois sont passés et ensuite ? Libère-moi si tu ne veux plus et chacun avance, c'est tout ce que je te demande. D'avancer et d'aller de l'avant mais tu butes dessus, est-ce que cela voudrait dire qu'on oublie ce qui s'est passé ? Non Mathurin ! Mais cela ne doit pas nous empêcher d'avancer. Le temps ne s'est pas arrêté, il continue d'avancer. Alors pourquoi pas nous ? Qu'est-ce que tu attends de moi ? Qu'est-ce tu veux d'autre ?

Mathurin : Tu as fini ?

Moi (prenant sur moi) : Oui

Mathurin (allant près la porte) : Bonne soirée.

Moi (me levant) : Pfff

Clap !

J'ai ouvert la porte

Moi (hurlant) : Ton orgueil te perdra. Tu es tellement aveuglé par la colère que tu n'arrives pas à regarder au-dessus de ta tête.

J'ai refermé la porte. Du n'importe quoi comme ça ! Tchip

Je n'ai pas eu de ses nouvelles de toute la semaine, il est passé vendredi récupérer les enfants, comme à son habitude monsieur est resté devant le portail.

Iris (me regardant) : Tu vas où ?

Moi (fermant la porte) : Tu travailles à la police ?

Iris : Non maman

Moi : Alors pourquoi tu me poses cette question ? C'est ton père qui t'envoie ?

Iris : Non je demande parce que tu es toute belle.

David : C'est vrai.

Moi (souriante) : Merci

J'ai fait signe au gardien afin qu'il ouvre le portail et libère le chien avant de m'installer dans ma voiture. Je ne vais nulle part, mais je suis en mode 'sauver mon foyer' alors je me fais belle, je fais semblant de sortir afin qu'il comprenne que ma vie ne s'arrêtera pas parce que monsieur est orgueilleux. Je me suis garée sur le bas-côté en baissant la vitre de la voiture.

Moi (sortant du véhicule) : Bonsoir Mathurin

Mathurin (me regardant du haut en bas) : Bonsoir

J'ai fait exprès de passer devant lui pour faire un bisou aux enfants avant de remonter dans ma voiture, tout ça sous les gros yeux d'Ogoula. Déjà ma tenue était trop sexy à son gout, je le sais et c'est fait sciemment pour l'emmerder.

Iris (souriante) : Amuse-toi bien maman.

Moi : Merci mon bébé.

Mathurin était adossé contre sa voiture, son téléphone en main, la mine bien froissée [Haussant les épaules] il n'a pas fini de se gonfler. J'ai démarré en les laissant devant la maison. Je suis allée prendre un verre au Morelli's, je m'étais donnée une heure mais sur place je suis tombée sur Guylaine.

Guylaine (me faisant les bises) : Wow madame Ogoula ! Ou est ton chien ? euh mari ?

Moi (la fixant) : Je pensais que tu avais dégagé les lieux comme Olivia.

Guylaine (souriante) : Oh non. Il faut que je goutte à la queue de ton mari avant, c'est la raison pour laquelle je suis encore là. Je veux savoir qu'est-ce qu'il a entre les jambes qui fait en sorte que tu restes mariée à lui, sachant que tu peux avoir tous les mecs que tu veux. Regarde comment tous les yeux sont braqués sur toi, enfin sur cette robe que tu portes.

Moi (levant les yeux) : Guylaine tu sais dans la vie il n'y a pas que le sexe qui compte.

Guylaine (ouvrant grand les yeux en affichant un sourire malicieux) : Tu insinuerais que Mr Right est nul au lit ? Non Nadège ne me dit pas ça [Tirant la chaise sur le côté] ne me dit pas ça Nadège [s'asseyant] avec tout le potentiel que tu détiens c'est dommage.

Moi (la regardant) : J'essaie de te faire comprendre, qu'au-delà du sexe il y a autre chose qui fait en sorte que je sois restée aussi longtemps avec mon mari et que malgré la merde que tu as versée l'autre soir on continue de s'aimer.

Guylaine (éclatant de rire) : Wow ! Bravo, joli discours. Donc c'est un mauvais coup ?

Moi (vidant mon verre) : Pense ce que tu veux. Pendant que tu accumules les 'bons coups' les autres vivent ensemble, profitent de la vie de couple, la vie en famille, se créent des souvenirs. Mais toi Guylaine ? [La regardant] tu ne fais qu'accumuler les bites. Ces hommes après avoir quittés ton lit rentre chez eux retrouver leurs familles ? J'aime mon homme avec ses défauts et ses qualités, j'aime les valeurs qu'il prône et l'éducation que nous donnons à nos enfants. À quoi te sert-il d'avoir un bon coup lorsqu'après ce coup vous n'arrivez même pas à tenir une conversation ? Vous n'avez pas de projets, juste du sexe ?

Mathurin (derrière moi) : Nadège on rentre.

Moi (sursautant) : Tu fais quoi ici ? Où sont les enfants ?

Mathurin (me prenant par la main) : J'ai dit on rentre.

Nous sommes sortis précipitamment du restaurant.

Mathurin (énervé) : Où sont les clés de ta voiture ?

Il ne m'a même pas laissé le temps de lui répondre, il m'a pris le sac des mains en fouillant à l'intérieur. Les clés en mains, il a déverrouillé la voiture en me demandant de m'installer dans le véhicule.

David (dans la voiture de son père) : Maman !

Moi (regardant Mat) : Tu m'as suivi ?

Mathurin (furieux) : Je vais laisser les enfants chez maman, tu m'attends à la maison.

Il m'a remis les clés en fermant la portière. Je ne savais même pas s'il fallait sauter de joie ou m'énerver dû fait qu'il m'ait suivi. J'ai pris de la nourriture à emporter avant de rentrer à la maison. La table faite, je l'attendais patiemment assise les jambes croisées. Mathurin est entré dans la maison avec sa tête de mauvais jours, ça m'a fait sourire.

Mathurin (me fixant) : Tu crois que c'est une tenue pour sortir.

Moi (me levant) : Je nous ai pris à manger, je réchauffe ton plat ?

Mathurin : Nadège je suis en train de te parler.

Moi (me rendant dans la cuisine) : Et je suis fatiguée de t'écouter Mathurin, j'ai envie que l'on passe une soirée sans disputes, sans crises. Rien que tous les deux ! C'est bien pour ça que tu es là non ?

Mathurin (adossé contre le cadrant de la porte) : ...

Moi (levant les yeux) : Si tu n'en as pas envie, rentre chez toi.

J'ai réchauffé les plats au micro-onde et nous sommes sortis de la pièce en allant nous installer devant la télé, plateau en main.

Moi (le regardant) : Qu'est-ce que tu veux qu'on regarde ?

Mathurin (haussant les épaules) : Ce que tu veux.

Moi (sortant les DVD) : Okay dans ce cas on regarde Mr Right.

Mathurin (souriant) : Quel faux film.

Moi (le regardant) : Au moins ça nous détendra.

On a passé toute la soirée à rigoler devant la télé. Après avoir fini de manger il a débarrassé pendant que j'étais en train de pousser les fauteuils pour créer un espace. Je me suis rendue dans la chambre prendre des couvertures et des oreillers, Mat était assis le regard dans le vide lorsque je l'ai rejoint. Nous nous sommes couchés sur le tapis en nous regardant droits dans les yeux.

Mathurin (brisant le silence) : J'ai entendu ce que tu as dit à Guylaine.

Moi : Et je le pensais.

Mathurin : Je sais Nadège.

[Silence]

Mathurin : Je n'arrive pas à passer au-dessus, j'essaie de toutes mes forces Nadège mais je n'y arrive pas. Je ne comprends pas, sachant que je ne t'en veux même plus ! Mais je suis simplement déçu et cela m'empêche de me projeter à nouveau. Qu'est-ce qui ne me fait pas dire que tu me caches encore des choses ? Que d'ici un an ou deux, tu ne me sortiras pas encore une autre bombe ?

Moi (en larmes) : Rien Snif

Mathurin : Rien !

Moi (éclatant en sanglots) : Je suis désolée Mathurin Snif tu avais mis la barre tellement haute que j'ai voulu Snif être parfaite, être cette femme que tu voulais Snif. J'avais peur que tu me regardes Snif comme tu le faisais avec celles qui ont couché avec Siby Snif et je regrette de ne pas t'avoir dit la vérité Snif je regrette de ne pas t'avoir laissé le choix Snif. Mais d'une autre manière, je ne regrette pas parce que cette histoire nous a donné trois magnifiques bébés Snif.

Mathurin (me prenant dans ses bras) : C'est vrai.

Moi (m'accrochant à lui) : Il n'y a jamais eu personne d'autre après toi, jamais ! Dès l'instant où nous nous sommes mis ensemble, il n'y a eu que toi Mathurin, que toi Snif que toi.

Mathurin (me regardant) : Tu regrettes ?

Moi : Noon ! Lorsqu'on s'est connu, dès notre premier rendez-vous tu m'as de suite plu, ensuite il y a eu notre première fois, j'ai été déçu et je comptais mettre un terme à cette relation. D'où le fait que je ne répondais plus à tes messages ni appels jusqu'à ce jour lorsque je me suis fait agresser devant mon portail et que tu as débarqué.

Mathurin : Qu'est-ce qui t'a fait changer d'avis Nadège ?

Moi : Je ne sais pas, j'ai juste appris à mieux te connaitre et puis ton souci je suis passée au-dessus de ça. J'ai pris le dessus pour tous les deux et depuis plus de neuf ans je ne me suis jamais plainte et toi non plus. Si tu n'y arrives pas, tu n'y arrives pas et on fait avec.

Mathurin : ...

Moi (posant ma main sur son visage) : Je te demande simplement d'avancer ensemble, petit-à-petit mais main dans la main. Qu'on essaie une dernière fois et si ça ne marche pas Mathurin je te jure que je te laisserais partir, je ne m'y opposerais pas. Mais laisse-nous une dernière chance chéri je t'en supplie.

Mathurin : Qu'est-ce que tu comptes aller faire à Mouila et en France ?

Moi : Prendre tous les documents que mon père a laissé à maman avant de s'en aller, j'ai décidé d'aller le chercher. Je me suis rapprochée d'une agence en France pour cela, mais c'est vaste et les Urey il y en a des centaines. L'agence me demande une adresse, un numéro de téléphone afin de réduire le champ de recherche.

Mathurin (se mettant sur le coude) : Pourquoi maintenant ? Tu ne m'en as jamais parlé.

Moi : Toute cette histoire m'a fait comprendre que j'étais toute seule, et je n'ai pas envie de finir comme ma mère. Elle a perdu son frère très jeune, elle s'est retrouvée toute seule avec sa mère. Et c'est ainsi qu'elle m'a éduqué et c'est aussi de cette manière que j'éduque mes enfants, c'est Léandre qui me l'a notifié et c'est vrai. Je veux savoir s'il est toujours vivant, si j'ai des frères et des sœurs, apprendre à les connaitre et enfin savoir ce que ça fait d'avoir une famille, comme toi. Et ce sera une bonne chose aussi pour les enfants, surtout pour Iris qui se demande pourquoi j'ai cette couleur de peau alors que mamie est comme papa.

Mathurin : Dans ce cas je viens avec toi, David Restera avec maman. Comme tu l'as laissé entendre, on a peut-être besoin de passer du temps ensemble en réapprenant à se connaitre. C'est peut-être de cette façon que j'arriverais à surmonter ma peur, ça ne coute rien d'essayer.

Moi : Merci.

+++Deux semaines plus tard+++

Moi (regardant Iris) : Ogoula ta bouche là, tu ne fais pas ça là-bas. Tu comprends Iris ?

Iris (excitée) : Oui maman, je peux partir ?

Moi : Non je n'ai pas fini.

Iris (boudant) : Maman !

Moi (la fixant) : Si J'apprends que tu n'as pas été sage, crois-moi que c'est la dernière fois que tu iras voir ton frère.

Iris (regardant Mat) : Papa j'ai compris. Je peux partir ?

Mathurin (amusé) : L'avion n'est même pas encore là chéri.

Iris : Mais les autre s'en vont déjà.

Moi (arrangeant ses tresses) : Tu ne fais pas un bisou à David avant ?

Elle s'est empressée de le prendre dans ses bras, de faire un bisou à son père ensuite à moi.

Iris (nous regardant) : Je peux y aller maintenant s'il te plait maman ?

Moi (soupirant) : Okay mais tu restes avec l'hôtesse et tu n'enlèves pas [soulevant la poche qu'elle avait autour du cou] ça.

Iris (me montrant toutes ses dents) : Promis maman, c'est bon ?

Moi (prenant sa main) : Oui c'est bon et surtout tu ne pars avec personne que tu ne connais pas d'accord ?

Iris : Sauf si c'est tonton Chris ou tatie Indiah qui passe me prendre.

Moi (la regardant) : D'accord.

Elle grandit trop vite mon bébé. Nous l'avons remis à l'hôtesse en spécifiant que les personnes doivent présenter leurs pièces d'identités selon les informations que nous avons remplies sur la fiche. C'est main dans la main que nous avons regardés notre bébé s'en aller. C'est la première fois depuis six ans qu'elle passera Noel sans nous.

Mathurin (mettant David sur ses épaules) : Au moins il nous reste encore celui-là.

Moi (m'accrochant à lui) : C'est vrai mais bon il a déjà 3 ans.

Mathurin (me regardant) : Ou bien tu veux un dernier, celui qui nous accompagnera jusqu'à la vieillesse ?

Moi : Dans dix ans.

Mathurin (souriant) : A 43 ans ?

Moi : Oui il doit nous accompagner non ?

Mathurin : Oui mais tu as vu l'écart qu'il y aura entre lui et David ? Ou Iris et encore Léandre ?

Moi : C'est l'enfant de la vieillesse Mathurin.

Mathurin : Ok j'espère que tu ne seras pas ménopausée d'ici là.

Moi (amusée) : En tout cas on le fera avant.

Mathurin : Ok

Entre nous ça va mieux, beaucoup mieux même. Il n'a pas ramené ses affaires à la maison même s'il passe toutes ses nuits avec nous, dans la chambre d'amis. On veut restaurer la confiance, le dialogue est au top et donc pas de sexe entre nous jusqu'à ce qu'on sente que nous pouvons passer à autre chose. J'ai appelé maman en lui disant que nous arrivons chez elle pour les fêtes, 'nous' m'a-t-elle répondu ! Toi et qui ? Mathurin et David ! C'est lui qui sera au volant raison pour laquelle il a accepté que David vienne avec nous. Elle m'a envoyé une liste interminable de courses à faire pour sa boutique, j'ai tout acheté. On s'en va demain très tôt, si tout se passe bien là-bas et que Mathurin est d'accord, nous y reviendrons avec Iris et Léandre au moins faire deux semaines.

[Ping sms]

Indiah : Bonjour Nadège, nous avons récupéré la petite.

[Ping sms]

C'était une photo de Léandre et Iris aux anges.

Moi : Merci

Indiah : Pas besoin, Joyeux noël à vous d'avance.

Moi : A vous de même

Indiah

Meriem (portant Didi) : Tu me donnes envie d'avoir une fille.

Moi (souriante) : Surtout pas Meriem.

Meriem (amusée) : Tu es trop bête toi.

Moi (la regardant) : Toi-même tu verras. Le Matin c'est d'abord Didi, le soir en rentrant c'est encore Didi, avant de se coucher c'est Didi. Je suis en rivalité avec un bébé de huit mois, tu te rends compte ?

Meriem (regardant Didi) : Il est amoureux et c'est justement ce que je veux avec Théo.

Moi : Hein ?

Meriem (levant les yeux) : Regarde comment Léandre se comporte avec Iris, je fonds littéralement. Hady sera un bon grand frère, c'est décidé je lance bébé numéro deux.

Moi (les yeux grands ouverts) : Tu n'as pas dit que tu attendais que Hady ait au moins 3 ans ?

Meriem : Ah Okissi c'était pendant la grossesse toi aussi, je souffrais.

Moi (morte de rire) : Tu es terrible.

Meriem : Bref vous avez décidé d'une date ?

Moi : On réfléchit car Christopher ne veut pas qu'on se marie et qu'on continue de louer.

Meriem : Ah oui ce serait bête.

Moi : Donc voilà, les travaux avancent bien.

Meriem : Elle est censée être livrée quand exactement ?

Moi : En Mai, huit mois de travaux ! Puis il ne faut pas oublier qu'il a pris un crédit pour la maison, le mariage hum on y réfléchit.

Meriem : À cette allure tu risques d'avoir 30 ans en étant toujours fiancée.

Moi (éclatant de rire) : Tu es mauvaise.

Meriem : Mais c'est vrai ! Et vous n'êtes pas obligés de faire un grand mariage, faites un simplement pour les formalités.

Moi : Avec Christopher ? Tu ne le connais pas alors ! Siby se marie et puis c'est mariage pour les formalités qu'il va faire ? Lui là ? Déjà même ma dot c'est une autre histoire. Laisse, c'est compliqué pour lui en ce moment, il m'a demandé de prendre mon temps et de réfléchir à tête reposée sur la date qui me conviendra.

Meriem (souriante) : Il va transpirer hein ?

Moi : Il transpire déjà alors qu'on n'a même pas encore de date.

Meriem : Mais ayez quand même pitié ! Vous aussi !

Moi (souriante) : Tu me connais assez pour savoir que même à cent mille j'aurais accepté, pour moi quoi ? J'en ai discuté avec maman et mes cousines, elles ont dit niet ! En plus on a un enfant, un joli petit bébé et tout ce que j'ai subi en 3 ans c'est non. Le barème pour Elie c'est trois millions comme somme de départ.

Meriem (choquée) : Elle est sérieuse ?

Moi : Maman est très d'accord avec ça et Orny plus raisonnable nage entre deux et deux millions cinq. Papa a dit qu'il suit sa femme, tu comprends que Christopher soit tendu.

Meriem : Il y a de quoi ! Et toi ça t'amuse ?

Moi (amusée) : Mais bien sur ! Le mec a des sueurs froides, c'est à base d'« Okissi réfléchit bien ».

Meriem : Indiah ce n'est pas drôle.

Moi : Si ça l'est bref j'attends de voir la tendance avant de me décider. Et puis il parle là, il a récupéré ses biens, je m'inquiète même pourquoi ?

Meriem : Parce qu'après le mariage il y a une vie.

Moi : Je sais mais si Christopher a décidé d'aller voir mon père et de demander ma main c'est qu'il est prêt non ?

Meriem : Oui sans doute.

Moi : Je lui donnerais une date lorsque les travaux de la maison seront terminés, après avoir fait les comptes. Je ne suis pas pressée.

Une fois que Christopher a ouvert la porte de la maison, sa fille s'est mise à hurler en faisant de grands sourires et là c'est parce qu'elle est sur moi, si elle était au sol elle allait ramper jusqu'à lui.

Christopher (la prenant dans ses bras) : Bonsoir ma louloute ! Ça va ? [Faisant la bise à Meriem] Bonsoir Meriem.

Meriem (attendrie) : Il me faut une fille c'est décidé ! Ils sont trop choux Okissi, c'est trop mignon.

Christopher (me regardant) : Elle est où Iris ?

Iris (depuis le couloir) : Tonton Chriiiiiis !

Meriem (me regardant) : Tu te plains de Didi mais elle n'est pas la seule. Ah ça Christopher tu as du succès avec les filles claires hein.

Christopher (éclatant de rire) : Je vais faire comme si je n'avais rien entendu.

Iris s'est jetée sur lui avec amour, c'est dur, je me sens agressée de toute part. (Rire)

Meriem : Ma fille aussi sera amoureuse de toi.

Moi (la regardant) : Ah ça !

Meriem (sérieuse) : En même temps elle n'aura pas trop le choix, vu comment il les attire comme des mouches ! Bon c'est quoi le programme ? Noel chacun chez soi et le 31 ensemble ?

Moi : Ouais [Regardant Chris] qu'est-ce que tu en penses ?

Christopher (ne s'occupant plus de nous) : Comme tu veux.

Moi (regardant Meriem) : Ce n'est même plus la peine de lui poser des questions, ils sont rentrés dans leur bulle.

Ils sont même allés dans la chambre de Léandre en nous abandonnant Meriem et moi au salon.

Meriem (amusée) : Tu es trop jalouse Okissi.

Moi : Tchip

Meriem : Dans ce cas on ira à la Case, je n'ai pas envie de rester ici.

Moi : Avec les enfants ?

Meriem : Oui ne t''inquiètes pas, j'ai des moustiquaires que papa m'a ramenées.

Moi : Hum ok

Meriem (se levant) : Bon ce n'est pas tout mais on s'appelle. Je vais dire au revoir.

Je l'ai laissé devant sa voiture, en revenant dans la maison j'ai fait rentrer les chiens. Iris n'a même pas eu peur de César bien au contraire elle était très à fond sur lui. Après m'avoir zappé toute la soirée, Siby m'a rejoint dans la cuisine en m'enlaçant.

Moi (souriante) : Oui ?

Christopher (enfouissant son visage dans mes cheveux) : Tu vas bien ? Et ta journée ?

Moi (gesticulant) : Christopher !

Christopher (posant sa tête par-dessus mon épaule) : Je vérifie que tout est à sa place.

Moi : En me palpant les seins ?

Christopher : Ils m'appartiennent ou pas ?

Moi (me retournant) : Ah bon ? Et depuis quand ?

Christopher (me fixant) : Okissi tu as la bouche hein ?

Moi : Voila tu as tout dit ''Okissi '' et non ''Siby'' donc non ils ne t'appartiennent pas, tu es un locataire.

Christopher (souriant) : Okay pas de soucis. On mange quoi ? Pas de légumes hein ? Ou tes histoires de gratin, je n'arrive même plus à prendre du poids à cause ça. Fait moi des spaghettis bien grasses avec la bolonaise. J'en ai marre des repas qui me font perdre du poids.

Moi : Ok j'avais fait du poisson au four.

Christopher (sortant de la cuisine) : Je m'en fou je veux mes pâtes à la bolonaise.

Moi : Tchip

Christopher

Je suis arrivé à Libreville ce matin. J'ai une réunion de travail prévue cet après-midi et en soirée je dois me rendre chez mon oncle, le petit frère de papa, pour lui annoncer mon mariage. J'ai une pression énorme sur les épaules, c'est l'unique fille de monsieur Okissi, la princesse de son père que je vais épouser, c'est stressant. C'est la raison pour laquelle j'ai préféré prendre un crédit pour finir la construction de la maison et faire mon mariage avec mes économies. Les filles fangs coutent trop chères dans ce pays, celles de l'Estuaire c'est encore gérable, mais celles du grand nord il vaut mieux avoir les moyens pour s'y aventurer. Je comprends pourquoi les riches se marient entre eux, là je vais sentir mon portefeuille saigner.

Dieu merci Indiah n'est pas une diva. Dès le début de notre emménagement ensemble on s'est dit qu'on n'avait pas besoin de domestiques à la maison, elle fait elle-même le repassage, à manger, le nettoyage de notre chambre et j'aime ça. Avec la venue de la petite on a dû prendre une dame de ménage, mais elle ne s'occupe que du ménage, l'essentiel c'est ma femme qui le fait.

Par curiosité, la semaine dernière j'ai demandé à Okissi le montant de la dote qu'a payé son père aux parents d'Anne- Marie, quelle ne fut pas ma surprise quand elle m'a répondu « Huit millions », j'étais choqué. Certes il a les moyens mais c'est exagéré ! Pour mes parents le tout était de trois millions pourtant les Bamilékés sont réputés pour leur amour de l'argent. Huit millions ! Si monsieur Okissi me sort une connerie de ce genre on saute le mariage traditionnel et on attendra d'avoir assez de moyens car c'est beaucoup trop pour moi. Maintenant si Indiah me boude, on continuera notre concubinage parce que payer huit millions pour la dot je ne peux pas.

Ma réunion terminée, j'ai foncé chez François Siby pour parler des vrais problèmes. C'est la seule famille qu'on a, alors je ne peux que me tourner vers elle.

Tonton François : La légende ! Lui-même l'héritier.

(Nous cognant les têtes en signe de salutations)

Moi (souriant) : C'est du passé tout ça tonton, je suis un homme nouveau, un homme heureux, comblé et par-dessous tout amoureux.

Tantine Annick (sortant de la cuisine) : C'est Christopher qui parle ainsi ? C'est fort.

Moi (lui faisant des bises) : Comment ça tante Annick ? Je suis sérieux en plus, la légende est morte.

Tonton François (amusé) : La légende ne meurt jamais toi aussi ! Elle renait toujours de ses cendres.

Moi (souriant) : Peut-être que mon fils prendra la relève parce que son père est à la retraite. Avec celle que j'ai chez moi, je ne peux que rester tranquille.

Tantine Annick (me regardant) : La jeune fille calme là ? Celle qui était venue avec toi nous montrer le bébé ?

Moi (arquant les sourcils) : Calme ? On va laisser ça comme ça, c'est mieux.

Tonton François (prenant place sur le fauteuil) : Alors qu'est-ce que tu veux Siby ? Maman va bien ?

Moi (m'asseyant en face de lui) : Oui elle va bien, je suis descendu chez elle.

Tantine Annick : J'étais chez elle hier, la solitude est terrible.

Moi : Raison pour laquelle Carole et Yorick s'arrangent pour lui laisser les enfants le week-end, ça l'aide beaucoup.

Tonton François : C'est bien ça.

Moi : En fait, si tu me vois assis ce soir dans ton salon c'est que l'heure est grave tonton.

Tonton François : Dis-moi tout.

Moi : J'ai mis les pieds en eaux très profondes.

Tonton François (perdu) : Tu peux parler plus clairement Christopher ?

Moi : Vous savez tous que la petite calme là est la fille de Monsieur Okissi.

Tonton François : Oui

Moi (les regardants) : J'ai décidé de bien faire les choses et de régulariser notre situation.

Tantine Annick (souriante) : Mais c'est une très bonne chose ça.

Moi : Oui ça l'est et c'est la raison de ma venue.

Tonton François : C'est pour quand ?

Moi : On n'a pas encore fixé de date mais je veux déjà prendre mes dispositions afin d'éviter les surprises tu comprends ? Je veux être prêt.

Tonton François : Prêt, c'est combien ?

Moi : De ma poche personnelle, j'en suis à cinq millions pour le mariage coutumier, toutes les charges comprises. J'ai estimé le cout des articles à deux millions et la dot à deux millions cinq cents, maximum trois millions.

Tonton François : mais tu sais que dans tous les mariages il y a toujours des imprévus.

Moi : Et c'est la raison pour laquelle je me trouve ici. Je n'ai pas envie de mettre trop d'argent dans le mariage traditionnel, alors que nous avons le civil à organiser derrière et qu'après il faudra vivre, on a des charges et un enfant.

Tonton François : Tu en as discuté avec madame ?

Moi : Pas encore, pour l'instant je préfère réfléchir de mon côté. Une fois qu'elle me donnera une date nous pourrons aborder le sujet et ainsi, par rapport à ce que vous me direz, je lui ferai part de ma limite.

Tonton François : Tu penses qu'ils peuvent te demander à peut-près combien ?

Moi : Si je me réfère au mariage de ses parents, huit millions.

Tantine Annick (ouvrant grand la bouche) : René a doté Anne-Marie à huit millions ?

Moi : C'est le cout total du mariage traditionnel.

Tantine Annick (bouche bée) : ...

Tonton François : Elle est de quelle ethnie ?

Moi : Fang

Tantine Annick : Encore eux même, ça ne blague pas hein ! Mon cher tes cinq millions sache que c'est le montant de sa dot en liquide.

Moi (amusé) : Rhooooo tante !

Tantine Annick : Mais que veux tu ? Tu es parti pour en dépenser autant. Tu boudes pour rien, tu vas dépenser, parce qu'une fois assis devant eux il n'y aura pas moyen de se lever et dire « je m'en vais » ou « je ne veux plus » Tu as vraiment intérêt à bien te préparer Christopher, les choses de la honte mon Dieu, je n'imagine même pas.

Tonton François : Tu as au moins reconnu l'enfant ?

Moi : Non pas encore.

Tantine Annick : Il faut déjà le faire ! Parce qu'ils sont capables de te donner une amende de minimum deux cent mille parce que la petite porte ton nom.

Moi (éclatant de rire) : Ce n'est pas un peu exagéré ?

Tantine Annick : Exagéré ? Attend, tu verras ! Et avec leur histoire de barrières le soleil se couchera que tu n'auras même pas atteint leur portail.

Moi (éclatant de rire) : Tu as fini avec eux une bonne fois.

Tantine Annick : Je te parle sérieusement et toi tu rigoles ? Tu me donneras raison lorsqu'on sera devant chez eux ! Il faut chercher un bon orateur qui parle fang.

Moi : Son père est Myéné donc je ne pense pas que cela se fera en fang ?

Tantine Annick : Ah Christopher il te faut un orateur qui parle fang et Myéné alors ! Tu crois que les fangs vont se tairent sachant qu'on vient prendre leur enfant ? Père Myéné okay et son coté fang tu mets ça où ?

Tonton François : Laisse, il ne connait pas.

Moi : En même temps ce n'est pas comme si je m'étais déjà marié une fois.

Tonton François : Raison pour laquelle on vous demande d'assister aux mariages des autres, c'est pour apprendre, tirer des leçons par des erreurs commises par les autres.

Moi : C'est vrai.

Tonton François : J'ai écouté et pris note, je me rapprocherai de la famille ensuite je reviendrai vers toi.

Moi : Merci Tonton.

J'ai passé une heure avec eux avant de rejoindre ma famille chez maman, pour notre réunion. Nous sommes en crise, l'organisation de mon mariage est la priorité en ce moment pour tout le monde. Je sais que de son coté, Indiah mettra la barre haute donc on se doit d'être à la hauteur.

Carole : J'ai discuté avec Elie et la tendance se situe entre trois millions et cinq millions.

Moi (les mains sur la tête) : Okay je le savais déjà.

Travis : Elle t'avait prévenu ?

Moi : Oui ! Donner trois millions cinq cents c'est dans mes cordes mais il faudra que le reste des dépenses se situe entre un million et un million cinq cents.

Maman : Ce qui est impossible.

Moi : Je sais maman.

Marc-Aurel : Quelles sont les charges qu'Indiah te retire ?

Moi (me caressant le torse) : De la petite conversation qu'on a eu à ce sujet, elle prendra en charge tout ce qui est bouffe, boisson, location des tentes etc.

Carole : En gros tu n'as que la dot en espèce à proprement parler comme dépense ?

Moi : Oui

Yorick : Et tu as combien avec toi ?

Moi : Cinq millions.

Carole : Admettons que le mariage traditionnel se passe en juillet, mon mari et moi pourrons te donner un million, mais qu'as-tu prévu pour le mariage civil ?

Moi : De ce côté-là, ne vous prenez même pas la tête. Déjà parce que les dépenses sont partagées et aussi j'ai mes sous des loyers. Ce qui m'embête c'est le coutumier, je n'ai pas envie de me taper la honte.

Travis : Encore toi-même !

Moi : Sérieux ! C'est pourquoi j'ai décidé de prendre de l'avance. C'est pour éviter de se taper la honte devant la famille Okissi.

Carole : C'est clair !

Maman : Je vais ajouter de l'argent pour que ça serve de réserve.

Moi : Combien ?

Maman : Je te donnerais le montant après avoir vu mon gestionnaire.

Moi : Okay

J'ai passé tout mon après-midi à parler mariage, argent, préparatifs. Le soir j'avais la migraine, je me suis assoupie avant de recevoir le coup de fil d'Okissi, qui m'a passé Léandre, Iris et même Didi.

Moi (bayant) : Et vous avez fait quoi ?

Okissi : Que veux-tu qu'on fasse ? On attend simplement.

Moi (bayant) : Okay

Okissi : Tu es crevé on dirait ! Dure journée ?

Moi : Non même pas ! La réunion avec ton père nous a pris toute la matinée, je suis sorti de là-bas à 13 heures. Ensuite j'ai affronté les embouteillages pour me rendre au Pk5 chez mon oncle, à 17 heures pareil jusqu'à la maison pour rejoindre les autres.

Okissi : Et vous avez discutés de quoi ?

Moi : Tu ne sauras rien, n'insiste même pas.

Okissi : Il y a maintenant des secrets entre nous ?

Moi : Oh oui ! Sauf si tu me racontes ce que vous vous dites avec Meriem au téléphone lorsque tu sors du lit pour aller faire des messes basses dans la salle de bain.

Okissi : ...

Moi : Donc voilà, tu ne sauras rien.

Okissi : Tu ne peux pas comparer mes confidences et la réunion que tu as eue.

Moi : C'est non j'ai dit ! Tu pourras tout me sortir ce soir, tu ne sauras rien.

Okissi : Okay ! Et tu rentres quand ? Papa est rentré ce soir.

Moi : Est-ce que j'ai même planning que ton père ? Je travaille pour lui je te signale donc moi je suis ici jusqu'à demain 15heures, mon vol est à 17 heures. Pendant que ton père dort ce soir près de sa femme, un luxe que je ne peux pas me permettre. L'époque où c'était moi le patron me manque.

Okissi : Au moins tu es le patron de ta maison.

Moi (souriant) : Le chef c'est moi et je coque.

Okissi (amusée) : Toi-même tu sais qui est la poule que tu coques.

Moi : Mieux je ne réponds pas.

Okissi : Depuis un moment tu évites les conflits.

Moi : Je veux vivre longtemps c'est pour ça ! Discuter avec toi m'épuise ! Tu me prends trop d'énergie, alors mieux je garde mes réserves.

Okissi : Hum

Moi : Bon Mademoiselle Okissi, Monsieur Siby est fatigué, il a rempli son devoir et maintenant il aimerait faire dodo.

Okissi : Okay ! Je ne vais pas tarder à me coucher aussi.

Moi (bayant) : On se connait Okissi, tu vas soit appeler ta mère ou Meriem ou elles vont t'appeler donc reste tranquille.

Okissi : Aujourd'hui c'est le tour de maman, mais comme son mari est rentré je ne pense pas qu'elle appellera.

Moi : Okay bisou chérie, à demain.

Okissi : Je t'aime.

Moi : Moi aussi.

Okissi : Christopher !

Moi : Rho ! Oui ?

Okissi : Tu boudes hein ?

Moi : Oui ! Tu me fais le coup toujours au moment de raccrocher ! Je suis crevé Okissi ! Si tu veux on s'écrit demain toute la journée [Regardant la montre] il est 22heures et je dois me lever à 5h45.

Okissi : ...

Moi (soupirant) : Indiah qu'est-ce que tu veux ?

Okissi : Bonne nuit !

Moi : Pfff ! Okay.

Clic !

Nadège

Nous sommes à Mouila depuis trois jours, je n'arrive pas à croire que j'ai grandi ici. C'est tellement calme et paisible, les gens vivent dans des maisons en terre battue, sans eau et sans électricité. Tandis que dans la même ville, de l'autre côté du pont, dans les maisons vides des ministres, des ampoules sont allumées toute la journée.

C'est Mathurin qui prend des photos pour les enfants, David s'en fiche de l'endroit où il se trouve tant qu'il est avec ses parents. Maman ne sait rien de ce qui se passe dans ma vie, des problèmes que j'ai pu avoir dans mon couple. Je préfère ne rien lui dire, je ne veux pas de remontrances. Déjà qu'elle n'aime pas Mathurin, j'évite de remuer le couteau dans la plaie car même si je suis en tort elle trouvera un moyen de le dénigrer.

Maman (posant la cantine d'affaires de mon père devant moi) : Et qu'est-ce que tu comptes faire avec ses documents ?

Moi (la regardant) : J'ai décidé de partir à sa recherche.

Maman (surprise) : Pourquoi maintenant ?

Moi : Je ne pense pas qu'il y ait un temps propice ou non pour ça. Aujourd'hui je suis très bien payée, alors pourquoi ne pas mettre mon argent dans la quête de mon père au lieu de le dépenser bêtement.

Maman : Et s'il est mort entre temps ?

Moi : Il sera mort maman ! Je n'ai pas le pouvoir de le ramener à la vie. Mais c'est important pour moi, pour mes enfants de savoir d'où je viens, si j'ai des frères ou des sœurs. Je suis complètement seule ! Je n'ai pas envie, lorsque mes enfants partiront de la maison, de les appeler tous les jours parce que je n'aurais personne à qui raconter mes histoires.

Maman : Hum ! Il faut ouvrir la cantine. Je n'ai jamais rien touché à l'intérieur depuis qu'il est parti d'ici. Sauf la photo de toi bébé dans ses bras que je t'avais remise.

Moi : Merci.

Avec Mathurin on a passé tout l'après-midi à trie les documents qu'il y avait à l'intérieur, les coupures d'articles, les papiers personnels comme son contrat de travail et une copie de sa pièce d'identité.

Moi (regardant Mat) : Je vais tout prendre avec moi on ne sait jamais.

Mathurin : Hum ok.

Ça me fait quand même mal je dois l'avouer, je me pose tellement de questions à son sujet. Et s'il ne veut pas me recevoir après tous ces efforts fournis pour le retrouver ? Je préfère même plutôt que d'apprendre sa mort. Dieu seul sait ce qui m'attend là-bas.

Indiah

Maman (portant Didi) : Tu as déjà réfléchi à une date ?

Moi (la regardant) : Non même pas ! Je ne suis pas pressée.

Maman : Okay ! Mais est-ce que tu as une vague idée de ce que tu veux pour ta cérémonie ?

Moi : Non plus.

Maman : Il faut y penser Indiah ! Entre ceux qui sont sur Libreville et ceux d'ici, c'est un peu compliqué. Mais au moins les tenir informer afin qu'ils prennent leurs dispositions.

Moi : Okay

Maman : Tu as une idée de la somme ?

Moi : Pas encore mais j'y pense.

Maman : Il y a beaucoup trop de 'non 'dans tes réponses je trouve.

Moi : Parce que pour l'instant ce n'est pas une priorité, je dois m'entretenir avec Christopher, nous devons nous mettre d'accord sur certaines choses et ensuite je serais située et pourrais me décider. Nous sommes saturés alors je n'ai pas envie de nous asphyxier.

Maman : S'il fallait donner une somme ?

Moi : Cinq millions pour le tout.

Maman : Mais tu sais que c'est impossible n'est-ce pas ?

Moi : C'est possible s'il n'y a pas de barrières et de nombreuses raisons inventées juste pour soutirer de l'argent. Nous sommes des crèves la faim maman, avec deux enfants dans les bras et un crédit, sachant qu'après le mariage il y a une vie et aussi le mariage civil.

Maman (souriante) : Range les griffes, ce n'est que moi.

Moi : Justement ! Facon dont tu as fait transpirer papa, on te connait déjà ! Élément perturbateur.

Maman (amusée) : Écoute, j'avais trois enfants d'Okissi dans les bras ! Plus six ans de relation, il fallait bien qu'il mette le prix qu'il faut non ? En plus cet argent nous est revenu, tu vois qu'il n'a rien perdu.

Moi : Voici pourquoi les autres ethnies refusent de venir épouser chez nous ou préfèrent garder mes sœurs dix ans dans les foyers sans régulariser leurs situations. Christopher n'a plus le même train de vie qu'avant, c'était la société qui leur rapportait beaucoup d'argent.

Maman : Hum !

Moi : Si je devais choisir, je me pencherais plus sur le choix d'Orny ! Deux millions ou deux millions cinq cents, pour moi c'est raisonnable comme somme.

Maman (faisant les bisous à Didi) : Je prends note.

Iris (se plaçant devant moi) : Tatie ?

Moi : Oui ?

Iris (yeux de biches) : Je peux avoir le gouter s'il te plait ?

Moi (souriante) : Mais oui ! Va demander à Léandre s'il en veut aussi.

Iris : Okay

Elle s'est mise devant la porte du couloir en hurlant.

Iris : Léandre tatie demande si tu veux aussi gouter comme moi.

Léandre (depuis sa chambre) : Non ! Elle va nous donner une pomme et un jus de fruit, je la connais.

Iris : Tant pis !

Moi : Non, aujourd'hui c'est une Mangue, un kiwi et un jus de fruit.

Léandre (devant la porte de sa chambre) : Mais c'est tout le temps pareil !
Alors ça ne change rien.

Moi (le regardant) : Bah si ! La mangue est nettement meilleure que la
pomme.

Léandre : Sauf qu'après demain on aura encore la mangue.

Moi : Tu me fatigues ! Demain ce sera l'ananas.

Léandre : Et après demain ?

Moi (amusée) : Tu me fatigues Léandre.

Léandre : La pomme !

Iris (haussant les épaules) : Tant pis moi j'aime tout.

Maman nous a laissé entrer nous, une heure plus tard c'est Christopher
qui rentrait de son voyage. Hier soir je n'ai pas compris pourquoi il s'est
fâché ! Après c'est pour me dire que je suis chiante entre temps c'est lui
qui prend la mouche pour un rien. Je passe après tout le monde dans cette
maison, il commence par sa fille comme toujours, il rajoute Léandre et
maintenant Iris. Et c'est lorsque le groove se termine qu'il vient chez moi.

Christopher (devant la porte de la cuisine) : Bonsoir Okissi

Moi (tournant la tête) : Bonsoir.

Christopher (se caressant le torse) : Tu vas bien ?

Moi : Je ne devrais pas ?

Christopher : Je demande parce que toi des fois je ne sais pas ce que tu fumes.

Moi : Je te signale que c'est toi qui as raccroché en pouffant.

Christopher : Parce que j'étais fatigué ! Tu crois que je fais exprès ?

Moi : Je n'ai pas dit ça, je voulais un peu lover au phone rien d'autre ! Et toi tu as commencé à te fâcher.

Christopher (soupirant) : Okay excuse-moi d'avoir pris la mouche hier soir.

Moi : maman était là avant que tu n'arrives, on a eu une petite discussion sur le mariage. Elle voulait savoir si j'ai arrêté une date.

Christopher : Et ?

Moi : Non ! Et on a aussi abordé le sujet de la dot. Je lui ai dit que deux millions cinq cents était le maximum qu'on pouvait faire par rapport à nos finances. Après, c'était juste une estimation, je lui ai dit que je t'en parlerais lorsque le moment sera venu.

Christopher : Et donc c'est le moment ?

Moi : Mais non ! Je t'en parle maintenant pour que même si j'oublie de le faire plus tard, tu sois déjà au courant.

Christopher : Okay

Nous avons diné puis passé un peu de temps devant la télé avec les enfants sauf Didi qui dormait depuis bien longtemps. Ensuite nous sommes tous allés nous coucher. J'étais déjà sur le lit lorsque Christopher dans la salle de bain me racontait ses histoires à mourir de rire. Il a éteint les lumières en sortant avant de venir me rejoindre.

Moi : Bonne nuit mon amour.

Christopher (me prenant dans ses bras) : Bonne nuit chérie.

Chapitre 68 : Les fêtes

+++Le réveillon de Noel+++

Indiah

Christopher (sortant de la salle de bain) : Tu travailles jusqu'à quelle heure aujourd'hui ?

Moi (me brossant les dents) : Midi

Christopher : Ok

Moi (le regardant) : Et toi ?

Christopher : On verra, je ne sais pas ! Tu as besoin de moi ?

Moi : Ça dépend, je serai toute seule avec les enfants.

Christopher : Tes parents ne passent pas le réveillon avec nous ?

Moi (amusée) : Non ! Ils ne sont même plus au Gabon depuis hier soir.

Christopher : Ah ça ! Et ils sont où ?

Moi (sortant de la salle de bain) : Ils sont allés en amoureux sur l'île de la Réunion.

Christopher : Ah ça ! Et Ethan ?

Moi : Il est resté en France chez Matias.

Christopher : C'est bien d'être le dernier j'avoue.

Moi (souriante) : Jamais ils ne l'auraient laissé ici, ils aiment trop leur enfant.

Christopher (me regardant) : Un jour nous aussi on sera comme eux.

Moi : Ah bon ?

Christopher (souriant) : Oui ! Lorsque tu auras hérité de la société de ton père. J'ai cru comprendre que c'était toi l'héritière non ?

Moi (éclatant de rire) : Tu as trop raison Sibyl, c'est à ce moment que tu verras Okissi lui-même sortir de sa tombe, très accompagné par sa femme, nous demander de lui rendre son entreprise.

Christopher : Mais blague à part, tes parents ne s'amusent pas hein.

Moi : Il ne reste que deux ans à maman, ensuite ils ne vivront même plus ici mais entre différents pays. Si cela ne tenait qu'à papa il y a bien longtemps qu'ils seraient partis d'ici, mais maman ne veut pas laisser son travail et comme sa retraire est dans deux ans ben il prend son mal en patience.

Christopher (bousculant la tête) : En même temps ils ont raison, c'est le travail de toute une vie. Matias fini dans deux ans, Kristen est à l'université et dans deux ans Ethan aura 18 ans. Ils peuvent être fiers d'eux.

Moi : Et moi ?

Christopher (levant les yeux) : Toi quoi ? Une vielle marmite comme toi, mère en plus, pourquoi ils se feraient encore du souci pour toi ?

Moi (souriante) : Parce que je suis leur fille, l'unique, la princesse de son père, l'héritière.

Christopher (mettant ses vêtements) : Et tu fais la jalouse avec Didi ?

Moi : Parce que je suis une jalouse de nature.

Christopher (s'habillant) : Hum

Moi : Oui Siby.

Christopher (prenant ses clés) : Bon j'y vais ! À ce soir.

Moi (le regardant sortir de la chambre) : Bye

Christopher (depuis le couloir) : Okissi !

J'ai vite enfilé ma tenue avant d'ouvrir la porte de la chambre.

Moi (le regardant) : Oui ?

Christopher (la mine froissée portant Didi dans ses bras) : Qui lui a fait ça ?

La nounou : C'est moi Monsieur.

Christopher (se retournant) : Non ! Il faut lui enlever ça ! Sa tête n'est pas encore assez solide pour supporter des tresses, c'est un bébé. Sa mère laisse ses cheveux à l'air libre, les siens doivent l'être aussi.

La nounou : Oui monsieur, ça n'arrivera plus, pardon.

Christopher (me regardant) : On en reparle ce soir.

Moi (levant les yeux) : Hum !

Il lui a remis la petite avant de se rendre dans la chambre de Léandre, après quelques minutes il est sorti de là-bas et est parti sans un regard pour moi. Je me suis rendue dans la chambre de Didi, la nounou était en train de défaire les pompons qu'elle lui avait faits.

Elle (levant les yeux) : Pardon madame, je ne savais pas, je lui ai fait ça pour la fête du soir.

Moi (les regardants) : Il fallait poser la question Anita, mais bon ce n'est pas grave. La prochaine fois n'y pense même pas.

Elle : D'accord.

Je me suis approchée faire un gros bisou à mon bébé, elle est trop sage ma fille. C'est son premier Noel et j'ai hâte qu'elle ouvre ses cadeaux. Papi et Mamie toujours dans l'excès, ils se sont lâchés sur les cadeaux des enfants. Du coup avec Christopher on a rien acheté, il ne faut pas trop les gâter non plus.

Iris (sortant de la chambre) : Bonjour tatie.

Moi (souriante) : Bonjour la plus belle.

Elle est venue me faire un gros câlin, je l'ai gardé dans mes bras.

Moi (la regardant) : Tu as bien dormi ? [Oui de la tête] qu'est-ce qu'il y a Iris ?

Iris (la tête posée sur mon torse) : Maman me manque, David aussi et papa.

Moi (posant ma main sur son dos) : Tu veux qu'on les appelle ? [Oui de la tête] Je vais laisser les sous à Anita pour le crédit, elle va le faire depuis son téléphone parce que je vais au travail. [Oui de la tête]

Mais pas moyen de la faire descendre, je serai bien en retard aujourd'hui. Elle a voulu que je lui fasse le petit déjeuner, des tartines de pain avec du chocolat et un bol de lait.

Moi (bisou sur le front) : J'y vais.

Iris (joyeuse) : A toute à l'heure tatie.

Je suis arrivée au boulot à 8h30, heureusement qu'il n'y a pratiquement rien à faire aujourd'hui. Le service fonctionne au ralenti, c'est ainsi pendant la période des fêtes. Qui dit jour de fête dit circulation dense et une foule dans les supermarchés. Déjà à midi, en sortant, il y avait un petit bouchon mais je préfère les nôtres plutôt que ceux de Libreville où tu meurs dans la voiture tellement l'attente est insoutenable. Ma liste en main, je me suis dépêchée d'acheter ce qui me manquait pour ce soir. Dans les rayons du super marché je suis tombée sur Alfred.

Moi (souriante) : Bonjour Monsieur Ogandaga.

Fred (levant la tête) : Oh Indiah !

Moi (lui faisant les bises) : Comment tu vas ?

Fred (souriant) : Je vais bien merci.

Anaïs : Fred tu ... euh Indiah !

Moi (baissant les yeux sur son ventre arrondi) : Anaïs, Félicitations !

Fred (se raclant la gorge) : Merci ! Félicitations aussi, j'ai appris que tu avais eu un bébé et que tu t'étais fiancée.

Moi (souriante) : Une petite fille, les nouvelles vont vites ici.

Fred (souriant) : Tu as oublié ta ville ou quoi ?

Anaïs (posant sa main sur celle de Fred) : Tu n'as pas oublié pourquoi nous sommes ici n'est-ce pas ?

Fred : Indiah ! Ce fut un plaisir.

Moi : Tu es rentré t'installer ?

Fred : Non, nous sommes toujours en Espagne, je suis ici pour le mariage d'Amandine avec Philip ! Enfin les présentations.

Moi : Ah ouais.

Fred : Bon porte toi bien.

Dès qu'ils ont tourné les talons j'ai sorti mon téléphone en lançant l'appel sur Hassan.

Meriem : Quoi ?

Moi : Donc Amandine et Philip sortent ensemble ?

Meriem (me coupant) : Tu les as croisés ?

Moi (changeant de rayon) : Non, j'ai croisé Alfred et Anaïs, elle est enceinte et ils vivent en Espagne. Sérieux Meriem j'ai raté quel épisode ?

Meriem : Et nous donc ? Même Théo était choqué ! Il n'y avait que les filles Ogandaga et leurs mères qui étaient au courant de cette histoire. Avec le mariage et l'arrivée du bébé, on n'avait pas trop la tête dans leurs histoires. En fait ça s'est fait lorsque Fred est rentré pour notre mariage, ses sœurs ont de nouveau introduit le dossier Anaïs.

Moi : Mince !

Meriem : Et comme toi tu étais dans ton histoire avec Christopher à l'hôpital et moi dans ma lune de miel et ma grossesse bah le kongossa nous est passé sous le nez sans qu'on ne se rende compte.

Moi : En tout cas je leur souhaite le meilleur. Elle a enfin eu ce qu'elle a tant espéré, appartenir à la famille Ogandaga.

Meriem : Théo est bien en boule.

Moi : Pourquoi ?

Meriem : Mais attend Indiah lorsque l'histoire entre vous pète, Théo prend ta défense en classant Anaïs du genre « mon frère je le connais lui c'est moi et moi c'est lui, donc zappe il n'a plus ton temps » et plein d'autres choses qu'il lui a dites. Sauf que là il est tourné au ridicule ! Surtout que Fred lui a caché cela et que ce n'est maintenant qu'on apprend que depuis l'année dernière Anaïs et Fred vivent ensemble et qu'ils attendent un heureux évènement.

Moi : Ah ça elle a gagné.

Meriem : En tout cas ! Elle n'a qu'à gagner, qu'elle était en concurrence avec qui même ? Tchrrrr

Moi : Je te dis ! Oui donc Amandine ?

Meriem : Ah moi les Ogandaga je les regarde ! Amandine est venue voir son grand frère, elle dit qu'avec Philip c'est du sérieux et qu'ils veulent officialiser leur relation devant leurs familles respectives. Théo lui a répondu « avant d'aller voir les parents, laisse-nous d'abord fréquenter le mec, voir si c'est un mec sérieux ».

Moi : Hum

Meriem : Tu te souviens que tu étais même encore enceinte de Didi, à 22 semaines un truc du genre.

Moi : Parle Meriem ! Je ne m'en souviens plus.

Meriem : Bref ! Tu es ou là ?

Moi : Aka ! Je suis au supermarché, parle vite la queue à la caisse m'attend.

Meriem : Donc voilà, après un an de relation elle a bondi tout le monde même ses grandes sœurs en allant parler directement aux triplets.

Moi (mettant le kit aux oreilles) : Hum

Meriem : Et c'est Ulrich qui nous lâche la doc parce que Valery a pété les plombs ! Adeline est au courant hein.

Moi (continuant mes courses) : Mais c'est sa fille non ? Elle ne peut que la soutenir.

Meriem : On a vu Sarah, elle aussi c'est un autre kongossa.

Moi : Quoi ?

Meriem : Sarah est enceinte.

Moi : C'est qui le père ?

Meriem : Qui connait ?

Moi : Comment ça ?

Meriem : Là où je te parle là, Valery a les mains sur la tête. Entre Sarah et Amandine il se sait plus quoi faire parce que les présentations cachent en fait le fait que madame est enceinte, pour atténuer sa sentence elle a poussé le mec passer voir sa famille.

Moi : Quel désordre.

Meriem : Désordre organisé par leur mère. Theo et Farrell pensent que c'est un homme marié, voilà pourquoi Sarah tait le nom du père. Elle a 31 ans, qui lui aurait dit quelque chose ?

Moi : C'est chaud dans ta belle-famille dis donc.

Meriem : C'est là où tu entends Elzie crier qu'elle est trop fière ne n'avoir eu que des garçons parce que les filles de Valery foutent trop la honte à la famille.

Moi (amusée) : Ah le trio des belles-sœurs à quel niveau ? C'est maintenant le clash ?

Meriem : Sofia et Victor, leurs jumelles sont en France, ils n'ont que Victor-Junior avec eux donc elle est en paix. Le clash est entre Elzie et Adeline. Mais bon le père finira par se manifester un jour ou l'autre non ? Sauf si elle nous sort l'histoire de la vierge Marie même si ça fait des siècles qu'elle ne l'est plus.

Moi (me mettant dans la queue) : Méchante.

Meriem : Theo a dit qu'il ne parle plus. En même temps c'est Sarah la grande, il ne peut pas réagir comme avec Amandine qui est sa petite sœur.

Moi : Oui c'est vrai.

Meriem : Donc voilà.

Moi (amusée) : Donc tu passes ton réveillon avec ta belle famille ?

Meriem : Et puis quoi ? Non ! Nous sommes chez nous pardon, on a déjà établi notre programme. Un petit repas à trois et on se met devant la télé avec notre bébé et c'est tout.

Moi : Okay chérie coco, on s'appelle plus tard.

Meriem : Bisous.

Clic !

J'ai retiré le kit des oreilles à la caisse. Ma facture payée, je suis rentrée faire les assaisonnements dans la cuisine. Huitres et foie gras, du gigot d'agneau, un fondant au chocolat et des buches glacées. Anita est rentrée à 15 heures chez elle, je suis restée avec les enfants à rire devant la télé. Christopher est rentré à 18 heures à la maison les bras chargés, une caisse remplie de diverses sortes d'alcool.

Moi (le regardant) : On boit mais pas à ce point.

Christopher (souriant) : Cadeau offert pas la boite, je n'allais pas refuser ;

Moi : C'est Meriem qui sera contente, elle qui aime le vin blanc. Ne bouge pas.

Christopher (fronçant les sourcils) : Quoi ?

Didi était en train d'essayer de se mettre debout.

Moi (souriante) : Retourne-toi doucement.

[Ce qu'il a fait]

Christopher (la regardant, ému) : Je suis fier.

Iris : Didi se met debout.

Elle a tenu quelques secondes avant de retomber assise, elle a tourné la tête en nous faisant un gros sourire. Christopher a tout laissé sur la table en allant la prendre dans ses bras.

Iris (me regardant) : Didi marche Tatie.

Moi (souriante) : Non Iris elle a essayé de se mettre debout.

Iris : Oui mais elle marche déjà.

Moi (amusée) : On n'a pas la même notion du mot « marcher ».

Je me suis occupée des filles. Léandre est un grand garçon de neuf ans qui ne veut plus se mettre nu devant nous, il n'a jamais voulu d'ailleurs. Lorsqu'il est dans la salle de bain il ferme la porte à double tour et quand il sort de là, son caleçon est déjà en dessous de sa serviette.

J'ai mis Didi dans son parc avant de me rendre dans la chambre, Christopher était en train de s'habiller.

Christopher (me regardant) : Ne pense pas que j'ai oublié ce qui s'est passé ce matin avec la petite.

Moi (levant les yeux) : Elle voulait simplement la rendre jolie Christopher, rien de méchant. Elle a compris, elle ne touchera plus aux cheveux de ta fille.

Christopher : Pourquoi tu ne fais pas des tresses ?

Moi (le regardant) : Où est le rapport avec moi ?

Christopher : Réponds à ma question.

Moi : Parce que je n'aime pas, mes cheveux n'ont pas de problème à rester à l'air libre.

Christopher : Nadège aussi, pourtant elle fait des tresses.

Moi : Je n'aime pas.

Christopher : Voila ! Ma fille aussi jusqu'à ce qu'elle puisse parler et dire qu'elle veut des tresses, ses cheveux resteront ainsi. Un chignon oui, mais un seul et c'est tout. Et je ne veux pas que n'importe qui lui touche la tête.

Moi : Oulala !

Christopher : J'ai parlé Okissi.

Moi : Pour une histoire de cheveux toi aussi ! tu ne trouves pas que tu exagères un peu ?

Christopher (ouvrant la porte) : Tes parents t'ont éduqué d'une certaine façon, et les miens aussi. Tu vis dans une bulle, sans vouloir t'offenser, et moi dans la réalité. Tu ne sais pas ce qui se passe dans ce monde lorsqu'on te touche la tête. Signe anodin à tes yeux, mais ça ne l'est pas pour celui qui te le fait. Alors non ! Lorsque je dis que je ne veux pas que n'importe qui touche la tête de mon enfant, je veux que cela soit respecté ! Tu ne sais quelles sont les intentions de la personne en face de toi.

Moi : J'ai compris Christopher.

Bientôt il me sortira un autre discours lorsque Sa fille se mettra à pleurer. Tout ça pour des pompons, mais sérieux quoi pff. J'ai pris ma douche, mis une robe bleue et j'ai rejoint tout le monde dans le salon.

Léandre (me regardant) : Indiah on a fait la table avec Iris, c'est bien fait ?

Moi (souriante) : Comme des chefs

Ambiance bonne enfant, entre Léandre et Iris impossible de ne pas rigoler. Elle a beaucoup de caractères cette petite, c'est une bonne chose dans ce monde où la femme est marginalisée. Nous sommes allés nous poser sur les fauteuils devant le programme des enfants, après avoir pris les desserts.

Iris (yeux de biches) : Tonton Chris ?

Christopher (lui souriant) : Oui ma belle ?

Mais c'est normal qu'elles tombent toute, vu comment il les regarde.

Iris (posant sa tête sue son torse) : C'est quand qu'on ouvre les cadeaux ?

Christopher (caressant son visage) : Le 25 chérie, demain matin lorsque tu auras passé une belle nuit.

Iris (souriante) : Okay

Nadège a appelé, je lui ai passé ses enfants. Et juste après le coup de fil nous sommes tous allés nous coucher. Oui, c'est comme ça que les parents fêtent Noël avec leurs enfants [Rire] Le groove pendant le réveillon c'est fini.

Christopher (au-dessus de moi m'embrassant) : C'est quoi mon cadeau de Noël Okissi ?

Moi (entre deux baisers) : Je ne savais pas [me mordant les lèvres] que tu en voulais un ?

Christopher (se frottant à moi) : Ah bon ? [Me pénétrant]

Moi (m'agrippant à lui) : Ouiii

Christopher (allant et venant en moi) : Oui parce que tu réponds à ma question ou oui parce que tu aimes ce que je fais ?

Moi (me mordant les lèvres) : Oui !

Christopher (accélérant la cadence) : Okissi !

Moi (énervée) : Quoi Christopher ! Tais-toi rhooooo

J'ai mis mon réveil à 6h30 pour placer les cadeaux sous le sapin discrètement. À 7heures Léandre s'est mis à crier dans le salon, nous sommes sortis de la chambre en catastrophe Christopher et moi, c'était à cause des cadeaux. Ils sont devenus fous à sauter dans tous les sens, du coup Mlle Siby s'est aussi mise à crier sans raison dans sa chambre, je suis allée faire son bibi pendant que son père allait la prendre.

Christopher (me regardant) : Tes parents exagèrent ! C'est trop.

Moi (donnant le bibi à mon bébé) : C'est bien toi qui a réceptionné les paquets lorsque Madame Okissi est passé déposer les paquets de ses petits enfants ?

Léandre (fou de joie) : Qui nous a acheté la Nintendo 3Ds ? En plus la XL ?

Nous (en cœur) : Le père noël.

Iris (nous regardant) : Il n'existe même pas.

Christopher (amusé) : Il existe, la preuve qui peut vous offrir tous ces cadeaux ?

Léandre : Papi et mamie.

Moi : Ah donc nous on ne peut pas ?

Léandre (l'air de rien) : Mais tu as dit à mamie que vous êtes trop pauvres non ?

Moi : Oui mais on peut quand même acheter un cadeau.

Léandre (perplexe) : Hum et qu'est-ce que vous nous avez acheté alors ?

Christopher (se levant) : Didi tu a fait un vilain caca.

Moi (amusée) : Lâcheur va.

Christopher (fuyant dans la chambre) : Je vais changer Didi.

Moi (me levant) : Attend je viens te donner un coup de main.

On a fui dans notre chambre.

Christopher (amusé) : Il fallait maintenant répondre ! Tu sais que tu n'as rien acheté mais tu veux discuter.

Moi (me couchant sur le lit) : Quitte là.

On a passé toute la journée à la maison, de toute façon personne ne voulait sortir. Il ne restait que les cadeaux de Didi sous le sapin, son père a dit que lorsqu'il sera motivé ils iront ensembles les ouvrir ; Même les chiens ont eu droit à des cadeaux mais pas nous. Il faut que j'appelle un peu les Okissi, c'est quel manque de considération ça. On a un décalage horaire de -3heures donc j'ai sorti mon ordinateur pour un Skype.

Maman (amusée) : Mais Chérie ton cadeau arrive.

Moi (boudant) : Papa ah bon c'est maintenant comme ça ? Même Didi qui vient de naitre, tu as rempli le sapin avec ses cadeaux et moi ta fille rien du tout ?

Papa : J'ai cru comprendre que tu étais maintenant en couple, ton homme ne peut pas t'offrir des cadeaux ?

Moi : Aïe tu aimes la provocation ! Être en couple veut dire que je ne suis plus ta fille ? Je prends note.

Papa (amusé) : On se voit dès mon retour.

Moi : Hum bisous.

Eux : Bisous à vous.

Clic !

Christopher (me regardant) : Ton père aime bien me lancer des piques.

Moi (souriante) : C'est sa spécialité Christopher.

Christopher (souriant) : Hum

Les fêtes sont passées trop vites à mon gout. Nous revenons de l'aéroport où nous avons laissés Iris, c'était un plaisir en tout cas ! La pauvre n'a pas arrêté de pleurer. Retour à la vie réelle, maison boulot et vie de famille. On a passé la nuit du 31 au 1er à faire le kongossa avec Meriem, impossible de fermer l'œil. Comme Christ et moi sommes des sauvages, on a essayé de faire l'amour en pleine nature [rire] le gout de la fête ou bien ? Au moins on pimente notre relation.

Retour au boulot ce matin, je me serais vraiment passée de ce jour. J'ai la tête pleine d'autres choses alors que j'ai un rapport que je dois saisir en machine et remettre à mon supérieur ! [Grrrrrr] C'est à des moments pareils que j'envie Olivia, être femme au foyer rien que pour la période après les fêtes pourquoi pas ? En tout cas je ne dirais pas non si on me le propose, mais comme ça n'arrivera jamais je peux toujours rêver.

Nadège

Iris : C'était trop bien maman.

Moi (la regardant) : Je vois ça.

Iris : Tu crois que j'irai encore là-bas ?

Moi : Je ne sais pas, on verra bien et puis avec papa on veut vous emmener visiter chez mamie.

Iris : Chez mamie ? Quelle Mamie ? J'ai trop de mamies maintenant.

Moi : Ma mère Iris.

Iris : Et si je n'ai pas envie ?

Moi : Tu viendras quand même. Tu as voulu allé voir Léandre on t'a laissé partir, on t'a fait plaisir. Alors prochainement c'est à toi de nous faire plaisir.

Iris (croisant les bras) : Okay même si je n'ai pas envie.

Moi (souriante) : Oui même si tu n'as pas envie et Léandre aussi sera de la partie.

Iris (pas enchantée) : Et mamie reste où ? C'est loin d'ici ? On prend l'avion ? Le bateau ?

Moi : On peut les prendre, mais pour faire des économies on prendra la route avec la voiture de papa.

Iris : Okay

Bon au moins elle a passé de bonnes vacances puisqu'elle ne boude pas la nouvelle. Une fois à la maison nous avons trouvé Mat et David couchés devant la télé, David en voyant sa sœur a bondi du fauteuil en venant se jeter sur elle. Après son Câlin elle est passée en faire un à son père.

Mathurin (la regardant) : Tu as pris du soleil chérie !

Iris (souriante) : C'est parce qu'on était à la plage. On a passé la nuit là-bas, c'était trop cool. Je suis montée sur le bateau [s'asseyant] il filait [Rigolant] c'était trop bien [Se levant] ma valise est où ? Je vais la mettre dans la chambre.

[S'en allant suivi par son frère]

Mathurin (me regardant) : J'ai l'impression qu'ils s'amusent bien là-bas.

Moi (prenant place) : Hum ! Elle est heureuse c'est le plus important.

Mathurin : Tu as appelé Indiah ?

Moi : Pas encore.

Mathurin : Lorsque tu le feras remercie-les de ma part. [Regardant la télé]

Moi : Okay

Je suis en train de préparer mon voyage, plus que deux jours avant le départ. Je croise les doigts pour que tout se passe bien et j'espère qu'en rentrant j'aurai de bonnes nouvelles, je préfère être positive et m'envoyer de bonnes ondes pour ma quête. C'est ma résolution de cette année, être positive et laisser les choses se faire d'elles-mêmes.

Chapitre 69 : Papaoutai ?

++Une semaine plus tard++

Mathurin

Déjà une semaine que Nadège est en France, c'est moi qui gère tout. Le repas, le gouter et les enfants. J'ai essayé tout seul les deux premiers jours, impossible de tenir le rythme. Je me demande comment elle fait au quotidien, en plus avec Iris qui ne me facilite pas la tâche avec ses « papa ce n'est pas comme ça », « mais non arrête, laisse-je te montre » et David et ses « maman rentre quand ? » « Maman est où ? ». Je me rends compte à quel point être maman est pénible, donc depuis le troisième jour c'est plat emportés et croissant pour le gouter, je ne me complique plus la vie.

Après avoir pris les enfants à la sortie, nous avons fait un tour au supermarché pour acheter des pizzas surgelées, ce sera notre repas ce soir et demain midi. Avec eux il faut varier le menu sinon ils ne mangent pas.

Iris (hurlant) : Dylan !

Elle a couru vers Dylan et ses parents qui ne sont autres que Travis et Leslie, nous nous sommes retrouvés face à face.

Leslie (souriante) : Bonsoir Mat tu vas bien ? [Venant me faire les bises] Meilleures vœux.

Moi (répondant à son sourire) : Merci à toi aussi.

Leslie : Je suis devant ! Vous venez les enfants ?

Il y'a eu un gros malaise entre Travis et moi, je n'ai pas su quoi lui dire.

Travis (soupirant) : On fait quoi maintenant ? On se regarde ? Je pars rejoindre ma femme et on agit comme des gamins de 12 ans ou quoi ?

Moi (me raclant la gorge) : Meilleur vœux.

Travis : C'est donc à cela que tu as réduit notre relation ? Bonjour, bonsoir, juste les formalités ?

Moi : Bien sûr que non.

Travis : Bien sûr que non ? Okay Ogoula, Merci à toi aussi.

[Tournant ses talons]

Moi : Travis ?

Travis (sans se retourner) : Ogoula tu connais mon numéro de téléphone, mon adresse personnelle et professionnelle. Si tu as quelque chose à me dire tu sais quoi faire.

J'ai récupéré les enfants et nous avons pris ce que nous sommes venus chercher avant de nous en aller. Après m'être occupé des devoirs d'Iris, avoir fait à manger, j'ai pu enfin repenser à ce que Travis m'a dit tout à l'heure. Cette histoire m'a éloigné de mes amis je le sais bien, c'est facile de s'en aller et de rester dans son coin. Le plus difficile c'est de repartir vers eux et de me rendre compte d'à quel point j'ai été con. Je n'ai rien contre le couple Babokoua et c'est ce qui est encore plus con parce que lorsqu'il me posera la question de savoir pourquoi j'ai pris mes distances avec eux, je ne saurais pas quoi lui répondre.

[Sonnerie téléphone]

Iris (bondissant du fauteuil) : C'est maman.

Elle s'est empressée d'aller prendre mon téléphone qui était en charge sur la commode.

Iris : Allô maman, oui je vais bien ! [Venant s'asseoir près de moi] il est là il me regarde [souriante] oui. C'était bien ! Avec papa et David on a croisé Tonton Travis et Tatie Leslie avec Dylan [Souriante] oui. Attend je te passe David.

David : oui, non, oui je t'aime aussi, bisou[Me tendant le téléphone]

Moi (me raclant la gorge) : Bonsoir !

Nadège : Bonsoir Mat tu vas bien ?

Moi : Ça va, rien à signaler et toi de ton coté ?

Nadège : Toujours dans les recherches, on avait que la ville et pas d'adresse alors on quadrille le périmètre à la recherche de Bernard Urey dans le département du Gard, on a peut-être une piste. Mais je t'en parlerais demain, je n'ai pas envie de m'emballer ce soir. Je serais trop dégoutée si c'était une fausse piste, tu comprends ?

Moi : Oui je comprends

Nadège : Et vous avez fait quoi ce soir ? Tu peux me rappeler s'il te plait ?

Moi : Okay ! [J'ai coupé et relancé l'appel] Allô ?

Nadège : Oui je t'écoute.

Moi : Rien, la routine sauf que ta fille est très exigeante. Avec des non pas comme ça, je veux ça et non pas ça papa bref une vraie peste.

Nadège (riant) : Tu vois ce que j'endure ?

Moi (souriant) : Oh oui ! Hâte que tu rentres et que tu reprennes ta place. Après ton retour il faudra qu'on ait une petite discussion avant que j'envisage de ramener mes effets à la maison.

Nadège : Tu me fais peur.

Moi : Non tu ne devrais pas.

Nadège : Ok vous me manquez.

Moi (souriant) : Tu nous manques aussi ! Nous sommes là, on t'attend, alors prend ton temps on ne bougera pas.

Nadège : Merci beaucoup Mat ! Heureusement que demain c'est vendredi tu pourras un peu te reposer.

Moi : Oui un peu seulement.

J'ai dû mettre fin à l'appel afin d'aller coucher les enfants et de la rappeler via Skype. On a passé notre temps à rigoler, discuter sérieusement, puis rigoler encore avant de se souhaiter une bonne nuit. Le lendemain même scénario avec les enfants, mais en allant les récupérer j'ai fait un tour chez les parents puis au glacier parce que David en voulait, ensuite nous sommes rentrés.

J'ai fini par appeler Travis, il a mis du temps avant de décrocher l'air méfiant. C'est après avoir reconnu ma voix qu'il m'a demandé ce que je voulais, du coup je dois passer chez lui demain en après-midi. Ça fera plaisir aux enfants.

Iris (sortant du véhicule) : Je suis trop contente.

Moi (faisant descendre David) : Pourquoi ?

Iris (souriante) : Comme ça papa ! Je suis simplement contente.

Moi : Oka

Dave (me regardant) : Je peux sonner ?

Je l'ai pris dans mes bras pour qu'il appuie sur la sonnette. C'est Leslie qui nous a ouvert le sourire aux lèvres.

Leslie (me faisant la bise) : Mais entrez donc ! Bonjour mes bébés.

Eux (souriant) : Bonjour tatie Leslie.

J'ai fait descendre David qui en voyant Ivan avec le ballon a voulu le rejoindre. Travis et Leslie n'ont pas de filles, mais quatre garçons. Leslie m'a fait comprendre que Travis était dans le salon, j'ai laissé les enfants dans la cour en le rejoignant dans la maison.

Moi (prenant place) : Salut !

Travis (levant la tête) : Hum

Moi (regardant au tour de moi) : Vous avez refait les peintures et la décoration, c'est bien.

Travis (se redressant en me regardant) : Je suis surpris, donc tu connais le chemin qui mène jusqu'à mon salon ? Tu te rends compte Mat que la dernière fois qu'on s'est vu c'était en novembre de l'année dernière au décès du père de Christo ?

Moi : Je sais !

Travis : Ah tu sais ? Et tu sais quoi d'autre encore ? Tu viens me parler de peinture et de décoration qui ont été faite depuis un an déjà ! Ah mais j'oubliais, tu as mélangé tout le monde dans le même sac en nous donnant un coup de pied dans le cul à tous.

C'est embarrassé que j'ai préféré garder le silence et le laisser dire le fond de sa pensée jusqu'à la fin.

Travis : Je suis déçu ! Parce que dans cette histoire j'ai été le plus neutre possible, je suis resté dans mon coin vis-à-vis de Christopher lui montrant ainsi mon mécontentement. Et pourtant il était en tort, mais il n'est pas resté dans son coin au contraire, il a essayé de se faire pardonner. Au final on apprend quoi ? Pfff et tu ne fais rien.

Moi : Je ne savais pas comment revenir vers vous et aborder le sujet.

Travis : Et là comment tu as fait dis moi ? En gros tu es en train de me dire que si tu ne nous avais pas croisés tu serais resté paisiblement chez toi c'est cela ?

Moi : Non, je prenais l'élan.

Travis (applaudissant) : Bravo Ogoula ! Tu es un ami formidable. Et donc tu es passé faire quoi chez moi au juste ?

Moi : Présenter des excuses.

Travis : Des excuses pourquoi ? Je n'ai pas souvenir d'un quelconque malentendu entre nous qui nécessite des excuses. Personnellement je m'en fou que tu disparaisses ou que tu réapparaisses, tu joues au yoyo tout seul. Tout ce que je te demande c'est d'être honnête avec les gens. Tu as un souci, tu m'appelles, on en discute et basta, après si tu veux disparaitre libre à toi Mathurin. Mais que tu disparaisses, tu changes de numéro et agit comme si nous avions un conflit pour ensuite tu revenir la queue entre les jambes t'excuser de je ne sais quoi je dis non ! Nous ne sommes plus des gamins, et même à cette époque on se disait les choses en face, on se cassait la gueule et juste après on redevenait des amis comme si la dispute ou la bagarre n'avait jamais eu lieu.

Moi : Oui c'est vrai.

Travis : Si tu viens vers moi c'est que tu as appelé Siby aussi ?

Moi : Non

Travis : Okay ! Tu sais au moins qu'il a eu une petite fille, et qu'il va se marier bientôt ?

Moi : Non

Travis : C'est bien.

Moi : Tu es le premier chez qui je viens présenter des excuses, pour Christopher s'est un peu plus délicat que ça.

Travis : Really ? Mais tu as envoyé la petite chez eux, pourquoi n'avoir pas profité à introduire le dialogue ?

Moi : Je ne sais pas Travis ! C'était plus facile lorsqu'on avait la version de Nadège, savoir qu'au final c'est sa maladresse qui nous a entrainée dans cette situation est assez délicat, sachant que je lui avais mis des coups et que nous ne nous sommes pas séparés sur de bons termes.

Travis : Ça c'était avant qu'il n'aille en prison, où tu n'es pas passé le voir une seule fois ! Une seule fois Mathurin, tu n'as même pas mis le pied en te disant « c'est mon ami, il a toujours été là pour moi. Alors durant cette épreuve qu'il traverse je mettrais nos différents de côté » Rien ! Malgré cela, Chris ne t'a pas gardé rancune. Après l'enterrement on avait établi un programme ou tu semblais favorable et puis plus rien, plus de nouvelles, tu as complètement disparu de la circulation !

Moi : Je sais.

Travis : Ne me parle pas de version de Nadège, parce que pendant cette période on avait que cette version. On a eu l'autre version il n'a pas longtemps. Qu'est-ce qui s'est passé après l'enterrement ?

Moi (soupirant) : Mon couple passait une mauvaise passe, le départ de Léandre, les décisions prises, l'histoire du viol, c'était trop frais pour passer à autre chose. Le coup de massue c'est cette histoire, ça fait six mois que mes affaires sont ailleurs.

Travis : ...

Moi : Cela fait à peine un mois que j'ai décidé de nous accorder une autre chance, on prend notre temps, on recrée la confiance, la communication entre nous.

Travis : Et c'est ce que tu veux ?

Moi : Comment ça ?

Travis : Tu es arrivé à 'pardonner' à Nadège après cinq mois entre temps Christopher que tu connais depuis bien longtemps ça fait un an que tu l'as rayé de ta vie.

Moi (soupirant) : Travis Nadège partage ma vie depuis moins longtemps que Christopher certes, mais la relation que j'ai avec elle ne peut pas être comparée avec celle que j'entretiens avec Christopher. Nadège c'est ma femme, c'est la mère de mes enfants. C'est celle avec qui je suis censé passer le reste de ma vie, je pense que c'est une priorité par rapport à ma relation avec Christopher qui lui a sa famille. Si aujourd'hui on a des problèmes et que Leslie se retrouve au milieu, dis-moi en toute honnêteté que tu privilégieras notre relation à celle que tu as avec Leslie.

Travis : ...

Moi : C'est exactement cela ! Toi-même tu l'as dit, nous ne sommes plus des gamins et oui Travis les priorités ne sont plus les mêmes. En envoyant Iris chez lui c'était pour moi une façon de dire « on a eu des problèmes certes, on se parle plus certes, mais j'ai toujours confiance en toi », il reste mon ami, mon frère. Lorsque le moment sera venu j'irai vers lui, je lui dirai ce que j'aurai à lui dire mais pour l'instant ma priorité c'est mon couple, ma relation avec ma femme, l'avenir de notre histoire et nos enfants. Bref je ne suis pas passé pour parler de Siby mais pour m'excuser d'avoir pris mes distances vis-à-vis de toi, de Leslie et de votre famille.

Travis : Okay je prends acte.

Leslie (ouvrant la porte du salon) : Désolée ! Mathurin tu veux quelque chose à boire ?

Moi (levant les yeux) : Un verre d'eau s'il te plait.

Leslie : Okay

C'est la première fois que je me retrouve avec Travis et qu'on n'a rien à se dire, mais vraiment plus rien ! C'est peut-être le fait d'avoir fait autant de temps sans se parler qui crée ce vide, je ne sais pas [soupir] j'ai bu le verre d'eau d'un trait.

Moi (posant le verre sur la table) : Bon je vais y aller !

Leslie : Déjà ? Les enfants vont être déçus.

Moi (souriant) : Oui ! Je peux les laisser si ça ne vous dérange pas et passer les récupérer plus tard.

Travis (se levant) : Pfff ! Si ça ne nous dérange pas, tu es même sérieux ?

Leslie : Travis il a simplement posé la question.

Travis : Okay de m'excuser alors.

Moi (me levant) : Je repasse dans une heure alors.

Leslie : Okay [Regardant Travis] tu ne l'accompagnes pas ?

Travis : Non !

J'en ai profité pour me rendre en salle de sport pour faire quelques exercices, ensuite je suis allé récupérer les enfants et le soir nous sommes allés au restaurant. En rentrant j'ai vu deux appels en absence de Nadège, j'ai d'abord couché les enfants qui étaient fatigués après la journée mouvementée qu'ils ont passée, ensuite je me suis installé devant l'ordinateur, dans la chambre, sous les draps en mettant la veilleuse. Et j'ai lancé l'appel.

Nadège (décrochant) : Allô ?

Moi : Bonsoir

Nadège : Bonsoir. C'est maintenant que tu m'appelles ?

Moi : Désolé je n'avais pas vu tes appels.

Nadège : Où sont les enfants ?

Moi : Ils dorment, trop fatigués après l'après-midi passé chez Travis et Leslie.

Nadège : ...

Moi : Allô ? Tu m'entends ?

Nadège : Oui

Moi : Il n'y avait plus de son, qu'est-ce que tu as dit ?

Nadège : Je demandais s'ils avaient été invités.

Moi : Non même pas, j'ai appelé Travis hier soir et ensuite je suis passé leur rendre visite.

Nadège : Ah okay

Moi : Alors ?

Nadège : Je l'ai retrouvé Mathurin.

Moi (content) : C'est vrai ? Vous vous êtes vus ?

Nadège (souriante) : Non pas encore ! En fait c'est son fils que j'ai vu, on a eu une longue discussion.

Moi : Ton frère en fait.

Nadège : Oui

Moi : Grand ou petit ?

Nadège : Petit.

Moi : C'est un voyou ton père, faire des enfants à des femmes et ne pas les épouser et après on blâme les noirs qui le font ! Et donc ?

Nadège (heureuse) : J'en tremble encore regarde [me montrant ses mains] c'était trop bizarre.

Moi : Raconte ! Il te connaissait ?

Nadège : Son père lui avait montré la même photo que maman m'avait donné, c'est le seul souvenir qu'il avait de moi.

Moi : Il est donc marié alors.

Nadège : Non

Moi (taquin) : C'est ta mère qui sera aux anges.

Nadège (éclatant de rire) : Laisse ma mère tranquille.

Moi (souriant) : Tu le vois quand ?

Nadège : Demain, j'irai avec Quentin, c'est son prénom.

Moi : Contente ?

Nadège : J'ai plutôt la frousse oui ! Je ne l'ai jamais réellement rencontré, c'est cette photo qui prouve le contraire mais c'est tout. Je ne sais même pas si j'arriverais à fermer les yeux cette nuit, je suis trop anxieuse.

Moi : Tu fais exactement comme Iris.

Nadège (souriante) : J'ai préparé une multitude de questions.

Moi : Tu m'étonnes ! J'aurais voulu être avec toi et vivre ce moment à deux.

Nadège : Tu es là avec moi Mat, pas physiquement certes mais moralement.

Moi : Alors tu as un petit frère, il a quel âge ?

Nadège : C'est un petit frère de 28 ans qui a un petit garçon de 3 ans.

Moi : Le même âge que David.

Nadège : Oui

On a passé plus de trois heures devant l'ordinateur, j'ai fini par m'endormir, c'est Nadège qui a coupé l'appel. Toute la journée du dimanche j'ai attendu qu'elle me fasse signe, à la maison assis devant la télé. C'est à 20 heures qu'elle m'a bombardé de photos, il n'y a rien à dire c'est son père, la ressemblance est frappante. Cinq jours plus tard elle est rentrée, plus épanouie, souriante, détendue et très belle ! En deux semaines, le climat a rendu son teint plus éclatant. Pas moyen d'être seul avec elle avec Iris et David dans les parages qui l'ont monopolisé. J'ai patienté jusqu'à ce qu'elle les mette au lit pour enfin la prendre dans mes bras, elle m'a trop manqué.

Nadège (ouvrant les placards) : Tu as ramené toutes tes affaires ?
[Tournant la tête]

Moi (m'asseyant sur le lit) : Oui

Nadège (émue) : Ça veut dire que tu es prêt à aller de l'avant.

Moi (souriant) : Aller de l'avant, laisser le passé derrière nous. Ces deux semaines m'ont fait beaucoup réfléchir et je suis arrivé à la conclusion que je veux être avec toi et personne d'autre. Tu n'es pas parfaite, tu avais une vie avant, tu m'as menti, cachée des choses c'est vrai. Mais ce qui est fait est fait ! Je préfère regarder devant plutôt que de rester sur place à ruminer et ressasser le passé.

Nadège (les larmes aux yeux) : Merci.

Moi : Bon et si tu me racontais ta rencontre avec ton père ?

Nadège (souriante) : Je l'ai invité en juillet.

Moi : Ici ?

Nadège : Oui je veux qu'il vous rencontre les enfants et toi. Je dois appeler Indiah pour leur dire que l'enfant passera toutes ses vacances du mois de juillet avec nous et s'ils n'ont rien prévu, qu'ils nous le laissent jusqu'en Aout parce que Bernard fera trois mois au Gabon. Deux ici et un à Mouila.

Moi : Ta mère, qui la sentira encore là-bas ? Son blanc est de retour après combien d'années ?

Nadège (riant) : Mais il ne faut rien lui dire hein ? C'est une surprise.

Moi : Rien lui dire, ce n'est pas comme si on s'appelle elle et moi.

Nadège : Non mais elle arrive se reposer.

Moi : Se reposer ou prendre des nouvelles de son mec ?

Nadège : Se reposer Mathurin.

Moi : Ouais c'est ça ! Alors du coup tu as la nationalité n'est-ce pas ? Je pourrais avoir le visa plus facilement ?

Nadège (amusée) : Mais quel arriviste ! Il faudra d'abord que Bernard fournisse des documents ici pour ça. La chance que j'ai c'est qu'il m'a reconnue, mais pas déclaré au niveau de l'ambassade de France.

Moi (souriant) : C'est un petit problème chérie ! Il faut faire Vite ! J'en ai marre de faire la queue et d'attendre qu'on m'appelle. Là ce sera direct « Monsieur Ogoula vous pouvez passer » Bah oui, ma femme et mes enfants étant français ça va de soi.

Nadège (me prenant dans ses bras) : Tu es bête, tu m'as manqué Mat.

Moi (bisou sur la joue) : Tu m'as manqué aussi chérie.

+++ Quatre mois plus tard+++

Christopher

Les travaux de la maison sont finis depuis une semaine, j'ai les clés en ma possession. Je n'ai rien dit à Okissi et elle ne se doute de rien non plus puisque je ne lui en parle pas. En sortant du boulot, je suis allé regarder la maison avant de me rendre à la gym. C'est tout ce que je voulais, maintenant Okissi peut faire son vampire avec sa dot moi en tout cas je suis prêt. En rentrant à la maison j'ai trouvé les sœurs Okissi, le défilé a déjà commencé pour le mariage

Mon Idylle a fêté ses un an il y a un mois de cela, je me suis lâché ! C'était carte blanche pour sa première bougie. Et depuis trois mois elle court dans toute la maison avec son rire qui nous gonfle de bonheur.

Sa grand-mère Anne-Marie a dit que c'est le même qu'Indiah avait petite, lorsqu'elle était excitée par les jeux. Ma femme a fêté son anniversaire aussi, elle n'a rien eu [Rire] simplement le petit déjeuner que je lui ai emmené au lit.

Je suis allé me doucher, à mon retour il n'y avait plus personne. Okissi était en train de tout ranger et nettoyer.

Moi (la regardant) : Yo ça va ?

Indiah (amusée) : Ton histoire de 'yo' là, bientôt tu vas coller ça ! Oui je vais bien et toi ?

Moi : Tout baigne.

Indiah : Au fait la maison ne devait pas être livrée ce mois ci ?

Moi : Si depuis une semaine déjà.

Indiah (me regardant) : Et tu ne m'as rien dit pourquoi ?

Moi : Je voulais voir si ça t'intéressait d'autant plus que tu n'as montré aucun intérêt à ce sujet.

Indiah : L'architecture et moi ça fait deux.

Moi : J'ai les clés avec moi au cas où tu voudrais la visiter.

Indiah (s'essuyant les mains) : On peut y aller ?

Moi : Quoi maintenant ?

Indiah : Oui ! Qu'est-ce qu'on fait là ?

Moi (soupirant) : Léandre ? Met tes chaussures, on sort.

Il n'y a qu'Okissi pour faire les choses comme ça, me faire ressortir lorsque je suis déjà rentré me reposer à la maison.

Léandre : On est où ?

Moi (coupant le moteur) : Dans ta future maison.

Nous sommes tous descendus de la voiture, j'ai ouvert le portillon.

Indiah (portant Didi) : Pourquoi les lumières sont allumées ?

Moi (la regardant) : Parce que je les allume depuis une semaine en sortant du boulot et les éteins le matin avant de me rendre au boulot. [Ouvrant la porte en mettant la lumière] Bienvenue ! Je vous fais la visite, vous avez le salon, le côté séjour avec ce petit bar près de la fenêtre sur la gauche. Sur votre droite l'espace table à manger et la porte de la cuisine, suivez-moi !

Indiah : Pourquoi ça ?

Moi (la regardant) : Okissi lorsque je t'ai donné les maquettes qu'est-ce que tu as fait de ça ?

Indiah : Oh pardon ! J'ai simplement posé la question.

Moi : Tchip

C'est une maison de trois chambres, trois salles de bain, un toilette visiteur et un studio à l'extérieur. Ensuite il y' a le garage, l'espace du gardien et la niche des chiens.

Indiah (fermant la porte) : Tu aurais pu mettre une piscine.

Moi : Tente-moi bien.

Indiah (amusée) : C'est une suggestion.

Moi : Finance et je la mets sans problème.

Indiah : Ok

Moi : Tchip ! La bouche cadeau.

Une fois la visite terminée, nous sommes rentrés. Après avoir mis les enfants au lit, nous nous sommes assis autour de la table afin d'aborder le sujet qui rend nerveux, l'argent.

Indiah : Bon comme tu as pu le constater, depuis deux mois déjà ma famille paternelle défile à la maison, papa a réuni ses frères pour la liste de la dot que j'ai déjà en ma possession.

Moi : Et c'est toi qui me parle de secrets.

Indiah : C'était pour éviter de te mettre la pression.

Moi : Comme par hasard.

Indiah : Bref ! C'est à toi de me dire si tu es prêt ou pas et on fixe la date ensemble.

Moi : Juin, Juillet et Aout tu oublies. Nous sommes en Mai donc ce serait trop juste question timing ! L'idéal pour moi ce serait en Décembre parce qu'en Septembre il y a la rentrée scolaire des enfants.

Indiah : Juin, Juillet, Aout et Septembre.

Moi : Décembre avec le paiement du treizième mois c'est l'idéal. Le problème qui se pose c'est de savoir si tu pourras patienter jusqu'en Décembre.

Chapitre 70 : Leslie

Indiah

Moi (faisant la moue) : C'est trop loin.

Christopher : Ce ne sont que sept mois à attendre Indiah.

Moi : Sept mois c'est long.

Christopher : Qu'est-ce que tu décides alors ?

Moi : Août !

Christopher : Tu rigoles ou quoi ? C'est dans deux mois Août ! Un mariage se prépare, entre les réunions, le programme etc. Le temps passera si vite que tu n'auras pas encore acheté ta robe de mariée.

Moi : En Décembre les gens préparent les fêtes de fin d'année, je ne pense pas qu'ils auront la tête à faire la fête pour notre mariage.

Christopher (soupirant) : Indiah Août c'est bien lorsqu'on décide d'aller se marier en comité restreint, ma mère, tes parents et les enfants. Mais lorsqu'on a une grande famille, il faut lui laisser le temps de se préparer. Août c'est trop brusque.

Moi : Mais tu dis être prêt.

Christopher : tu fais exprès de ne pas comprendre ce que je suis en train de t'expliquer ou quoi ?

Moi : Non, je veux simplement comprendre pourquoi tu me dis que tu es prêt mais que ce n'est pas possible de se marier en Août.

Christopher (haussant la voix) : Et tu crois qu'en trois mois ce mariage pourra se faire ? Déjà il faudrait que ma famille rencontre la tienne, comment on fait ça lorsque nos familles vivent dans des villes différentes ? Être prêt ne veut pas dire qu'on peut se marier tout de suite, je suis prêt oui ! Mais ensuite il y a un processus à suivre, des démarches à faire.

Moi : Au final c'est toi qui décides.

Christopher (se levant) : Je vais dormir parce que cette discussion prend des tournures qui vont m'énerver. On te parle et tu fais la sourde d'oreille parce que madame a arrêté ses idées sur le mois Août.

Moi : Non du tout Christopher ! Nous sommes en début Mai, je me dis qu'en fin Août début Septembre c'est possible de se marier.

Christopher (me fixant) : C'est la course ?

Moi (regardant mon bijou) : Non mais ça fera un an et trois mois que j'aurai cette anneau autour du doigt.

Christopher : Et ? Je n'ai pas envie de mettre la pression aux gens ou de leur courir après, en Décembre tout le monde sera prêt, tu seras prête et moi aussi. On prendra le temps de bien s'organiser au lieu de faire les choses à la va vite.

Moi (me mordant les lèvres) : C'est ce que j'ai dit, au final c'est toi décides.

Christopher : Indiah arrête avec ça okay parce que ça va me souler et je serais capable de tout annuler et on reste ainsi. Tu ne veux pas être raisonnable alors que tu sais que j'ai raison. Qu'est-ce que ça te coute de patienter sept mois de plus, qu'on prenne notre temps pour les préparatifs ?

Moi (levant) : Fait comme tu veux Christopher ! Annule même, de toute façon c'est toi qui m'as fait cette demande. Demain j'irai voir mes parents en leur disant de tout annuler, il n'y a plus de mariage.

Christopher (me fixant) : Fait donc ça ! Tu te comportes comme une enfant pourrie gâtée. Tu peux aller voir tes parents pour annuler Indiah. Sache juste qu'une fois que ce sera fait, ne pense même plus que moi Siby je te parlerai encore de mariage dans cette maison ou ailleurs.

Il est parti dans la chambre en claquant la porte. Il n'a qu'à tous les réveiller même Tchip ! Je suis tellement énervée que je suis tentée d'aller dormir dans la chambre de Léandre mais si j'ose, connaissant Christopher, il fera pire. J'ai pris sur moi en le rejoignant dans la chambre après avoir fait le tour dans les chambres des enfants. La pièce était dans le noire, je ne me suis pas gênée de mettre la lumière en me rendant dans la salle de bain me brosser les dents. Il était allongé sur le dos, sa tête posse au-dessus de ses bras à regarder le plafond.

J'ai allumé la climatisation avant d'aller le rejoindre sur le lit, en lui présentant mon dos. C'est avec mon ombre qu'il se mariera en Décembre Tchip ! N'importe quoi ! J'ai souvent envie de lui en coller une lorsqu'il me prend pour une attardée.

Il est parti très tôt de la maison et c'est tant mieux, je n'avais pas envie le croiser ce matin et m'énerver pour rien. J'ai déposé Léandre à l'école avant de me rendre au boulot. J'ai été de mauvaise humeur toute la journée, du coup vers 16h j'ai appelé Meriem afin qu'on aille se prendre un café avant que je n'aille récupérer Léandre à la sortie des cours.

Moi (la fixant) : Si tu es là pour me dire qu'il n'a pas tort et que je ne suis pas raisonnable, tu peux garder ça au fond de ton cœur.

Meriem : Pas besoin puisque tu sais qu'il a raison. Toi-même tu as vu comment ça m'a pris du temps pour organiser le mien.

Moi : Sauf que tu n'as pas fait un an avec ça. [Lui montrant la bague]

Meriem : 7 mois, c'est le temps que ça nous a pris pour tout préparer et avoir un beau mariage. Je ne comprends pas pourquoi tu es si pressée, prend ton temps et fait les choses bien. Quand il s'agit d'organiser un évènement le temps passe si vite que lorsque tu t'en rends compte il ne te reste plus que quelques jours avant la date cruciale.

Moi (soupirant) : Je déteste me dire qu'il a raison.

Meriem (souriante) : Parce qu'il est raisonnable et pas toi.

Moi : Je suis raisonnable Meriem ! C'est juste qu'à ce moment-là j'ai vu que c'était possible de le faire en Août et je suis restée braqué dessus, surtout qu'il me dit être prêt, alors pourquoi attendre 7 mois ?

Meriem : Ça prouve justement qu'il est prêt, qu'il a étudié toutes les possibilités et que Décembre se trouve être le mois parfait pour lui. Donc au lieu de tirer la tronche, choisie la date.

Moi : Au final c'est lui qui décide de tout.

Meriem (soupirant) : Tu lui as demandé s'il était prêt, il te répond oui mais pour le faire en Décembre, en quoi s'est lui qui décide de tout ? Puisque c'est toi qui choisit la date et de ce que tu veux ou pas pour ton mariage.

Moi (la dévisageant) : Siby te paie pour prendre sa défense ? Tu es devenue son avocat ?

Meriem (amusée) : avoue que tu as gaffé c'est tout.

Moi : Tchip d'ailleurs il va bien voir ce que je lui ferai au mariage traditionnel, ce n'est la bouche qu'il fait pour me faire le bruit et bomber le torse. Il va bien me maudire.

Meriem : Tu es drôle hein ! Et après ?

Moi : On mangera les restes du mariage, jusqu'à ce qu'on se refasse une santé financière Tchip. Hier j'avais envie de lui mettre un coup de poing dans son sommeil tellement il m'a énervé.

Meriem : Tu es folle.

Moi : Parce que tu n'as pas vu comment il me parlait, comme si c'était sa fille qu'il avait en face de lui. Non mais c'est son physique qui me retient, si c'était comme Fred, on allait se battre hier soir.

Meriem (éclatant de rire) : Tu as encore peur ? Toi-même ceinture noir ?

Moi : Il faut préciser poids léger pas poids lourd. Les prises que je faisais à Fred ne marchent pas sur lui, trop de masse.

Meriem (morte de rire) : Tu as même essayé ?

Moi : Bien sûr, une fois ! Ça n'a rien donné. Et là il n'allait pas encore à la gym, aujourd'hui ce n'est même pas la peine d'essayer.

Meriem (regardant sa montre) : Bon Okissi il est l'heure pour moi de rentrer.

Moi {la regardant) : Depuis que nous sommes mamans on n'a même plus du temps pour nous. Tout tourne autour du foyer, des enfants et du boulot.

Meriem : Il faut qu'on prenne au moins un jour par mois, rien que toutes les deux, en laissant les enfants avec leurs pères.

Moi (me passant la main sur le visage) : Et moi qui me moquais d'Elie avec leur seul vendredi de groove entre amies par mois, me voilà réduite à ça aussi à 28 ans.

Meriem (se levant) : Les priorités ne sont plus les mêmes. On n'y va ?

Moi (me levant) : Hum

Meriem : Tu viens à la gym ?

Moi (regardant ma montre) : Non ! je n'ai pas averti Christopher.

Meriem : Genre?

Moi : Par rapport aux enfants. Quand j'y vais il n'y va pas parce qu'il faut libérer la nounou.

Meriem : Ah je comprends.

Nous nous sommes fait des bises avant que chacune ne monte dans sa voiture et aille vaquer à ses occupations. Je suis allée me garer au parking de l'église St louis en attendant que Léandre finisse, ensuite je l'ai invité prendre un verre. Je n'ai pas envie de croiser Christopher avant qu'il n'aille à la gym.

[Sonnerie téléphone]

J'ai sorti mon téléphone du sac en levant les yeux vers le ciel, quand on parle du loup Pfff Il ne peut pas me laisser tranquille non ? C'est trop lui demander ?

Moi (décrochant) : Oui ?

Christopher : Bonsoir vous êtes où ?

Moi : C'est quoi le problème ?

Christopher (calme) : Indiah répond tranquillement à ma question.

Moi (agacée) : Nous sommes assis au Ptit'Kawa.

Christopher : Okay

Clic !

C'est toute nerveuse que j'ai remis mon téléphone dans le sac. J'ai attendu que Léandre finisse son verre avant de payer l'addition et de rentrer. La voiture de Christopher était dans le garage [Grrrrrr]. Une fois dans la maison j'ai évité de me rendre dans la chambre puisqu'il y était avec sa fille, mon sac à main et l'ordinateur sont restés dans un coin du salon.

J'étais dans la cuisine lorsque j'ai entendu Christopher appeler Léandre et quelques minutes plus tard, Léandre m'a rejoint pour me dire que son père m'attend dans la chambre. Je n'ai pas envie d'y aller parce que je sais qu'on va se disputer et je n'ai pas envie de me disputer avec lui.

C'est trente minutes après que je me suis présentée devant la porte de la chambre.

Moi (le regardant) : Oui ?

Christopher (levant les yeux) : Entre et tu fermes la porte.

Moi (le regardant) : J'ai laissé une marmite sur le feu.

Christopher (d'un ton sec) : Indiah entre et tu me fermes cette porte.

C'est bien énervé que j'ai fait comme il me l'a ordonné en m'adossant contre la porte.

Christopher (me fixant) : Tu joues à quoi ?

Moi (coupant court) : Tu as raison Christopher, tu veux qu'on se marie en Décembre ? Qu'il en soit ainsi ! Tu pourras même choisir la date, faire tout ce que tu veux [haussant les épaules] je m'en fiche. Je peux m'en aller ?

Christopher : Tu trouves cela drôle ?

Moi (pouffant) : Tu me vois rigoler peut-être ? Tu fais le chef dans tout. Tout je me sens comme une enfant devant ton discours, alors ça me sert à quoi de te donner une date puisque tu as déjà tout décide tout seul et sans même m'en parler. Après tu me parle de partenariat ? Pfff

Christopher : Je peux parler ?

Moi : C'est toi le chef ici non ? Est-ce que tu as besoin de permission pour t'exprimer ? Tu cries, tu grondes, tu fais ce que tu veux.

Christopher (soupirant) : J'ai essayé de t'expliquer calmement la situation, tu m'as demandé si j'étais prêt, oui je le suis mais pour Décembre. En quoi est-ce que j'ai fait le chef ?

Tellement énervée, je n'ai pas répondu.

Christopher : Tu te gonfles comme si j'ai dit qu'on n'allait pas se marier et que je cherchais á me défiler alors que ce n'est pas le cas ! Je veux simplement qu'on prenne notre temps dans les préparatifs, sans aucun stress.

Moi (le regardant) : Et lorsque tu me cries dessus c'est aussi pour nous éviter le stress ? Bref tout ça c'est long ! Fait comme tu veux, je te regarde maintenant. Puisque tu es le seul adulte dans cette maison et que nous sommes tous tes enfants.

Christopher : Indiah arrête ton délire tu veux ! Et tu penses que c'est en te comportant comme une gamine que nous...

Je suis sortie de la chambre en claquant la porte aussi fort que j'ai pu. La réaction de Christopher n'a pas tardé, il m'a suivi dans la cuisine en criant mon nom ce qui a fait pleure sa fille et fait sortir Léandre de la chambre.

Moi (lui prenant Didi des bras) : Bravo !

Léandre (devant la porte) : Qu'est-ce qui se passe ?

J'ai diminué le feu sous ma sauce avant de me rendre dans la chambre de Didi, la porte fermée à double tour. Je l'ai entendu demander à Léandre d'aller dans sa chambre continuer ses devoirs et puis après plus rien. Je ne suis sortie que pour vérifier ma cuisson, Christopher était assis dans le salon comme un malheureux. Didi est descendue de mes bras pour aller dans ceux de son père.

Christopher : On peut discuter sans crier ?

Moi (m'arrêtant) : Christopher de nous deux c'est toi qui cries, c'est toi le premier à perdre patience pas moi. Et si c'est pour reparler de ce mariage non merci, je n'en ai plus envie, tu as décidé que ça se ferait en Décembre alors qu'il en soit ainsi. Ce week-end je te donnerai la date exacte.

Christopher (se levant) : Okay ! Je pars demain sur Libreville, je ne rentrerai que la semaine prochaine.

Moi : Je t'enverrai un texto alors.

J'ai rejoint Léandre dans sa chambre pour vérifier ses devoirs, leçons et préparer ses affaires pour demain. Christopher est allé coucher la petite avant que nous ne passions à table, sous un silence pesant. C'est à cause de Léandre et du fait que je lui dise tous les jours qu'on mange en famille que je suis assise sur cette table, sinon je me serais servi et j'aurais disparu de la maison.

Christopher (me regardant) : C'est très bon.

Moi (froide) : Merci

Christopher (regardant Léandre) : Qu'est-ce que tu en penses Léandre ?

Léandre : C'est très bon.

Christopher (me regardant en souriant) : Léandre regarde un peu la maman de Didi, tu comprends pourquoi je suis amoureux ?

Léandre (souriant) : Oui papa, elle est très belle.

Christopher (se caressant le torse) : Demande lui un peu de nous sourire, chez nous c'est interdit de manger la mine attachée.

Léandre (yeux de biches) : Indiah ?

Moi (bloquant le sourire) : Oui Léandre ?

Lui (me regardant) : Tu es fâchée ?

Christopher (posant sa main sur ma cuisse en dessous de la table) : Tu es fâchée ?

Moi (le regardant) : N'ose même pas Siby.

Christopher (me fixant) : Sinon quoi ?

Moi (regardant Léandre) : Pas contre toi.

Christopher (amusé) : Ah donc tu es fâchée contre moi ? Moi ? L'homme de ta vie ? Celui qui t'a donné Idylle, la fille de son père ? Tu pouvais avoir un bijou comme ça sans moi ? Le plus beau parmi les vilains hein [avec l'accent camer] ?

Moi (me mordant les lèvres) : Je veux manger en paix.

Christopher : Léandre elle est trop dans moi, sans moi dans sa vie je ne sais même pas si elle aurait envie de se lever le matin.

Moi ; Arrête de raconter n'importe quoi.

Christopher : Léandre tu vois ? Elle veut rire, mais comme elle a déjà dit qu'elle est fâchée, pour être crédible elle est obligée de se faire violence.

Il est tellement bête cet enfant que j'ai fini par me détendre et rigoler de ses bêtises Tchip. Ce n'est que sous les draps que nous avons pu avoir une vraie discussion, nous nous sommes mis d'accord pour le mois de Décembre et je lui ai donné la date. Le 28 décembre, il n'y pas de signification, c'est juste que c'est le jour du mois de Décembre que j'aime le plus.

Moi (gesticulant) : Non Christopher je suis toujours fâchée.

Christopher (essayant de m'embrasser) : Arrête ça Okissi, je vais passer cinq jours ailleurs, tu ne vas pas me laisser partir comme ça ?

Moi (amusée) : Si ! C'est ta punition pour m'avoir mise de mauvaise humeur toute la journée.

Christopher (bisou dans le cou) : Mais je me suis excusé non ?

Moi : Et je m'en fous.

J'ai fait mon petit malin mais après j'ai fini par céder [rire]. Le lendemain je l'ai laissé à l'aéroport.

[Sonnerie téléphone]

Moi (décrochant sans regarder l'écran) : Allô ?

Nadège : Allô bonsoir Indiah, je te dérange ?

Moi : Bonsoir Nadège, non du tout ! [Me levant] ne quitte pas je vais chercher Léandre.

Nadège : En fait c'est avec toi que j'ai envie de discuter.

Moi : Moi ?

Nadège : Oui au sujet de Léandre.

Moi (m'asseyant) : Je t'écoute.

Nadège : Voilà, est-ce que se serait possible de l'avoir durant toutes les vacances ? Je m'y prends maintenant afin d'éviter les mauvaises surprises.

Moi : Je peux demander pourquoi ?

Nadège : C'est assez personnel en fait.

Moi : Je ne demande pas pour faire la curieuse mais pour introduire le dossier chez Christopher ! Il me demandera pourquoi.

Nadège : Oui je comprends.

Moi : Ou dans ce cas appelle le et discutez-en directement, il est à Libreville en ce moment.

Nadège : Mais est-ce que vous avez prévu quelque chose en Août ?

Moi : Non rien.

Nadège : Tu peux quand même lui en parler s'il te plait ? En lui disant que c'est vraiment important.

Moi : Okay, pas de soucis ! Une fois que je l'aurais au téléphone.

Nadège : Okay merci.

Moi : Je te passe Léandre ?

Nadège : Non je l'appellerai demain.

Moi : Ok

Nadège : Bonne soirée.

Moi : Merci pareillement.

Clic !

Leslie

Moi (regardant Travis) : Vous avez trop de conneries, après c'est pour dire nous ne sommes plus des gamins alors que vous agissez comme tels.

Travis (me regardant) : Tu as fini ?

Moi (le dévisageant) : Non et ça ne fait que commencer.

Travis : Laisse-moi te rafraichir la mémoire, c'est lui qui nous a tourné le dos ! Combien de fois j'ai essayé de le joindre ? À un moment il faut arrêter de prendre les honnêtes citoyens pour des cons.

Moi : Il a fait le premier pas, et tu es resté aussi froid que la glace. Et depuis qu'est-ce qui s'est passé ? Rien.

Travis (se redressant) : Tu veux que moi j'aille sonner chez Ogoula pour le supplier de revenir vers nous ? Pour une histoire qui ne me concerne pas ?

Moi (soupirant) : Non mais c'est ton ami Travis, au même titre que Christopher.

Travis : Christopher et Mathurin se connaissaient bien avant moi, c'est en 3eme que je rentre dans la bande. Alors s'il arrive à être heureux en sachant qu'il n'adresse plus la parole à son meilleur ami, tu crois que mon cas l'intéresse ? Comme on dit, j'ai reçu une balle perdue. Alors non ! Je campe aussi sur ma position.

Moi : Travis !

Travis : Leslie arrête-moi ton bruit, tu perds ton temps.

J'ai eu Indiah au téléphone ce matin, elle m'a fait comprendre que Christopher est en ville. Alors j'ai eu une brillante idée, celle d'organiser un petit repas et d'inviter Mathurin sans leur prévenir.

Moi (prenant le téléphone de Travis) : Tu as du crédit ?

[En réalité c'est le nouveau numéro de Mathurin que je cherche]

Travis : C'est quel crédit que tu recherches depuis là ?

Moi (levant les yeux) : Ya quoi ? Tu me caches quelque chose ?

Travis (tournant la tête) : Je n'en ai pas.

Je me suis envoyé le numéro en redéposant son téléphone. Demain matin j'irais au marché chercher un bon poisson pour Mathurin, Christopher et Travis mangent de tout, pas de préférence particulière.

Je me suis isolée dans la chambre pour envoyer un message à Christopher puis j'ai appelé Mathurin.

Mathurin (décrochant) : Allô ?

Moi : Bonsoir Mathurin, c'est Leslie.

Mathurin : Leslie ! Bonsoir tu vas bien ?

Moi : Ça va et toi ?

Mathurin : J'ai la forme.

Moi : Super ! Dis-moi qu'est-ce que vous faites demain midi ?

Mathurin : Euh rien, il y a ma belle-mère qui est là! Pourquoi ?

Moi : Ça tombe bien, comme je sais que ce n'est pas l'amour fou entre vous alors je t'invite à la maison manger un bon bouillon.

Mathurin (amusé) : Comme tu sais les faire là ?

Moi : Toi-même tu me connais.

Mathurin : Je salive même déjà.

Moi (souriante) : Donc c'est un oui ?

Mathurin : Travis est au courant ?

Moi : J'ai eu ce numéro par qui à ton avis ?

Mathurin : Ah ok, tu veux que j'apporte du vin ?

Moi : Sens-toi libre.

Mathurin : Ok

Nadège (voix de fond) : C'est qui ?

Mathurin : C'est Leslie.

Nadège : Passe-lui le bonsoir.

Mathurin : Nadège te salue.

Moi : Bonsoir à elle ! Donc on se dit à demain.

Mathurin : Sans faute.

Moi : Ok bye.

Clic !

Travis (ouvrant la porte de la chambre) : Siby vient de m'envoyer un message.

Moi (levant les yeux) : Et ?

Travis : Mais dis-moi quand même que tu vas nous mettre à l'aise demain afin de me préparer.

Moi (le levant) : Je te l'aurais dit.

Travis (souriant) : Maman j'aime lorsque tu te fâches.

Moi (amusée) : Ah le bruit.

Travis : Donc demain c'est du bon que j'aurais sur la table ?

Moi : Et ce que je cuisine ici n'est pas du bon ?

Travis : Si ! Mais lorsque tu invites c'est que tu es fâchée, et donc c'est du bon que tu nous réserves ! On te dit bien la grande du G2.

Moi (souriante) : Tchip !

Le lendemain midi Christopher était le premier à se pointer avec un carton de bières en main, je finissais à peine de dresser la table.

Moi (lui faisant la bise) : Ah ça ! Tu me montre qu'Indiah ne prend pas bien soin de toi là-bas.

Christopher (souriant) : Mais regarde comment j'ai maigri ? Entre les légumes, le poisson, je suis obligé de bouder afin de bien manger chez moi, tu trouves ça normale ? Même en prison je mangeais mieux que ça ! Alors lorsque la grande Leslie m'envoie un message comme celui d'hier, je ne peux qu'être là à l'heure.

Moi (amusée) : Vous les hommes il y a deux choses qui vous rendent heureux. Et je vais te trahir à Indiah.

Christopher (éclatant de rire) : Tu n'es pas sérieuse.

Travis (sortant du couloir) : Qu'est-ce qui vous amuse ?

Christopher (le regardant) : Je complimente ta femme ! On dit quoi ?

Travis (me gardant) : La bière Leslie.

Christopher (sortant deux Heineken) : On commence déjà notre apéro de midi, avant d'attaquer les vraies choses.

Ils sont allés prendre place dans le salon, j'ai vite fait un petit plateau puis je suis allée les rejoindre.

Christopher : Où sont les garçons ?

Travis : Chez sa sœur ! Ils me cassaient les oreilles et hop dans la voiture, elle a déposé deux chez sa sœur et les deux autres chez mon frère.

Christopher (amusé) : Ah mais c'est comme ça ! Quatre garçons, en plus deux paires de jumeaux je n'imagine pas.

Travis : Et toi ?

Christopher (se caressant le torse) : Ça va ! Avec Okissi on a enfin pu se mettre d'accord sur la date du mariage après s'être crier dessus.

[Ding dong]

Eux (me regardant) : On attend quelqu'un ?

Je me suis levée pour aller ouvrir la porte à Mathurin, de retour dans le salon il régnait un silence lourd.

Moi (les regardants) : Mathurin prend place ! Qu'est-ce que je te serre ?

Mathurin (se raclant la gorge) : Bonjour ! Euh j'ai apporté deux bouteilles de vin rouge.

Moi : Tu veux commencer avec ? Ou comme les autres je te sers une bière ?

Mathurin (prenant place) : Je vais prendre le vin.

Je lui ai donné le verre et l'ouvre bouteille.

Moi : Au menu, j'ai fait du bouillon de capitaine, du poulet fumé dans le chocolat et les feuilles de manioc, en plus du riz, la banane plantain et du manioc de chez moi.

Christopher : Mince c'est toi que j'aurais dû épouser.

Moi (amusé) : Regarde-moi celui-là, tu n'es même pas marié.

Christopher : Ce n'est pas grave.

Moi (leur montrant les clés de la cuisine) : Je viens de fermer ma cuisine, je vous laisse entre vous. Réglez vos problèmes, c'est seulement après ça que vous pourrez manger.

Travis : Je savais ! Et tu pars où comme ça ?

Moi (souriante) : Chez l'esthéticienne, j'ai pris un rendez-vous.

Christopher : La grande toi aussi ! À midi ?

Moi : Non pour 14 heures ! Donc vous avez largement le temps de tout mettre à plat. La boisson est dans le frigo de la chambre Travis. Vous ne voulez pas vous comporter comme des pères de famille alors aux grands maux les grands remèdes. À tout à l'heure.

Chapitre 71 : La victime

Christopher

Moi (regardant Travis) : Mais ta femme n'est pas sérieuse franchement ! Si elle savait qu'elle irait chez l'esthéticienne pourquoi me mettre l'eau à la bouche ?

Travis : C'est parce qu'il faut arranger vos problèmes qu'on me puni.

Moi : Je n'ai aucun problème avec personne.

Travis (soupirant) : Mathurin tu n'as rien à dire ?

Moi (pouffant) : Pffff

Mat : Si vous le souhaitez, je peux m'en aller.

Moi (le regardant) : Mais vas t'en !

Travis : Chris !

Moi : Mais enfin ! S'il veut partir qu'il s'en aille, qui le retient ? La personne qui t'a invité est chez l'esthéticienne alors si tu veux t'en aller la porte est grande ouverte.

[Silence]

Mathurin : Tu vas bien ?

Moi (le regardant) : C'est à moi que tu poses la question ?

Mathurin (soutenant mon regard) : Oui

Moi : Et tu t'attends à ce que je te réponde ? Que je fasse comme si on s'était quitté hier soir ?

Mathurin (soupirant) : Il faut bien commencer quelque part.

Moi : Elle est bien bonne celle-là. J'ai une question, une seule Ogoula, tu étais où tout ce temps ?

Mathurin : J'étais là.

Moi (acquiesçant) : Là ? Dans ce Gabon ?

Mathurin : Oui

Moi : Mon enfant est né, même une carte ou un message pour féliciter ne serait-ce qu'Indiah, puisque moi je suis devenu ton ennemi, on n'a pas reçu. Pourtant on vous envoie Léandre et ta femme et la mienne communiquent tous les jours. Aujourd'hui elle a un an et tu n'as même pas cherché à savoir à quoi elle ressemble, mais tu me dis que tu étais là ? Okay super.

Mathurin : Les choses se sont enchaînées, il y a eu tellement d'histoires, des malentendus, toutes ces choses m'ont fait prendre du recul vis-à-vis de tout le monde.

Moi : Donc tu es en train de nous faire comprendre que ton silence cette année au dû au fait que tu sois le seul sur cette terre à rencontrer des problèmes, c'est cela ? C'est pourquoi tu n'as même pas été fichu d'appeler lorsque la petite est née ? [Haussant le ton] Tu me prends vraiment pour un con ?

Travis (me regardant) : Doucement Christo.

Moi : Non ! Puisque nous sommes là, autant qu'on se dise une bonne fois pour toute ce qu'on a sur le cœur. Lorsque l'histoire de Léandre a vu le jour et que devant tout le monde Ogoula m'a humilié, j'aurais pu partir comme lui mais je ne l'ai pas fait. Je n'ai pas arrêté de courir derrière chacun de vous pour m'excuser, même chez Nadège j'ai été m'excuser. Qu'est-ce que tu as trouvé de mieux à faire ? Débarquer chez moi et me donner un coup de poing sur le visage. Je t'ai même supplié de ne pas renier le petit et t'ai encouragé à pardonner ta femme car j'assumais toute la responsabilité de cet acte. Qu'est-ce que tu as fait Mathurin ? Tu t'es enfermé chez toi.

Mathurin : ...

Moi (le fixant) : J'ai fait 4 mois en prison, 16 semaines, 104 jours dans un trou à rat et tu n'es pas passé une seule fois Mathurin. Tu étais au décès de mon père et c'est pour cette raison que je me suis dit « laissons le passé derrière nous, bientôt la nouvelle année alors clôturons celle-ci une bonne fois et repartons sur de nouvelles bases ». Un mois plus tard ta femme envoie un message à Indiah en lui demandant d'envoyer l'enfant, pas un seul mot sur le noël que nous devions passer tous ensemble. Malgré cela je me suis rendu chez vous, j'ai constaté que vous vous étiez barricadé et je me suis dit que tu m'en voulais encore alors je t'ai laissé dans ton coin. Mais on apprend avec Okissi que Travis et Leslie ont été aussi mis dans le même sac. Tu avais des problèmes tu dis ?

Mathurin : ...

Moi : On se revoit au pot de départ d'Olivia, tu es resté dans ton coin avec Nadège à me regarder de haut.

Mathurin : Pfff

Moi : Pouffe autant que tu veux, dis-moi à quel moment tu t'es approché de nous pour prendre des nouvelles ? À aucun moment où tu attendais que Siby le chien court derrière toi ? Lorsque Guylaine fait ces révélations, toute ta rage s'est tournée vers moi que je confesse le fait d'avoir couché avec ta femme ; C'était en Août, et cette nuit même nous sommes partis à ta recherche. Je n'ai jamais reçu un coup de fil de ta part, encore moins un message. Si tu voulais prendre du recul, qu'est-ce qui t'a empêché

Mathurin de nous envoyer un message et de dire que tu voulais rester un moment dans ton coin afin de remettre tes idées en place ? Rien.

Mathurin (souriant) : On en revient à toi ! Toujours toi, le grand Sibyl.

Moi : Tu veux que je prenne exemple sur qui ? Toi ?

Mathurin : Tu ne vois pas que tout ce qui se passe est toujours de ta faute ? Tous les problèmes que j'ai rencontrés ces trois dernières années ont tous pour dénominateur commun Christopher Sibyl, toujours toi. Tout ce que tu touches se détruit.

Moi (ouvrant grands les yeux) : C'est ce que tu me dis ?

Mathurin : Et c'est la vérité ! Il n'y en a que pour toi, Christopher par ci, Christopher par-là, j'en ai eu marre. Jusque dans mon foyer tu as laissé tes traces, je me retrouve avec ton enfant dans ma maison mais je dois faire avec, je dois vivre avec et supporter, me faire violence. Je suis resté dans mon coin, que voulais tu que je fasse ? Que je vienne m'excuser en personne du fait que ma femme et tes ex se soient associées afin qu'elle couche avec toi après t'avoir drogué ? Sachant qu'à cette époque je ne la connaissais même pas ? C'est ce que tu voulais entendre Siby ? Et ensuite quoi ? Les choses seraient redevenues comme avant ?

Moi (déçu) : Tu as bien fait de ne pas revenir vers moi Mathurin.

Mathurin : Nadège s'est excusée de ce qu'elle a fait, je ne vois pas pourquoi je devrais le faire.

Moi (haussant le ton) : Je n'attendais pas des excuses par rapport à ce que Nadège a fait, mais plutôt de ton comportement, ta réaction vis-à-vis de moi au début de cette histoire, c'est pour ça que j'attendais tes excuses Ogoula.

Mathurin (haussant également le ton) : Ce n'est pas comme si tu n'avais pas abusé d'elle.

Moi : Wow !

Travis : C'était sous l'effet de la drogue. Toute cette histoire part du fait que Nadège et les ex de Christ aient mis de la drogue dans son verre.

Mathurin : Travis je connais l'histoire merci, sauf que si Christopher n'avait pas fait le con avec ces filles, toute cette histoire n'aurait pas eu lieu. Tout part de son incapacité à tenir sa queue dans son pantalon.

Moi : Non mais c'est le comble !

Mathurin : Oui c'est le comble Siby ! Tu voulais que je vienne te voir en prison pour te dire quoi exactement ? Ça va, tu tiens le coup ? Et ensuite rentrer chez moi et faire comme si tu n'avais pas abusé de ma femme, que vous n'avez pas eu un enfant ensemble ? Tu voulais que j'appelle Indiah et que je lui demande des nouvelles d'un enfant que je ne connais pas, qui ne me connais pas.

Moi (choqué) : Ah bon ? Mais dans ce cas pourquoi avoir envoyé Iris chez moi Ogoula ? Pourquoi ?

Mathurin : Ça n'a plus d'importance ! De toute façon elle n'y remettra plus pieds.

Travis : Ogoula !

Mathurin : Quoi ? Dans toute cette histoire c'est Nadège qui avait raison depuis le début. [Se levant] je n'aurai pas dû venir, j'aurais dû rester chez moi parce qu'au final rien ne changera. La vie tournera toujours autour de Siby, de ce qu'il veut ou ne veut pas. Cette année loin de vous m'a fait voir les choses d'une autre façon, il est préférable que chacun de nous continue son chemin de son côté. On n'a plus rien à se dire, que des reproches à se faire. Je ne pense pas que je supporterais de voir Siby se tenir près de ma femme, rire avec elle et faire comme si cette histoire n'était jamais arrivée. Comme je ne pourrai pas te dire Travis de ne plus le fréquenter et de faire un choix entre lui et moi, je préfère garder mes distances.

Moi : Comme tu veux.

Travis (dégouté) : Je trouve cette histoire stupide ! Vous vous connaissez depuis l'âge de 11 ans, vous aurez 34 ans dans quelques mois et c'est ainsi que vous mettez fin à cette relation ? Mathurin je te comprends, ton orgueil fait que tu ne veuilles plus voir Siby chez toi, nous sommes tous d'accord, il n'y mettra plus les pieds, ne s'approchera plus de ta femme. Mais maintenant par rapport à vous deux, tu en veux à Siby pourquoi au juste ?

Moi (ironique) : Parce que le salaud que je suis pour une fois dans sa vie est innocent, c'est pourquoi Ogoula m'en veut. De se dire que sa femme parfaite, l'enculer que je suis est monté dessus. Il s'en fiche de savoir que je n'en ai aucun souvenir ou que j'ai été drogué, c'est plus facile pour lui de mettre tout le tort sur moi car ça lui permet de regarder sa femme sans ressentir de dégoût.

(Le regardant dans les yeux)

Moi : Cette année loin de toi m'a aussi fait voir les choses d'une autre façon Ogoula, en amitié tu es nul à chier.

Mathurin : Tant mieux.

Travis (se levant) : Ogoula assied toi, tu ne peux pas partir ainsi franchement Mathurin ? Christopher va se marier dans pas longtemps, et tu ne veux pas être parmi nous ? On a perdu une année à cause de cette histoire, sachant que tout le monde est plus ou moins passé à autre chose. Même la victime a tourné la page.

Moi : Laisse-le partir Travis, ce n'est pas comme si sans lui nous manquions d'oxygène. Bon vent à toi, je te souhaite tout le bonheur du monde pour la suite.

Il a pris ses clés et est sorti de la maison. C'est Travis qui avait encore espoir que dans un sursaut d'amour [rire] il revienne à des meilleurs sentiments.

Travis (soupirant) : Et toi au lieu d'essayer de le convaincre tu le dégages encore.

Moi (le regardant) : Si à 34 ans Ogoula ne sait pas faire la part des choses, ce n'est pas moi qui le lui apprendrai. Il a réfléchi et je pense que cette décision avait été prise depuis bien longtemps. Il attendait sagement d'avoir une occasion comme celle-ci et de vider son sac, maintenant que c'est fait pourquoi rester là et me supporter ?

Travis : Ce que je ne comprends pas c'est qu'il a pardonné à sa femme, elle qui est responsable de tout ceci et c'est à toi qu'il en veut.

[Bruit du portail]

Moi (me levant sourire aux lèvres) : Laisse tomber tout ça. La grande est de retour, maman Leslie est là.

Travis : Siby !

Moi (allant ouvrir la porte) : Travis j'ai d'autres priorités en ce moment plutôt que de me prendre la tête avec les conneries d'un poilu comme Ogoula.

Leslie (la mine froissée) : Mathurin est où ?

Moi (souriant) : Il est rentré chez lui. Tu es toute belle dis donc ! Travis vraiment, moi je t'ai déjà dit que le jour où tu laisses la grande Leslie moi-même je la réceptionne au portail.

Leslie (nous fixant) : Alors ?

Moi (regardant Travis) : On ne parlera qu'en présence de la nourriture.

Travis : Tout a fait d'accord.

Mathurin*

Après être parti de chez Travis, je me suis arrêté prendre à manger avant de rentrer. J'ai trouvé ma belle-mère et Nadège dans une position de confidence, puisqu'en me voyant elles se sont tues. Ma belle-mère s'est levée avant d'aller dans la chambre en me dévisageant.

Moi (prenant place) : C'est quoi cette fois-ci ?

Nadège (me regardant) : Je lui ai dit pour Léandre et Christopher.

Moi : Ah ! Et donc ? Laisse-moi deviner, je suis un vaut rien parce que j'ai laissé Léandre partir chez son père ?

Nadège (soupirant) : Tu connais maman.

Moi : Et c'est la raison pour laquelle tout ce qu'elle peut penser de moi ne me fait ni chaud ni froid. On rentre dans notre dixième année de relation, si ta mère n'a pas encore compris que c'est moi qui vais l'enterrer bah tant pis, elle n'a qu'à souffrir mais en silence.

Nadège (venant s'asseoir sur moi) : Je pensais que tu mangeais chez Leslie ce midi ?

Moi (la regardant) : Oui mais Siby était sur place.

Nadège : Ah bon ?

Moi (croisant mes mains autour de sa taille) : Tu avais parfaitement raison. Ce sont tous des hypocrites, et c'est mieux ainsi qu'on reste ainsi. Je lui ai dit ce que je pensais et il a fait pareil, au final je me suis rendu compte qu'on n'avait plus rien à se dire, alors j'ai coupé court.

Nadège : Et Travis ?

Moi (soupirant) : Il fait partie des dommages collatéraux, que veux-tu ? Je ne vais pas continuer à le fréquenter et supporter l'arrogance de Siby, on aurait fini par en arriver aux mains. Et je connais Christopher, lorsqu'il veut te faire sortir de tes gonds il sait sur quelle touche appuyer.

Nadège (m'embrassant) : Okay, j'ai appelé Indiah par rapport au petit, j'attends qu'elle me fasse signe.

Moi : Il faut que tu arrêtes de la supplier pour l'enfant ! Si elle te dit non n'insiste pas.

Nadège : Oui mais bon ce n'est pas comme s'ils avaient prévus de faire quelque chose avec lui, si ça se trouve il restera à la maison.

Moi : On trouvera une solution. Tu lui as donné la raison ?

Nadège : Non ! Je n'ai pas envie que cette histoire s'ébruite et que notre vie soit dans la bouche des gens.

Moi (tirant sur sa lèvre inférieure) : Tu as bien fait.

Nadège (souriante) : Tu sais que je t'aime toi.

Moi (La dévorant du regard) : C'est vrai ?

Nadège (se mordant les lèvres) : Oui

Moi (me levant en l'attrapant fermement par les fesses) : J'ai bien envie de voir ça.

Nadège (me mordillant l'oreille) : C'est quand tu veux.

Indiah

Christopher est de retour sur Pog, il m'a raconté leur réunion avec Mathurin et Travis et depuis il ne décolère pas.

Christopher (devant la porte de la salle de bain) : Tu te rends compte Okissi ? Il a osé me dire qu'il n'allait pas t'appeler pour prendre des nouvelles d'un enfant qu'il ne connait pas et qui ne le connait pas. Je n'ai pas voulu lui montrer qu'il m'avait touché en parlant ainsi mais cette phrase je ne la lui pardonnerai jamais.

Moi (assise sur les toilettes, essayant de faire mes besoins) : Ok, je peux ?

Christopher (me coupant) : J'ai été là pour lui, je l'ai soutenu lors des naissances de ses enfants. Pourquoi ses enfants m'aiment autant ? C'est simplement parce j'ai été présent dans leur vie depuis le début, je les ai toujours considérés comme mes neveux de sang.

Moi : Oui je sais. Je peux ?

Christopher : C'est moi qui ai été trop con dans cette amitié, parce que moi quand j'aime c'est avec tout mon cœur, je ne fais pas semblant. Aujourd'hui c'est Mathurin qui nous sort que Nadège avait raison ! Ah bon ? J'étais sidéré. Nadège avait raison, qu'elle lui dit qui au juste ? Et sur nous en plus.

Moi : Mathurin n'est pas un bébé non plus pour se laisser influencer.

Christopher (me fixant) : Déjà, à sa place je n'accepterais jamais que ma femme parle mal de mes amis. En rentrant dans ma vie tu m'as trouvé avec eux, ils ont des défauts et des qualités. Ce qui se passe entre nous ne te regarde ni de loin comme de prêt.

Moi : Je sais.

Christopher : Me voici en train de me disputer avec Travis et je lui sors « C'est Okissi qui avait raison » mais merdre qu'est-ce qu'Okissi vient faire à l'intérieur ? Ça veut simplement dire qu'il lui fait des confidences et elle lui dit des choses sur nous, des mauvaises choses et lui, il avale simplement comme un con.

Moi : Ou pas.

Christopher : Indiah je suis un homme et lorsqu'un autre homme cite sa femme dans une conversation en disant que c'est elle qui avait raison, c'est qu'elle lui mange le cerveau. Donc c'est Nadège l'homme dans leur foyer.

Moi (soupirant) : Et qu'est-ce que tu en sais ?

Christopher : Ce n'est pas à prendre à la légère. Encore que dans une discussion banale, il m'est arrivé de dire Okissi mais pas dans ce contexte, pas de cette manière.

Moi (m'essuyant en tirant la chasse d'eau) : Ok

Christopher : Tu as fini ?

Moi (me rinçant les mains) : Est-ce que j'ai pu même ?

Christopher : Vas-y ! Je t'attends dans la chambre.

Moi (sortant de la salle de bain en éteignant la lumière) : Non c'est bon, tu m'as coupé l'envie. Avant que j'oublie encore, Nadège a...

Christopher (m'interrompant) : Je ne veux plus rien entendre au sujet de ce couple, plus rien. Moins j'entendrais parler d'eux, mieux je me porterais.

Moi (m'asseyant sur le lit) : Tu as un enfant avec elle hein je te signale alors tu devras te faire violence, bref elle veut l'enfant pour les deux mois de vacances.

Christopher : Et puis quoi encore.

Moi (le regardant) : Mieux tu les laisses, comme ça les fêtes de fin d'année il les passera avec nous.

Christopher : Et pourquoi ?

Moi : Tu oublies qu'on a un mariage à célébrer en Décembre ?

Christopher : Et alors ?

Moi (soupirant) : Ne mets pas l'enfant dans cette querelle, c'est la vôtre et non la sienne. Laisse-les prendre l'enfant et ainsi tu leur montreras que tu es au-dessus de tout ça même si c'est faux.

Christopher : Ce n'est pas faux, je suis au-dessus de tout ça. C'est juste que ça m'a touché qu'il parle ainsi de Didi.

Moi : Je sais.

Christopher : Mais bon si tu n'as rien prévu tu peux l'envoyer. Ils ont même de la chance qu'on ne paye pas ces billets d'avions.

Moi : Comment ça ?

Christopher : Mais comme il est enregistré chez Mathurin il peut voyager autant qu'il veut, on ne retire que trente mille par mois dans son salaire.

Moi : Ah oui comme c'est l'avion de Shell.

Christopher : En tout cas ! Bon viens te coucher, tu as des choses à me raconter.

Moi : Ah bon?

Christopher : Okissi éteint la lampe de chevet et viens sous les draps, on doit discuter d'un truc.

Moi (me levant) : Dans le noir ?

Christopher : Tu aimes trop parler hein ? Viens seulement te coucher y a quoi même ?

Cet enfant n'est pas normal (rire).

Chapitre 72 : La raison

+++Deux mois plus tard+++

Indiah

Moi (devant la porte de Léandre) : Toc Toc ? Tu n'as pas oublié que ton vol est dans 30 minutes n'est-ce pas ?

Léandre (ouvrant la porte) : Je suis prêt.

Moi (le regardant) : Okay ! Tu ne prends que le sac à dos ?

Léandre (sortant de la chambre) : Maman m'a ramené des vêtements alors je n'en ai pas besoin.

Moi (le suivant) : Ok

Il a pris Didi dans ses bras et nous sommes sortis de la maison que j'ai fermée, direction l'aéroport.

Moi (regardant Didi) : Tu dis au revoir à Léandre Didi ?

Elle lui a fait un gros sourire en levant la main, nous sommes descendus du véhicule pour l'enregistrement. En attendant son départ je les ai invités prendre un verre et une fois l'annonce passée, j'ai réglé l'addition en allant devant la porte d'embarquement.

Moi (le prenant dans mes bras) : Tu passes de bonnes et belles vacances d'accord ? [Oui de la tête], pour ton anniversaire on se verra sur Libreville. Si on ne peut pas on attendra que tu rentres pour le fêter ensemble.

Léandre : D'accord Indiah.

Moi (lui donnant un dernier bisou) : On t'aime.

Léandre (souriant) : Moi aussi.

Didi (souriante, le geste accompagnant la parole) : Bye bye.

Léandre (s'en allant) : Bye Didi.

J'ai attendu de voir l'avion s'en aller avant d'envoyer un message à ses parents, ensuite nous sommes allées chez maman pour la réunion de mariage. Christopher fait les navettes entre Libreville et Gamba parce que sa famille paternelle est divisée en deux, il essaye de mettre tout le monde sur la même longueur d'onde, ce n'est du tout facile parce que c'est à ce moment que tout le monde sait ce qui est mieux pour toi, a quelque chose à dire ou veut prendre les décisions à ta place.

Je m'étais à peine garée qu'Ethan s'est empressé de sortir Didi du véhicule, c'est vraiment la star de cette famille.

Moi (verrouillant les portières) : Bonjour quand même.

Ethan (levant les yeux) : Anne-Sophie !

Moi (le regardant) : Didi s'appelle Nicole, mais je ne t'ai jamais entendu citer ce prénom-là.

Ethan (amusé) : Mais est-ce que Nicole c'est ma grand-mère ?

Moi : Tchip enfant impoli comme ça.

J'ai rejoint toute la famille dans le jardin agenda en main, elle était lancée dans de grands débats. J'ai tiré une chaise en prenant place près de maman.

Moi (les regardant) : Bonjour tout le monde.

Eux : Bonjour Indiah.

Maman (me regardant) : Où sont les enfants ?

Moi (ouvrant mon sac) : Léandre est dans l'avion pour Libreville et Didi avec Ethan quelque part dans la maison.

Maman (calepin en main) : Okay ! Bon on va commencer. Pour le mariage Traditionnel, comment veux-tu que ça se passe ?

Moi (ouvrant mon agenda) : Voici ce à quoi j'ai pensé, pourquoi ne ferions-nous pas un mixte de culture ? Je m'explique, je suis un mélange de coutume Fang et Myéné. Pourquoi ne pas faire sortir ces deux coutumes là ? Je ne sais pas si c'est faisable.

Tante Alex : Ce n'est pas interdit non plus, dit nous en un peu plus.

Moi : Au niveau des prestations du groupe d'animation, les deux coutumes pourraient être mélangées et faire les tours si vous voyez ou je veux en venir. Après, le reste ça va de soi que cela se fera selon la coutume Myéné.

Tante Sam : L'idée me plait, c'est assez original après tout c'est ton mariage donc on ne peut que te suivre.

Maman : Alors pour la décoration tu iras avec Mélodie chez une dame qui travaille avec nous. Elle te proposera différents thèmes, c'est à toi de choisir celui qui te plaira. Tout ce qui est boisson et musique c'est aux hommes de le faire, ensuite ta tenue je m'en occupe personnellement. La nourriture [me regardant] il faut que tu me fasses un menu, si vous avez des idées c'est le moment de se rapprocher d'Indiah et de les lui faire part.

Moi : Nous sommes toujours dans le mariage traditionnel ?

Maman (notant) : Oui

Tante Alex : On structure l'organisation.

Moi : Okay

Maman (me regardant) : Tu as dressé la liste des invités ? Vous vous êtes mis d'accord sur le nombre ?

Moi : Non pas encore, ce n'est pas trop tôt ?

Maman : Tu penses qu'il est trop tôt ?

Moi : Oui

Maman : Ben non ! Cela te donnera une idée du nombre de convives, ce qui influera sur le budget à prévoir. Il va falloir décider qui recevra un faire-part, qui sera convié seulement au vin d'honneur et qui sera invité à l'ensemble des festivités. Car toutes les personnes qui assisteront au mariage traditionnel, ne seront pas à l'ensemble des festivités. Il faut que tu y penses déjà, le mariage est dans cinq mois Indiah ce n'est plus loin.

Moi (notant) : Okay

Tante Sam : Au sujet de la dot, je suppose que tu as eu une discussion avec ton chéri.

Moi (soupirant) : Oui

Tante Sam : Et tu sais que c'est la famille qui décide et ce sans ton consentement.

Moi : Oui mais tout en restant raisonnable pardon, nous sommes jeunes et nous avons des enfants à notre charge.

Maman : Tu parles comme si Christopher était orphelin et qu'il n'y avait personne derrière lui, alors que pour que le mariage traditionnel ait lieu il faut bien qu'il se présente chez ta famille accompagnée de la sienne proche ou élargie.

Moi (soupirant) : Je sais maman.

Maman : Okay. Qu'est-ce que j'ai oublié ? Ah oui pour le groupe d'animation, il va falloir qu'on se rende sur Libreville ensemble, tenir la même réunion avec la famille afin de choisir celles qui feront parties du groupe.

Moi (notant) : Okay

Maman : Je crois qu'on a fait le tour, quelqu'un veut ajouter quelque chose ?

Moi (la regardant) : Le pagne maman.

Maman : C'est vrai ! Alors on regardera ici pour voit même si je trouve qu'il n'y a pas assez de choix. Par contre sur Libreville oui, avec mon abonné à coup sûr tu es sûr de tomber sur un pagne unique.

Moi (notant) : On ira donc regarder directement là-bas, j'achèterai en gros et je reviendrai à la famille.

Maman : Ça marche.

Tante Isa (me regardant) : Nous sommes à cinq mois du mariage, Indiah où tu en es ? Et surtout, qu'est-ce que tu as fait durant ces deux derniers mois ?

Moi (regardant mes notes) : Alors j'ai choisi le style de mariage que je veux, je suis partie à la quête du lieu de la réception, salle de mariage, restaurant de mariage et j'ai regardé la location des tentes aussi au cas où les endroits choisis ne soient pas disponibles.

Tante Alex : Où aura lieu le mariage civil ? Ici ou ailleurs ?

Moi (levant les yeux) : Sur Libreville. Christopher a déjà contacté l'embrassade afin de leur donner notre date et l'heure du mariage.

Tante Isa : L'ambassade ? Quel Ambassade ?

Moi (souriante) : Mais l'ambassade de France.

Tante Alex : Ah ?

Moi : Étant donné que j'ai la nationalité on a préféré le faire de ce côté-là à cause de certains avantages que la loi française nous offre par rapport à la loi gabonaise.

Tante Isa : Pourtant notre loi est calquée sur la loi française.

Moi : Sur la forme et non dans le fond.

Tante Sam : Donc Didi a la double nationalité ?

Moi (souriante) : Bien sûre ! C'est automatique, ainsi que tous les autres enfants que j'aurai. Mais Christopher non, pas avant cinq ans de mariage.

Maman (me regardant) : Et vous avez sélectionné quels endroits ?

Moi : Je vous les enverrai par mail. Pour les invités je m'y mettrais dès ce soir avec Christopher, ainsi nous pourrons déjà commander les faire-part. Choisir les alliances c'est fait, la robe de mariée aussi. J'ai regardé sur internet, il ne me reste plus qu'à me rendre sur Libreville et faire les essayages, au cas où rien ne me plaise j'irai la prendre ne France. J'ai également visiter des boutiques de mariage et des salons de beauté en ville et sur internet, préparé les divertissements, demandé l'accord des témoins envisagés, choisi des photographes que je dois contacter pour pouvoir me faire une idée de leurs prestations et de leurs honoraires. Voici ce que j'ai fait durant ces deux mois.

Maman (Notant) : Vous avez choisi quel régime matrimonial ?

Moi : Comment ça ?

Maman : La situation juridique et patrimoniale de votre couple.

Moi : On n'a pas encore abordé ce sujet.

Tante Alex : Tu devrais Indiah, il est très important de le faire. Si vous ne faites aucunes démarches vous serez unis d'office sous le régime communauté réduite aux acquêts c'est-à-dire que chacun de vous conservera, à titre personnel, la propriété des biens qu'il possédait avant le mariage et de ceux qu'il reçoit par donation ou succession. En revanche, tous les biens achetés en cours d'union ainsi que l'ensemble des gains et salaires du couple tombent dans un patrimoine commun, appartenant pour moitié à madame et pour moitié à monsieur. Peu importe de savoir qui a financé quoi. Ainsi, en cas de séparation (ou dissolution du régime au décès de l'un des conjoints), ce patrimoine est divisé en deux parts égales. Toutefois, l'époux qui aura utilisé une partie de son patrimoine personnel pour financer une dépense commune devra, à cette occasion, être indemnisé et recevoir, au minimum, le remboursement de sa mise.

Moi (les regardant) : On ira sur ça, je ne pense pas que Christopher voudra faire un contrat de mariage ou demander la séparation des biens.

Maman : Raison pour laquelle Alexandra te demande d'en discuter avec lui, afin d'éviter des surprises.

Moi : On a un enfant ensemble, ça va de soi que les biens du couple seront automatiquement pour cet enfant.

Maman : Indiah il ne faut pas nous faire le bruit, va discuter de cela avec le concerné.

Moi : En tout cas s'il ose me sortir la séparation des biens j'annule tout.

C'est trop chiant de préparer un mariage. En rentrant vers 19 heures nous avons trouvés Christopher à la maison, assis sur la table en train de bosser. Sa fille est descendue de mes bras à la vitesse de la lumière pour aller se jeter les siens.

Moi (fermant la porte) : Salut

Christopher (levant la tête) : Bonsoir Mlle Okissi

Moi (allant lui faire un bisou) : C'est maintenant Mlle ?

Christopher (m'attrapant par la taille) : Et ce jusqu'en Décembre.

Moi (le regardant) : Ok

Christopher (portant Didi) : Fatiguée ?

Moi (prenant place) : Extenuée. J'ai passé tout l'après-midi à parler mariage, salle de réception, fleurs, décoration etc.

Christopher (souriant) : Moi pareil, il faut qu'on ait une discussion.

Moi : Sur ?

Christopher (me donnant des documents) : J'ai reçu ça de l'ambassade, par rapport au choix du régime matrimonial. Ils nous en proposent plusieurs, à savoir : La communauté réduite aux acquêts pour équilibrer l'union, la Séparation de biens pour limiter les risques financiers, La communauté universelle afin de réunir deux patrimoines, La participation aux acquêts pour privilégier le conjoint, avec les avantages et les incontinents de chaque régime. En cas de questions on peut se rapprocher d'eux pour plus d'explications.

Moi (lisant la fiche) : Déjà la séparation des biens c'est non pour moi [Levant les yeux] qu'est-ce que tu en penses ?

Christopher (soutenant mon regard) : Termine ta lecture et on discutera.

Moi : Mais tu as déjà une idée de ce que tu veux non ?

Christopher : Oui mais je veux que tu finisses de lire et ensuite nous en discuterons.

Moi (regardant le document) : La communauté universelle : réunir deux patrimoines, les époux optent pour un patrimoine unique qui regroupe l'ensemble des biens qui leur ont appartenu en propre avant leur mariage, ceux qu'ils ont reçus par don ou succession, et ceux qu'ils ont acquis pendant leur union. En cas de séparation ou de décès, le patrimoine est partagé en deux parts égales. La participation aux acquêts, pour privilégier le conjoint. Ce régime se découpe en deux temps. Pendant le mariage, il fonctionne comme un régime de séparation de biens. Chaque conjoint dispose de son propre patrimoine et le couple ne possède aucun bien en commun. Mais à sa dissolution, l'époux qui s'est le plus enrichi doit indemniser l'autre en lui versant la moitié du bénéfice qu'il a réalisé depuis qu'il est marié.

[Posant le document sur la table] c'est fait.

Christopher (levant les yeux) : Alors ?

Moi (soutenant son regard) : Je t'ai dit ce que j'en pensais, séparation des biens c'est non. Nous avons un enfant, je conçois que tous les biens acquis pendant le mariage lui ou leur reviendront automatiquement. Tu ne partages pas mon point de vue n'est-ce pas ?

Christopher : Non.

Moi : Et donc qu'est-ce que tu proposes ?

Christopher : Je suis plus tenté sur la séparation des biens.

Moi (croisant les bras) : Je suis bien curieuse d'en savoir les raisons.

Christopher : C'est une jurisprudence.

Moi : Pour qui ? Tu prévois de divorcer ? Et même, puisque chacun garde ses biens acquis avant le mariage, jurisprudence par rapport à quoi ?

Christopher : Indiah on ne sait pas de quoi est fait demain. Aujourd'hui tu me sors pour les enfants et demain ? Un exemple, lorsque je t'aurais fait du mal, que tu n'éprouveras que de la haine et de l'amertume pour moi, ton discours changera. Ces biens communs tu les voudras pour toi, plus pour les enfants et c'est cela que je veux éviter. Tu me diras non, mais on ne sait pas de quoi est fait demain car en dehors de Didi, j'ai Léandre.

Moi (prenant le document) : Il est écrit qu'on peut signer un contrat de mariage et opter pour un régime plus adapté à notre projet de vie.

Christopher : Tu serais prête à signer un contrat de mariage ?

Moi : Pour mes enfants oui ! Je préfère si toute fois on se sépare, que les enfants aient déjà un patrimoine c'est-à-dire les biens que nous aurons acquis durant notre mariage.

Christopher (soupirant) : Okay ! Dans ce cas on devra repartir à l'ambassade et contacter un notaire pour ça.

Moi : J'ai besoin que tu me fasses une liste d'invités parce que je dois commander les faire-part, hormis la bande bien sûr. Et savoir aussi si tu comptes inviter le couple Ogoula.

Christopher (faisant descendre Didi) : Non !

Didi (me fixant) : Non maman.

Moi : Tchip et pourquoi ?

Christopher : Okissi tu aimes les débats, c'est non ! Je n'ai pas envie de voir la bouille de Mathurin le jour de mon mariage.

Moi : Quel gros mensonge.

Christopher (changeant de sujet) : Par rapport à l'hôtel, lequel as-tu choisi ?

Moi : Le Nomad.

Christopher : Je savais que tu choisirais celui-là, raison pour laquelle j'ai choisi le Méridien.

Moi (pouffant) : Avec la vue du Nomad sur la mer ? Tu es même sérieux ?

Christopher : Le méridien fait plus classe et j'ai toujours eu envie de marier là-bas.

Moi : Je te rappelle que la cérémonie se fera à l'extérieur, en plein air. Le Nomad de ce côté-là à une meilleure vue.

Christopher : Le méridien aussi.

Moi : C'est simplement parce que tu es de mauvaise foi, le Nomad est dix fois plus classe que ton Méridien, on ira encore visiter le week-end prochain, photo à l'appui. Même lorsque tu tapes sur internet c'est le Nomad qui vient en tête de liste et tu me parles du Méridien. Tchip

Christopher (éclatant de rire) : Tu es fâchée là ?

Moi (boudant) : Tu me sors le Méridien en me racontant ta vie Tchip, tu vas te marier là-bas tout seul.

La fille et le père se sont mis à rigoler, celle-là vraiment ce n'est pas la peine. Notre vie ne tourne plus qu'autour des préparatifs du mariage, il n'y a plus que ça. Le week-end suivant nous étions tous sur Libreville à faire les tours dans la ville, tantôt avec maman, tantôt avec Christopher à la recherche des photographes, traiteurs, magasins pour robes de mariées et choisir nos alliances.

Nous nous sommes tous retrouvés chez Carole le Samedi soir, avant leur départ avec le couple Duval pour des vacances en famille.

Moi (les regardants) : Nous aussi bientôt avec Meriem on fera la même chose. Leslie si tu es partante on vous embarque.

Travis (amusé) : Et mon avis ne compte pas ?

Christopher : Est-ce que tu m'as vu dire quelque chose ? Mieux tu ne parles pas.

Travis (souriant) : Comment va ma belle-fille ?

Christopher : Oh je t'ai dit déjà dit qu'elle n'épousera pas un mec du G2.

Elie (le regardant) : Il faut simplement dire qu'elle finira vieille fille.

Christopher (souriant) : C'est tout à fait ça.

Moi : Tchip

Nous sommes rentrés à de minuit, épuisés. À 8 heures Ethan est venu frapper à la porte, avec Didi dans les bras qui cherchait son père, en larmes. Et c'est moi qui me suis levée leur ouvrir la porte, pendant que Christopher dormait à poing fermé. Il fallait s'occuper de Didi puis faire le petit déjeuner et enfin cuisiner quelque chose pour midi chez Leslie et Travis, je ne suis plus allée me coucher.

Moi (sortant mon panier de la voiture) : Surtout ne m'aide pas hein Tchip.

Christopher (avec Didi dans les bras) : Je porte déjà ma mère, je n'ai que deux bras.

Moi (fermant la portière) : Tu as raison, merci.

Leslie (me faisant la bise) : Bonjour ! La forme ?

Moi (souriante) : Si on veut.

Nous avons laissé les mecs entre eux en allant nous enfermer dans la cuisine pour un petit kongossa entre femmes.

Moi (regardant Leslie) : Comme je te l'ai dit au téléphone, j'ai la carte d'invitation avec moi mais je ne sais pas si je dois outrepasser sa décision. Il m'a sorti un non catégorique, mais comme c'est moi qui m'occupe de cela j'ai quand même mis leur nom sur la liste.

Leslie (soupirant) : Je ne sais pas Indiah. J'ai essayé moi aussi et cela n'a rien donné. Je ne comprends pas comment des gens peuvent avoir autant d'orgueil mal placé.

Moi : Je ne te le fais pas dire.

Leslie : Le mieux serait d'en parler à Nadège, peut-être que si toutes les trois nous leur mettons la pression ils changeront d'avis.

Moi : Dans ce cas je te laisse faire.

Leslie (soupirant) : Vous deux là aussi, depuis le temps votre relation n'évolue pas ? Comment vous faites alors avec le petit ?

Moi : On se parle normalement, mais c'est pour le petit. Maintenant je ne pense pas qu'on ait une relation comme celle que j'ai avec toi, je ne peux pas l'appeler pour parler de son mari et encore moins de Christopher sachant ce qui s'est passé entre eux. Pour moi c'est délicat, toi qui es neutre dans cette histoire elle t'écoutera.

Leslie : Ou pas ! Je propose qu'on y aille toutes les deux.

Moi : Okay on remet ça a dans deux semaines lorsqu'on reviendra ici.

Leslie : Pas de soucis.

Nadège

Moi (prenant Bernard dans mes bras) : Tu as fait un bon voyage ?

Bernard (souriant) : Oui, tu es toute seule ?

Moi (prenant ses valises) : Oui Mathurin est au boulot et les enfants à la maison avec la nounou, je veux leur faire une petite surprise, suis-moi.

Bernard (ce qu'il a fait) : Ok

Je nous ai conduit jusqu'à la voiture, il m'a donné un coup de mains avec les valises et nous nous sommes installés en mettant les ceintures de sécurité.

Moi (le regardant) : Le pays a changé.

Bernard (souriant) : Je suis bien dépaysé je l'avoue, ça fait tellement longtemps.

Moi (démarrant) : Tu as aussi vécu à Libreville ?

Bernard : Il m'arrivait de me rendre ici pour de rencontrer mon chef, mais nous étions plus en forêt et donc à Mouila.

Moi : Ah oui.

En chemin nous avons fait un stop au supermarché prendre du vin et quelques boissons, ensuite prendre du pain avant de rentrer à la maison. Il fallait voir la tête de mes enfants lorsqu'ils ont vu Bernard, Iris n'arrêtait pas de nous regarder à tour de rôle.

David (se collant à moi) : C'est qui ?

Moi (souriante) : C'est papi Bernard chéri.

Léandre (me regardant) : C'est ton père ?

Iris : Il sort d'où ?

David : Il est vieux.

Moi (souriante) : Surprise ! Bon, avant de passer à la séance questions vous allez laisser papi s'assoir, me laisser ranger ces affaires et nous servir à boire en attendant que papa ne rentre du travail d'accord ?

Iris (le regardant) : Tu vas rester avec nous ?

Bernard (souriant) : Oui

Iris : Pour toujours ?

Moi (la regardant) : Iris !

Iris (levant les yeux) : Mais je demande.

Moi : Vines plutôt me donner un coup de main.

Cette enfant dès fois je me demande ce qui se passe dans sa tête, elle est trop éveillée pour son âge.

Iris (me regardant) : C'est le mari de Mamie ?

Moi (baisant les yeux) : Non chérie.

Iris (confuse) : Mais si ce n'est pas son mari, comment c'est ton papa ? Il faut être mari et femme pour faire un bébé, comme papa et toi.

Moi : Oui

Iris : Donc c'est le mari de mamie.

Mathurin (devant la porte) : Bonsoir

Iris : Bonsoir papa. Tu as vu le mari de mamie ?

Mathurin (bloquant le rire) : C'est le papa de ta maman aussi.

Iris (me regardant) : Oui mais c'est aussi le mari de mamie, il va rester avec nous.

Mathurin : Okay

Iris : Et pourquoi ? Mamie ne vit pas ici.

Moi (la regardant) : Parce que j'ai envie de passer du temps avec lui, comme tu le fais avec papa. Ça fait longtemps qu'il est parti et que je ne l'ai pas vu.

Iris : Mais il n'avait qu'à pas partir.

Mathurin : Iris tu viens avec moi ?

Iris (sortant de la cuisine) : D'accord.

Ils ont été remplacés par Léandre.

Moi (levant les yeux) : Ça va ?

Léandre (tirant la chaise) : Oui ! C'est ton vrai père maman ?

Moi (souriante) : Tu ne vois pas qu'on se ressemble ?

Léandre : Si [se mordant les lèvres] mais il était où tout ce temps ?

Moi : Il ne vivait plus ici, mais en France.

Léandre : Pourquoi il ne vous a pas emmené avec vous ?

Moi (le regardant) : Parce qu'avant c'était très compliqué pour lui de nous emmener avec lui.

Léandre : Mais pourquoi il n'est pas resté ?

Moi : Parce qu'en partant il s'est dit qu'il reviendrait vite, mais il n'a pas pu le faire. Tu n'es pas content ?

Léandre (haussant les épaules) : Je ne sais pas.

Les enfants étaient sur leur garde vis-à-vis de Bernard, Iris n'a pas cessé de lui poser toutes les questions qui lui passaient par la tête. Après les avoir tous mis au lit, je lui allée voir comment il allait.

Bernard (ouvrant la porte) : C'est toi.

Moi (le regardant) : Tu n'as besoin de rien ?

Bernard (allant vers le lit) : Non, je sortais simplement mon pyjama de la valise.

Moi : Okay, au besoin n'hésite pas.

Bernard : Okay ! Passe une bonne nuit Nadège.

Moi : Merci, toi aussi.

[Fermant la porte derrière moi]

Moi (regardant Mathurin) : Je crois que les enfants ne l'aiment pas.

Mathurin (dans la salle de bain) : Je pense plutôt qu'ils se posent des questions, ils connaissent mes parents et ta mère. C'est la première fois qu'ils voient ton père, alors c'est normal qu'ils soient sur leur garde.

Moi (faisant la moue) : Oui peut-être.

Mathurin : Relaxe ! Il est ici jusqu'à mi-octobre, ils auront le temps de faire connaissance avec le vieux Bernardo.

Moi (souriante) : Qu'est-ce que tu fais ?

Mathurin (m'embrassant dans le cou) : Je veux te détendre et te faire sourire.

Moi (posant mes bras par-dessus ses épaules) : Hum okay. J'ai reçu un coup de fil de Leslie, elle veut qu'on se voit demain.

Mathurin (me regardant) : Pourquoi ?

Moi (haussant les épaules) : Je ne sais pas, elle m'a simplement demandé si c'était possible de se voir en ville. Cela semblait important alors je lui ai répondu par l'affirmative.

Mathurin (allant s'assoir sur le lit) : Je pensais qu'on s'était mis d'accord ?

Moi (m'asseyant sur lui en remontant ma robe) : Mais bien sûr. Je préfère quand même rester en contact avec Leslie, aussi à cause des enfants.

Mathurin (mettant ses mains entre mes cuisses) : Okay

Moi (souriante) : Qu'est-ce que tu cherches là-bas ?

Mathurin (mordant mon menton) : C'est à moi ou bien ?

Moi : Bien sûr et à personne d'autre.

Mathurin (m'embrassant) : J'aime lorsque tu parles ainsi.

Il m'a renversé sur le lit en se levant, a sorti une petite bouteille avant d'éteindre la lumière.

Moi (amusée) : Qu'est-ce que tu fais Ogoula ?

Mathurin : Relaxe.

Moi : C'est quoi ce bruit ? Mathurin !

Mathurin (me tirant en se plaçant au-dessus de moi) : Shut.

Il a enlevé ma robe de nuit avant de se glisser en moi.

Moi (me cambrant) : C'est froid. Qu'est-ce que c'est ?

Mathurin : Docteur miracle. C'est un spray que les médecins utilisent contre les crampes.

Moi (voulant me dégager) : Et c'est sur moi que tu veux essayer cela ?

Mathurin (me retenant ferment) : Ça n'a aucun effet sur toi mais sur moi, il rend le muscle insensible du coup il me permettra de garder mon érection bien plus longtemps, jusqu'à ce que l'effet s'estompe.

Moi : Tu es sure ?

Mathurin (m'embrassant) : Détends-toi. Si c'était nocif je n'aurais jamais accepté de le faire. Si après tu ressens des effets secondaires on arrêtera de l'utiliser et je reprendrai la pilule.

Moi : Ok

Depuis que j'ai des rapports avec Mathurin c'est la première fois que je l'ai vraiment senti, il a pris des initiatives, je ne sais pas ce qui lui arrive mais j'ai beaucoup aimé. Le lendemain j'ai laissé la table faite en partant de la maison, Mathurin et Bernard étaient encore dans les chambres tandis que les enfants suivaient la télé. J'ai rejoint Leslie que j'ai trouvé avec Indiah. Elle s'est levée me faire la bise en m'invitant à prendre place en face d'elle.

Moi (regardant Indiah) : Indiah !

Indiah : Nadège !

Leslie (me regardant) : Tu veux boire quelque chose ? J'appelle la serveuse ?

Moi (souriante) : Oui s'il te plait.

J'ai pris un verre d'eau et une canette d'Orangina. Une fois que j'ai été servie Leslie a pris la parole.

Leslie : Déjà si j'ai voulu qu'on se voie hors de nos maisons c'était pour être en territoire neutre et j'ai convoqué cette petite réunion c'est pour aborder un sujet qui me touche personnellement. La situation actuelle entre Christopher, Mathurin et Travis. Travis pourquoi ? Parce qu'il s'est retrouvé, que dis-je, nous nous sommes retrouvés mêlés à ce qui se passe entre Mathurin et Christopher. J'ai organisé un repas afin qu'ils s'essayent et discutent comme des adultes mais rien n'y fit, chacun campe sur ses positions. Alors avec Indiah on s'est dit que peut-être nous devrions toutes les trois leur mettre la pression, ils accepteraient ainsi de dialoguer quitte à aller voir tes beaux-parents Nadège, le grand frère de Mathurin ou son père.

Moi : Je ne pense pas que Mathurin apprécierait qu'on mélange sa famille dans cette histoire.

Leslie : Ce sont simplement des propositions, au cas où ils ne parviennent pas dialoguer sans la présence d'un ainé.

Moi : Je comprends ce que tu dis, mais Mat est un adulte et s'il a pris cette décision je pense qu'il a ses raisons.

Leslie : Toi ça ne te dérange pas de ne pas voir ton homme assister au mariage de son meilleur ami ?

Moi : Leslie qu'est-ce que je suis censée faire ? Aller prendre la défense de Siby sachant qu'il y a un contentieux entre eux ?

Leslie : On ne demande pas de prendre parti, mais de raisonner ton homme afin de l'emmener à dialoguer.

Moi : C'est ce que Mathurin a voulu faire avant que Siby comme à son habitude ne s'emporte, Mathurin devait rester et fermer la bouche parce que Siby est en colère et se permet de crier sur les gens en ramenant tout à lui ?

Indiah (intervenant) : Nadège je trouve ton attitude un peu mesquine.

Moi (la regardant) : Pardon ?

Indiah : On tourne en rond sans vraiment mettre du doigt sur le fond du problème et le fond de ce problème n'est autre que toi. Si aujourd'hui nous en sommes à ce niveau c'est simplement parce que tu as menti à tout le monde, tu as décidé de t'associer avec des folles et faire ce que vous avez fait c'est-à-dire droguer et abuser de Christopher et tu as caché cela à ton homme. Voici le fond de cette histoire. Je vais essayer d'être le plus objective possible, depuis que cette histoire a éclaté Christopher est le seul à s'être excusé, à avoir mis son orgueil de côté pour essayer d'arranger les choses. Mathurin a débarqué se battre avec lui, pour sauver ton honneur malgré cela il ne lui en a pas voulu. Lorsqu'on avait ta version de l'histoire Mathurin a aussi gueulé non ? Qui pouvait le raisonner ? À aucun moment Christopher n'a levé la voix lorsque Mathurin lui criait dessus, bien au contraire il avait la tête baissée en lui présentant ses excuses. Mais ça tout le monde a oublié, il a même pleuré à cause de la douleur qu'il a causé à son frère. Pourquoi lorsqu'il s'agit de Christopher on me parle d'orgueil ? D'arrogance ? Mathurin a tous les droits et Christopher non ? Il doit rester calme face au comportement de son ami, pourquoi ? Parce que c'était un salaud ? Un connard ? Mais avec qui ? Pas avec toi Nadège ni avec Mathurin, sans le connaitre tu as ruiné sa relation, il ne t'avait jamais rien fait, tu ne faisais pas parti des filles avec qui il s'amusait. Rien que pour ça tu peux parler à ton mari et essayer de le ramener à la raison, fais preuve de bonne foi en reconnaissant tes torts comme l'a fait Christopher et qu'on avance. Nous allons nous marier dans quelques mois et je sais, même s'il Christopher ne me le dit pas, qu'il est triste du fait que son meilleur ami n'y assiste pas. Il est triste Nadège que Mathurin n'ait même pas vu son enfant, je suppose que Mathurin est dans ce même cas de figure parce que 23 ans d'amitié ne se jettent pas par la fenêtre du jour au lendemain. Alors la balle est dans ton camp, à notre niveau on ne peut plus rien faire, c'est vous qui êtes en tort, c'est à vous de faire le premier pas. Et nous, Leslie, Travis et moi serons là pour apaiser les tensions en ramenant Christopher à la raison.

Chapitre 73 : Mr. zéro pression

***Nadège ***

Je suis de retour à la maison après deux heures passées à discuter avec Leslie et Indiah, j'ai trouvé les enfants dans la cour en train de jouer avec le chien, Mathurin et Bernard sont assis à discuter tranquillement au salon. J'ai posé mon sac sur la table en prenant place près de mon homme, l'enveloppe en main.

Mathurin (me regardant) : Tu fais une de ces têtes ! Tu es sûre que ça va ?

Moi (enlevant les talons) : Pas vraiment.

Bernard (se levant) : Je vais voir ce que font les enfants.

Il est sorti de la maison.

Moi (lui passant l'enveloppe) : Tiens, c'est pour nous.

Mathurin (me regardant) : Qu'est-ce que c'est ?

Moi (soutenant son regard) : Ouvre-la ! [Ce qu'il a fait]

Mathurin (fronçant les sourcils) : Qui te l'a remis ?

Moi (soupirant) : En allant au rendez-vous de Leslie je l'ai trouvé avec Indiah et c'est elle qui m'a remis l'enveloppe à la fin de la conversation qu'on a eu.

Mathurin : Laisse-moi deviner, elles étaient là pour plaider la cause de Siby c'est cela ?

Moi : Pas tout à fait, c'était pour parler de votre amitié et de ma responsabilité dans cette histoire.

Mathurin : Tiens donc.

Moi (soupirant) : En gros elles demandent à ce qu'on aille les voir tous les deux afin que tu aies une discussion avec Siby, pour limiter les dégâts et trouver un terrain d'entente entre vous.

Mathurin (me fixant) : Et tu crois que j'irai Nadège ?

Moi (soutenant son regard) : Je sais qu'au départ c'est moi qui aie eu l'idée de t'éloigner de tes amis parce que j'avais peur que la vérité éclate, mais maintenant tout le monde sait ce qui s'est passé entre Siby et moi. Si tes amis te manquent, si tu éprouves le besoin d'aller vers eux, vas-y. Si tu veux assister au mariage de Siby nous irons. Si c'est ce que tu veux Mat je serais là pour toi.

Mathurin (déchirant la carte d'invitation) : Je n'en ai strictement plus rien à cirer des états d'âme de Siby et sa bande. Je ne veux plus que tu ailles écouter des conneries chez Leslie, si c'est pour te rabâcher les oreilles avec cette histoire à la con le mieux c'est de ne plus la fréquenter.

Moi : Okay

Mathurin (remettant les morceaux de papier dans l'enveloppe) : Tu peux aller la jeter.

Le message est très clair et il est bien passé, je lui ai dit le fond de ma pensée. Il ne veut plus, il sait très bien pourquoi il le fait, je ne vais pas insister et pendre le risque de brouiller mon couple, si c'est le choix de Mathurin alors je le respecte et on continue notre vie.

Après avoir passé un mois et demi sur Libreville avec Bernard, le week-end avant le départ de Léandre nous nous sommes rendus à Mouila tous ensemble pour faire la surprise à maman. J'avais ma caméra en main afin d'immortaliser sa réaction. Sur le moment elle s'est mise à pleurer personne n'a compris pourquoi, ensuite le sourire a remplacé les larmes.

Mathurin (à mon oreille) : Ce soir je ferais dormir mes enfants avec du coton dans les oreilles.

Moi (le regardant amusée) : Tu n'es pas sérieux.

Mathurin (souriant) : Tu verras bien ou ils attendront que l'on parte pour recommencer leur histoire.

Moi (amusée) : En tout cas ils ont un mois devant eux, je suppose qu'ils prendront leur temps.

Mathurin (me regardant) : Et j'espère qu'elle deviendra moins chiante après avoir pris son pied.

Moi (lui donnant un coup sur l'épaule) : Mathurin !

Mathurin (amusé) : C'est peut-être le manque qui la rendait aussi irritable, sa banane est retour.

Moi (morte de rire) : Tu es vraiment fou.

Mon couple est passé par pas mal de choses mais aujourd'hui Mathurin et moi on en ressort grandis et plus forts, je l'aime encore plus. Ça n'a pas été facile entre nous mais à deux nous y sommes arrivés et je peux affirmer avec certitude que le pire est loin derrière nous. On a décidé de se concentrer sur nous, sur nos enfants, notre famille. Il ne sert plus à rien de ressasser le passé, mais de plutôt se concentrer sur l'avenir et ce qu'il nous réserve.

De retour sur Libreville il a fallu remettre Léandre dans l'avion, mais avant cela nous sommes tous aller au restaurant passer un bon moment en famille. Ces vacances il s'est rapproché de Léandre, il lui a expliqué certaines choses concernant la situation actuelle, son comportement envers lui, sa relation avec Siby et aussi le fait qu'Iris ne pourrait plus se rendre là-bas ; Il lui a dit que s'il voulait voir son frère et sa sœur le seul moyen était de venir supporter ses parents super coincés, ce qui nous a tous arraché un sourire.

Je sais que les choses entre eux ont changés, qu'il ne l'appellera plus 'papa' comme autrefois mais c'est une bonne chose qu'ils s'entendent, qu'ils arrivent à rigoler, qu'il y ait une harmonie entre eux et surtout que Léandre se sente chez lui à la maison car pour moi Mathurin reste son père, le seul et unique.

Moi (le serrant dans mes bras) : Je t'aime fort.

Léandre : Je t'aime aussi maman.

Moi (soupirant) : Je n'arrive pas à croire que mon bébé soit un grand garçon de dix ans maintenant, tu vas trop me manquer chéri.

Léandre (amusé) : Mais on se verra bientôt.

Moi (le serrant encore plus fort) : Tu sais, comme je te l'ai dit ce ne sera pas avant février.

Léandre (souriant) : On va donc s'appeler.

Moi (souriante) : Ok

Iris et Davide l'ont pris à leur tour dans leurs bras pour un câlin. Cela fait quatre ans que cette histoire dure, il n'y a plus de larmes, j'ai fini par m'accommoder à cette situation.

Mathurin (posant sa main autour de ma taille) : Ça va ?

Moi (posant ma tête contre son épaule) : Oui

Nous l'avons mis dans l'avion et l'instant d'après il était parti, j'ai sorti mon téléphone en envoyant un message à Indiah. J'ai voulu acheter un téléphone pour Léandre afin d'être en contact permanente avec lui mais Christopher s'est catégoriquement opposé à cela, soit disant il est trop jeune et pourtant je ne comptais pas prendre un portable de marque. Pas avant 14 ans m'a t-il lâché à la fin de la conversation, je peux appeler pour parler à mon fils Indiah ne refusera jamais de me le passer, ce sont ses mots.

Iris (dans la voiture) : On pourra faire des crêpes maman ? J'ai envie d'une crêpe avec de la glace vanille dessus.

Moi (me retournant) : Je ne sais pas s'il y a encore de la glace à la maison.

David (regardant sa sœur) : Moi aussi je veux.

Moi (souriante) : On en fera pour tout le monde.

David (joyeux) : Avec beaucoup de glace miam.

On a tourné un peu à la recherche d'un magasin ouvert un dimanche pour acheter de la glace et arrivés à la maison Iris m'a donné un coup de main en cuisine. En plus des crêpes, nous avons fait une tarte aux pommes.

+++Quatre mois plus tard+++

Indiah

Je suis à l'aéroport avec Meriem, j'attends la délégation venue de Libreville pour le mariage. On a loué un bus pour l'occasion parce que nos deux voitures n'auraient pas suffi pour transporter tout le monde. Il y a Orny et les enfants, Axel et sa famille, Elie et sa famille et pour finir Gretha et son mari qui sont rentrés faire trois moins au pays et éventuellement assister au mariage.

Moi (faisant la bise à Orny) : La disparue ;

Orny (souriante) : Et j'assume parfaitement mon statut, car je me porte bien loin du stress et des crises familiales.

J'ai fait le tour des personnes présentes avant de les conduire à l'extérieur avec leurs bagages.

Elie (souriante) : Tu es prête ?

Moi (haussant les épaules) : Je ne sais pas. C'est quoi être prête ? Je marie demain c'est tout ce que je sais.

Elie (se frottant les mains) : Siby va bien transpirer, moi-même chef de barrages et du groupe d'animation. Je serai sans pitié.

Moi (souriante) : Tu n'as même pas honte, c'est le père de ta nièce et le frère de ton amie en plus.

Elie : Ah c'est long tout ça. Il le redeviendra après la cérémonie, lorsqu'ils seront assis en face de moi ils seront des étrangers, c'est ça la tradition.

J'ai pris le couple Duval et les enfants d'Axel chez moi, Gretha, Orny Et Axel iront chez les parents comme il y a plus de place là-bas. Nous avons emménagé dans la nouvelle maison depuis une semaine, Christopher non, il est à l'hôtel jusqu'à la fin du mariage. Mais comme sa famille est là, ils ont pris une maison meublée pour les festivités. Le couple Duval est dans le studio et les enfants sont repartis dans les chambres, j'ai pris Didi avec moi. Léandre m'a dit que ça ne le dérangeait pas de partager sa chambre avec les autres, alors je les ai laissés entre eux.

[Sonnerie téléphone]

Je me suis isolée pour répondre à cause du bruit que faisait les enfants, c'est monsieur Siby qui appelle.

Moi (décrochant) : Deux fois en l'espace d'une heure humm quelle chance.

Christopher : Je suis à la recherche d'un bouton de manchette, celui qui est comme une montre.

Moi : Je les ai tous mis dans la boite et avant de ranger la boite j'ai revérifié.

Christopher : Je ne la trouve pas Indiah, regarde dans mes affaires s'il te plait et tiens-moi au courant.

Moi (soupirant) : Okay

Christopher : Elie est déjà là ? C'est Carole qui demande.

Moi : Oui et elle a tenté de l'appeler.

Carole (prenant le téléphone) : Mon téléphone est en charge dans la chambre, dis-lui qu'on arrive taper l'apéro.

Moi (amusée) : Elle a déjà commencé sans toi, est-ce que tu l'ignores ?

Carole : J'arrive.

Christopher (reprenant le combiné) : Tu regardes s'il te plait ?

Moi (soupirant) : Oui je vais le faire.

Christopher : Merci

Moi : Tu ne viens pas prendre l'apéro avec nous ?

Christopher : Non je dois m'entretenir avec mes oncles, peut-être plus tard.

Moi : okay, bye.

Christopher : Bye.

Clic !

Quinze minutes plus tard Carole frappait à la porte avec toute sa tribu, la maison est devenue une vraie cour de récréation, avec les enfants que j'ai dû envoyer jouer à l'extérieur, on ne s'entendait plus. Christopher est passé très tard, tout le monde était déjà sous les draps lorsqu'il est entré dans la chambre me sauter dessus pour me faire des bisous.

Moi (souriante) : Alors tu es prêt ?

Christopher (levant les yeux) : Ce sont des formalités tout ça. Je suis en mode zéro pression.

Moi : Tu as la bouche hein Siby.

Christopher (se redressant) : Toujours [Faisant un bisou à Didi] Il faut qu'on lance le deuxième dans bientôt.

Moi : Pardon ?

Christopher (me regardant) : Tu as très bien entendu Okissi. Dans quelque mois Didi aura deux ans, ça passe trop vite, il nous faut un deuxième enfant et puis c'est tout.

Moi : On verra. Je suis pour attendre qu'elle ait au moins trois ans.

Christopher : Elle les aura déjà, la grossesse dure neuf mois.

Moi : Et pourquoi tu me parles d'enfant au lieu de me parler du mariage ?

Christopher (se levant) : Parce que ! Bon j'y vais, on se voit demain. [M'embrassant] bye.

Je suis sortie du lit en prenant au passage ses boutons de manchettes, j'ai attendu qu'il soit installé dans la voiture pour les lui remettre.

Christopher (me regardant) : Tu vois comment tu es ?

Moi (amusée) : Je ne savais pas que j'en avais laissé ici.

Christopher (mettant le contact) : Hum.

Moi : Au revoir Sibyl.

Christopher : Rentre, je veux te voir fermer le portillon avant de m'en aller.

Je me suis levée aux aurores le lendemain, j'ai pris toutes mes affaires et mon bébé puis nous nous sommes rendues chez les parents. C'est Elie qui s'occupera de ses enfants pour le maquillage et les tenues, je lui souhaite bien du courage. Mes cousins étaient en train de monter les tentes et placer la sono, certaines de mes cousines dans la décoration et l'emplacement des chaises. Tandis que les femmes s'activaient en cuisine, maman et tante Alex supervisaient le tout.

Moi (enlaçant papa) : Bonjour Monsieur Okissi.

Papa (souriant) : Bonjour Mademoiselle Okissi, vous allez bien ?

Moi (le regardant) : Je vais bien et toi ?

Papa : Ça va, la vieillesse.

Moi (souriante) : 58 ans est-ce que c'est vieux même ? Tu es toujours aussi frais et en forme.

Maman (derrière nous) : C'est grâce à moi.

Nous nous sommes retournés pour la regarder, elle portait Didi dans ses bras.

Papa (souriant) : Je confirme ! Bon j'y vais, depuis que j'ai envoyé Matías et Kristen je ne sais pas dans quel trou ils sont allés se perdre ;

Moi (L'embrassant) : A tout à l'heure.

J'ai rejoint la coiffeuse et les maquilleuses dans la chambre, Christopher m'a envoyé un message m'informant qu'il venait de récupérer Leslie et Travis ainsi que les enfants au port. En ce qui concerne le couple Ogoula on a tous mis une croix sur eux, le seul rapport que nous avons c'est celui avec Léandre, en dehors de ça chacun gère son monde. C'est la vie.

Christopher

[Toc toc]

Moi (regardant la porte) : C'est ouvert.

Travis (passant la tête) : Je peux ?

Moi (le regardant) : Bien sûr.

Travis (fermant la porte) : Je viens voir si tu es toujours déterminé, fou, suicidaire, courageux pour aller chez la famille Okissi et demandé leur fille en mariage.

Moi (souriant) : Prêt jusqu'à la gare, je suis en mode zéro pression.

Travis (s'asseyant sur le lit) : Avant qu'on n'y aille, je tenais à te dire que j'étais fier de toi Sibyl. Tu as décidé d'arrêter tes conneries, de te poser et de devenir un modèle pour ta famille, tes enfants et ta future épouse. [Souriant] Tu es tombée sur ta moitié, une jeune femme qui en vaut la peine et qui en t'aimant t'a donné l'opportunité d'être cette personne et c'est l'une des raisons pour laquelle j'ai accepté d'être ton témoin de mariage.

Moi (ému) : Merci. Ça me fait chaud au cœur d'entendre ces mots. [Le rejoignant sur le lit] J'aurais vraiment voulu que mon père puisse me voir aujourd'hui et qu'il ne sorte sa phrase fétiche [souriant] ça c'est mon fils ! Je suis fier de toi fiston ! »

Travis (m'attrapant l'épaule) : Il l'a toujours été Christopher même après tout ce qui s'est passé, je pense qu'il l'a toujours été.

[Toc toc]

Stephan (ouvrant la porte) : C'est l'heure ! Qu'est-ce que vous faites dans la chambre en amoureux ?

Moi (me levant) : Con !

C'est le cœur léger que nous avons pris la direction de chez la famille Okissi. Je n'ai pas peur, je ne suis pas stressé, pas encore, peut-être que ça viendra lorsque l'on se retrouvera face à face en train de réciter nos vœux. Si elle veut me ruiner qu'elle le fasse, mais après c'est elle même qui se plaindra lorsque l'on vivra d'amour et d'eau fraiche et que nous mangerons les restes du mariage pendant deux mois.

Pour les barrages nous avons cassé trois billets de dix mille en petites coupures de cinq cent francs, il y en avait cinq. Le premier parce que nous étions en avance et non á l'heure car « avant l'heure ce n'est pas l'heure et après l'heure ce n'est plus l'heure » il faillait être là à l'heure indiqué. Des raisons toutes plus rocambolesques les unes des autres.

La famille Okissi était nombreuse de l'autre côté, l'orateur en face de nous parlait en Myéné, afin que tout le monde puisse comprendre et éviter la traduction nous avons payés. Ensuite s'en ai suivi un long échange entre mon parti et celui d'en face, après avoir émis nos intentions en présentant à chaque fois ce que nous avons apporté pour leur fille, les Okissi nous regardaient sans rien dire. La première mise était de trois cent mille avec deux cartons de bières et deux cartons de jus, il n'y a pas eu de réaction de leur part.

Notre Orateur s'est levé en présentant des excuses au clan en face, en ajoutant deux cent mille sur la somme de départ. Mais toujours aucune réaction. Il est revenu vers nous, après une petite concertation il est reparti vers eux ajouter trois cent mille, donc en gros ils avaient en face d'eux la somme de huit cent mille. Le clan d'en face est resté stoïque. [Rire] On a décidé stratégiquement de commencer avec une petite somme afin d'éviter de se retrouver débordé, parce que les Fangs aiment trop l'argent. Face à leur silence, mon oncle a fait signe à l'orateur en lui demandant d'augmenter la mise de trois cent mille en plus de la marchandise.

L'orateur du clan d'en face, après concertation avec les siens, a pris la parole pour nous demander si c'était cela la valeur que nous donnions à la « perle » selon nos dires que nous avions aperçus chez eux.

Lui (nous regardant) : Non seulement vous avez agis comme des voleurs en vous permettant de lorgner chez nous [bruit de leur côté] mais en plus vous vous invitez en vous comportant en bandits. [Cris de leur coté]

Notre Orateur (se levant) : Nous nous excusons sincèrement du tort causé, cela n'était en rien notre intention. Lorsque nous avons la perle c'était à la route, elle passait. Et donc mon neveu pour savoir où la perle habite l'a suivi et s'est arrêté devant le portail en promettant de revenir accompagné. C'est la raison pour laquelle nous sommes assis ici en ce jour spécial. [Revenant s'assoir]

Leur orateur (se levant en regardant son côté) : La famille ?

Eux (bien agités) : Oh !

Leur orateur : La famille ?

Eux : Ah !

Leur orateur (nous regardant) : Vous dites qu'il s'est arrêté devant le portail et que votre neveu a fait demi-tour ?

Mon côté : Oui !

Tout à coup on a simplement vu Didi arriver, elle aussi au lieu de rester là-bas [étouffant mon rire] elle est venue se jeter dans mes bras, nous sommes foutus.

Leur orateur (nous regardant) : Est-ce que j'ai encore besoin d'ajouter quelque chose ?

Leur coté (en chœur) : Nooooooon oooh !

Moi (à mon oncle) : Ils nous ont eus.

Leur orateur (nous regardant) : Vous avez la preuve devant vous que votre fils, neveu, n'a pas fait que s'arrêter devant le portail. Il a sauté par-dessus la barrière et est venu nous voler, manquer de respecte à notre famille en laissant les traces derrière lui. [Allant s'asseoir]

Il nous a fallu payer pour toutes les infractions que leur orateur a citées, le fait d'être passé par-dessus la barrière, de leur avoir voler, manquer de respect, le manque de respect c'est le fait d'avoir donné mon nom de famille à Didi. Avec les infractions la mise est passée d'un million cent à deux million cent.

Leur orateur (se levant) : Bien ! Maintenant que vous avez réparer vos torts, nous allons maintenant aborder le vrai sujet. Celui qui nous emmène ici

Moi (à mon oncle) : Qu'est-ce que cela veut dire ?

Lui (a mon oreille) : Que la somme en face ne concerne pas la dot de leur fille mais plus tôt les dédommagements pour les torts causés.

Moi (dépassé) : Quoi ? On parle de deux millions là.

Travis (étouffant son rire) : Tu n'es plus en mode zéro pression ?

Moi : Ils nous ont eus.

Et comment qu'ils nous ont eus. On a dû reprendre le processus, recommencer tout à zéro parce qu'effectivement ils n'ont pas pris en considération notre mise de départ. C'est après plusieurs interventions de notre part, après avoir atteint la somme de cinq million dont les deux millions de départ plus trois millions que nous avons ajouté, que la famille Okissi s'est enfin levée pour une concertation entre eux.

Travis (amusé) : Mais tu transpires le grand Siby.

Moi (tendu) : Non mais c'est pire que de l'arnaque.

Travis (souriant) : Impossible n'est pas camerounais ou bien ?

Moi : Tchip

En revenant vers nous, nous nous sommes dit qu'à trois millions c'est bon, ils n'en auront pas plus de nous. Ce n'est pas qu'on n'avait pas plus d'argent, mais nous voulions rester raisonnables. Mais lorsque leur Orateur a pris la parole pour dire qu'ils ne sont pas convaincus de notre bonne foi, je me suis pincé le bras pour ne pas éclater de rire, un rire nerveux. Soit disant que nous n'avons pas une attitude de personnes arrivées au bout de leurs efforts. En gros ils veulent nous voir affligés, je suis sûr que c'est Elie qui était derrière tout ça.

C'est après avoir déposé cinq cent mille en plus que Mr Okissi a fait un signe de la main à leur Orateur, j'ai suivi le geste car c'était sur lui que toute mon attention était portée. Ils sont partis en concertation et lorsqu'ils furent de retour on a pu enfin souffler. Mais avant de voir Indiah il fallait encore passer des tests, il y a eu un groupe de filles qui s'est présentée à nous recouvert par un long drap qui trainait sur le sol. Il me fallait choisir parmi elle ma femme, je n'avais droit qu'à un seul essai et si je me trompais, il fallait évidemment payer l'amende. Comme j'ai la poisse, malgré la seconde chance que j'ai eue, j'ai foiré ! J'ai donc payé deux fois.

Ensuite ils m'ont demandé qui est-ce que je suis venu chercher, moi dans ma précipitation j'ai répondu Okissi, ils sont allés prendre une de ses cousines en me disant voici Okissi. Ma patience a été mise à rude épreuve, j'ai dû encore payer pour avoir une deuxième chance.

Moi : Okissi Indiah.

Ils sont allés chercher Okissi Indiah, pas la mienne, une des leurs ! Tchip ! Et à chaque fois que tu payes tu dois augmenter la mise.

Moi (dépité) : Okissi Minsta Indiah Anne-Sophie.

Eux (De leur côté, hurlant de joie) : Mais c'est ce que tu ne pouvais pas dire depuis ?

La musique a retenti, on a entendu des cris de femmes, des danseuses sont apparues, je cherchais ma femme parmi elles mais je ne l'ai pas vu. C'est à la fin de la première prestation, lorsqu'un autre groupe est sorti, que nous l'avons aperçu dans une tenue fait en raphia qui la sublimait. Elie en tête de file accompagnant le groupe de danseuses. Les filles nous ont fait une très belle prestation, j'ai presqu'oublier le fait que je venais de me faire requêter en voyant Léandre danser [rire] il n'a pas du tout eu pitié de lui et le pire c'est qu'il était très à fond dans ses pas de danse. Donc lui au lieu de venir soutenir son père, c'est danser qu'il a trouvé de mieux à faire ? Okay.

dernière partie a pu commencer, Indiah est venue s'agenouiller devant son père en tenant une bouteille de whisky qu'elle a prise de mon côté, elle a dit à son père en Myéné (je suis sûr qu'elle a dû répéter cette phrase toute la nuit) que c'était moi qu'elle avait choisi, en réponse à la question posée par ce dernier. Après, on a pu enfin célébrer ce mariage, sous les cris de joies de nos deux familles qui ne formait plus qu'une désormais.

Indiah (me regardant) : Souris un peu.

Moi (tournant la tête) : Tu diras à ta fille qu'après ce que je viens de subir, elle a intérêt à me ramener un héritier.

Indiah (éclatant de rire) : Tu n'es pas sérieux.

Moi (la fixant) : Ça t'amuse ? Tu crois que je suis en train de rigoler Okissi ?

Indiah (morte de rire) : Mais c'est quand même toi le grand Siby, la légende.

Moi : Oh attendez seulement, que Dieu me permette de vieillir et surtout d'assister au mariage de mes enfants.

Indiah : Siby si tu ne peux pas avaler le macabo, recrache-le simplement. Je pensais que tu étais monsieur zéro pression ?

Moi : Ris bien. Comme ça t'amuse, continue ne t'arrête surtout pas.

Chapitre 74 : Monsieur et Madame Siby

Indiah

Les femmes Okissi ont vraiment mis le paquet pour ce mariage traditionnel. Je ne savais même pas qu'elles avaient prévu que le groupe d'animation preste pendant toute la cérémonie. Nous assistions à une soirée culturelle, je n'ai pas arrêté de rigoler avec Léandre qui jurait mordicus qu'il savait danser. Heureusement que tout est filmé car je lui ressortirais ça dans vingt ans, le jour où il viendra nous présenter sa dame. [Rire]

Christopher (à mon oreille) : On rentre ensemble n'est-ce pas ?

Moi (le regardant) : Non, je dors chez mes parents ce soir.

Christopher (fronçant les sourcils) : Et moi alors ?

Moi (souriante) : Tu rentres avec ta famille.

Christopher (me fixant) : Tu avais dit jusqu'au mariage, ça fait trois mois bébé.

Moi (amusée) : Le mariage Siby, ai-je précisé lequel ? Je parlais de l'ensemble des manifestations. On se revoit dans deux semaines.

Christopher : Hum okay.

Le manque c'est quelque chose hein, le frère est tendu [rire] ça fait trois mois que la porte du paradis est scellée. Les clés sont avec Didi [rire] Et comme elle ne se souvient jamais de rien celle-là aussi, le temps que l'on trouve un serrurier bah c'est son père qui souffre en silence.

Je n'ai jamais mangé autant, tu manges quoi ? Et tu laisses quoi ? Tu as envie de tout gouter, entre les plats de chez nous, ceux du coté de Christopher, sans compter la mère de Meriem qui est venue mettre sa touche, je suis rentrée dans la maison le ventre ballonné.

Didi (en larmes devant la porte des toilettes) : Maman Snif bobo Snif

Moi : Qu'est-ce que qu'il y'a ?

Léandre (avec Didi) : Elle s'est fait mal au genou, il y a un peu de sang.

Je l'ai prise dans mes bras pour la réconforter. Une vraie chochotte cette fille, c'est une simple égratignure.

Moi (levant la tête) : Léandre tu peux prendre le papier toilette et le mouiller légèrement s'il te plait. [Ce qu'il a fait]

Didi (fermant les yeux) : Non maman !

Moi (passant le papier sur la 'plaie') : C'est bon. Vous avez mangé ?

Orny (devant la porte) : Mais vous deux-là, je vous cherche ! Qu'est-ce qui se passe ?

Moi (me levant) : Elle s'est égratignée la peau, c'est trois fois rien.

Orny (se rapprochant) : Fait voir ? Tu as mal mon bébé ?

Didi (posant sa tête contre mon épaule) : Oui

Moi (levant les yeux) : Hum !

Orny (lui tendant les bras) : Tu viens avec moi ?

Didi (hoquetant en me serrant le bras) : Non

Orny : Okay pas grave, Léandre tu viens ?

Léandre (souriant) : Oui

Nous sommes tous sortis de la maison, j'ai rejoint les parents sur notre table. En nous voyant arriver l'expression du visage de son père a changé, il a voulu me la prendre mais elle a refusé. C'est Idylle tout craché, chacun a sa fonction avec elle. Lorsqu'elle est fatiguée, veut faire son gros bébé, il n'y a que les bras de maman dans lesquels elle trouve du réconfort. J'ai dû me lever à cause de ses pleurs, nous sommes allés lui donner le bain, une bonne douche froide avant de la mettre au lit.

Les gens étaient tellement bien que jusqu'à 21 heures personne n'a voulu rentrer chez soi, c'est aux alentours de 22 heures que maman et ses belles-sœurs se sont mises à presser les gens de la famille. « On ne restera pas là jusqu'à demain vous aussi, il y a des femmes qui sont là depuis 5 heures du matin et qui aimeraient rentrer chez elles ! » C'est la phrase que répétait tante Isa à tout le monde.

Je suis tellement épuisée que je n'ai envie que d'une seule chose, dormir.

Moi (regardant maman) : Vous avez enlevé la nourriture de Didi ? Et pour les enfants demain ?

Elie : C'est fait depuis bien longtemps même.

Moi : Ok parce que moi je dors hein, qu'on ne me réveille pas.

Christopher (me regardant) : Quand est-ce vous comptez vous rendre à Libreville ?

Moi : Mercredi.

Christopher : Ce n'est pas trop juste ?

Moi : Non

Christopher : Mais on se marie le 28 ! Si tu es sûr d'être dans les temps okay pas de soucis.

Moi : Je travaille lundi et mardi.

Christopher : Okay, bon j'y vais. Où sont les enfants ?

Moi : Ils sont tous K.O. Il n'y a plus une seule personne debout. Tu pars quand toi ?

Christopher : Je travaille à Libreville toute la semaine, donc lundi je suis parti.

Moi (le laissant devant sa voiture) : On se retrouve là-bas alors.

Christopher : Il n'y a pas de repas demain n'est-ce pas ?

Moi : Non, on devait manger chez vous normalement mais vu que toute ta famille n'est pas là, c'est reporté pour après le mariage civil à Libreville.

Christopher (bisou sur le front) : Ok, dort bien, je passerai demain.

Moi : Okay

Étant donné que les parents travaillaient la semaine qui a suivi le mariage et que les enfants étaient en vacances, bah nous sommes restés sur Pog avec les deux enfants du couple Duval, les trois d'Orny, Axel est parti avec les siens. Félix et Gretha étant là aussi, donc ils s'en occuperont après tout ce sont leurs petits-enfants aussi.

Comme c'est Anne-Marie qui gère le coffre familial, je suis passée faire les comptes avec elle au sujet de la dot. Nous avons encore des dépenses qui nous attendent sur Libreville, on va prendre à l'intérieur au lieu de chauffer la carte bancaire. Elle a fait sortir le sac de sa chambre et est venu le verser sur la table devant tout le monde.

Moi (amusée) : Maman !

Maman (tirant la chaise) : Autant qu'on le fasse maintenant, j'ai la liste de toutes les personnes qui ont donné un coup de main. Les femmes de la cuisine il faut au moins leur donner quinze mille chacune, elles ont fait un très bon boulot, sachant qu'elles iront à Libreville et feront de même pour le mariage civil.

Moi : J'ai pris un traiteur.

Maman : Pour les entrées et le dessert non ?

Moi : Oui et le vin d'honneur aussi.

Gretha (nous regardant) : Je peux me joindre à vous ?

Maman (Pouffant de rire) : Gretha toi aussi !

Gretha (prenant place) : Je demande, on ne sait jamais. [Souriante]

Pendant qu'elles étaient en train de parler, je me suis mise à compter les tas de billets.

Léandre (émerveillé) : Je peux toucher Indiah ?

Moi (souriante) : Oui

Léandre : C'est beaucoup d'argent.

Moi : Eh oui.

Léandre (me regardant) : Je vais aussi payer tout ça lorsque je vais me marier ?

Moi (levant les yeux) : N'oublie pas que nous sommes pauvres donc les filles fangs tu les oublies, elles coutent trop chères mon fils.

Léandre (amusé) : Mais si j'aime une fille fang ?

Moi : Ah là je ne sais pas.

Papa et Felix nous ont rejoint, ils étaient au cap d'après ce que maman m'a dit au téléphone ce matin.

Maman (me regardant) : Combien ?

Moi : Six million deux cent mille. Vous leur avez fait dépenser deux cent mille avec vos jeux là ? Sans compter les barrières.

Maman : Je ne pense pas qu'ils aient dépensé plus de trente mille pour les barrières.

Papa : Vous faites quoi ?

Moi : les comptes.

Papa : Ah Okay. Félix qu'est-ce que je te sers ? Nous on prend notre apéro.

Gretha (souriante) : Depuis deux ans déjà il s'est mis au Martini, avec des olives vertes ou du zeste de citron c'est très bon.

Papa (amusé) : Mais ces américains-là vraiment ! Vous n'êtes plus aux bêtises dis donc.

Felix (souriant) : Mais lorsque tu fais les galas et les réceptions avec des cadres tu es obligé de t'adapter ou bien ?

Papa : Depuis que vous êtes là, même pas un seul mot en anglais.

Maman (levant les yeux) : René !

Papa (la regardant en esquissant un petit sourire moqueur) : Ça fera 4 ans en février qu'ils vivent aux States.

Félix (croisant les jambes) : Laisse ta femme René, elle me sous-estime.

Papa (souriant) : Donc comme ça vous faites des galas avec des cadres ? Mais dis donc Mr Mezui vous êtes un grand quelqu'un maintenant.

Félix (bombant le torse) : Toi aussi, tu m'ignores ? J'ai même appris à jouer au golf. Là où nous vivons il y a un parcours, alors c'est tous les samedis.

Papa (regardant sa femme) : Mais chérie ton beau-frère vit en résidence et tu ne me dis rien ? Il faut qu'on aille leur rendre visite hein qu'est-ce que tu en dis ? Je veux aussi apprendre à jouer au golf.

Gretha (souriante) : Venez quand vous voulez, ça nous fera du bien de voir la famille.

Maman : Hum !

Je me retenais de rire, papa c'est un var cas et maman qui n'arrêtait de montrer son agacement face aux réponses de Felix. J'étais obligée de me lever et aller dans la cuisine pour rire, en même temps je leur ai fait un plateau d'amuses gueule et j'ai ajouté les olives pour le Martini de Félix.

Je suis rentrée avec les enfants à 21 heures après avoir mangé et m'être étouffé avec les histoires de Félix dans sa série « un gabonais á New-York ». On doit prendre le bateau à 3heures tout à l'heure. J'en ai profité pour nettoyer la maison de Siby du fond en comble en vérifiant que les enfants aient pris toutes leurs affaires. Parce que je connais mon élément, lorsqu'il mettra le pied ici sa première réaction sera de faire l'inspection des lieux.

En rentrant dans la chambre de Didi, j'ai failli péter les plombs, Madame a fait des graffitis sur le mur. À force de nettoyer je n'ai pas eu le temps de dormir, il était déjà 2h du matin quand j'ai terminé. Je suis allée me doucher et me faire belle avant que papa ne sonne au portail.

Maman (me regardant) : Je les réveille ?

Moi : Oui, sauf Didi vu que je vais la prendre sur moi.

Maman (amusée) : Tu as peur de veiller ?

Moi : Oh oui, j'ai envie de dormir. Je n'ai pas pu me reposer, il fallait tout nettoyer et laisser la maison propre.

Je voyage avec Gretha et les enfants, Felix prendra l'avion avec les parents tout à l'heure. Après cinq heures en mer nous sommes arrivés à Libreville,

Christopher et Elie nous attendaient à l'extérieur. Nous avons récupéré nos bagages, mademoiselle Siby s'est empressée de lâcher ma main en voyant son père.

Elie (me faisant la bise) : Bonjour ! Bon voyage ?

Léa (se collant à elle) : C'était trop bien.

Dimitri : Tu n'as fait que dormir Léa. Bonjour maman.

Elie a pris ses enfants et ceux d'Orny et nous les miens et Gretha, puisqu'ils sont descendus chez les parents. J'occupe toujours le studio.

Christopher (me regardant) : J'étais à l'hôtel avec Elie et Carole hier après le boulot, je repasserai ce soir et nous en discuterons plus calmement.

Moi (m'asseyant sur le lit) : Okay

Christopher : Mais j'ai déjà récupéré les alliances.

Moi : Okay ça marche alors.

J'ai attendu l'arrivée des parents pour sortir avec maman et Gretha dans toute la ville confirmer tous les rendez-vous que j'avais pris en donnant l'avance pour les différents services qui doivent être fait. En rentrant nous sommes tombées sur Elie et Christopher devant le portail en train de discuter.

Maman (me regardant) : Où sont les dragées ?

Moi : Dans la chambre, mais j'ai repassé la commande. Matías me les apportera.

Maman (surprise) : Il revient ? Qui lui paye le billet ?

Moi (haussant les épaules) : Je n'en sais rien, il m'a fait comprendre qu'il serait là.

Maman : Les enfants là sont têtus. Papa leur a demandé d'attendre et de venir une bonne fois au mariage Civil mais non, ils nous ont mis la pression parce qu'ils voulaient assister au mariage coutumier. Il revient et qui lui paye le billet ? Moi ? Ou Okissi ? En tout cas ils ont bien menti. Je ne débourserais pas un seul centime, donc ma chère il faut déjà chercher tes dragées dans la ville.

J'ai pris mon téléphone et composé le numéro d'Okissi.µ

Titis : Allô ?

Moi (mettant le haut-parleur) : Ouais dis-moi tu viens quand ?

Titis : Pourquoi tu m'agresses la sœur c'est comment ?

Moi : Ah mais c'est ta mère qui me soulève le cœur ici.

Titis (amusé) : Ne t'inquiète pas je serai au bled.

Maman : Ah bon ? Et qui te paye le billet ?

Titis : Madame Okissi c'est comment ? Est-ce que vous avez vu mon numéro s'afficher sur votre écran ? Non.

Maman (se rapprochant) : Ah bon ? Donc ton frère aussi revient ? Vous avez trouvé l'argent des billets où ?

Titis : J'ai travaillé tout l'été pour ça.

Maman : C'est bien, vous êtes des hommes non ? En tout cas j'en toucherais deux mots à mon mari.

J'ai été sous tension toute la semaine avant le mariage, je n'ai pas arrêté de courir dans tous les sens, de gauche à droite. On a passé Noël tous ensemble chez les parents, ensuite Christopher et moi sommes allés chez Nicole rejoindre les autres avec les enfants. J'ai vraiment besoin de dormir, de me reposer, parce que je suis extenuée à trois jours du grand jour.

(J- 2)

Maman (regardant sa sœur) : Comment ça vous voulez être sur la table d'honneur ? Et d'ailleurs c'est à Indiah d'en décider.

Moi (les regardant) : Et ce n'est même pas à débattre.

Félix : Au lieu d'inviter des enfants dessus, je pense que cela aurait été légitime que Gretha et moi soyons assis sur cette table.

Moi (le regardant) : Légitime en quoi ?

Felix : Tu as choisi René et Anne-Marie, Elie et je ne sais plus qui là. Tu aurais pu nous mettre á leur place.

Moi : Donc mettre mes témoins ailleurs pour vous ? Que vous avez fait quoi de spécial qui nécessiterait votre présence sur cette table ?

Félix (me fixant) : C'est quand même grâce à Gretha que tu es parmi nous.

Maman a voulu prendre la parole mais je me suis interposée en répondant à ses sous-entendus.

Moi : Non ce n'est pas grâce à elle que je suis parmi vous mais plus grâce à ma mère Felix, alors tu pourras dire tout ce que tu veux, tu peux même décider de ne pas assister au mariage [haussant les épaules] vous ne serez pas sur la table d'honneur un point un trait, et l'autre témoin s'appelle Meriem. [Souriante] Pendant qu'on y est, pourquoi tu ne demandes pas á prendre aussi la place de mon père en me conduisant devant l'autel ? La bonne blague.

(J- 1)

Je suis au spa, soin offert par ma belle-mère, j'en avais besoin. J'y ai passé une bonne partie de la matinée, ensuite je me suis rendue à l'aéroport recouper les Okissi, je cite Matías et Kristen.

Moi (les regardant) : Vous êtes trop frais hein ! Les teints que poncés, le dernier cri du sourire.

Titis (souriant) : Nous sommes en hiver là-bas.

Moi (amusée) : Excusez-moi, on ne connait que deux saisons sèches et saisons de pluies ici.

Arrivés à la maison, il fallait revoir le programme de demain, le rôle des enfants, de Didi et son panier de riz [sourire] j'ai trop hâte de la voir demain avec ses deux pompons sur la tête. Je suis tellement excitée que je ne sais pas si j'arriverai à fermer l'œil cette nuit. Ensuite je me suis rendue dans le studio pour me doucher et me mettre sous les draps.

[Sonnerie téléphone]

Moi (sourire aux lèvres) : Oui Siby ?

Christopher : Hum stressée ?

Moi : Même pas je savais que tu m'appellerais.

Christopher : Vous n'avez rien prévu pour ce soir ?

Moi : J'étais au spa avec ta mère, c'est largement suffisant.

Christopher : Okay

Moi : Il faut que je sois en forme, déjà pour la journée de demain et aussi pour le catch juste après.

Christopher (amusé) : Tu es prête ?

Moi : Je ne sais pas, on verra bien.

Christopher : Tu sais au moins que c'est en deux temps ?

Moi : Je sais.

Christopher : Trois mois ce n'est pas trois jours.

Moi : Ne m'embrouille pas le cerveau, tu comptes faire quoi ce soir ?

Christopher : Je suis à la maison avec mes frères et Travis, on s'amuse. Je t'aurais bien proposé de nous rejoindre, mais j'ai peur de céder et de te faire de ces choses-là humm.

Moi (me mordillant les lèvres) : Moi-même je ne sais pas si j'aurai eu la force de te repousser.

Christopher : Bien sûr que non Okissi, tu n'aurais pas pu y résister. Déjà parce que tu es raide dingue de moi et ensuite parce que tu sais qu'une fois que je te tiens c'est au paradis que je t'emmène, avec les étoiles plein les yeux. Toi-même tu sais que lorsque Grégoire est fâché, minette ne fait pas le poids.

Moi (souriante) : Tu es bête.

Christopher : Nous y sommes enfin, tu as vu comment le temps passe vite ? A partir de demain Okissi c'est fini, ça va me manquer.

Moi : C'est toujours mon nom.

Christopher : Non, ce sera Madame Siby née Okissi.

Moi (souriante) : Je sais.

Il a dû mettre un terme à notre conversation à cause des autres. Comme je l'avais pressenti, j'ai à peine fermer l'œil de la nuit. Je me suis levée avant tout le monde pour faire le petit-déjeuner. Lorsque maman est sortie de sa chambre elle était bien étonnée de me voir assise autour de la table avec Didi.

Moi (souriante) : On ne vous a pas attendu.

Maman (embrassant Didi) : Ce n'est pas grave.

À 9 heures j'ai pris toutes mes affaires et je me suis rendue à l'hôtel, Meriem et Elie et Kendra qui est ma demoiselle de compagnie m'y ont rejoint pour le maquillage, la coiffure et l'habillage, ainsi que maman.

Orny (entrant dans la chambre) : Les enfants sont prêts.

Moi (excitée) : Mon bébé est où ? Je veux la voir !

Orny : Pas de chance Christopher est déjà en train de faire des photos avec eux.

Moi (me levant) : Alors ?

Maman (les larmes aux yeux) : Tu es trop belle, je suis trop fière de toi Indiah, fière de la jeune femme que tu es devenue, de la maman que tu es. Tu es belle personne à l'intérieur comme à l'extérieur.

Moi (émue) : Merci maman.

Elie : Pardon les pleureuses là je n'ai pas envie de faire couler mon maquillage.

Moi (souriante) : Le mien est waterproof.

Elie : Tchip.

Christopher

J'ai demandé au photographe de prendre des clichés avec mes enfants, rien que tous les trois. Ensuite avec eux et ma mère, puis Carole et mes frères, avant de l'envoyer chez Okissi avec les enfants. Didi est trop belle dans sa robe.

Carole (me regardant) : Arrête de faire cette tête de con s'il te plait.

Moi (éclatant de rire) : Je suis heureux, c'est bien normal que je l'exprime par ce cette tête de con ou bien ?

Carole (souriante) : Prêt ?

Moi (la regardant) : Prêt !

Maman (Nous rejoignant) : On aurait dit ton père.

Carole : Je vous laisse entre vous. [S'en allant en fermant la porte derrière elle]

Maman (me tendant une boite) : Tiens, je crois qu'ils doivent te revenir.

Moi (ouvrant la boite) : Maman !

Maman (s'asseyant sur le lit) : S'il était vivant il te les aurait remis en mains propres. Deux années sont passées comme un jeu d'enfant.

Moi (la rejoignant sur le lit) : Il n'est plus physiquement présent, mais il le reste dans nos cœurs, en nous. En chacun de tes enfants tu le vois.

Maman (me regardant) : Oui c'est vrai, mais bon.

Moi (soutenant son regard) : Nous sommes là maman, nous sommes là pour toi. Si la solitude te pèse appelle nous et nous laisserons tout en plan pour être avec toi. Ou bien tu veux qu'on te branche avec un vieux papi ?

Maman (souriante) : Pour quoi faire avec lui ?

Moi (haussant les épaules) : Je n'ai même pas envie d'y penser, Saches que tu es la bienvenue chez nous à n'importe quel moment.

Maman (posant sa main sur ma joue) : Je sais Christopher, ta femme m'a sorti le même discours.

Karl (ouvrant la porte) : C'est l'heure Chris.

Je me suis levé en prenant ma mère par le bras et c'est ensemble que nous sommes sortis de la chambre d'hôtel, nous nous sommes présentés devant l'officier avant que maman n'aille s'asseoir. J'angoissais à l'idée de me retrouver face à Indiah, de la regarder droit dans les yeux en lui exprimant tout ce que je ressens à son égard. Les choses sérieuses ont commencé lorsque j'ai aperçue Léandre et ses cousins, suivie de Didi avec son panier et qu'elle jetait le riz n'importe comment [Sourire] elle s'en fiche, elle fait comme elle veut.

Le père et la fille Okissi se trouvait en face de moi, le père a dit qu'elle chose à l'oreille de sa fille et elle a souri. C'est ma folle qui se trouve à quelques mètres de moi, ma meilleure amie, ma confidente, ma partenaire. Je ne sais pas ce que nous réserve l'avenir mais il est sûr que je me battrai pour nous, pour notre famille et nos enfants chaque jour que Dieu fera, afin de préserver notre équilibre, cette harmonie qu'Indiah a su instaurer dans notre maison.

Je ne suis pas parfait et mon couple l'est encore moins, nous avons nos soucis comme tout le monde. Mais avec beaucoup d'amour et le respect que nous avons l'un envers l'autre, nous arrivons à passer au-dessus de tout cela et faire en sorte que les choses se passent au mieux entre nous. Certains diront que je ne la mérite pas, qu'elle mérite mieux mais je m'en fiche, je suis bien là et je ne compte pas m'en aller. Le plus beau parmi les vilains n'est plus sur le marché, Grégoire a pris sa retraire, maintenant il ne gère plus que minette et il est pleinement satisfait.

L'officier : Monsieur Christopher Siby, consentez-vous à prendre pour épouse mademoiselle Indiah Anne-Sophie Okissi Minsta ici présente ?

Moi (la fixant) : Oui je le veux.

Carole : On a rien entendu !

Moi (répétant plus fort) : Oui je le veux ! [Lui mettant la bague au tour du doigt]

L'officier : Mademoiselle Indiah Anne-Sophie Okissi Minsta, consentez-vous à prendre pour époux Monsieur Christopher Siby ici présent ?

Indiah (à haute voix) : Oui je le veux !

Elie : Visse bien oh la sœur ! Visse bien même si le doigt se coupe ce n'est pas grave, c'est pour toi.

Indiah (vissant l'anneau au tour de mon doigt) : C'est fait !

L'officier : Je vous déclare au nom de la loi, unis par le mariage. Vous pouvez embrasser la mariée.

C'est avec passion que je me suis emparé de ses lèvres, sous les cris et les applaudissements de la famille.

L'officier : Mesdames et messieurs je vous présente le couple Christopher et Indiah Siby.

FIN

37281715R00327

Printed in Great Britain
by Amazon